国家社科基金一般项目“察合台文《突厥蛮世系》的汉译与研究”
（22BMZ113）阶段性成果

乌古斯

Oghuzname

陈　浩　译注

商务印书馆
创于1897 The Commercial Press

图书在版编目（CIP）数据

乌古斯 / 陈浩译注. — 北京：商务印书馆，2023
（突厥学研究丛书）
ISBN 978-7-100-23143-5

Ⅰ. ①乌… Ⅱ. ①陈… Ⅲ. ①突厥语族－英雄史诗－中国 Ⅳ. ①I222.7

中国国家版本馆CIP数据核字（2023）第194699号

乌古斯
陈 浩 译注

商 务 印 书 馆 出 版
（北京王府井大街36号 邮政编码 100710）
商 务 印 书 馆 发 行
三河市尚艺印装有限公司印刷
ISBN 978-7-100-23143-5

2023年12月第1版　　　开本 880×1230 1/32
2023年12月第1次印刷　　印张 9

定价：68.00元

总　序

突厥的“祛魅”

商务印书馆编辑提议，由我主编一套以突厥语人群为主题的丛书，我欣然应允。思量再三，我们决定将丛书命名为“突厥学研究丛书”。

对于大多数读者来说，“突厥”是一个含混不清的概念。它犹如远山叠影一般，让人看不清本质。我们有必要廓清“突厥”和“突厥语人群”两个概念之间的差别，从而对“突厥”的认知误区进行澄清。

“突厥”一词最早见于汉文史料记载，是在西魏文帝的大统年间。学者们一般认为，汉文“突厥”的语源是*Türküt，词尾的 -t 是某种（蒙古语或粟特语的）复数形式。在突厥碑铭中“突厥”有两种写法，分别是𐱅𐰇𐰼𐰜和𐱅𐰇𐰼𐰚，换写成拉丁字母则分别是 $t^2\ddot{w}r^2k^{\ddot{w}}$ 和 $t^2\ddot{w}r^2k^2$。根据如尼文的拼写规则，理论上它可以转写成 türk、türük 和 türkü 三种形式，其中第一种形式更被学术界所广泛接受。关于“突厥”一词的含义，最早的一种解释出自汉文史料。《周书·突厥传》：“（突厥）居金山之阳，为茹茹铁工。金山形似兜鍪，其俗谓兜鍪为‘突厥’，遂因以为号焉。”现代突厥学家一般将 Türk 释为“强有力的”。

公元 552 年，突厥首领土门推翻了柔然人的统治，自称“伊利可汗”，正式肇建了以阿史那氏为核心的突厥汗国。不久，由于内乱，突厥汗国便形成了以西域为中心的西突厥和以漠北为中心的东突厥的东西分治格局。贞观四年（630 年），东突厥汗国颉利可汗被唐朝大将李靖俘获，东突厥汗国灭亡。唐廷将东突厥降户安置在河套地区，并在此设立都督府州，以东突厥首领为都督、刺史。显庆三年（658 年），唐朝派兵消灭了阿史那贺鲁，标志着西突厥的统治彻底终结。调露元年（679 年），突厥降户阿史德温傅和阿史那奉职反唐，未果。永淳元年（682 年），骨咄禄率众起义，复兴了东突厥汗国，史家一般称之为“第二突厥汗国”或“东突厥第二汗国”。天宝四载（745 年），末任阿史那家族白眉可汗被回鹘击杀，东突厥第二汗国灭亡。突厥汗国的统治阶层几乎都迁到了唐朝境内，作为被统治阶层的草原部落，经过短暂的整顿，形成了新的政治体。

突厥汗国崩溃之后，漠北草原兴起了回鹘汗国。回鹘在北朝时期是高车或铁勒的一支，汉译“袁纥”，属于原生的漠北草原游牧势力，在唐朝是漠北“九姓”之一。中古时期，回鹘的音译除了“袁纥”之外，还有“韦纥”、“回纥”，其中“回纥”较为常用。安史之乱后，回鹘统治者要求唐朝廷把本族的族名从“回纥”改为“回鹘”，取“捷鸷犹鹘”之义。无论是从汉文史料来看，还是从回鹘汗国时期的漠北碑文来看，他们都是把前朝政权称为“突厥”，自称“回鹘”，这一区分是很明确的。

突厥汗国灭亡之后，在汉文史料中“突厥”一词几乎被废弃，历代的中原王朝也都同步地更新了各自时代内西域和漠北民族的称谓。“突厥”作为部族名，在汉文史料中年代最晚的例子是辽代的隗衍突厥和奥衍突厥。由于《辽史》中仅有只言片语，所以很难确定这个隗衍突厥与唐朝的突厥有何关系，可能是袭用了唐朝的旧名，因为《辽史·兵卫志》提到辽属国时，不仅列举了突厥，还提到了乌孙、吐谷浑等，这些显然都是历史上的旧称。宋以后史料中提到突厥的，多为类书从正史中摘录有关北朝、隋唐之际突厥汗国的内容。

虽然“突厥”在汉文史料中成为过时的历史名词，但它在中国以西的不同文化和历史语境中被继续使用着。自6世纪以来，拜占庭史料中就有关于突厥（Τούρκοι）的记载，它指代的对象当然是突厥汗国这一政治实体，具体应该是室点密系的西突厥。同时，“突厥”在东罗马的历史叙事传统中又被赋予了“异族”、“他者”的文化内涵，取代了“斯基泰”成为游牧民族的泛称。因此，随着突厥汗国的灭亡，拜占庭史料中“突厥”的指代对象也发生了变化。在9世纪的拜占庭历史编纂中，Τούρκοι一词一般是指哈扎尔人。10世纪拜占庭皇帝君士坦丁七世在《帝国行政录》中提到Τούρκοι，并且将其与其他突厥语人群诸如哈扎尔人、佩切涅格人和不里阿耳人区分开来。该语境中的“突厥”指的是马扎尔人，也就是匈牙利人。拜占庭关于“突厥”的看法，还影响到了穆斯林史家，10世纪穆斯林文献中的“突厥”概念，也包括马扎尔人。

早期穆斯林文献中的ترك指代的对象并不固定，包括马扎尔、吐蕃甚或基马克，要视具体的语境而定。总的来说，早期穆斯林文献（例如《世界境域志》）中的“突厥”（ترك），泛指欧亚草原上的非穆斯林游牧民，是信仰伊斯兰教的定居人群用以建构自我身份的“他者”。11世纪喀喇汗王朝的麻赫默德·喀什噶里为了让阿拉伯人更好地了解突厥语人群并学习他们的语言，特意用阿拉伯语编纂了一部《突厥语大词典》。喀什噶里在“导论”中列举的“突厥人和突厥诸部落”名单上，有许多不是讲突厥语的人群。这说明，喀什噶里观念中的“突厥”，不单是一个语言学概念，更多的是一个政治文化的概念。

13世纪的漠北草原，兴起了一个以蒙古语人群为主体的帝国。在穆斯林文献中，蒙古只是“突厥”的一部。伊利汗国的宰相拉施特在《史集》中使用的ترك概念，就包括蒙古诸部落，而“蒙古”只是后起的一个族名，它本属于突厥部落。成吉思汗长孙拔都的西征，成为欧洲基督教世界的梦魇。西欧人用与“鞑靼”（Tatar）读音相似的Tartar（“地狱”）来称呼蒙古人。随着拔都在东欧建立金帐汗国，以及成吉思汗后裔在中亚统治，西欧语境中的“鞑靼”一词逐渐成为内陆亚洲民族的泛称，包括漠北的蒙古语人群和东欧、中亚的突厥语人群。东欧和中亚的蒙古统治阶层，在语言上经历了一个突厥语化的过程。例如，17世纪希瓦汗国的统治者阿布尔-哈齐-把阿秃儿汗，在血统上是成吉思汗的直系后裔，说的语言却是突厥语，他撰写的王统世系，也叫《突厥世系》。

近代早期西欧语境中的Turk，特指奥斯曼帝国境内安纳托利亚的突厥语人群。奥斯曼人的自称是“奥斯曼人”（Osmanli），所有臣服于奥斯曼帝国的人，也都被称为“奥斯曼人”。奥斯曼人反感欧洲人称他们为Turk，在奥斯曼人看来，Turk这一称呼只适用于中亚人以及在呼罗珊荒漠里过着单调生活的人。在19世纪以前，奥斯曼帝国没有任何把自己的祖先追溯到突厥汗国的尝试，甚至都不知道后者的存在。近代西欧的Turk概念在指涉对象上有一个延展，主要是因为学者发现了奥斯曼语与内陆亚洲所谓的“鞑靼语言”之间存在着联系。欧洲东方学家们借用比较语言学的方法，逐渐将安纳托利亚、中亚、中国新疆、东欧鞑靼、俄国西伯利亚等地的突厥语人群，归类于“突厥语族”的语言学范畴之下。这一语言学成果，被19世纪后期的突厥民族主义分子所利用，发展出了一套基于语言学概念的“泛突厥主义”政治话语。

19世纪末在蒙古鄂尔浑流域发现了后来命名为《阙特勤碑》和《毗伽可汗碑》的石碑，用汉文和突厥文两种文字镌刻。这种外形酷似北欧如尼文的突厥文字被释读之后，迅速在西欧学术界引起轰动。鄂尔浑碑铭之于突厥学的意义，不亚于罗塞塔碑之于埃及学的意义。在鄂尔浑碑铭释读的推动下，湮没于汉文史料中的“突厥汗国”得以重见天日。一些“泛突厥主义”理论的鼓吹者把突厥汗国视为土耳其人历史上的王朝，并从汉文史料中断章取义，试图重构昔日帝国的辉煌。“泛突厥主义”的理论家还企图建立一个囊括欧亚大陆所有操突厥语人群的政治共同体。

然而，正如上文所指出的，突厥汗国灭亡之后，“突厥”的概念虽然在拜占庭、穆斯林、西欧等语境中继续使用，但在不同历史时期和不同文化语境中它所指涉的对象都不一样，根本不存在一种连续的、统一的所谓“突厥民族”认同。19 世纪以来，欧洲东方学家基于比较语言学发展出一套理论，把历时性和共时性的突厥语人群，都归类于“突厥语族”的范畴之下，我们可以称之为“突厥语人群”或“操突厥语的人群”（Turkic-speaking people），它是一个语言学范畴。汉文中的“突厥”是一个历史名词，专门指公元 6—8 世纪的草原游牧政权。

最后，我们衷心希望这套“突厥学研究丛书”能够普及有关突厥和突厥语人群的知识，从而在一定程度上让突厥“祛魅”（Entzauberung，韦伯语），还其本来面目。

陈浩

2019 年于上海

前　言

本书由上、下两编构成。上编是回鹘文《乌古斯可汗传》的汉译和注释。

回鹘文《乌古斯可汗传》是目前已知年代最早的有关乌古斯可汗传说的版本，具有重要的语言学、文献学和历史学价值。耿世民先生曾于1980年出版过汉译本，使用的是当时推行的拉丁化新维吾尔文。他在2006年出版的《古代维吾尔文献教程》中收入了回鹘文《乌古斯可汗传》，改用了拉丁文转写，但没有提供新的译文。[①] 我们的译本遵循国际突厥学界的惯例，先将回鹘文换写（transliteration）成拉丁文，再根据中古突厥语的规则进行转写（transcription），然后是对文本的语文学分析（philological analysis），最后一步是译成汉语（translation）。为了便于读者检校，我们还编制了词汇表（glossary）。

《乌古斯可汗传》虽然是用回鹘文书写的，但是它的语言却呈现出多样化的特征。乌古斯可汗的传说本是一种口头叙事，在民间流传的过程中，不同突厥语方言中的特点会沉淀下来，所以它的文本在语言上呈现出较强的异质性，以至于学者们无法根据现代语言学的分类标准来对它进行恰当的归类。因此，我们在书中只是称为“回鹘文《乌古斯可汗传》”，没有说明是哪种语言。该写本之所以用回鹘文

① 耿世民：《古代维吾尔文献教程》，民族出版社2006年版。

写定，是因为回鹘文曾一度是西部欧亚世界（例如金帐汗国、帖木儿帝国和察合台汗国）内通行的文字，蒙古文更是直接来源于回鹘文。[①] 该写本的正字法不规则，或者说反映出突厥语诸方言的特点——尤其是在元音方面。我们尽量以克劳森的古突厥语字典以及与写本同一时期的官修词典《高昌馆杂字》中的写法为准，对写本中的异文以注释的方式加以说明。

为了方便读者参考原文，我们把法国巴黎国立图书馆藏的回鹘文《乌古斯可汗传》图版作为附录放在书末。原页码编写者将 42 页写本分成 21 张，每张分成左右两页，实际上只在其中 21 页写本上标注了 1—21 的数字，其他的 21 页被视作各自所属纸张的另一页。在巴黎国立图书馆的数据库中，对写本的图片也按照同样的方法进行了页码编制，不过它对每一页写本都作了编号，于是就变成了从 1r 和 1v 一直到 21r 和 21v。（此处的 r 和 v 分别表示 recto 和 verso，即书的“右页”和“左页”）需要说明的是，写本上原有的页码是后人加上的。大概是因为编写者不懂写本的内容，所以把页码的前后顺序颠倒了。也就是说，法藏编号的 21v 和 21r 实际上是写本的第 1 页和第 2 页，以此类推，1v 和 1r 分别是写本的第 41 页和第 42 页。因此，我们对写本的图版重新进行了编码，分别编以第 1—42 页，同时把巴黎图书馆的编码放在圆括号中。

本书的下编，是波斯语《史集·乌古斯史》的汉译。

这部分不是直接从波斯语译成汉语的，而是从德国学者卡尔·雅恩（Karl Jahn）的德译本转译成汉语的。拉施特《史集》的内容卷帙浩繁，学界既有的中译本只是该书第一部分“蒙古史”。虽然这部分

---

① 耿世民、魏萃一：《古代突厥语语法》，中央民族大学出版社 2010 年版，第 29—30 页。

也有部分章节涉及乌古斯部落的事迹，但是《史集》中关于乌古斯人群的主体内容见于第二部分“世界史”中。拉施特为我们保留下的《乌古斯史》不仅在内容上比回鹘文《乌古斯可汗传》丰富得多，而且是充满伊斯兰化教谕意味的早期版本（详见本书“导读”第2节）。将《史集》的乌古斯史部分译成汉语，不仅能够让我们看到14世纪伊斯兰化后的乌古斯史版本，而且有助于推动国内对拉施特《史集》这部史学经典本身的研究。《史集·乌古斯史》原文不分段，本书中的分段，系笔者据其内容而定。

陈 浩

2022年6月于上海

附记：在审读书稿校样时，笔者是北京大学人文社会科学研究院的邀访学者。感谢北大提供优越的学术环境。

陈 浩

2023年9月于北京

目录

《乌古斯可汗传》版本源流考*

引言

乌古斯可汗的英勇事迹，广泛流传于丝绸之路沿线的国家和地区。在土库曼斯坦、土耳其和阿塞拜疆等突厥语国家中，乌古斯可汗被视为民族的“祖先”。不过，历史上从未存在过一位所谓的“乌古斯可汗”，他是一个虚构的人物。对这样一位被建构出来的“祖先”进行聚焦，是推进丝绸之路沿线突厥语人群的身份认同、伊斯兰化进

* 该部分内容曾以单篇论文的形式发表于《民族文学研究》2020年第3期。

程和族群记忆等方面深入研究的一个切入点。乌古斯可汗的传说，存在回鹘文、波斯语、奥斯曼土耳其语、察合台语等多种版本，彼此之间的差异或大或小。对不同版本乌古斯可汗传说的内容进行比较研究，并探讨乌古斯可汗的形象在不同语境中是如何建构的，以及乌古斯可汗的传说作为一种“历史书写”在不同历史阶段对不同突厥语族群的凝聚和认同起了什么样的作用，都是值得关注和探讨的问题。

早在突厥汗国时代，“乌古斯”（Oğuz）一词就已经出现在突厥碑铭中，一般以 Tokuz Oğuz 的形式出现（按：*tokuz* 的意思是“九”）。关于“乌古斯”这个字的词源，现代学者有不同的意见，比较常见的一种观点是认为它的意思是“氏族”。[①] 正是因为它不是一个族群称谓，所以汉文中并没有对其进行音译，而是直接把 Tokuz Oğuz 译成了“九姓”，与西突厥的“十姓”相对。学者们基本都同意，在 8 世纪之前，乌古斯或九姓乌古斯不是一个族称，而是一个军事、政治联盟的代号。[②] 从8 世纪下半叶开始，九姓乌古斯逐渐迁往中亚的河中地区。在与当地穆斯林人群的接触过程中，乌古斯人开启了伊斯兰化的进程。“乌古斯”一词也从一个单纯的军事联盟代号，逐渐地变成了一个具有族群意义的概念。乌古斯人的西迁具有重要的历史意义，不仅导致了塞尔柱帝国以及后来的奥斯曼帝国在小亚细亚的兴起，而且还对高加索和东欧地区的突厥语人群的迁徙与分布起着决定性的作用。[③] 乌

① Peter B. Golden, “The Migrations of the Oğuz”, *Archivum Ottomanicum* IV, The Hague, 1972, pp. 45-47.

② Omeljan Pritsak, “The Decline of the Empire of the Oghuz Yabghu”, *The Annals of the Ukrainian Academy of Arts and Sciences in the U.S.* II, New York, 1952, p. 280. Peter B. Golden, “The Migrations of the Oğuz”, pp. 47-54.

③ 普利查克（Omeljan Pritsak）和戈登（Peter B. Golden）认为，乌古斯人的西迁，迫使佩切涅克人前往伏尔加河流域，赶走了那里的马扎尔人，后者被迫迁往东欧。参见 Peter B. Golden, “The Migrations of the Oğuz”; O. Pritsak, “The Decline of the Empire of the Oghuz Yabghu”。

古斯可汗的传说，就是产生于乌古斯人群西迁的历史进程之中。

乌古斯可汗的传说带有口头叙事的特征，虽然它曾在不同历史阶段被写定成文本，但更广泛的流传渠道还是民间的口口相授。15 世纪开始在高加索等地突厥语人群中流传的口头叙事《先祖阔尔库特书》，主人公不是乌古斯可汗本人，但涉及乌古斯部族的事迹，故也有学者称其为“乌古斯传说”。[①] 有学者甚至认为，《乌古斯可汗传》和《先祖阔尔库特书》可能是出自同一源头、经过不同加工的口头叙事。[②] 这里要讨论的是狭义的乌古斯可汗及其后裔的事迹，而不是广义的乌古斯部族的历史，故暂不涉及《先祖阔尔库特书》，仅讨论《乌古斯可汗传》的各种版本及其历史语境。

目前已知的《乌古斯可汗传》有回鹘文本、波斯语本、奥斯曼语本和察合台语本四个版本，它们分别写定于不同的时代背景和政治语境之中。根据其内容，可以分为伊斯兰化之前的和明显具有伊斯兰教色彩的两个系统，分别称为 A 系统和 B 系统。A 系统是回鹘文的《乌古斯可汗传》，B 系统是以拉施特（Rashīd al-Dīn）的《史集·乌古斯史》为代表，还包括收录于 15 世纪奥斯曼史学家雅兹吉奥卢·阿里（Yazıcıoğlu Ali，又名 Yazıcızâde Ali）的《塞尔柱史》（*Tevârih-i Âl-i Selçuk*）一书中的乌古斯历史和 17 世纪希瓦汗国阿布尔-哈齐·把阿秃儿汗（Abu'l-Ḡāzī Bahādor Khan）的察合台语《突厥蛮世系》

---

① 在西方学界，最先刊布《先祖阔尔库特书》的是德国学者冯·狄茨（Heinrich Friedrich von Dietz），他翻译了德累斯顿抄本，题为“新发现的乌古斯史诗”（*Der neuentdeckte oghuzische Cyklop*, Halle und Berlin, 1819）。《先祖阔尔库特书》的另一个抄本是梵蒂冈本，由意大利学者罗西（Ettore Rossi）刊行：*Il "Kitâb-ı Dede Qorkutö"*, Vatican, 1952。汉译本见刘钊：《〈先祖阔尔库特书〉研究（转写、汉译、语法及索引）》，中央民族大学出版社 2017 年版。

② Ahmet Ercilasun, "Oğuz Kağan Destanı Üzerine Bazı Düşünceler", in *Türk Dili Araştırmaları Yıllığı Belleten 1986*, Ankara 1988, pp. 9-12.

（*Shajare-i Tarākime*）。下面我们就《乌古斯可汗传》的不同版本和源流，作一番考证。

一、回鹘文本《乌古斯可汗传》

回鹘文《乌古斯可汗传》现藏于法国巴黎国立图书馆，编号Suppl. turc 1001，属于查理·谢弗（Charles Schefer）的收集品。① 该写本用回鹘文草体字写成，共有21张/42页，纸张大约18.5厘米高，12厘米宽。写本中个别页面有水渍浸污的痕迹。写本现存376列文字，从内容上看，似乎缺少开头和结尾部分。回鹘文写本没有标题，《乌古斯可汗传》（*Oghuz Name*）是当代学者根据后世"乌古斯可汗传说"的标题而加上的。② 巴黎国立图书馆的网站上有该写本的高清图片，为学者的研究带来了便利。③ 有学者发表过谢弗藏品的目录，但是人们并不清楚这份回鹘文《乌古斯可汗传》究竟出自何处。④ 如果能知道该抄本的来源地以及它写成的年代，学者们对前伊斯兰系统的乌古斯可汗传说产生和流传的背景就会有更深刻的认知。

首位刊布回鹘文《乌古斯可汗传》的是俄国突厥学家拉德洛夫

---

① 查理·谢弗（1820—1898），法国外交官、东方学家。他利用驻外担任外交官的便利，在穆斯林国家搜集、购买了大量东方语言写本。据不完全统计，"谢弗藏品"有800余件写本，包括阿拉伯语、波斯语和奥斯曼土耳其语等各种语言。谢弗的藏品都收藏在巴黎国立图书馆。

② Oghuz Name可以译成"乌古斯传说""乌古斯书"等，*name*是波斯语，意思是"书、著作"。回鹘文本主要是讲述乌古斯可汗个人的事迹，而后世许多被冠以"乌古斯传说"的书则是指所谓"乌古斯部族"的传说，主人公也不仅仅是乌古斯可汗本人。基于以上考虑，我们把回鹘文本的标题译成"乌古斯可汗传"。

③ 巴黎国立图书馆藏回鹘文《乌古斯可汗传》写本链接：https://gallica.bnf.fr/ark:/12148/btv1b84150175/f1.image。

④ Edgar Blochet, *Catalogue de la collection de manuscrits orientaux, arabes, persans, et turcs formée par M. Charles Schefer et acquise par l'Etat*, Paris, 1900.

(Wilhelm Radloff)。他在1890年影印维也纳本回鹘文《福乐智慧》(*Kudatku Bilik*)时，刊布了巴黎藏回鹘文《乌古斯可汗传》的前8页照片。[①]在翌年出版的《福乐智慧》印刷体换写时，拉德洛夫附上了《乌古斯可汗传》的回鹘文字母换写以及全部42页的译文。[②]土耳其政治家、史学家里札·奴尔(Rıza Nour)在流亡法国期间发表了《乌古斯可汗传》的法文译文。[③]法国汉学家伯希和为里札·奴尔《乌古斯可汗传》的法译本撰写了长篇书评，并认为从字体和拼写规则来看，该写本应该是基于一个写于1300年左右的高昌回鹘文本，但经过了在吉尔吉斯地区(花剌子模)加工过的15世纪的文献。[④]伯希和的观点被后来研究该文献的多数学者所接受。

德国学者邦格(Wilhelm Bang)与出生于喀山的突厥学家拉赫马提(G. R. Rachmati)于1932年联名发表了乌古斯可汗传说的德文翻译和详尽的语文学注释。[⑤]俄国突厥学家谢尔巴克(A. M. Щербак)在1959年出版了回鹘文《乌古斯可汗传》的俄文译本，并附有语言学分析。谢尔巴克同意伯希和的观点，认为现存抄本应该是基于一个年代更早的抄本。不过，谢尔巴克从正字法的一些痕迹判断，更早的版本很可能是用阿拉伯文书写的。[⑥]土耳其历史学家法鲁克·苏梅

① Wilhelm Radloff, *Das Kudatku Bilik, Facsimile der uigurischen Handschrift der K. K. Hofbibliothek in Wien*, Saint Petersburg, 1890, pp. 191-192.

② W. Radloff, *Das Kudatku Bilik des Jusuf Chass-Hadschib aus Bälasagun*, Theil I Der Text in Transscription, 1891, X-XII, pp. 232-244. 拉德洛夫在书中还摘录了拉施特《史集》和把阿秃儿汗《突厥世系》中有关乌古斯可汗传说的内容。

③ Riza Nour, *Oghuz name: épopée turque*, Alexandrie, 1928.

④ Paul Pelliot, "Sur la légende d'Uγuz-khan en écriture ouigoure", in *T'oung Pao*, Second Series, vol. 27: 4-5, 1930, pp. 247-358.

⑤ W. Bang and G. R. Rachmati, "Die Legende von Oghuz Qaghan", *Sitzungsberichte der Königlich-Preussischen Akademie der Wissenschaften*, philosophische und –historische Klass, XXV, Berlin, 1932, S. 683-724.

⑥ A. M. Щербак, *Огуз-наме. Мухаббат-наме*, Moskva, 1959, pp. 101-107.

尔（Faruk Sümer）根据文中出现的一些地名，推测该写本在 12 世纪写于伊朗，是由一位回鹘部族的博学之士在聆听突厥蛮人的民间说唱时记录下来的。[①] 匈牙利学者巴拉施・丹卡（Balázs Danka）的博士论文以回鹘文“乌古斯可汗传”为题，在字体、语言等方面研究的基础上，他提出了回鹘文《乌古斯可汗传》是 15 世纪抄写于金帐汗国内、用以抵抗伊斯兰教的新颖观点。[②] 耿世民先生在 20 世纪 80 年代初完成了《乌古斯可汗传》的完整汉译，填补了我国学术界在该领域的空白。[③]

回鹘文《乌古斯可汗传》写本与 13—14 世纪的回鹘文献一样，有 *d/t*、*s/z*、*k/ğ* 混用现象。该写本的另一个显著特征是有不少以 *y-* 起首的单词，往往以 *ç-* 来代替，读作 /j/，例如“祈祷”*yalbar-* 写作 *çalbar-*，“面颊”*yangak* 写作 *çangak*，“命令”*yarlığ* 写作 *çarlığ*，说明写本的抄写人属于 *j* 方言，即克普查克语组。另外，该写本语言表现出一些晚期突厥语的特征，例如条件式词尾是 *-sa* 而不是 *-sar*。除了早期的 *-d-* 之外（例如 *adak, adığ*），也出现了 *ayğır* 而不是 *adğır*，*koy-* 而不是 *kod-*，*uyu-* 而不是 *udu-*。在与格和位格加人称词尾时，还保留早期的 *-n-*，例如 *başında, arasında*，其他的格都已经不加 *-n-* 了。早期的宾格词尾 *-ığ, -ig* 不再出现，全部使用 *-nı*。在词汇方面，写

---

① Faruk Sümer, “Oğuzlar’a ait destani mahîyetde eserler”, in *Ankara Üniversitesi Dil ve Tarih Coğraya Fakültesi Dergisi* 34, 1959, pp. 360-455; Faruk Sümer, *Oğuzlar (Türkmenler), Tarihleri-Boy Teşkilatı-Destanları*, Ankara, 1967.

② Balázs Danka, *The Pre-Islamic Oğuz-nāmä: A Philological and Linguistic Analysis*, University of Szeged, pp. 293-296. 丹卡博士的论文近日在德国出版，作为“突厥学丛书”的一种：Balázs Danka, *The Pagan’ Oγuz-namä: A Philological and Linguistic Analysis*, Turcologica 113, Harrassowitz Verlag, 2018.

③ 耿世民：《乌古斯可汗的传说（维吾尔族古代史诗）》，新疆人民出版社 1980 年版。又见耿世民：《古代维吾尔文献教程》，民族出版社 2006 年版，第 48—73 页。

本有不少蒙古语词汇，例如 *kurıltay*“大会、忽里台”、*müren*“河”、*nöker*“随从、伴当”等，也有个别汉语（*bandeng*“板凳”）和波斯语（*dost*“朋友”）借词。回鹘文《乌古斯可汗传》中有大量词汇见于明代编修的《高昌馆杂字》。①由于回鹘文《乌古斯可汗传》写本的语言既有东部突厥语的特征，也有克普查克语的特征，再加上该写本的发现地点至今仍然是个谜，所以突厥学家很难对其进行准确的归类。邦格教授认为它属于晚期东部突厥语，克劳森（G. Clauson）认为是乌古斯语组的一种方言（土库曼语），丹卡博士认为该故事的口头传唱人应该操克普查克语，耿世民先生则认为写本属于晚期古代维吾尔语。②

回鹘文《乌古斯可汗传》是根据流传于民间的口头叙事记录下来的，目前我们已知的前伊斯兰系统的乌古斯可汗传说只有巴黎国立图书馆这一个本子。奥斯曼史家雅兹吉奥卢·阿里在《塞尔柱史》中提到过一部回鹘文的《乌古斯可汗传》，但是没有详细的信息。③另一位与雅兹吉奥卢·阿里同时代的史家 Šükrullah，说他在黑羊王朝的宫殿（位于大不里士）里也见过一部回鹘文的《乌古斯可汗传》。④此外，13 世纪末 14 世纪初的埃及马穆鲁克史家 Ibn ad-Dawādārīs 在他的历史书中也提到一部《乌古斯可汗传》，不过并没有说明是何种语言文

① 胡振华、黄润华：《高昌馆杂字》，民族出版社 1984 年版。

② W. Bang and G. R. Rachmati, “Die Legende von Oghuz Qaghan”, p. 684; Gerard Clauson, *Studies in Turkic and Mongolic Linguistics*, Routledge Curzon, 1962, p. 184; 克劳森在讨论“狼” *böri* 的一篇文章中，指出该写本可能是由一位精通蒙古文字的博学之士在 13 或 14 世纪写定的，但仍坚持写本语言属于乌古斯语组的土库曼语，参见 G. Clauson, “Turks and wolves”, in *Studia Orientalia*, Helsinki, 1964, p. 17; Balázs Danka, *The Pre-Islamic Oğuz-nāmä: A Philological and Linguistic Analysis*, p. 169; 耿世民：《乌古斯可汗的传说》，第 3 页。

③ Yazıcızâde Ali, *Tevârîh-i âl-i Selçuk (Oğuznâme-Selçuklu Târihi)*, Hazırlayan Abdullah Bakır, Çamlıca, İstanbul, 2017, p. 5: “Bunlaruñ nesebleri, rivāyetin hakīmleri ve mu teber nakilleri rivāyetinden ki Aygur/Uygur hattıyle *Oğuznâme* yazılmıştır.” 译成汉语是“他们被记录在回鹘文的《乌古斯可汗传》中，包括氏族的名称和对手的名称”。

④ 转引自 Faruk Sümer, “Oğuzlar’a ait destani mahîyetde eserler”, p. 387。

字。[1]由于没有更多的佐证信息，我们无法判断他们三位提到的版本是否就是我们现在看到的巴黎本。

从内容来看，回鹘文《乌古斯可汗传》带有鲜明的草原游牧民族特征，没有任何伊斯兰教的痕迹。回鹘文《乌古斯可汗传》的情节大致是：乌古斯自幼禀赋不凡，喝了母亲一口奶便开始喝酒吃肉，一生下来就会讲话。青年的乌古斯战胜了独角兽，娶了两任妻子，生下六个儿子，分别名叫日、月、星、天、山、海。乌古斯成为可汗之后，开始征服四方。他先后征讨了金汗和罗姆汗，并得到了一匹灰狼的指引。在行军途中遇到困难，一些有本事的人物帮助乌古斯扫清障碍，这些人物都成了突厥语人群中重要部族的称谓，例如“克普查克”（即“钦察”）、“葛逻禄”、“卡拉赤”等。最后，乌古斯年事渐高，他通过弓和箭来分配六个儿子的权力。三位年长的兄弟获得了弓，三位年幼的兄弟获得了箭，前者的部族名号是“卜阻克”（*buzuk*），后者是“禹乞兀克”（*üç ok*“三箭”）。故事就此结束。

二、波斯语本《史集·乌古斯史》

有关乌古斯可汗的事迹，除了上文讨论的回鹘文《乌古斯可汗传》之外，另一重要史料便是波斯史家拉施特的《史集·乌古斯史》。拉施特（Rashīd al-Dīn），伊利汗国合赞汗（Ghāzān Khān）在位期间（1295—1304年）被擢升为宰相。自1300年开始，拉施特奉

---

① Gunhild Graf, *Die Epitome der Universalchronik Ibn ad-Dawādārīsim Verhältnis zur Langfassung: eine quellenkritische Studie zu Geschichte der ägypischen Mamluken*, Berlin, 1990, p. 182; Balázs Danka, *The Pre-Islamic Oġuz-nāmä: A Philological and Linguistic Analysis*, p. 8.

合赞汗之命编纂一部蒙古民族史。成书时，合赞汗已经去世，继位者完者都（Uljāytū）为该书赐名“合赞汗吉祥史”（*Tārīkh-i Mubārak-i Ghāzānī*）。此后，完者都命令拉施特继续编纂世界其他民族的历史，最后定名为“史集”（*Jāmi'al-Tavārīkh*）。拉施特的《史集》一书卷帙浩繁，有关乌古斯的历史主要在第二部的“世界史”部分，在第一部“蒙古史”部分也有涉及。[①] 学者们一般都认为《史集》第一部“蒙古史”的史料价值较高，所以多国学者都出版了这一部分的现代语言译本。[②] 德国东方学家卡尔·雅恩（Karl Jahn）在1969—1980年期间先后译注了《史集》第二部“世界史”部分的乌古斯史、中国史、犹太史、富浪史和印度史的内容。[③]

拉施特的《史集》是一部影响深远的世界通史，被后世的穆斯林史家反复引用，包括帖木儿帝国时期著名史学家哈菲兹·阿布鲁（Ḥāfiẓ-i Abrū，卒于1430年）。[④] 哈菲兹·阿布鲁效力于帖木儿帝国的君主沙哈鲁（Shāhrukh，1405—1447年在位）。哈菲兹·阿布鲁著述丰富，其中有一部世界通史——《君王历史汇编》（*Majma'al-Tawārīkh-i Sulṭāniya*）。此书共4卷内容，前3卷记述上古至伊利汗

---

① 关于《史集》的目录与卷次情况，请参考王一丹：《波斯拉施特〈史集·中国史〉研究与文本翻译》，昆仑出版社2007年版，第61—65页；余大钧、周建奇译：《史集》第一卷第一分册“汉译者序”，商务印书馆1983年版，第11—15页。

② 关于波斯语《史集》各抄本的收藏及研究情况，参考汉译《史集》第一卷第一分册“汉译者序”，第16—18、19—23页；关于《史集·中国史》的抄本收藏及研究情况，参考王一丹：《波斯拉施特〈史集·中国史〉研究与文本翻译》，第100—109、82—87页。

③ Karl Jahn, *Die Geschichte der Oġuzen des Rašīd Ad-Dīn*, Kommisionsverlag der Österreichen Akademie der Wissenschaften in Wien, Wien, 1969; Karl Jahn, *Die Chinageschichte des Rašīd ad-Dīn: Übersetzung, Kommentar, Fascimiletafeln*, Wien, 1971; Karl Jahn, *Die Geschichte der Kinder Israels des Rašid-ad-Din: Einleitung, Übersetzung, Kommentar und 82 Texttafeln*, Wien, 1973; Karl Jahn, *Die Frankengeschichte des Rašid ad-Din: Einleitung, vollständige Übersetzung, Kommentar und 58 Texttafeln*, Wien, 1977; Karl Jahn, *Der Indiengeschichte des Rašīd ad-Dīn : Einleitung, vollständ. Übersetzung, Kommentar und 80 Texttafeln*, Wien, 1980.

④ 王一丹：《波斯拉施特〈史集·中国史〉研究与文本翻译》，第4—10、61—65页。

国的历史，第 4 卷是帖木儿王朝史。哈菲兹·阿布鲁特意将其中的第 4 卷献给沙哈鲁之子拜孙豁儿，称为《拜孙豁儿的历史精华》，简称《历史精华》（*Zubdat al-Tavārīkh*）。[①] 后世学者一般将此书统称为《历史精华》。[②] 哈菲兹·阿布鲁在《历史精华》的前 3 卷中“采用”（准确地说，是“照搬”）了拉施特《史集》的大部分内容。这一做法在客观上为《史集》作了一个备份，也使得《历史精华》一书成为学者们校勘《史集》不可或缺的史料。

卡尔·雅恩译注的《史集·乌古斯史》是以伊斯坦布尔托普卡帕宫所藏编号为巴格达亭（Bağdat Köşkü）282 的《历史精华》中“乌古斯史”作为底本，称为“C 本”。他用另一份收藏于土耳其苏莱曼图书馆的《历史精华》手抄本作为参校本，编号为 919，抄写年代稍晚，称为“E 本”。雅恩虽以《历史精华》作为底本，但选用了多部《史集》作为他校本。托普卡帕有一份编号 H1653 的《史集》抄本，与塔巴里的编年史和帖木儿传记等书辑在一起，被冠名为《历史精华》。实际上，它是拉施特《史集》的一个早期抄本，年代为 1314 年，雅恩称为“A 本”。托普卡帕宫另有一份拉施特《史集》抄本，编号 H1654，抄写于 1317 年，雅恩称为“B 本”。托普卡帕宫还有一份名为《波斯世界历史书》（*Kitāb-i Tawārīḥ-i ʻĀlam-i fārsī*）的抄本，与拉施特《史集》无异，编号 2935，雅恩称为“D 本”。法国巴黎国立图书馆藏有《史集》抄本一份，编号 257-258，年代不明，应该在帖木儿时期甚至更晚，雅恩称为“G 本”。大英博物馆亦藏有《史集》抄本一份，编号为 7628，是奉沙哈鲁之命而抄写的，年代为 1433 年，

① 王一丹：《波斯拉施特〈史集·中国史〉研究与文本翻译》，第 59—60、107—108 页。

② 王一丹教授指出，以《历史精华》之名通称《君王历史汇编》是不准确的。见王一丹：《波斯拉施特〈史集·中国史〉研究与文本翻译》，第 61、107—108 页。

雅恩称为“F 本”。[①]

波斯语《乌古斯史》的内容要比回鹘文《乌古斯可汗传》丰富得多，不仅包括乌古斯可汗本人的传记，还包括乌古斯儿子昆汗（Kūn-Ḥān，意思是“天”）及其继位者的统治，特别突出了图曼汗（Tūmān-Ḥān）和布格拉汗（Buqra-Ḥān）的事迹。有关乌古斯可汗的内容，波斯语的版本带有明显的伊斯兰教色彩。例如：乌古斯出生之后，他便以拒绝喝奶来胁迫他母亲皈依伊斯兰教；在选择妻子的过程中，他以她们对伊斯兰教的态度作为择偶标准；为了信仰，乌古斯更是不惜与其抱残守缺的家族势力进行斗争。可见，乌古斯可汗在回鹘文本中还是降妖伏魔的英雄，但到了波斯语本中则摇身一变，成了伊斯兰教的捍卫者。波斯语《乌古斯史》的重点内容是乌古斯对世界的征服，包括中国、印度、格鲁吉亚、叙利亚、拜占庭、富浪、大马士革、埃及和伊拉克等地。在行军途中，乌古斯每每遇到困难，总会有人想到好点子化解，并且跟回鹘文本一样也会交代一些突厥语部族称谓的词源，但内容比后者更丰满、更具趣味性。[②] 如果说波斯语本《乌古斯史》中有关乌古斯可汗个人的内容仍然带有明显虚构色彩的话，那么其中有关昆汗以后乌古斯世系的记载，似乎更接近真实的历史。

三、奥斯曼语本《塞尔柱史》

上文提到的雅兹吉奥卢·阿里，是奥斯曼帝国宫廷历史学家。奥斯曼帝国早期经历过一场合法性危机，15 世纪初奥斯曼家族的统治正当性受到安纳托利亚诸侯和中亚帖木儿帝国的质疑。为了抬高奥

---

① Karl Jahn, *Die Geschichte der Oġuzen des Rašīd Ad-Dīn*, pp. 11-12.

② Karl Jahn, *Die Geschichte der Oġuzen des Rašīd Ad-Dīn*.

斯曼家族的地位，苏丹穆拉德二世（Murad II）命雅兹吉奥卢·阿里编纂一部奥斯曼史。① 雅兹吉奥卢·阿里于1436年修成《塞尔柱史》（*Tevârih-i Âl-i Selçuk*）一书。② 其中伊斯兰教之前的突厥民族史，是将拉施特的《史集》中有关乌古斯的内容从波斯语译成奥斯曼语。③ 因为这个缘故，也有学者把雅兹吉奥卢·阿里的《塞尔柱史》称为《乌古斯史》（*Oğuznāme*）。《塞尔柱史》中关于塞尔柱罗姆苏丹王朝史的内容，是译自波斯史家伊本·毗毗（Ibn Bībī）的书。④

土耳其学者阿卜杜拉·巴克尔（Abdullah Bakır）2009年将雅兹吉奥卢·阿里的《塞尔柱史》校勘出版，用现代土耳其字母转写。⑤ 雅兹吉奥卢·阿里《塞尔柱史》现存9部抄本，阿卜杜拉·巴克尔所用底本是伊斯坦布尔托普卡帕宫藏编号为1391的本子（巴克尔称为"A本"）。托普卡帕宫另藏有三部抄本，编号分别是1390（巴克尔称为"T本"）、1392和1393。伊斯坦布尔还有两部抄本，分别收藏在伊斯坦布尔大学稀有文献图书馆，编号T9291，和国立图书馆，编号为332。土耳其安卡拉大学语言历史与地理图书馆也藏有一部《塞尔柱史》，编号为1727。柏林国家图书馆藏有一部抄本，编号为Ms. Or.

---

① Paul Wittek: "Yazijioghlu 'Ali on the Christian Turks of the Dobruja", in *Bulletin of the School of Oriental and African Studies, University of London*, Vol. 14, No. 3 (1952), pp. 639-668.

② 根据奥地利东方学家保罗·魏特克（Paul Wittek）的研究，雅兹吉奥卢·阿里《塞尔柱史》写本的年代是公元1436/1437年左右。Paul Wittek, "Das Datum von Yazıcıoğlu Ali's Oğuznāme", *Türkiyat Mecmuası*, XIV, İstanbul, Edebiyat Fakültesi, 1965, p. 265.

③ 雅兹吉奥卢·阿里翻译的实际上是保存在《史集》第一部"蒙古史"中有关乌古斯的内容。

④ 荷兰东方学家侯茨玛（M. Th. Houtsma）1902年出版了保存在《塞尔柱史》内的伊本·毗毗的塞尔柱历史，只是用印刷体奥斯曼语排版，没有拉丁文字转写和翻译。M. Th. Houtsma, *Histoire des Seldjoucides d'Asie Mineure d'apres Ibn Bibi, Texte turc*, Leiden, 1902. 奥地利东方学家赫伯特·杜达（Herbert W. Duda）在1959年将这部分内容译成了德语。Herbert W. Duda, *Die Seltschukengeschichte des Ibn Bibi*, Kopenhagen, Munksgaard 1959.

⑤ Yazıcızâde Ali, *Tevârîh-i Âl-i Selçuk* (*Oğuznâme-Selçuklu Târihi*), Neşre hazırlayan Yrd. Doç. Dr. Abdullah Bakır, 1. Baskı 2009, 2. Baskı 2017, İstanbul.

Quart. 1823，巴克尔称为“B 本”，已经可以网上浏览。[①] 巴黎国立图书馆也藏有一部，编号 Supp. Turc. 737，巴克尔称为“P 本”，也已经数位化。[②] 巴克尔的校勘，是以 A 本为底本，以 T 本、B 本和 P 本为参校本。

奥斯曼语的《乌古斯史》与波斯语的《史集·乌古斯史》相比，一个重要特点是它保存了乌古斯 24 个部落族徽（*tamğa*）的精湛细密画，这些族徽在《史集》的多数抄本中都已阙失。[③] 从内容上看，雅兹吉奥卢·阿里也不是简单地翻译拉施特的著作，时或也会加一些个人注解，例如把奥斯曼家族攀附成传奇人物乌古斯可汗的后裔，目的是为了巩固奥斯曼家族的统治合法性。如同波斯语版《乌古斯史》中充满了伊斯兰说教意味一样，奥斯曼语版《乌古斯史》也是特定政治语境下的产物。奥斯曼语版《乌古斯史》是乌古斯历史的口头叙事在流传过程中的一个切面，它在为我们保存史料的同时，也为我们观察历史叙事在特定语境中是如何被特定人群利用和改造，以及突厥语民族在历史进程中对自我身份的建构作出过何种努力，提供了契机。[④]

四、察合台语本《突厥蛮世系》

除了一部分迁徙到小亚细亚之外，多数乌古斯人世代居住在中亚

---

① 柏林国家图书馆《塞尔柱史》抄本链接：http://digital.staatsbibliothek-berlin.de/werkansicht?PPN=PPN74633155X&PHYSID=PHYS_0001&DMDID。

② 巴黎国立图书馆《塞尔柱史》抄本链接：https://gallica.bnf.fr/ark:/12148/btv1b8415013h。

③ 在《史集》的众多抄本中，只有俄国学者贝勒津（I. N. Berezin）所用底本，即苏联科学院东方学研究所列宁格勒分所编号为Д66 的本子中有乌古斯 24 部族的族徽，但远不如《塞尔柱史》中的图案精美。参见中译本《史集》第一卷第一分册，第 143—147 页。

④ 土耳其西北部城市乌尊克普吕（Uzunköprü）发现过一部乌古斯史的奥斯曼土耳其语抄本，据学者判断抄写于 18 世纪。K. Eraslan, “Manzum Oğuznâme”, *Türkiyat Mecmuasi* vol. 18, 1976, pp. 169-244.

地区。大概从10世纪下半叶起，中亚的乌古斯人内部开始出现分化：一部分人率先皈依了伊斯兰教。[①]于是，那些皈依穆斯林的乌古斯人有了一个新的称呼，叫“突厥蛮”（Türkmen）。后来，“突厥蛮”与“乌古斯”成了同义词。大概到了蒙古人统治时期（13世纪以降），“乌古斯”就被“突厥蛮”的名号替代了。[②]13—16世纪中亚乌古斯人的历史，几乎没有留下什么文献记载。虽然没有文献史料，但乌古斯可汗的传说依然以口头叙事的形式在中亚民间流传。口头叙事有个特点，就是不固定——例如，民间说唱人会加入主观的东西，或者政治人物根据历史语境而对其进行改造。所以到了17世纪，中亚的突厥蛮人抱怨：“我们有众多不同版本的乌古斯历史，但没有一个好的。它们错误百出，互相抵牾，各说各话。若是能有一部正确的、可靠的乌古斯历史就好了。”[③]于是，希瓦汗国统治者阿布尔-哈齐·把阿秃儿汗在1659—1660年编纂了一部《突厥蛮世系》（*Shajare-i Tarākime*），后来又编了一部《突厥世系》（*Shajare-i Türk*）。[④]

把阿秃儿汗可资参考的史书，除了拉施特的《史集》外，还有十几种史料，但主要是关于蒙古人的记载，只对他编纂《突厥世系》有

---

① 巴托尔德提到，在10世纪，伊斯兰教在乌古斯人中的传播经历了一个漫长的过程。见张丽译，巴托尔德文集第2卷第1册第1部分《中亚历史》（下册），兰州大学出版社2013年版，第627页。

② 关于“突厥蛮”的词源学，参考《伊斯兰百科全书》词条“突厥蛮”（Türkmen）。到蒙古统治时期“乌古斯”被“突厥蛮”取代的论点，出自巴托尔德。“突厥蛮”在不同语境中的指称是不一样的，例如在塞尔柱帝国，“突厥蛮”用以指代那些游牧的乌古斯政权。参见 *Encyclopedia of Islam*, new edition, Brill, 1986, p.682。

③ 参考《突厥蛮世系》俄译本：А. Н. Кононов, *Родословная Туркмен*, Москва, 1958, p. 36。

④ 考虑到对蒙古史研究的价值，学界对《突厥世系》这部书比较重视。首先由法国学者戴美桑刊布，后来有不同语言的译本，包括汉译本。戴美桑于1871年刊布文本，1874年发表法文翻译：Le Baron Desmaisons, *Histoire des Mogols et des Tatares, par Aboul-Ghâzi Bèhâdour Khan*, St. Petersbourg, Tom I, Texte, 1871; Desmaisons, *Histoire des Mogols et des Tatares, par Aboul-Ghâzi Bèhâdour Khan*, Tom II, Traducation, 1874。罗贤佑译：《突厥世系》，中华书局2005年版。关于这两部书之间的关系，我们拟另行撰文探讨。

用。[①]《突厥蛮世系》是关于乌古斯人的历史，它的主体内容沿袭自《史集·乌古斯史》。若是将《史集·乌古斯史》与《突厥蛮世系》两者进行一番比较，就会发现它们之间的异同：后者在许多细节处有所删减或增益。例如，喀喇汗与儿子布格拉汗之间由于一个女人而心生嫌隙的故事，《史集》中有一段布格拉汗为了证明自己的清白而去寻找神龙的情节，完全不见于《突厥蛮世系》。毕竟《突厥蛮世系》成书的时间比《史集》晚好几个世纪，所以它的内容要相对丰富些。例如，有关阿里汗与乌古斯部族之间的矛盾，《突厥蛮世系》可以补《史集·乌古斯史》情节脱漏之处；《史集·乌古斯史》的叙事止于萨尔息人的历史，而《突厥蛮世系》在萨鲁人（即萨尔息人）的故事之后，还续写了一段乌兹别克人统治下的历史，等等。

把阿秃儿汗的《突厥蛮世系》目前已知有7部手抄本存世，分别藏在塔什干、圣彼得堡和阿什哈巴德。其中两部善本是：塔什干本（简称“T本”），乌兹别克斯坦科学院东方学研究所藏，“东方写本”第171号，抄写于1661年[②]；圣彼得堡本（以前称列宁格勒，故简称“L本”），圣彼得堡科学院东方学研究所藏，编号A-895，抄写于1822年。塔什干还有三部抄本，分别是：塔什干甲本（简称“T1本”），乌兹别克斯坦科学院东方学研究所藏，“东方写本”第174号，抄写于1897年[③]；塔什干乙本（简称“T2本”），乌兹别克斯坦科学院东方学研究所藏，“东方写本”第172号，抄写于1799—1800年[④]；塔什干丙本（简称“T3本”），乌兹别克斯坦科学院东方学研究所藏，

① 参考汉译本《突厥世系》，第2、33页。
② 乌兹别克斯坦科学院东方学研究所的总编号是N. 1522/V。
③ 乌兹别克斯坦科学院东方学研究所的总编号是N. 1807。
④ 乌兹别克斯坦科学院东方学研究所的总编号是N. 5973。

“东方写本”第173号，抄写于1923年[①]。另外在土库曼斯坦首都阿什哈巴德藏有两部抄本：土库曼斯坦科学院语言与文学研究所藏，编号546，抄写年代不详，简称“A本”；土库曼斯坦科学院语言与文学研究所藏，编号555，抄写于1928—1929年之间，简称“A1本”。[②]

《突厥蛮世系》首先由俄国东方学家图曼斯基（Александр Туманский）刊行，他于1897年根据圣彼得堡L本出版了该书的俄译本，没有附察合台文原文。[③]之后，俄国方面将圣彼得堡所藏抄本的一部复制件赠给土耳其语言学会，后者于1937年将其影印出版。[④]1958年，俄国突厥学家科诺诺夫（Андрей Н. Кононов）发表了有详细语文学注解的《突厥蛮世系》俄译本，是目前最权威的译本。[⑤]科诺诺夫没有影印任何一部抄本，而是综合所有的手抄本，用察合台文重新缮写了一部《突厥蛮世系》，作为附录。另外，土耳其学者聿尔梅兹（Zuhal Kargı Ölmez）在1996年发表了土耳其语译本，以圣彼得堡L本为底本，以塔什干T本和阿什哈巴德藏本为参校本，其他版本未得见，参考了科诺诺夫的校勘记。[⑥]目前，此书尚没有汉译本。应该说，该书的史料价值还没有得到充分的认识，中国学界甚至对其鲜有介绍。

---

① 乌兹别克斯坦科学院东方学研究所的总编号是N. 1223。

② 关于《突厥蛮世系》抄本的收藏情况，以及各抄本的编号和简称，请参考：Андрей Н. Кононов, *Родословная Туркмен*, Москва, 1958, pp. 25-29; Zuhal Kargı Ölmez, *Şecere-i Terākime*, Ankara, 1996, pp. 25-26.

③ Александр Туманский, *Родословная Туркмен*, Асхабад, 1897.

④ *Şecere-i Terakime, Sovyet İlimler Akademisinin Türk Dil Kurumu'na gönderdiği fotokopidir*, İstanbul, TDK, 1937.

⑤ Андрей Н. Кононов, *Родословная Туркмен*, Москва, 1958.

⑥ Zuhal Kargı Ölmez, *Şecere-i Terākime*, Ankara, 1996, p. 25. 该书在2020年出版了修订本。Zuhal Kargı Ölmez, *Oğuzname Kaynağı Olarak Şecere-yi Terakime*, BilgeSu, 2020.

结 语

上文扼要介绍了“乌古斯可汗传”的回鹘文、波斯语、奥斯曼语和察合台语四个版本及其流传情况。它们都是有关乌古斯可汗的口头叙事在不同历史语境中写定的文本。通过对不同版本“乌古斯可汗传”的比较，我们发现，乌古斯可汗的故事，在不同的历史语境中，是以不同的方式被人讲述的。例如，关于乌古斯 24 个部落之间分成卜阻克和禹乞兀克两大支系的问题，就有三种版本。回鹘文本说这一事件发生在乌古斯可汗在位末年——他在左、右两侧各立了一棵大树，通过两侧树上的物件不同（右侧是金鸡、白羊；左侧是银鸡、黑羊），来区分出两大支系；[①] 在波斯语和奥斯曼语版本里，支系的划分是在乌古斯可汗的长子昆汗继位之后——通过马身上不同部位的肉来作比喻；[②] 察合台语的版本则是糅合了以上两个版本——昆汗即位之后，在左右两侧竖了高杆，杆上分别挂了金鸡和银鸡来比喻乌古斯后裔两个支系的区别。[③] 这种细微的差异，值得我们深入研究。

---

① W. Bang and G. R. Rachmati, “Die Legende von Oghuz Qaghan”, p. 705.

② 汉译《史集》第 1 卷第 1 分册，第 143—147 页；Karl Jahn, *Die Geschichte der Oğuzen des Rašīd Ad-Dīn*, pp. 47-48; Yazıcızâde Ali, *Tevârîh-i Âl-i Selçuk* (*Oğuznâme-Selçuklu Târihî*), pp. 19-22。

③ 戴美桑把突厥语字 تقوق *taquq* 译成 *boule*“球”，是错误的，见 Desmaisons, *Histoire des Mogols et des Tatares, par Aboul-Ghâzi Bèhâdour Khan*, Tom II, Traducation, 1874, p.26。察合台文原文见 Desmaisons, *Histoire des Mogols et des Tatares, par Aboul-Ghâzi Bèhâdour Khan*, Tom I, Texte, 1871, p.٢٦ 倒数第 2 行。汉译本因袭了戴美桑的错误，见汉译《突厥世系》，第 24 页。这个字同样出现在回鹘文《乌古斯可汗传》第 41 页第 365 行，作 *taquq*，就是突厥语里“鸡”的意思，参见 G. Clauson, *An Etymological Dictionary of Pre-Thirteenth-Century Turkish*, Oxford, 1972, p. 468。值得注意的是，察合台文版里还加了一段在回鹘文和波斯语本都找不到的内容，那就是让两个支系分别射金、银两只鸡，来区分彼此。

上编　回鹘文《乌古斯可汗传》

凡 例

一、在本书中，除非有特别的说明，古代突厥语的转写符号一律遵循克劳森的《13世纪以前突厥语词源学字典》（Gerard Clauson, *An Etymological Dictionary of Pre-Thirteenth-Century Turkish*, Oxford, 1972）。该转写法与德国学者的转写法在一些字符上略有差别，例如用ç而非č，用ş而非š，用ğ而非γ（早期德国学者使用γ，现代德国学者已经不再对g和γ作区分，一律写成g），用ı而非ï（早期德国学者使用ï，现代学者也都使用ı），在用于前、后元音的k和q之间不再作区分（早期德国学者作区分，现代德国学者也不再作区分），用e而非ä（对于德国学者转写中的e，我们使用é表示）。我们采用国际上通行的换写方法：’表示a或e，y表示i或ı或y，w表示o/ö或u/ü或辅音v，p表示b或p，d表示d或t，k表示k或g，q（左侧没有两点）或q̈（左侧有两点）表示k（接后元音）或ğ，ç表示ç，l表示l，m表示m，n（左侧没有一点）或ṅ（左侧有一点）表示n，r表示r，s表示s，ş表示ş，z表示z。

二、在古突厥语中一般有四对元音，分别是a/e，ı/i，u/ü和o/ö。根据学者的研究，在这八个成对的元音之外，应该还存在第九个元音é，它往往被写成i或e。（Doerfer 1994, Erdal 2004 § 2.22）在克劳森的字典中，这个元音写作é。

三、对于用阿拉伯文字书写的阿拉伯语、波斯语和奥斯曼土耳其语的转写，采用国际上通用的转写方式，但是在引用原文时，则尊重原作者的转写形式，不加改动。本书注释中出现的波斯语单词，我们往往以原文的形式标出，所引《波斯语汉语词典》系 2012 年商务印书馆版。

四、为了方便读者，我们特别编制了词汇表附在文末。不少以 ç- 开头的单词，实际上对应的突厥语是以 y- 开头，学者们认为这种情况下读作 j，本书中不单独列出。在校勘中，引用其他校勘本的读法时，统一使用本书所定的转写方式。词汇表中所引《高昌馆杂字》系胡振华、黄润华整理本（民族出版社 1984 年版），# 符号用于标注整理本中的次序。在正文的语文学分析中，当要确认《高昌馆杂字》中某个词的回鹘文写法时，引用的则是北京图书馆藏本（《北京图书馆古籍珍本丛刊》6，书目文献出版社 2000 年版）。

五、回鹘文写本中漫漶不清的地方，我们的处理方式是在换写的部分用 ... 或 ...... 标注。如果仅是个别字符看不清，用 ... 标注；如果是整个单词甚至更多内容不可卒读，则用 ...... 标注。如果能够根据上下文推断出不清楚的字符，那么在转写时将残缺部分补齐，补的部分用斜体标注。如果无法推断出缺失的字符，那么在转写时也用 ... 表示。对于原文中的拼写错误，尤其是脱漏辅音的现象，我们会根据上下文补齐，补的内容一律用方括号 [ ] 标注。

六、为方便起见，在注释中对经常引用到的文献使用了缩略语的形式，具体如下（以姓氏的首字母排序）：

Bang & Rachmati 1932: W. Bang and G. R. Rachmati, Die Legende von Oghuz Qaghan, *Sitzungsberichte der Königlich-Preussischen Akademie der Wissenschaften*, philosophische und –historische Klass, XXV, Berlin, 1932, SS. 683-724.

Bodrogligeti 2001: András J. E. Bodrogligeti, *A Grammar of Chagatay*, Lincom Europa, 2001.

Clauson 1972: Gerard Clauson, *An Etymological Dictionary of Pre-Thirteenth-Century Turkish*, Oxford, 1972.

Danka 2019: Balázs Danka, *The 'Pagan' Oγuz-nāmä: A Philological and Linguistic Analysis*, Wiesbaden, 2019.

DLT: R. Dankoff & J. Kelly eds. & translators, *Compendium of the Turkic Dialects* (*Dīwān Luγāt at-Turk*), by Mahmū al-Kāshgharī, vols. I-III, Harvard University Press, 1982, 1984, 1985.

Doerfer 1994: "Zu inschrifttürkisch ē/e", in *Ural-altaische Jahrbücher*, Neue Folge 13, pp. 108-132.

Erdal 2004: Marcel Erdal, *A Grammar of Old Turkic*, Brill, 2004.

Gabain 1974: Annamarie von Gabain, *Alttürkische Grammatik*, Wiesbaden, 1974. 早期的版本出版于 1941 年和 1950 年。

耿世民 1980: 耿世民译：《乌古斯可汗的传说（维吾尔族古代史诗）》，新疆人民出版社 1980 年版。

Kononov 1958: Андрей Н. Кононов, *Родословная Туркмен*, Москва, 1958.

Lessing 1960: Ferdinand Lessing, *Mongolian English Dictionary*, University of California Press, 1960.

Nadeljaev 1969: В. М. Наделяев, et. al. eds., *Древнетюркский словарь*, Ленинград, 1969.

Nour 1928: Riza Nour, *Oghuz name: épopée turque*, Alexandrie, 1928.

Radloff 1891: Wilhelm Radloff, *Das Kudatku Bilik*, Theil I, Saint

Petersburg, 1891, 232-244, X-XII.

Scherbak 1959: А. М. Щербак, *Огуз-наме. Мухаббат-наме*, Москва, 1959.

文　本

[1] 1 pwlswṅ q̈yl d'p d'dyl'r 'ṅwnk 'nkq̈w sw

2 wşpw dwrwr  d'q̈y mwṅd'ṅ swnk s'wyṅç

3 d'ptyl'r k'ṅ' kwṅl'r d'ṅ pyr kwṅ 'y q̈'q̈'ṅ

4 ṅwṅk kwsw y'r'p pwd'dy 'yryk'k wqwl dwq̈wrdy

5 wşwl wq̈wl ṅwṅk wṅk lwk y ç'r'q̈y kwk

6 'yrdy 'q̈ysy 'd'ş q̈ysyl yrdy kws l'r y 'l s'çl'ry q̈'ş lar y

7 q̈'r' yrdy l'r 'rdy y'q̈şy ṅ'psyky l'r d'ṅ

8 kwrwk lwk rwk yrdy wşwl wq̈wl 'ṅ'

9 sy ṅyṅk kwkwswndwṅ wq̈wz ṅy 'yçyp mwṅdwṅ

(1) 1 bolsunğıl tép tédiler, anuŋ aŋğusı[1]

2 oşbu[2] turur  takı mundan[3] soŋ sevinç[4]

3 taptılar. kéne künlerden bir kün ay kağan-

---

① 一般情况下第三人称领属附加成分是 *+sI*（此处 *I* 的意思是，既可以是前元音的 *i*，也可以是后元音的 *ı*），而不是 *+sX*（此处 *X* 的意思是，既可以是前元音的 *i* 和 *ü*，也可以是后元音的 *ı* 和 *u*）。也就是说，这里应该写成 *aŋğusı*，但是该词的最后一个元音 ı 在回鹘文中写成了 w。

② 此处的 *oş*，本来的意思是引起某人的注意，释为"看这里"。后来，它与指示代词 *ol*"那"、*bu*"这"连用，写成 *oşol* 和 *oşbu*，用作强化语气。（Clauson 1972: 254-255）在察合台语中作 *uşbu* 和 *uşol*。（Bodrogligeti 2001: 133）

③ 在鄂尔浑碑铭中，从格都是用位格的形式 *+dA* 或 *+tA* 表现，在后期的突厥语中开始出现 *+dIn* 或 *+dAn* 的从格形式。（Gabain 1974: § 182, 183; Erdal 2004: 174-175）此处回鹘文写作 *mundan*，但第 9 行写作 *mundun*。

④ 回鹘文的第三个字母写的是 w，作辅音 v 解。

4 nuŋ közü yarup① bodadı②, érkek oğul tuğurdı.

5 oşol③ oğulnuŋ öŋlügi④ çırağı⑤ kök

6 érdi⑥, ağızı ataş kızıl érdi. közleri al, saçları kaşları

7 kara érdiler érdi. yakşı nebsikilerden

8 körüklügrek⑦érdi. oşol oğul ana-

9 sınıŋ kögüzündün oğuznı içip, mundun

1……成为……他们说。2 他的形象是这样的。然后他们欢愉。3 某日，月亮可汗 4 的眼睛发亮，于是她生下了一个男孩儿。5 男孩的脸色是蓝色的；6 他的嘴是火焰般的红色。他的眼睛是鲜红色的，他的头发和眉毛 7 是黑色的。他比那些善意的精灵 8 还俊。男孩喝了他母亲 9 的第一口奶，但是

[2] 10 ’rd’q̈ r’q̈ ’çm’dy yyk ’d ’ş swyrm’

---

① 应该是动词 *yaru-* 的 *-p* 副动词形式，但是该词的第二个元音 w 在回鹘文中写成了 ’。

② 邦格和拉赫马提建议读成 *bodadı*，动词 *boda-* 来自于 *bod*“身体”，意思是“盘旋”，或者读成动词 *büdi-*“舞蹈”。（Bang & Rachmati 1932: 706）奴尔作 *butadı*。（Nour 1928: 15）谢尔巴克和耿世民都作 *bodadı*。（Scherbak 1959: 22, 耿世民 1980: 29）不过，耿世民在词汇表中对 *boda-* 的解释是“分娩”。（耿世民 1980: 53）丹卡转写为 *küddi*，动词 *küd-*“等待”，翻译成“待产”。（Danka 2019: 53）查克劳森字典，有 *buta-* 或 *butı-*，意思是“树枝剪叉”。（Clauson 1972: 300）姑存疑。

③ Bang & Rachmati 1932, Scherbak 1959, 耿世民 1980 作 *oşul*；Nour 1928 作 *oşol*；Danka 2019 作 *uşol*。该词的结构是 *oş* 加指示代词 *ol*。（Clauson 1972: 254-255）

④ Bang & Rachmati 1932 作 *öŋlüki*; Nour 1928, Scherbak 1959, 耿世民 1980, Danka 2019 作 *öŋlügi*。《高昌馆杂字》“声色门”有词条“颜色，翁禄 *öŋlüg*”。（《北京图书馆古籍珍本丛刊・高昌馆杂字》，第 454 页）克劳森字典作 *öŋlüg*。（Clauson 1972: 185）

⑤ Bang & Rachmati 1932, Nour 1928, Scherbak 1959, 耿世民 1980 作 *çırağı*；Danka 2019 作 *çırayı*。按：回鹘文中的字母 ğ 是很清楚的，*çırağ* 是蒙古语“脸”，蒙古语的形式是 *çıray*。Danka 2019 作 *çırayı* 依据的是蒙古语形式。

⑥ 回鹘文原文作 *irdi*。查克劳森字典，一般形式是 *er-*，但是在乌古斯语支中亦写作 *ér-*。古代突厥语中的元音 *é*，一般都写作 *i*，故此处转写成 *érdi*。（Clauson 1972: 193-194）

⑦ 形容词 *körüklüg*，一般写作 *körklüg*，是来自名词 *körk*“身材、形状”的形容词，意思是“身材好的”。（Clauson 1972: 743）词尾的后缀 *+rek*，是加强小词。（Gabain 1972: § 346）但是，此处的 *+rek* 在回鹘文中写成了 *+ruk*。Danka 2019 转写作 *körüglükrek*。

11 d’l’dy d’ly kyl’ p’şl’dy q̈’r’q̈ kwndwṅ swṅk

12 p’dwkl’dy ywrwdy ’wyṅ’dy ’d’q̈y wd ’d’q̈y d’k pyl l’r y

13 pwry pyl l’r y d’k y’q̈ry kyş y’q̈ry d’k kwkwsw

14 ’dwq̈ kwkwsw d’k ’yrdy p’d’ṅy ṅwṅk q̈’m’q̈y

15 dwk dwlwk lwk ’rdy y’lq̈y l’r kwd’ y’

16 dwr wr ’yrdy ’d l’r q̈’ myṅ’ dwrwr ’yrdy kyk

17 ’w ’wl’ y’ dwrwr ’yrdy kwṅl’r d’ṅ

18 swnk kyç’ l’r d’ṅ swṅk ykyd pwldy pw

(2) 10 artukrak① içmedi②. yig et, aş, sorma③

11 tiledi④. tili⑤ kele⑥ başladı. kırık⑦ kündün soŋ

12 bedükledi, yürüdi⑧, oynadı. adakı ud adakı teg, bélleri⑨

13 böri bélleri teg, yağrı⑩ kiş yağrı teg, kögüzü

---

① 该词的第二个元音 u 在回鹘文中写成了 ’。后面的 *+rak* 是加强小词。

② 该词的第一个元音 i 在回鹘文中写成了 ’。

③ Nour 1928 作 *soyrma*；Bang & Rachmati 1932, Scherbak 1959, 耿世民 1980 作 *sürme*。《高昌馆杂字》“饮馔门”有词条“酒，琐儿麻 *sorma*”。（《北京图书馆古籍珍本丛刊・高昌馆杂字》，第 449 页）

④ 该词的第一个元音 i 在回鹘文中写成了 ’。

⑤ 该词的第一个元音 i 在回鹘文中写成了 ’。

⑥ 该词的第一个元音 e 在回鹘文中写成了 y。

⑦ 该词的两个元音 ı 在回鹘文中都写成了 ’。

⑧ 古突厥语的形式是 *yorı-*，后来元音逐渐靠前，在中古突厥语中变成了前元音，有 *yür-*, *yügür-* 和 *yürü-* 等形式。（Clauson 1972: 957）《高昌馆杂字》“人事兼通用门”有词条“行，悦力 *yüri-*”。（《北京图书馆古籍珍本丛刊・高昌馆杂字》，第 458 页）故，此处亦可读作 *yüridi*，并认为第二个元音 i 在回鹘文中写成了 w。Danka 2019 作 *yöridi*。

⑨ 《高昌馆杂字》“身体门”有词条“腰，判”，回鹘文写作 b’l。（《北京图书馆古籍珍本丛刊・高昌馆杂字》，第 439 页）本文写作 byl。查克劳森字典，此处的元音应该是 é。（Clauson 1972: 330）

⑩ Danka 2019 的换写是 yq̈’ry，转写是 *yağırı*。

14 adığ① kögüzü teg érdi. badanınuŋ② kamağı

15 tüg tülüklüg érdi. yılkılar küteye

16 turur érdi. atlarka③ mine turur érdi. kik

17 av avlaya turur érdi. künlerden

18 soŋ, kéçelerden④ soŋ yigit⑤ boldı. bu

$_{10}$不再喝下去。他要生肉、食物和酒。$_{11}$他开始说话了。四十天后$_{12}$他长大了，能跑和嬉戏了。他的脚像牛足，他的腰$_{13}$像狼腰，他的肩像貂肩，他的胸$_{14}$像熊胸。他的整个身体$_{15}$长满了毛。他看护畜群。$_{16}$他骑马。他狩猎$_{17}$野兽。若干日$_{18}$夜之后，他长成了小伙子。此

[3] 19 ç'q̈d' pw yyrd' pyr wlwq̈ 'wrm'ṅ p'r yrdy

20 kwp mwr'ṅ l'r kwp 'wkwz l'r p'r 'yrdy pwṅd' kylk'ṅ

21 l'r kyk kwp kwp pwṅd' 'wçq̈'ṅ l'r q̈wş kwp kwp 'yrdy

22 'wşwl 'wrm'ṅ 'yçṅd' p'dwk pyr q̈ynd p'r

23 'yrdy y'lq̈y l'r ṅy yyl kwṅ l'r ṅy yyr 'yrdy p'dwk

24 'y'm'ṅ pyr kyk 'yrdy pyrk 'mk'' pyrl'

25 yl kwṅ ṅy p'swp 'yrdy wq̈wz q̈'q̈'ṅ pyr yryz

26 q̈'q̈'z kyşy 'yrdy pw q̈'ynd ṅy 'wl'mq̈ dyl'dy kwṅ

---

① 该词的第二个元音ı在回鹘文中写成了w。查克劳森字典，写作*adığ*。《高昌馆杂字》“鸟兽门”有“熊，阿的”，旁注回鹘文的第二个元音写作y。（《北京图书馆古籍珍本丛刊·高昌馆杂字》，第428页）Bang & Rachmati 1932, Nour 1928, Scherbak 1959 作 *aduğ*。

② Bang & Rachmati 1932, Scherbak 1959, 耿世民 1980 作 *bedeninüŋ*；Nour 1928 作 *biteninüŋ*。按：该词是波斯语，作 بدن *badan*。（《波斯语汉语词典》，第261页）

③ Danka 2019 作 *atlarğa*，把向格词尾写成了 *-ğa*。按：古突厥语的向格是 *+qa* 或 *+ke* 的形式。其他的形式，参见 Gabain 1974: § 180, Erdal 2004: 366-9。

④ 该词的第一个元音在回鹘文中写作y。《高昌馆杂字》“时令门”有词条“夜，克扯”，回鹘文写作k'ç'。（《北京图书馆古籍珍本丛刊·高昌馆杂字》，第421页）查克劳森字典，此处的元音应该是é。（Clauson 1972: 694-5）

⑤ 该词的第一个元音i在回鹘文中省略了。

27 l’r d’ pyr kwṅ ’wq̈’ çyq̈dy çyd’ pyrl’

(3) 19 çağda bu yérde bir uluğ orman bar érdi.

20 köp mürenler[1], köp ögüzler bar érdi. bunda kelgen

21 ler kik köp köp, bunda uçkanlar kuş köp köp érdi.

22 oşol orman içinde[2]bedük bir **kıyand(kat)**[3] bar

23 érdi. yılkılarnı, él künlerni[4] yér érdi. bedük

24 yaman[5] bir kik érdi. birke[6] emgek[7] birle

25 él künni basup érdi. oğuz kağan bir eris

26 kakız[8] kişi érdi. bu **kıyand(kat)** avlamak[9] tiledi. Kün-

---

① Danka 2019 作 *mörünler*。

② 该词的第二个元音 i 在回鹘文中省略了。

③ 该词在文本中多次出现，且写法不统一。此处可以读成 q̈”d 或 q̈’nd，第 26 行 q̈’ynd，第 32 行 kyyṅd，第 36 行 d’”w，第 37 行 d’ṅṅk，第 39 行 d’ṅw，第 41 行 q̈dṅṅk，第 46 行 ṅdyṅṅk，第 48 行 ṅyṅṅk。根据伯希和的意见，应该作 *kıyand* 或 *kat*。（Pelliot 1930: 264-7）《高昌馆杂字》“鸟兽门”有词条“麒麟，哈 *kat*”。（《北京图书馆古籍珍本丛刊・高昌馆杂字》，第 429 页）伯希和的说法有一定的合理性。麒麟本是两种神兽，牡曰麒，牝曰麟。据《说文解字》：“麒，仁兽也。何注，状如麕，一角而戴肉。”（许慎撰，段玉裁注：《说文解字注》，上海古籍出版社 1981 年版，第 470 页）本写本中的神兽形象也是独角。

④ 该词由 *él+kün* 两个字组成，*él* 意思是“国家、政权”，*kün* 是表示“多数”的词尾，*kün* 也可以理解成“太阳”。这个复合词首次见于《福乐智慧》。（Clauson 1972: 121）《高昌馆杂字》“人物门”有词条“人民，因坤 *él kün*”。（《北京图书馆古籍珍本丛刊・高昌馆杂字》，第 436 页）Danka 2019 作 *yélkün*。

⑤ 该词词首在回鹘文中多写了一个 ’。

⑥ 该词的第一个元音 e 在回鹘文中写成了 y。突厥语 *berk* 的意思是“重的、结实的”，早期借入蒙古语，形式是 *berke*，后来又转借入突厥语。（Clauson 1972: 361）《高昌馆杂字》“人事兼通用门”有词条“难，伯儿克 *berke*”。（《北京图书馆古籍珍本丛刊・高昌馆杂字》，第 459 页）

⑦ 该词的最后一个音节 k 在回鹘文中写成了 ’，因此也可以转写成 *emge*。突厥语 *emgek*“痛苦、费劲”。（Clauson 1972: 159）《高昌馆杂字》“人事兼通用门”有词条“苦，俺克 *emge*”。（《北京图书馆古籍珍本丛刊・高昌馆杂字》，第 457 页）《高昌馆杂字》没有尾音节 k，结合此处最后一个音节写成了 ’，说明此尾音节 /k/ 确实有被省略的现象。Danka 2019 认为该词最后一个音节是 q̈，并转写为 *emg(e)q*。

⑧ 该词的词尾 z 形似 ’ 和 n。Radloff 1891 和 Nour 1928 读作 q̈’q̈’n，即 *kağan*。

⑨ 该词的最后一个元音 a 在回鹘文中省略了。

27 lerde bir kün avka çıktı. çıda birle

$_{19}$时在此地有一处大森林。$_{20}$有许多河流。来到这里$_{21}$的野兽很多，飞来这里的鸟儿不少。$_{22}$在那森林里面住着一只巨大的独角兽。$_{23}$它吃牲畜和人。它是一头巨大的、$_{24}$可怕的野兽。它竭力$_{25}$扑向人。乌古斯可汗是一个耿直、$_{26}$果敢的人。他要捕捉这只独角兽。$_{27}$有一天，他外出打猎。他带着矛$_{28}$

[4] 28 y' 'wq̈ pyrl' d'q̈y q̈yl'ç pyrl' q̈'lq̈'ṅ

29 pyrl' 'dl'dy pyr pwq̈w 'ldy şwl pwq̈w ṅy d'l

30 ṅwṅk çwpwq̈y pyrl' 'yq̈'ç q̈' pyq̈l'dy kyddy

31 'ṅd'n swṅk 'yrd' pwldy d'ṅk 'yrd' ç'q̈

32 d' k'ldy kwrdy kym kyyṅd pwq̈w ṅy 'l'p

33 dwrdr kyṅ' pyr 'dwq̈ 'ldy 'ldwṅ lwq̈

34 pylp'q̈y pyrl' yyq̈'ç q̈' p'q̈l'dy kyddy

35 mwṅdwṅ swṅk 'yrd' pwldy d'ṅk 'yrd'

36 ç'q̈dy kyldy kwrdy kym d''''w 'dwq̈ ṅy 'l'p dwrwr

(4) 28 ya ok birle, takı kılıç① birle, kalkan

29 birle atladı. bir buğu aldı. şol buğunı tal-

30 nuŋ çubukı birle ığaçka bağladı②, kétti.

31 andan③ soŋ érte boldı. taŋ érte çağ-

32 ta keldi. kördi kim **kıyand(kat)** buğunı alıp④

33 turur. kéne bir adığ⑤ aldı, altunluğ

① 该词的第二个元音 ı 在回鹘文中写成了 '。

② 该词的第一个元音 a 在回鹘文中写成了 y。

③ 一般情况下，回鹘文中的从格形式是 +*dIn*。（Erdal 2004: 174）Bang & Rachmati 1932 和 Nour 1928 作 *andın*，并认为第二个元音 ı 在原文中写成了 '。Danka 2019 作 *andan*。

④ 该词的第二个元音 ı 在回鹘文中写成了 '。

⑤ 该词的第二个元音 ı 在回鹘文中写成了 w。

34 bélbağı birle yığaçka bağladı, kétti.

35 mundun soŋ érte boldı. tang érte

36 çağta keldi. kördi kim **kıyand(kat)** adığnı① alıp turur.

和弓、箭，还带着剑和盾，$_{29}$骑马出发了。他逮住了一只鹿。他用柳$_{30}$枝把鹿绑在树上，他走了。$_{31}$过了一天。天亮的时候，$_{32}$他回来了，发现独角兽把鹿掳$_{33}$走了。于是他又抓了一只熊，用他的金$_{34}$腰带把它绑在树上，然后走了。$_{35}$又过了一天。在天亮$_{36}$的时候，他回来了，发现独角兽把熊掳走了。

[5] 37 kṅ’ wsw ’yq̈’ç ṅyṅk dwpṅd’ dwrdy d’ṅṅk

38 k’lyp p’şy pyrl’ wq̈wz q̈’lq̈’ṅyṅ ’wrdy wq̈wz

39 çyd’ pyrl’ d’ṅw ṅyṅk p’şyṅ wrdy ’ṅy

40 wldwrdy q̈’l’ç pyrl’ p’şyṅ kysdy ’ldy kyddy kṅ’

41 k’lyp kwrdy kym pyr şwṅk q̈’r q̈dṅṅk ’yç’kw syṅ

42 ym’k d’ dwrwr y’ pyrl’ ’wq̈ pyrl’

43 şwnk q̈’r ṅy wldwrdy pyşyṅ k’sdy ’ṅd’ṅ

44 swṅk d’dy kym şwṅk q̈’r ṅwṅk ’ṅkq̈w

45 sy wşbw dwrwr pwq̈w ydy ’dwq̈ ydy çyd’m

(5) 37 kéne oş[b]u② ığaçnıŋ tübinde turdı. **kıyand(kat)**

38 kelip başı birle oğuz kalkanın urdı. oğuz

39 çıda birle **kıyand(kat)**nıŋ başın urdı, anı

---

① 该词的第二个元音 ı 在回鹘文中写成了 w。

② 此处的回鹘文写作 wsw 或 wzw，第二个字母可以读作 s 或 z。邦格和拉赫马提读作 *oşu*“那个”。（Bang & Rachmati 1932: 686）丹卡读作 *özi*“他自己”，并认为尾元音 i 在原文中写成了 w。（Danka 2019: 61）本页最后一列的第二个单词，即第 45 行的 *oşbu* 有明显的改动痕迹，显然是抄写者发现了错误并在最后一个字符 w 上添加了一个字符 p。经过比对，笔者猜测这里应该也是 *oşbu*，只不过抄写者没有补上漏掉的字符 p，而且 s 的右侧没有加两点（应当作 ş）。

40 öltürdi. kılıç① birle başın kesti, aldı, kétti. kéne

41 kelip kördi kim bir şuŋkar② **kıyand(kat)**③ içegüsin

42 yémekte turur. ya birle, ok birle

43 şuŋkarnı öltürdi, başın④ kesti. andan

44 soŋ tédi, kim şuŋkarnuŋ aŋğu-

45 sı oşbu turur  buğu yédi, adığ⑤ yédi. çıdam

$_{37}$于是，他站在那棵树底下。独角兽来了，$_{38}$用头撞乌古斯的盾。乌古斯 $_{39}$用矛刺向独角兽的头，杀了它。$_{40}$他用剑砍了独角兽的头，提着它走了。再 $_{41\text{-}42}$回来时，他看见一只鹰正在吃独角兽的内脏。他用弓和箭 $_{43}$杀了鹰，砍下它的头。此 $_{44}$后，他说："鹰的形象 $_{45}$是这样。独角兽吃了鹿，吃了熊。我的矛

[6] 46 'wldwrdy d'mwr pwls' ṅdyṅṅk ṅy şwṅk

47 q̈'r ydy ya wq̈wm 'wldwrdy yz pwls' d'p d'dy

48 kyddy d'q̈y ṅyṅṅk⑥ ṅyṅk 'ṅkwq̈w sw 'wşpw

49 dwrwr  kn' kwṅ l'r d' pyr kwṅ

50 wq̈wz q̈'q̈'ṅ pyr yyr d' d'ṅkry ṅy ç'lp'rq̈'

51 d' ''rdy q̈'r'ṅkq̈w lwq̈ kyldy kwk dwṅ

52 pyr kwk y'rwq̈ dwşdy kwṅ dwṅ 'y

① 该词的两个元音 ı 在回鹘文中都写成了 '。

② 丹卡作 *şoŋkur*，并认为最后一个元音 u 在原文中写成了 '。（Danka 2019: 61）《高昌馆杂字》"鸟兽门"有词条"海青，耸哈儿"，写作 şwṅq̈'r。（《北京图书馆古籍珍本丛刊 · 高昌馆杂字》，第 429 页）据此可知该词的最后一个元音是 a。

③ 此处的回鹘文写法极不寻常。首字母 q̈ 的两个"牙"很长，看似 y。第三个字母 ṅ"牙"也很长，看似 y。

④ 该词的第一个元音 a 在回鹘文中写成了 y。

⑤ 该词的第二个元音 ı 在回鹘文中写成了 w。

⑥ 该词的第一个字母可能是加点的 y。

53 ’y d’n q̈wq̈wlq̈w lwq̈ r’q̈

54 ’yrdy ’wq̈wz q̈’q̈’ṅ ywrwdy kwrdy kym

(6) 46 öltürdi, temür bolsa. **kıyand(kat)**nı şuŋ-

47 kar yédi. ya okum öltürdi, yez[①] bolsa, tép tédi.

48 kétti. takı **kıyand(kat)**nıŋ aŋğusı[②] oşbu

49 turur  kéne künlerde bir kün

50 oğuz kağan bir yérde teŋrini çalbarğu-[③]

51 da érdi, karaŋğuluk keldi[④]. kök dün

52 bir kök yaruk tüşti. kün dün ay

53 aydan koğulğuluğrak

54 érdi. oğuz kağan yürüdi, kördi, kim

46 杀了它，因为矛是铁的。鹰吃了独角兽。47 我的弓箭杀了鹰，因为弓箭是铜的。” 48 他走了。独角兽的形象是这样 49 的。后来有一天，50 乌古斯可汗在某个地方祭天。51 暮色降临，从夜空中 52 落下一道蓝光。它比日、夜、53 月更亮。54 乌古斯可汗走近一看

[7] 55 wşpw y’rwq̈ ṅwṅk ’r’ syṅd’ pyr q̈yz

56 p’r ’yrdy y’lq̈wz wldwrwr ’yrdy y’q̈şy kwrwk

57 lwk pyr q̈yz ’yrdy ’ṅwṅk pyş’ṅd’ ’d’ş

58 lwq̈ y’rwq̈ lwq̈ pyr m’ṅk y p’r ’yrdy

59 ’ldwṅ q̈’şwq̈ d’k ’yrdy wşwl q̈yz ’ṅd’q̈

60 kwrwk lwk ’yrdy kym kwls’ kwk

---

① Danka 2019 作 *yél*“风”。

② 原文中多写了一个 w。该词的最后一个元音 ı 在回鹘文中写成了 w。

③ 该词的最后一个元音 w 在回鹘文中写成了 ’。

④ 该词的第一个元音 e 在回鹘文中写成了 y。

61 d’ṅkry kwl’ dwrwr yq̈l’s’ kwk d’ṅkry

62 yq̈l’ ya dwrwr wq̈wz q̈’q̈’ṅ

63 ’ṅy kwrdwkd’ wsy q̈’lm’dy kyddy swdy ’ldy ’ṅwṅk

(7) 55 oşbu yaruknuŋ arasında bir kız

56 bar érdi, yalğuz olturur érdi. yakşı körük-

57 lüg bir kız érdi. anuŋ başında ataş-

58 luğ[①] yarukluğ bir meŋi bar érdi,

59 altun kaşuk[②] teg érdi. oşol kız antağ[③]

60 körüklüg érdi. kim külse kök

61 teŋri küle turur. ığlasa, kök teŋri

62 ığlaya turur. oğuz kağan

63 anı kördükte usı kalmadı. kétti. sevdi, aldı. anuŋ

$_{55}$那光里有个姑娘。$_{56}$她独自一人坐着。她是一个姣好$_{57}$的姑娘。在她的额头上有一颗火红、$_{58}$闪亮的痣。$_{59}$它如同北斗星一般。那姑娘是如此$_{60}$姣好：她若笑，仿佛苍$_{61}$天在笑；她若哭，仿佛苍天$_{62}$在哭。乌古斯可汗$_{63}$看了她一眼后便失去了意识。他离开了。他爱上了她，娶了她。他同姑娘

[8] 64 pyrl’ y’ddy d’l’kwsyṅ ’ldy dwl pwq̈’z

65 pwldy kwṅl’rd’ṅ swṅk k’ç’ l’r d’ṅ swṅk

66 y’rwdy wç ’yrk’k wq̈wl ṅy dwq̈wrdy pyryṅ çy

67 sy k’ kwṅ ’d q̈wydy l’r ’ykyṅ

68 çy sy k’ ’y ’d q̈wydy l’r wçwṅ çw

---

① 此处的 *ataş* 是波斯语借词 آتش “火”（《波斯语汉语词典》，第 12 页），后面加了突厥语的修饰性后缀 *+luğ*。

② 此处的 *altun kaşuk*，直译是“金勺子”，喻“北斗星”。

③ 此处的 *antağ*，从 *an-(ol)+teg*“像这样”的形式变化而来。（Clauson 1972: 177）

69 sw k' ywldwz 'd qwydy l'r k'ṅ pyr kwn

70 wqwz q̈'q̈'ṅ 'w q̈' kyddy pyr

71 kwl 'r' s'ṅd' 'l'ṅ d'ṅ pyr 'yq̈'ç

72 kwrdy pw 'yq̈'ç ṅwṅk q̈'pw ç'q̈'ṅd'

(8) 64 birle yattı. tilegüsin aldı. töl boğaz

65 boldı. künlerden soŋ kéçelerden soŋ

66 yarudı. üç érkek oğulnı tuğurdı. birinçi-

67 sike kün at koydılar[1], ikin-

68 çisike ay at koydılar, üçünçü-

69 sike[2] yultuz at koydılar. kéne bir kün

70 oğuz kağan[3] avğa kétti. bir

71 köl arasında[4] alından[5] bir ığaç

72 kördi. bu ığaçnuŋ kabuçakında[6]

$_{64}$一起睡了，遂了愿。她怀孕$_{65}$了。若干日夜之后，$_{66}$她［眼前］一亮，生了三个男孩。他们给长子$_{67}$取名“日”，给次$_{68}$子取名“月”，给幼$_{69}$子取名“星”。后来有一天，$_{70}$乌古斯可汗外出打猎。$_{71}$

---

① 动词 *koy-* 或 *kod-* 的本义是“放置、弃”，此处的引申义是“起名字”。

② 该词字母 s 后面的元音 i 在回鹘文中写成了 w。

③ 此处回鹘文字母左侧点的位置不规范，看似 q̈q̈'ṅ'。

④ 该词的第三个元音 ı 在回鹘文中写成了 '。

⑤ 该词的第二个元音 ı 在回鹘文中写成了 '。此处的 *al*，意思是“前方”。（Clauson 1972: 121）词组 *köl arasında alından* 直译是“湖中心的前方”，其中的 *+dan* 可以理解成表示方位的词缀，而非从格。（参考 Gabain 1974: § 183; Erdal 2004: 181）

⑥ 该词的元音 ı 在回鹘文中写成了 '。此处的 *kabuçak* 有两种理解。一种是 *kabçak*，意思是“口袋”，引申义是“袋状物”，即“树洞”。（Clauson 1972: 581）另一种是 *kaburçak* 或 *kabarçak*，义项较多，其中比较贴近的是蒙古语 *koboğor*，意思是“掏空”，引申义“容器、箱子、箭套”，该蒙古语此后借入了察合台语形式是 *kobur/kubur*，加上词缀形成了 *koburçuk* 的形式，意思是“箱子（一般指棺材）”。（Clauson 1972: 586-7）丹卡对于该词的解释是“（树）洞”，古代突厥语的形式 *koburçak/kaburçak*“木箱子”，中古突厥语的形式是 *kaburçuk*。（Danka 2019: 317）

在一汪湖泊的中间，他在前方看见一棵树。$_{72}$在树洞里

[9] 73 pyr q̈yz p'r 'yrdy ç'lq̈wz 'wldwrwr 'yrdy

74 y'q̈şy kwrwk lwk pyr q̈yz 'yrdy 'nwnk

75 kwzw kwk dwṅ kwk r'k 'yrdy

76 'nwṅk s'ç y mwr'ṅ wswq̈y d'k 'ṅwṅk

77 d'şy wṅçw d'k 'yrdy 'ṅd'q̈ kwrwk

78 lwk 'yrdy kym yyr ṅyṅk yyl kwṅy 'ṅy kwrs'

79 'y 'y aq aq 'wl'rpyz d'p swd d'ṅ

80 q̈wmwz pwl' dwrwr l'r 'wqwz q̈' q̈'ṅ

81 'ṅy kwrdwkdy wsy kyddy çwr'ky k' 'd'ş

(9) 73 bir kız bar érdi, çalğuz olturur érdi.

74 yakşı körüklüg bir kız érdi. anuŋ

75 közi[1] kökden[2] kökrek érdi.

76 anuŋ saçı müren osuğı teg, anuŋ

77 tişi[3] ünçü[4] teg érdi. antağ körük-

78 lüg érdi, kim yérniŋ yél küni[5] anı körse,

79 ay ay ağ[6] ağ öler biz tép, sütten[7]

---

① 该词的第二个元音 i，是第三人称单数领属附加成分，在回鹘文中写成了 w。

② Bang & Rachmati 1932 作 *kökdün*。这里的词尾应该是 *+dAn*，表示比较级。按：一般情况下，形容词比较级用位格 *-dA* 来表示。（Erdal 2004: 372）

③ 该词的第一个元音 i 在回鹘文中写成了 '。

④ 早期突厥语作 *yinçü*，见于鄂尔浑碑铭，系汉语借词。后来演变成不同的形式，例如 *yinçü, yünçü*。《高昌馆杂字》"珍宝门"有词条"珠，永诸"，写作 wyṅçw，转写是 *ünçü*，与此处的形式同。（《北京图书馆古籍珍本丛刊·高昌馆杂字》，第 447 页）按：《高昌馆杂字》的整理者转写成 *ünjü*。（《高昌馆杂字》#476）

⑤ 此处的词组 *yél kün* 相当于 *él kün*。

⑥ 此处的字母 q 左侧没有加两点。这里将 *ağ* 释作感叹词。

⑦ Bang & Rachmati 1932 作 *süttin*。从格词尾的元音在回鹘文中写的是 ' 而非 y，故我们转写为 *+ten*。使用从格的意思是"从牛奶变成了酸奶"。

80 kumuz bola tururlar. oğuz kağan

81 anı kördükte[1] usı kétti, çürekike ataş

$_{73}$有个姑娘，孤单地坐着。$_{74}$她是一个姣好的姑娘。她的$_{75}$眼睛比天蓝；$_{76}$她的头发如流水一般；她的$_{77}$牙齿如珍珠。她是如此姣$_{78}$好，以至于世人一见到她，$_{79}$就说："哎呀，真要命！；就是鲜奶$_{80}$也要变成酸奶了。"乌古斯可汗$_{81}$一见她，便失去了意识。他的心中

[10] 82 dwşdy 'ṅy swdy 'ldy 'ṅwṅk pyrl' y'ddy d'l'kw

83 swṅ 'ldy dwl pwq̈'z pwldy kwn l'r

84 d'ṅ swṅk k'ç' l'r d'ṅ swṅk

85 y'rwdy wç yrk'k 'wqwl ṅy dwq̈wrdy pyryṅ

86 çy sy k' kwk 'd q̈wydy l'r 'ykyṅ

87 çy sy k' d'q̈ 'd q̈wydy l'r 'wçwṅ çw

88 sw k' d'ṅkyz 'd q̈wydy l'r

89 'ṅd'ṅ swṅk wq̈wz q̈'q̈'ṅ pydwk

90 dwy pyrdy yl kwṅ k' ç'r l'q̈

(10) 82 tüşti, anı sevdi, aldı, anuŋ birle yattı, tilegü-[2]

83 sin aldı. töl boğaz boldı. künler-

84 den soŋ, kéçelerden soŋ

85 yarudı. üç érkek oğulnı tuğurdı. birin-

86 çisike kök at koydılar, ikin-

87 çisike tağ at koydılar, üçünçü-

88 sike[3] teŋiz at koydılar.

---

① 该词的最后一个元音 e 在回鹘文中写成了 y。

② 该词的第一个元音 i 在回鹘文中写成了 '。

③ 该词的字母 s 后面的元音 i 在回鹘文中写成了 w。

89 andın soŋ oğuz kağan bedük

90 toy bérdi①. él künke çarlıǧ②

82 落下了火苗。他爱上了她，娶了她。他和姑娘一起睡了，遂了愿。83 姑娘怀孕了。84 若干日夜之后，她［眼前］85 一亮，生了三个男孩。86 他们给长子取名“天”，给 87 次子取名“山”，给幼子 88 取名“海”。89 为此，乌古斯大 90 摆宴席。他招呼百姓，

[11] 91 ç'rl'p kyṅk'şdy l'r k'ldy l'r q̈'r'q̈ syr'

92 q̈'r'q̈ p'ṅd'ṅk ç'pdwrdy dwrlwk 'şl'r dwr

93 lwk swyrm' l'r çwpw y'ṅ l'r q̈'m'z l'r

94 'şdy l'r yçdy l'r dwy d'ṅ swṅk 'wq̈wz

95 q̈'q̈'ṅ pyk l'r k' yl kwṅ l'r k'

96 ç'rl'q̈ pyrdy dq̈y d'dy kym m'ṅ syṅ l'r

97 k' pwldwm q̈'q̈'ṅ 'l'lyṅk y' d'q̈y

98 q̈'lq̈'ṅ d'mq̈' pyz k' pwlswṅ

99 pwy'ṅ kwk pwry pwlswṅ q̈yl 'wr'ṅ d'mwr ç'd'

(11) 91 çarlap kéŋeştiler③. keldiler. kırık④ şire⑤

---

① 此处的 *toy* 本义是“帐篷”，引申义是“宴席”，例如《高昌馆杂字》“人事兼通用门”有词条“赐宴，推必儿的 *toy bérdi*”。(《北京图书馆古籍珍本丛刊・高昌馆杂字》，第461 页)

② 此处的字母 r 写得有点像 k。

③ 第二个字母 k 写得有点像 r。

④ 该词的两个元音 ı 在回鹘文中都写成了 '。

⑤ 此处的字母 s 右侧没有两点，写成了 s 而非 ş。

92 kırık[①] bandeŋ[②] çapturdı[③]. törlüg[④] aşlar, tör-

93 lüg sormalar[⑤], çubuyanlar[⑥], kımızlar

94 aşadılar, içtiler. toydan soŋ oğuz

95 kağan beglerke[⑦] él künlerke

96 çarlığ[⑧] bérdi. takı[⑨] tédi, kim men senler-[⑩]

---

① 该词的两个元音 ı 在回鹘文中都写成了 '。

② 这个词源自汉语的“板凳”一词。《高昌馆杂字》“器用门”有词条“凳，板凳”。（《北京图书馆古籍珍本丛刊 · 高昌馆杂字》，第 442 页）该词可能是从蒙古语的 *bandang* 转借入突厥语的。蒙古语词条 *bandang* 见 Lessing 1960: 81。Danka 2019 转写成 *bandaŋ*。按：因为是借词，所以不必遵守元音和谐律。此处从 Bang & Rachmati 1932 和《高昌馆杂字》整理者的转写，作 *bandeŋ*。

③ 此处的 *çaptur-* 也就是 *yaptur-*，系 *yap-* 的使动态。动词 *yap-* 的义项较多，例如“造（城墙）、关（门）”，但是它的基本含义是把东西合在一起。（Clauson 1972: 870-1）如果直译的话，应该是“他让人打了四十张桌和四十条凳”，我们稍微变通一点，译成“他让人摆了四十张桌和四十条凳”。

④ Bang & Rachmati 1932, Danka 2019 作 *türlüg*。Nour 1928 作 *türlük*。此处以克劳森的字典为依据，写作 *törlüg*。（Clauson 1972: 546）

⑤ 第一个元音字母 w 后面跟了一个 y。《高昌馆杂字》“饮馔门”有词条“酒，琐儿麻”，回鹘文换写是 swrm'，可见在字母 w 后面没有 y。不过，《高昌馆杂字》的整理者认为此处的元音也可作前元音，故转写时写成 *surma* (*sürme*)。（《高昌馆杂字》#493）克劳森字典作 *sorma*。（Clauson 1972: 852）该词在上文中已经出现过，作 *sorma*。

⑥ 学者们一般将该字解读成是突厥语的 *çıbıkan*，音节 -k- 后来消失了，变成了一个半元音 -y-。也就是说，该单词的形式后期变成了 *çıbıyan*。照此理解的话，两个元音 *ı* 在回鹘文中都写成了 w。突厥语 *çıbıkan* 的意思是“枣”，引申为枣汁，进而指代一般意义上的果汁。这一解读是说得通的。《高昌馆杂字》“花木门”有词条“枣，搠卜罕”，回鹘文写作 çwpwq̈'n，整理者转写成 *çobukan*，亦可转写成 *çubukan*。（《北京图书馆古籍珍本丛刊 · 高昌馆杂字》，第 424 页）伯希和转写为 *çıbıyan*，并认为它与《高昌馆杂字》中的“滋味”一词有关。（Pelliot 1930: 280）按：《高昌馆杂字》“饮馔门”有词条“滋味，尺必烟 *çibiyen*”。（《北京图书馆古籍珍本丛刊 · 高昌馆杂字》，第 450 页）可见，《高昌馆杂字》转写的是前元音。如果是前元音的话，那么此处回鹘文的两个 ' 可能都应该是 y。

⑦ 该词的第一个元音 e 在回鹘文中写成了 y。

⑧ 该词的第二个元音 ı 在回鹘文中写成了 '。

⑨ 该词的第一个元音 a 回鹘文中省略了。

⑩ 一般情况下写作 *sen*，此处元音 e 在回鹘文中写成了 y。按：第二人称代词复数一般形式是 *sizler*，此处使用的是第一人称代词的单数加复数词尾的形式 *senler*。

97 ke boldum kağan①, alalıŋ② ya takı

98 kalkan, tamğa bizge bolsun

99 buyan, kök böri bolsunğıl③ uran④. temür çıda-⑤

$_{91}$［和他们］一起商量。他们来了。他让人摆了四十张桌 $_{92}$ 和四十条凳。$_{93\text{-}94}$ 他们吃了各式食物，喝了各式酒、果汁和酸奶。饭后，乌古斯 $_{95}$ 可汗向诸酋长和百姓 $_{96}$ 下令。他说："我成了你们 $_{97}$ 的可汗。让我们拿起弓和 $_{98}$ 盾，让族徽成为我们的 $_{99}$ 福祉，让苍狼［为我们］呐喊。愿铁矛

[12] 100 l'r pwl 'wrm'ṅ 'w yyrdy ywrwswṅ q̈wl'ṅ

101 d'q̈y d'lwy d'q̈y mwr'ṅ kwṅ dwq̈ pwl q̈yl kwk

102 qwryq̈'ṅ d'p d'dy kn' 'nd'n swnk

103 wqwz q'q'n dwrd s'ry q̈' ç'rl'q̈

104 çwmş'dy pyldwr kw lwk p'd'dy ylçy l'r y k'

105 pyryp y'pyrdy wşpw pyldwr kw l'k d' pydyl

106 m'ş 'yrdy kym m'ṅ wyq̈wr nynk q̈'q̈'ṅy pwl' m'n

① 突厥语中正常的语序是 *kağan boldum*"成了［你们的］可汗"，动词置于句尾。如此处理是为了押韵。在乌古斯所讲的这段话中，几乎每句话的语序都作了适当的调整，结果每句话的句尾分别是 *kağan, kalkan, buyan, uran, orman, kulan, kurıkan*，显然是为了押 *-an* 韵。

② 在古代突厥语中，第一人称复数祈使语气词尾是 *-Allm*。第二人称复数祈使语气的词尾是 *-Xŋ*。（Gabain 1974: § 215）此处出现的形式是在动词 *al-* 后加词尾 *-alıŋ*。在察合台语中，第一人称复数的祈使态是 *-alı* 后加人称词尾标志 *+ng/ŋ*。（Bodrogligeti 2001: 174）

③ 此处在动词 *bol-* 后面加了两个词缀，分别是表示第三人称单数祈使语气的 *-sun* 和表示第二人称单数祈使语气的 *-ğıl*。（Gabain 1974: § 215; Bodrogligeti 2001: 177, 184）

④ 这里的 *uran* 几乎不见于其他文献记载或词典。谢尔巴克释作"战斗口号"，并在《巴布尔传》中找到一例。（Scherbak 1959: 73）丹卡译作"呐喊、通关口号"。（Danka 2019: 73, 349）如果直译的话，是"让苍狼成为［我们的］战斗口号"，此处省略了间接宾语"我们"。略作变通之后，可以译成"让苍狼［为我们］呐喊"。从后文的内容来看，苍狼确实会"嗷——嗷——"呐喊。

⑤ 该词的第一个元音 ı 在回鹘文中写成了 '。

107 kym yyr ṅyṅk dwrd pwlwnk y ṅwṅk q̈'q̈'ṅy

108 pwls'm k'r'k dwrwr syn l'r d'ṅ pyş ç'lwṅq̈w

(12) 100 lar bol orman, av yérde① yürüsün kulan,

101 takı taluy, takı müren, kün tuğ bolğıl, kök

102 kurıkan②, tép tédi. kéne andan soŋ

103 oğuz kağan tört sarıka çarlığ

104 çumşadı. biltürgülük bitidi, élçilerige

105 bérip yiberdi③. oşbu biltürgülükte④ bitil-

106 miş⑤ érdi, kim men uyğurnıŋ kağanı bola men

107 kim yérniŋ tört buluŋınuŋ kağanı

108 bolsam kerek turur. sinlerden baş⑥ çalunğu-

100 成林！愿猎场上野马奔腾！ 101 愿海泽充盈！以太阳为旗，以蓝 102 天为帐！”接着， 103 乌古斯可汗将命令向四方 104 传达。他写下旨意，向使臣 105 作了交代。旨意的内 106 容是：“我是回鹘人的可汗，我 107 成为四隅的可汗 108 是必然的。我要你们俯

[13] 109 lwq̈ d'l'p m'n dwrwr ''wşwl kym m'n'nk 'q̈yz

---

① 该词的最后一个元音 e 在回鹘文中写成了 y。

② 古代突厥语有 *korığ*，来自于动词 *korı-*，意思是“某块圈定的地方”，尤其是指某位君主的辖地。后来在察合台语中写作 *koruk* 或 *kuruk*，还有 *korıya* 的形式。早期借入了蒙古语，写作 *kori'a(n)*。（Clauson 1972: 652）查《高昌馆杂字》“人事兼通用门”有词条“起营，苦力烟秃儿的 *küriyen türdi*”和“下营，苦力烟秃失的 *küriyen tüşti*”。（《北京图书馆古籍珍本丛刊·高昌馆杂字》，第 464 页）我们可以发现，《高昌馆杂字》里记录的是前元音。Bang & Rachmati 1923 和耿世民 1980 作 *kurıkan*；Nour 1928, Scherbak 1959 作 *kurığan*；Danka 2019 作 *korığan*。考虑到前元音形式是 *küriyen*，此处笔者作 *kurıkan*，与 Bang & Rachmati 1923 同。

③ 该词的第一个元音 i 在回鹘文中写成了 '。

④ 该词的倒数第二个元音 ü 在回鹘文中写成了 '。

⑤ 该词 *-miş* 中间的元音 i 在回鹘文中写成了 '。

⑥ 该词的元音 a 在回鹘文中写成了 y。

110 wm q' p'q'r dwrwr pwls' d'ry dq̈y

111 d'rd'p dwsd d'dwd'r m'n dyp d'dy wşpw kym

112 'q̈'z wm q̈' p'qm'z dwrwr pwls' ç'm'd

113 ç'q'p ç'r'k ç'kyp dwşm'ṅ dwd'r m'ṅ

114 d'qwr'q̈ p's'p 'sdwr'p ywq pwlswn q̈'l

115 d'p q̈'lwr m'n d'p dy dy kn' pw ç'q

116 d' 'wṅk ç'ṅk' q̈ d' 'ldwṅ q'q'n

117 d'kyṅ pyr q̈'q̈'ṅ p'r 'yrdy 'wşpw 'ldwṅ

(13) 109 luk tilep① men turur. oşol② kim meniŋ③ ağız-

110 umka bakar turur bolsa, tartığı④

111 tartıp⑤ dost tutar men, tép tédi. oşbu kim

112 ağızumka⑥ bakmaz⑦ turur bolsa, çımad⑧

113 çakıp⑨ çerig⑩ çekip duşman tutar men.

114 tağurak basıp⑪, asturıp⑫, yok bolsunğıl⑬

---

① 该词的第一个元音 i 在回鹘文中写成了 '。

② 该词的回鹘文起首写成了 "。

③ 该词的第二个元音 i 在回鹘文中写成了 '。

④ 该词的第二个元音 ı 在回鹘文中没有写出来。又，在回鹘文中，音节 r 之后多出了一个 y。

⑤ 该词的第二个元音 ı 在回鹘文中写成了 '。

⑥ 该词的第二个元音 ı 在回鹘文中写成了 '。

⑦ 该词的第一个元音 a 在回鹘文中写得有点像 y。

⑧ 该词的第一个元音 ı 在回鹘文中写成了 '。Bang & Rachmati 1923 作 *çımad*；Nour 1928, Scherbak 1959, 耿世民 1980, Danka 2019 作 *çamat*。查《高昌馆杂字》"人事兼通用门"有词条"怒，尺麻"，回鹘文换写是 çym't，转写是 *çımat*。(《北京图书馆古籍珍本丛刊・高昌馆杂字》，第 457 页；《高昌馆杂字》#600 第 52 页）该词在突厥语中的词源不清。蒙古语有 *ǰimed-*"责备、不满"。(Lessing 1960: 184）或与此有关。这里按照蒙古语的写法，作 *çımad*。(Clauson 1972: 434）

⑨ 该词的第二个元音 ı 在回鹘文中写成了 '。

⑩ 该词的第二个元音 i 在回鹘文中写成了 '。

⑪ 该词的第二个元音 ı 在回鹘文中写成了 '。

⑫ 该词的最后一个元音 ı 在回鹘文中写成了 '。

⑬ 该词的最后一个元音 ı 在回鹘文中写成了 '。

115 tép kılurmen[①], tép tédi. kéne bu çağ-

116 da oŋ çaŋakta altun kağan

117 tégen[②] bir kağan[③] bar érdi. oşbu altun

109 首。谁遵从我的命 110 令，我会赏 111 赐，待之以友；谁若是 112 违抗我的命令，113 我会发怒、动兵，待之以敌。114-115 我将速打、绞杀，弄死他。”彼时 116，在右面，有着号称“金可汗” 117 的一位可汗。这位金

[14] 118 q̈’q̈’n ’’wqwz q’q’n q’ ’yl çy ywmş’p

119 y’p’r dy kwp d’l’m ’ldwṅ kwmwş d’rd’p kwp d’l’m

120 q̈’z y’q̈wd d’ş ’lyp kwp d’l’m ’rd’ṅy l’r y’p’r

121 ’p ywmş’p ’wqwz q’q’n q’ sywrq’p

122 pyrdy ’q̈’z y q̈ p’q̈’ndy y’q̈şy pykw pyrl’

123 dwsd lwq qyldy ’ṅwṅk pyrl’ ’myr’q

124 pwldy çwnk ç’ṅk’qy d’ ’wrwm d’k’n

125 p’r q’q’n p’r ’’rdy ’wşw q̈’q̈’n ṅwṅk

126 ç’ryk y kwp kwp p’l’q̈ l’r y kwp kwp ’yrdy l’r

(14) 118 kağan oğuz[④] kağanka élçi yumşap

119 yiberdi[⑤]. köp telim[⑥] altun kümüş tartıp[⑦] köp telim

---

① 该词的第一个元音 ı 在回鹘文中写成了 ’。

② 该词的第二个元音 e 在回鹘文中写成了 y。

③ 该词的回鹘文左侧加点的位置不规范。

④ 该词的回鹘文起首写成了 ’’。

⑤ 该词的第一个元音 i 在回鹘文中写成了 ’。

⑥ 该词的第二个元音 i 在回鹘文中写成了 ’。

⑦ 该词的最后一个元音 ı 在回鹘文中写成了 ’。

120 kız① yakut taş② alıp köp telim erdiniler yiber-

121 ip③ yumşap oğuz kağanka soyurkap④

122 bérdi. ağızıka bakındı⑤. yakşı bé[r]gü⑥ birle

123 dostluk kıldı. anuŋ birle amırak

124 boldı. çoŋ çaŋakıda urum tégen

125 bir⑦ kağan bar érdi. oşbu kağannuŋ

126 çerigi köp köp balıkları⑧ köp köp érdiler

118 可汗向乌古斯可汗派了使者。119 他携了许多金、银，拿了许多 120 宝石，送来许多珠宝，121 向乌古斯可汗纳贡。122 他听话，并用好礼 123 缔结了友谊。与他［的关系］变得友好。124 在左边有号称“罗姆”125 的一位可汗⑨。这位可汗 126 的军队多多，城市多多。

[15] 127 ’yrdy ’wşol ’wrwm q’q’n ’wqwz q’q’n

---

① 该词的元音 ı 在回鹘文中写成了 ’。

② 据俄国学者的《古突厥语字典》，*yakut* 的意思是“红宝石”，源自于希腊语，后经由阿拉伯语借入突厥语。（Nadeljaev 1969: 238）参见 Danka 2019: 353。查《高昌馆杂字》“珍宝门”有词条“鸦鹘石，呀库塔失 *yakut taş*”。（《北京图书馆古籍珍本丛刊 · 高昌馆杂字》，第 448 页）按：“鸦鹘石”是一种宝石，古代用作装饰品。例如，明代叶盛《水东日记》有“鸦鹘石”的记载：“中贵有再遭营火者，珍珠皆灰化，玉器窑器，或裂或变浅黑色，惟诸色鸦鹘石愈精明。”

③ 该词的最后一个元音 i 在回鹘文中写成了 ’。

④ 该词的第一个元音 o 在回鹘文中没有写出来。查《高昌馆杂字》“人事兼通用门”有词条“赏赐，琐约儿哈 *soyurka-p*”。（《北京图书馆古籍珍本丛刊 · 高昌馆杂字》第 461 页，《高昌馆杂字》#661）又，查克劳森字典，*soyurka-* 见于 *tsoyurka-* 词条。（Clauson 1972: 860）克劳森引用冯加班的说法，将 *tsoyurka-* 的词源解释成来源于汉字的“慈”，引申为“怜悯”的意思。（Clauson 1972: 556, Gabain 1974 § 96）根据伯希和的观点，这个词如果是来自汉语的话，其词源也可能是“赐”。（Pelliot 1930: 302-3）

⑤ 该词的第二个元音 ı 在回鹘文中写成了 ’。

⑥ 该词的音节 r 在回鹘文中省略了。

⑦ 该词的元音 i 在回鹘文中写成了 ’。

⑧ 该词的第二个元音 ı 在回鹘文中写成了 ’。

⑨ 马夸特认为此“罗姆”可汗是指阿兰人的国王。他指出，乌古斯可汗的事迹影射的是成吉思汗的征服行动。（J. Marquart, Über das Volkstum der Komanen, *Abhandlung der Königlichen Gesellschaft der Wissenschaften zu Göttingen philologisch-historische Klasse*, Neue Folge Band XIII, Nr. 1, pp. 142-143.）

128 ṅwṅk ç’rlyq yn s’ql’m’z ’yrdy q’d’q̈l’

129 q̈w p’rm’z ’yrdy mw ṅy swz swz

130 ṅy dwdm’z m’n dwrwr m’n d’p y’rl’q

131 q̈ p’q̈m’dy ’wqwz q’q’n ç’m’d

132 ’’dwp ’nk’ ’dl’q̈w d’l’dy ç’r’k pyrl’

133 ’dl’p dwq l’r ṅy dwdwp k’ddy q̈’r’q

134 kwṅ dwṅ swṅk mwn d’y d’k’ṅ

135 d’q̈ nwṅk ’d’ q̈y q̈’ k’ldy q̈wryq̈’ṅ

(15) 127 érdi. oşol urum kağan oğuz kağan-

128 nuŋ çarlığın saklamaz érdi. katağla-①

129 ğu barmaz érdi. munı söz söz-

130 ni tutmaz men turur men tép yarlığ-②

131 ka bakmadı③. oğuz kağan çımad④

132 atup aŋa atlağu tiledi⑤. çerig⑥ birle

133 atlap tuğlarnı tutup kétti. kırık⑦

134 kün dün soŋ muz tay⑧ tégen

135 tağnuŋ adakıka keldi. kurıkan-

---

① 该词是来自体词 *katığ*“严格、严厉”的动词形式 *katığla-*，该动词的自反形式是 *katığlan-*。（Clauson 1972: 598, 600）东洋文库本《高昌馆杂字》“方物门”有词条“管，哈答哈喇”，汉文整理者转写成 *kadakla-p*。（《高昌馆杂字》#955）按照克劳森的解释，《高昌馆杂字》的这个词条应该转写成 *katağla-p*，元音从原来的 ı 变成了 a。Danka 2019 转写成 *katığla-*，并认为第二个元音 ı 在回鹘文中写成了’。

② 该词的第二个元音 ı 在回鹘文中写成了’。

③ 该词的第一个元音 a 在回鹘文中写得有点像 y。

④ 该词的第一个元音 ı 在回鹘文中写成了’。

⑤ 该词的第一个元音 i 在回鹘文中写成了’。

⑥ 该词的第二个元音 i 在回鹘文中写成了’。

⑦ 该词的两个元音 ı 在回鹘文中都写成了’。

⑧ 此处的 *tay* 系 *tağ* 的误写。

$_{127}$这位罗姆可汗不遵乌古斯可汗$_{128}$的令。他不$_{129}$听管教。他放话：$_{130}$“我不听他的话。”他没有$_{131}$遵他的令。乌古斯可汗动怒$_{132}$，要征讨他。乌古斯可汗率军$_{133}$，策马张旗出发。四十$_{134\text{-}135}$日夜后抵达“冰山”脚下，

[16] 136 ṅy dwşkwrdy şwk pwlwp wywp dwrdy ç’ṅk ’yrdy
137 pwldwq d’ wqwz q̈’q̈’ṅ ṅwṅk
138 q̈wryq̈’ṅ y q̈’ kwn d’k pyr
139 ç’rwq kyrdy ’wl ç’rwq̈ dwṅ kwk
140 dwlwk lwk kwk ç’llwq̈ pyd’k
141 p’r ’yrk’k pwry ç’q̈dy ’wşwl pwry ’’wqwz
142 q̈’q̈’ṅ q̈’ swz p’ryp dwrwr ’yrdy
143 d’q̈y d’dy kym ’y ’y ’wqwz ’wrwm
144 ’wsdy k’ s’n ’dl’r pwl’ s’ṅ

(16) 136 nı tüşkürdi[1]. şük bolup uyup turdı. çaŋ[2] érte[3]
137 boldukta oğuz kağannuŋ
138 kurıkanıka kün teg bir
139 çaruk kirdi. ol çaruktun kök
140 tülüklüg kök çalluğ bedük[4]

---

① 这里出现的 *tüşkür-* 是动词 *tüş-*“下降”的使动态，意思是“让某物落下”。不过，该词的一般形式是 *tüşür-*。（Clauson 1972: 566）《高昌馆杂字》“人事兼通用门”有词条“下营，苦力烟秃失的 *küriyen tüşti*”。（《北京图书馆古籍珍本丛刊 · 高昌馆杂字》，第 464 页，《高昌馆杂字》#712）

② 此处的 *çaŋ* 系 *taŋ* 之音转。

③ 该词的最后一个元音 e 在回鹘文中写成了 y。

④ 回鹘文换写是 pyd’k，直接转写是 *bidek*。《高昌馆杂字》“人事兼通用门”有词条“大，把都”，回鹘文换写是 *pydwk*，转写当为 *bidük*。（《北京图书馆古籍珍本丛刊 · 高昌馆杂字》，第 460 页）古代突厥语的形式是 *bedük*，后来有 *bedik, beyik* 和 *büyük* 等形式。（Clauson 1972: 302-3）这里我们还是转写成 *bedük*，并认为该词的第一个元音 e 在回鹘文中写成了 y，第二个元音 ü 写成了 ’。

141 bir érkek böri çıktı[①]. oşol böri oğuz

142 kağanka söz bérip turur érdi.

143 takı tédi, kim ay ay oğuz, urum

144 üstike sen atlar bola sen

$_{136}$扎下营帐，安顿休息了。在天亮$_{137}$时，乌古斯可汗的$_{138\text{-}139}$营帐里照进一束太阳般的光。从那束光里$_{140}$出来一匹灰毛、灰鬣的大$_{141}$公狼。那匹狼跟乌古斯$_{142}$可汗交流，$_{143}$并对他说：“嗷——嗷——，乌古斯，$_{144}$你要攻打罗姆那边。

[17] 145 ’y ’y ’wq̈wz d’pwqwṅk l’r q̈’ m’n

146 ywrwr pwl’ m’ṅ ’d’p d’dy k’ṅ’

147 ’nd’ṅ swṅk ’wqwz q̈’q̈’ṅ

148 q̈wr’q’ṅ ṅy dwr dwr dy kyddy kwrdy

149 kym ç’ryk n’nk d’pwq l’r y

150 d’ kwk dwlwk lwk kwk ç’llwq

151 p’dwk pyr ’yrkyk pwry ywrwkw d’

152 dwrwr ’wl pwry n’nk ’rd l’r yṅ q’d’q

153 l’p ywrwkw d’ dwrwr ’yrdy l’r ’yrdy pyr

(17) 145 ay ay oğuz tapukuŋlarka[②] men

---

① 该词的第一个元音 ı 在回鹘文中写成了 ’。

② 该词的体词形式是 *tapuk*。Nour 1928 作 *tabuk+*；Bang & Rachmati 1932, 耿世民 1980 作 *tapuk+*；Scherbak 1959 和 Danka 2019 作 *tapuğ*。丹卡认为 *tapuğ* 来自于动词 *tap-* “寻找”，并将其解释为“周围、周边”。（Danka 2019: 341）按：《高昌馆杂字》“方隅门”有词条“前，塔卜恨答”，回鹘文换写是 d’pwq̈yṅd’。（《北京图书馆古籍珍本丛刊·高昌馆杂字》，第 452 页）汉译整理者转写成 *tabukında*。（《高昌馆杂字》#539）按照整理者的写法，将位格去掉之后，该体词的原形当是 *tabuk*。我们暂且按照丹卡的意见，认为它是来源于动词 *tap-*，作 *tapuk*。

146 yürür bola men tép[①] tédi. kéne

147 andan soŋ oğuz kağan

148 kurıkannı[②] türtürdi[③] kétti. kördi

149 kim çerigniŋ[④] tapukları-

150 da kök tülüklüg kök çalluğ

151 bedük bir érkek[⑤] böri yürügüde

152 turur. ol böriniŋ[⑥] artların katağ-

153 lap yürügüde turur érdiler érdi. bir

145 嗷——嗷——，乌古斯，我在你们前面 146 走。”此 147 后，乌古斯可汗 148 起营出发。他看见 149 在部队的前面 150 有一只灰毛、灰鬣的 151 大公狼在跑 152-153，［部队］只管跟在它后面走。

[18] 154 ṅ'ç' kwn l'r d'ṅ swṅk kwk

155 dwlwk lwk kwk ç'l lwq pw p'd'k

156 'yrk'k pwry dwrwp dwrdy 'wqwz d'q̈y ç'r'k

---

① 该词在回鹘文中词首多写了一个 '。

② 该词的第二个元音 ı 在回鹘文中写成了 '。

③ 或作 *turturdı*，见《高昌馆杂字》“起营”。Nour 1928, Bang & Rachmati 1932, Scherbak 1959, 耿世民 1980 和 Danka 2019 都是转写成前元音，作 *türtürdi*。按：《高昌馆杂字》“人事兼通用门”有词条“起营，苦力烟秃儿的”，回鹘文换写 kwyryy'ṅ twrydy，转写是 *küriyen turdı*。（《北京图书馆古籍珍本丛刊·高昌馆杂字》，第 464 页）上文中我们已经解释过这里的 *küriyen* 其实就是 *kurıkan*。这里的动词 twrydy 是后元音，整理者转写成 *turdı*。（《高昌馆杂字》#711）突厥语中 *tur-* 的意思是“停”。（Clauson 1972: 530）汉语“起营”的意思是“拔除营帐”。突厥语 *tür-* 的意思是“卷起（某人的袖子）”。（Clauson 1972: 530-1）相较而言，“卷起”的义项似乎更加契合此语境，意思是把营帐卷起来，准备行军。如果这样的话，《高昌馆杂字》中的动词似乎应该转写成前元音，变成 *küriyen türdi*。况且，与“秃儿的”相对应的是“秃失的”*tüşti* 也是前元音，都是用“秃”字音译的。（《高昌馆杂字》#712“下营，苦力烟秃失的”）

④ 该词的最后一个元音 i 在回鹘文中写成了 '。

⑤ 该词的最后一个元音 e 在回鹘文中写成了 y。

⑥ 该词的最后一个元音 i 在回鹘文中写成了 '。

157 pyrl’ dwrwp dwrdy mwnd’ ’’d’l mwr’n d’k’ṅ

158 pyr d’l’y p’r ’yrdy ’yd’l mwr’n ṅwṅk q̈wdwq̈

159 y d’ pyr q̈’r’ d’q d’pyqq y d’

160 ’wrwşq̈w dwdwldy ’wq̈ pyr l’ ç’’d’

161 pyr l’ q̈yl’ç pyrl’ ’wrwşdy l’r ç’ryk

162 l’r n’nk ’r’ l’r y d’ kwp d’lym pwldy wrwşq̈w

(18) 154 neçe künlerden soŋ kök

155 tülüklüg kök çalluğ bu bedük[1]

156 érkek böri turup turdı. oğuz takı çerig[2]

157 birle turup turdı. munda itil[3] müren tégen

158 bir taluy[4] bar érdi. itil mürenniŋ[5] kıdığ-[6]

159 ıda bir kara tağ tapukıda[7]

160 uruşğu tutuldı. ok birle, çıda[8]

161 birle kılıç[9] birle uruştılar. çerig-

162 ler-niŋ[10] aralarıda köp telim boldı uruşğu,

$_{154}$过了若干天之后，这匹灰$_{155}$毛、灰鬣的大$_{156}$公狼停了下来。

---

① 该词的元音在回鹘文中写得不易识别，看上去既像 y，又像 ’。

② 该词的第二个元音 i 在回鹘文中写成了 ’。

③ 该词的回鹘文换写是 ’’d’l，下一行的同一个单词的回鹘文换写是 ’yd’l。按：Itil 是中古突厥语文献中对“伏尔加河”的称谓。

④ 该词的第二个元音 u 在回鹘文中写成了 ’。这个词在前文中出现过，第二个元音写的是 w。

⑤ 该词的最后一个元音 i 在回鹘文中写成了 w。

⑥ 该词的两个元音 ı 在回鹘文中都写成了 w。《高昌馆杂字》“地理门”有词条“边地，起的叶儿”，回鹘文换写是 q̈ydyq̈ yyr。（《北京图书馆古籍珍本丛刊·高昌馆杂字》，第420页）整理者转写成 *kıdık yir*。（《高昌馆杂字》#76）其中 *kıdık* 的最后一个音节应该是 ğ 而非 k。突厥语作 *kıdığ*，意思是“边”。（Clauson 1972: 597-8）

⑦ 该词的第二个元音 u 在回鹘文中写成了 y。另，音节 k 后面多写了一个字母 q̈。

⑧ 该词的元音 ı 在回鹘文中写成了 ’’。

⑨ 该词的第二个元音 ı 在回鹘文中写成了 ’。

⑩ 该词的最后一个元音 i 在回鹘文中写成了 ’。

乌古斯也 $_{157}$ 停下了军队。这里有叫阿的勒河的 $_{158}$ 一汪水。在阿的勒河岸 $_{159}$ 边的一座黑山前 $_{160}$ 发生了冲突。他们用箭、用矛 $_{161}$ 和用剑作战。两军 $_{162}$ 双方之间有许多战役。

[19] 163 ’yl kwn l’r ṅ’ṅk kwṅkwl l’r y d’

164 kwp d’lym pwldy q̈’yq̈w dwdwlwnç ’wrwşwṅç

165 ’nd’ğ y’m’n pwldy kym ’yd’l mwr’ṅ

166 ṅwṅk swq̈y q̈wp qyzyl s’p s’ṅkkyr d’k

167 pwldy wqwz q̈’q̈’ṅ pyşdy ’wrwm q’q’n

168 q’çdy ’wqwz q’q’n ’wrwm q̈’q̈’ṅ

169 nwnk q̈’q̈’ṅ lwq yn ’ldy yl

170 kwn yn ’ldy ’wrdw sy q’ kwp

171 ’wlwq̈ ’wlwk pyrq̈w kwp d’lym d’ryk

(19) 163 él künlerniŋ① köŋülleride

164 köp telim boldı kayğu. tutulunç uruşunç

165 antağ yaman boldı, kim itil② müren-

166 niŋ③ suğı kıp④ kızıl sepsenggir⑤ teg

① 该词的最后一个元音 i 在回鹘文中写成了 ’。

② 该词的两个元音 i 在回鹘文中都写成了 ’。

③ 该词的最后一个元音 i 在回鹘文中写成了 w。

④ 该词的元音 ı 在回鹘文中写成了 w。该词是在突厥语中用于修饰表示颜色的词，表达颜色的深度或强度。它既可作 *kap*，亦可作 *kıp*，取决于被修饰词的元音是 a 还是 ı。例如，*kap kara*，表示“非常黑”。这里出现的是 *kıp kızıl*，意思是“非常红”。（Clauson 1972: 578-9）

⑤ 该词来自于波斯语。《高昌馆杂字》“珍宝门”有词条“朱砂，洗省乞儿”，回鹘文换写是 sypsyṅkkyr。（《北京图书馆古籍珍本丛刊·高昌馆杂字》，第 448 页），整理者转写为 *sipsingkir*。（《高昌馆杂字》#489）查《波斯语英语高级词典》有 سیم شگرف，意思是“朱砂”。（F. Steingass, *A Comprehensive Persian-English Dictionary*, London, 1897, p. 718）按：该词条不见于《波斯语汉语词典》，只有 شگرف，意思是“美丽的、优美的”等义项。（《波斯语汉语词典》，第 1478—1479 页）可见，波斯语本来的元音是 i，但是借入突厥语以后，既有作 i 的，也有作 e 的。

167 boldı. oğuz kağan baştı①, urum kağan

168 kaçtı. oğuz kağan urum kağan-

169 nıŋ② kağanlukın aldı. él

170 künin aldı. ordusıka köp

171 uluğ ölüg barğu③, köp telim tirig④

$_{163}$人民的心中$_{164}$有许多疾苦。战斗$_{165}$如此之恶，阿的勒河$_{166}$的水变得殷红，如朱砂一般$_{167}$了。乌古斯可汗冲锋，罗姆可汗$_{168}$逃逸。乌古斯可汗收了罗姆可汗$_{169}$的汗国，收了$_{170}$他的人民。他的汗廷$_{171}$有大量死的和大量

[20] 172 p’rqw dwsw pwldy ’wrwm q’q’n nwnk

173 pyr q’rwṅ d’şy pyr ’yrdy ’wrwz p’k d’k’ṅ

174 ’yrdy ’wl ’wrwz p’k ’wqwl wṅ d’q p’şy

175 d’ d’r’ṅk mwr’ṅ ’r’ sy d’

176 yqşy pyr’k p’lwq q’ ywmş’dy d’q̈y

177 d’dy kym p’lwq̈ ṅy q̈’d’ql’q̈w kyr’k dwrwr

178 s’n d’q̈y ’wrwşqw l’r d’n swnk p’lwq

179 ny p’z k’ s’q̈l’p k’l k’l d’p d’dy ’wqwz

180 q̈’q̈’ṅ ’wşwl p’lwq q’ ’dl’dy wrwz

(20) 172 barğu tusu boldı. urum kağannıŋ⑤

173 bir karındaşı⑥ bar⑦ érdi, uruz beg tégen

---

① 该词的第一个元音 a 在回鹘文中写成了 y。

② 该词的最后一个元音 ı 在回鹘文中写成了 w。

③ 该词的第一个元音 a 在回鹘文中写成了 y。

④ 该词的第一个元音 i 在回鹘文中写成了 ’。

⑤ 该词的最后一个元音 ı 在回鹘文中写成了 w。

⑥ 该词的第二个元音 ı 在回鹘文中写成了 w。

⑦ 该词的元音 a 在回鹘文中写成了 y。

174 érdi. ol uruz beg oğulun tağ başı-

175 da teriŋ[①] müren arasıda

176 yakşı berke[②] balıkka[③] yumşadı. takı

177 tédi kim balıknı[④] katağlağu[⑤] kerek[⑥] turur.

178 sen takı uruşğulardan soŋ balık-[⑦]

179 nı bizge[⑧] saklap kelgil[⑨] tép tédi. oğuz

180 kağan oşol balıkka[⑩] atladı. uruz

$_{172}$活的战利品。罗姆可汗$_{173}$有个兄弟，名叫乌鲁兹伯。$_{174\text{-}176}$这位乌鲁兹伯把他儿子送到在山顶上深水中的一座坚城。$_{177}$然后说："必须要保全此城，$_{178}$你作战之后，$_{179}$为我们保住此城再回来。"乌古斯$_{180}$可汗进攻该城。乌鲁兹

[21] 181 p'k ṅ'ṅk 'wq̈wl y 'ṅk' kwp 'ldwṅ

182 kwmwş y'p'rdy d'qy d'dy kym 'y m'ṅ ṅyṅk

183 q̈'q̈'ṅ ṅwm s'n m'n k' 'd' m pw

184 p'lwq ṅy p'r'p dwrwr d'qy d'dy kym p'lwq

---

① 该词的最后一个元音 i 在回鹘文中写成了 '。

② Nour 1924 作 *birik*；Bang & Rachmati 1932，Scherbak 1959 和耿世民 1980 作 *berik*；Danka 2019 作 *berk*。按：该词与突厥语的 *berk*"重的、难的"有关，借入蒙古语后成为 *berke*。蒙古语 *berke* 的形式又再次借入突厥语。（Clauson 1972: 361）《高昌馆杂字》"人事兼通用门"词条"难，伯儿克"，回鹘文换写是 p'rk'。（《北京图书馆古籍珍本丛刊 · 高昌馆杂字》，第 459 页）整理者转写为 *berke*。（《高昌馆杂字》#633）鉴于此，笔者转写为 *berke*，第一个元音 e 在回鹘文中写成了 y，最后两个字母 ' 和 k 位置颠倒了。

③ 该词的第二个元音 ı 在回鹘文中写成了 w。

④ 该词的第二个元音 ı 在回鹘文中写成了 w。

⑤ 按：*katağla-* 上文中出现过，意思"管教"。这里引申为"保管、守卫"。

⑥ 该词的第一个元音 e 在回鹘文中写成了 y。

⑦ 该词的第二个元音 ı 在回鹘文中写成了 w。

⑧ 该词的第一个元音 i 在回鹘文中写成了 '。

⑨ 该词的第二个元音 i 在回鹘文中写成了 '。

⑩ 该词的第二个元音 ı 在回鹘文中写成了 w。

185 ṅy q̈'d'q̈l'q̈w k'r'k dwrwr s'n d'qy

186 'wrwşqw l'r d'n swnk p'lyq ny p'ṅk'

187 s'q̈l'p k'l k'l d'p d'dy 'd'm ç'm'd ''dwp 'yrs'

188 m'ṅyṅk d'p wm 'yrwr mw s'n d'n

189 ç'rlwq pqlyq pyllyk pwl' m'n

(21) 181 begniŋ① oğulı aŋa köp altun

182 kümüş yiberdi②. takı tédi kim ay menniŋ

183 kağanum sen. meŋe atam bu

184 balıknı③ bérip④ turur. takı tédi kim balık-⑤

185 nı katağlağu kerek turur, sen takı

186 uruşğulardan soŋ balıknı beŋe

187 saklap kelgil⑥ tép tédi. atam çımad atup⑦ érse

188 meniŋ tapum érür mü? senden

---

① 该词的最后一个元音 i 在回鹘文中写成了 '。

② 该词的第一个元音 i 在回鹘文中写成了 '。

③ 该词的第二个元音 ı 在回鹘文中写成了 w。

④ 该词的最后一个元音 i 在回鹘文中写成了 '。

⑤ 该词的最后一个元音 ı 在回鹘文中写成了 w。

⑥ 该词的最后一个元音 i 在回鹘文中写成了 '。

⑦ Danka 2019, Clauson 1972: 434 作 *étüp*。其他学者都作 *atup*。这里写的是 ''typ，起首是 ''，说明该词是后元音。它是动词 *at-* 的副动词形式。克劳森对这句话的解释是："如果我父亲发布不合作的命令，难道对我来说是某种满意吗？"（Clauson 1972: 434）他对 *çımad at-* 的解释不妥，按照《高昌馆杂字》*çımad* 的意思是"怒"，那么 *çımad at-* 的意思就应该是"发怒"。丹卡的翻译是："如果我的父亲（对我）生气，会给我带来什么满意吗？"（Danka 2019: 93）耿世民的翻译是："如我父亲发怒，我的处境将不妙。"（耿世民 1980: 21）实际上，这句话的意思是"我"（按：指乌鲁兹伯的儿子）如果按照父亲的指示去防卫乌古斯可汗，肯定会守不住，也就会辜负父亲的嘱托，自然会引起他动怒，这不是"我"所期望的结果，"我"还不如投诚乌古斯可汗，保全城池不受破坏。下文都是讲向乌古斯可汗投降的话。

189 çarlığ① bağlığ béllüg② bola men.

$_{181}$伯的儿子送给他许多金、$_{182}$银，还说：“啊，$_{183}$你是我的可汗。我父亲把这$_{184}$座城交给我了，还说：‘$_{185}$必须要保全此城。你$_{186\text{-}187}$作战之后，为我保住此城再回来。’如果我父亲发怒$_{188}$，我会称心吗？［所以，］从你那里来$_{189}$的命令我将捍卫。

[22] 190 p’z ṅ’ṅk qwd pyz s’ṅ ṅ’ṅk
191 qwd nwṅk pwlmwş p’z nynk ’wrwq̈
192 pyz s’ṅ ṅyṅk ’yq̈’ç ṅk ṅwṅk
193 wrwq y pwlmwş pwlwp dwrwr d’ṅkry s’n
194 k’ yyr pyr’p pwçwrmwş pwlyp dwrwr m’ṅ s’ṅk’
195 p’şwm ṅy q̈wd wm ny pyr’ m’ṅ p’kw
196 p’r’p dwsd lwq d’ṅ ç’q̈m’z dwr
197 d’p d’dy ’wqwz q̈’q̈’ṅ ykyd ṅ’ṅk
198 swz wn yqşy kwrdy sywyṅdy kwldy d’q̈y

(22) 190 bizniŋ③ kutıbız senniŋ④
191 kutnuŋ bolmuş bizniŋ⑤ uruğ-
192 ıbız senniŋ ığaçuŋnuŋ

---

① 该词的最后一个元音 ı 在回鹘文中写成了 w。

② 该词的最后一个元音 ü 在回鹘文中写成了 y。学者们对这句话的理解不一致。邦格和拉赫马提，以及耿世民翻译成“我将遵守你的命令”。（Bang & Rachmati 1932: 695, 711；耿世民 1980: 21, 46）拉德洛夫和谢尔巴克翻译成“我从你那里得到权力、财富和智慧”。（Radloff 1891: XII, Scherbak 1959: 42）丹卡转写成 *béllüg*，将其与突厥语 *belgülüg*“重要的，显著的”联系起来，并翻译成“我将成为一个依从你命令的人”。（Danka 2019: 93, 302）根据邦格提供的信息，在突厥语中 *bel bağla-* 的意思是“勒紧腰”，引申为“勒紧裤腰带、破釜沉舟，下定决心地干”。（Bang & Rachmati 1932: 711）这里我们遵从邦格和拉赫马提的解释。

③ 该词的两个元音 i 在回鹘文中都写成了 ’。

④ 该词的最后一个元音 i 在回鹘文中写成了 ’。

⑤ 该词的第一个元音 i 在回鹘文中写成了 ’。

193 uruğı bolmuş bolup turur. teŋri sen-

194 ge yér bérip① buçurmuş bolup② turur. men seŋe

195 başumnı kutumnı bére men. bé[r]gü

196 bérip③ dostlukdan çıkmaz④ tur[ur men],

197 tép tédi. oğuz kağan igitniŋ⑤

198 sözün yakşı kördi, sevindi, küldi, takı

$_{190\text{-}191}$我们的福就是你的福。我们的后代$_{192}$是你树上的$_{193}$支系。上天赐给了你$_{194}$土地。我给你$_{195}$我的头和我的福。$_{196}$我纳贡以结好。”$_{197}$乌古斯可汗对年轻人的$_{198}$话很欣赏，欢喜了，笑了。然后

[23] 199 ’yddy kym m’ṅ k’ kwp ’ldwṅ ywmş’p s’ṅ

200 p’lwq̈ ṅy yq̈şy s’q̈l’p s’ṅ d’p d’dy ’ṅwṅk

201 wçwṅ ’ṅk’ s’q̈l’p ’d q̈wydy dwsd lwq̈

202 q̈yldy kṅ’ ç’r’k pyrl’ ’wq̈wz q’q’n

203 ’yd’l d’kṅ mwr’ṅ k’ k’ldy ’yd’l d’kyn

204 p’dwk pyr ’qrwş dwrwr ’wqwz q̈’q̈’ṅ ’ṅy

205 kwrdy d’q̈y d’dy kym ’yd’l n’ṅk swq̈ y dyṅ

206 ṅ’çwk k’ç’r pyz d’p d’dy ç’ryk d’ pyr

207 yq̈ş p’k p’r ’yrdy ’ṅyṅk ’dy ’wlwq̈ ’wrdw

(23) 199 ayttı kim meŋe köp altun yumşap sen,

200 balıknı⑥ yakşı saklap sen, tép tédi. anuŋ

① 该词的最后一个元音 i 在回鹘文中写成了 ’。

② 该词的最后一个元音 w 在回鹘文中写成了 y。

③ 该词的最后一个元音 i 在回鹘文中写成了 ’。

④ 该词的第一个元音 ı 在回鹘文中写成了 ’。这里的词组 *dostlukdan çıkmaz*，直译是“不从友谊中走出来”，也就是始终保持对乌古斯可汗的朝贡关系。

⑤ 该词的最后一个元音 i 在回鹘文中写成了 ’。

⑥ 该词的第二个元音 ı 在回鹘文中写成了 w。

201 üçün aŋa saklap at koydı. dostluk

202 kıldı. kéne çerig① birle oğuz kağan

203 itil② tégen mürenke keldi. itil③ tégen

204 bedük bir ağruş④ turur. oğuz kağan anı

205 kördi. takı tédi kim itilniŋ suğıdın

206 neçük keçerbiz? tép tédi. çerigde bir

207 yakşı beg bar érdi. anuŋ atı uluğ ordu

$_{199}$说："你给了我许多金子，$_{200}$还保全了城池。"为此$_{201}$乌古斯可汗赐其名曰"保"，$_{202}$与其交好。然后，乌古斯可汗率军$_{203}$来到阿的勒河。阿的勒河$_{204}$是个大麻烦。乌古斯可汗$_{205-206}$看了看它，说："我们该如何渡过阿的勒的水呢？"在军中有一位$_{207}$优秀的官员，他的名字叫兀鲁·斡耳朵

[24] 208 p'k 'yrdy 'wslwq ...... pyr yr 'yrdy

209 kwrdy kym pw yyr d' kwp d'lym d'l l'r kwp d'lym

210 'yq̈'ç l'r ...... wşwl 'yq̈'ç l'r

211 ...... k'sdy 'yq'ç l'r d'

212 y'ddy k'çdy wq̈wz q̈'q̈'ṅ s'wyṅç ''ddy kwldy

213 d'qy 'yddy kym 'y 'y s'ṅ mwn d' p'k

214 pwlwṅk qypç'q d'k'ṅ s'ṅ p'k pwlwṅk

215 dyp d'dy d'qy 'ylk'rw k'ddy 'ṅ d'ṅ swnk

---

① 该词的第二个元音 i 在回鹘文中写成了 '。

② 该词的最后一个元音 i 在回鹘文中写成了 '。

③ 该词的第二个元音 i 在回鹘文中写成了 '。

④ 原文漫漶不清，Radloff 1891 作 q'q'n，转写为 *kağan*；Bang & Rachmati 1932, Scherbak 1959 作 mwr'n，转写为 *müren*；Danka 2019 作 ṅ'nk，转写为 *näŋ*。笔者建议读作 'qrwş，转写为 *ağruş*。突厥语中的 *ağruş* 意思是"困难、苦难、痛苦"，来自于体词 *ağır*"重的"，引申为"困难的"。例如 *ağır ağruş körür*"他承受着沉重的痛楚"。（Clauson 1972: 88）

216 wqwz q’q’n kṅ’ kwk dwlwk lwk

(24) 208 beg érdi. usluğ ...... bir ér érdi.

209 kördi kim bu yérde köp telim tallar köp telim

210 ığaçlar ...... oşol ığaçlar

211 .... kesti. ığaçlarda

212 yattı, keçti. oğuz kağan sevinç attı, küldi.

213 takı ayttı kim ay ay sen munda beg

214 boluŋ, kıpçak tégen sen beg boluŋ,

215 tép tédi. takı ilgerü kétti[ler]. andan soŋ

216 oğuz kağan kéne kök tülüklüg

208 伯。他是一个灵巧、……的人。209 他看到此处有许多柳枝和许多 210-211 树。……他砍了……这些树。212 他躺在树上，渡了［河］。乌古斯可汗破颜一笑，213 接着说：“哎呀，你在这里当官 214 吧。你就做叫‘钦察’的官吧 215。”于是，他们前进。然后 216 乌古斯可汗又看见那匹灰毛、

[25] 217 kwk ç’llwq̈ ’yrkyk pwry kwrdy wşpw kwk

218 pwry wq̈wz q’q’n q’ ’yddy kym ’mdy

219 ç’ryk pyrl’ mwṅ dwṅ ’dl’nk wqwz

220 ’dl’p yl kwṅ l’r ṅy pyk l’r ṅy kyldwr

221 kyl mṅ s’ṅ k’ pyşl’p ywl ṅy kwrkwr wr

222 mṅ d’p d’dy d’ṅk ’yrdy pwldwq̈ d’

223 wq̈wz q̈’q̈’ṅ kwrdy kym ’yrk’k pwry

224 ç’ryk ṅ’ṅk d’pwq̈ l’r y d’ ywrwkw

225 d’ dwrwr s’wṅdy ylk’ rw k’ddy wq̈wz

(25) 217 kök çalluğ érkek[①] böri kördi. oşbu kök

218 böri oğuz kağanka ayttı kim amtı

219 çerig birle mundun[②] atlaŋ oğuz

220 atlap él künlerni beglerni[③] keldür-[④]

221 gil, men seŋe başlap[⑤] yolnı körgürür[⑥]

222 men tép tédi. taŋ érte boldukta

223 oğuz kağan kördi kim érkek böri

224 çerigniŋ[⑦] tapuklarıda yürügü-

225 de turur. sevindi, ilgerü kétti. oğuz

$_{217}$灰鬣的公狼。这匹灰$_{218}$狼对乌古斯可汗说："现在$_{219}$带着你的军队从这儿行进吧，乌古斯，$_{220}$让百姓和伯克们前行$_{221}$吧。我将引领你，为你指路$_{222}$。"天亮以后，$_{223}$乌古斯可汗看到公狼$_{224}$在军队前面跑$_{225}$着，他欣喜，往前行进了。乌古斯

[26] 226 q̈'q̈'ṅ pyr çwq̈wr d'ṅ 'yq̈yr 'd q̈' myṅ'

227 dwrwr 'yrdy 'wşwl 'yq̈yr 'd ṅy p'k çwq sywywr

228 'yrdy çwld' 'wşpw 'yq̈yr 'd kwz d'ṅ y'dw

229 q̈çdy kyddy mwṅd' wlwq̈ pyr d'q̈ p'r

230 'yrdy 'wyz' 'wsdwṅ d' dwṅk d'qy mwz

231 p'r dwrwr 'ṅwṅk p'şy swq̈wq̈ d'ṅ 'p 'q̈

---

① 该词的最后一个元音 e 在回鹘文中写成了 y。
② 该词的最后一个元音不甚清楚，也可能写的是 '。
③ 该词的第一个元音 e 在回鹘文中写成了 y。
④ 该词的第一个元音 e 在回鹘文中写成了 y。
⑤ 该词的第一个元音 a 在回鹘文中写成了 y。
⑥ 该词 *körgür-* 来自于动词 *kör-*"看见"，意思是"指示"。一般情况下会插入一个音节 *-t-*，作 *körtgür-*，其简化形式是 *körgür-*。（Clauson 1972: 740）
⑦ 该词的最后一个元音 i 在回鹘文中写成了 '。

232 dwrwr 'ṅwṅk 'w...ṅ 'ṅwṅk 'dy mwz d'q̈

233 dwrwr 'wq̈wz q̈'q̈'ṅ ṅ'ṅk 'dy mwz d'q̈

234 'yçyk' q̈'çyp kyddy 'wq̈wz q̈'q̈'ṅ mwṅd'ṅ

(26) 226 kağan bir çukurdan[1] ayğır atka mine

227 turur érdi. oşol ayğır atnı bek çok seviyür[2]

228 érdi. çolda oşbu ayğır at közden yitü[3]

229 kaçtı, kétti. munda uluğ bir tağ bar

230 érdi. üze üstünde toŋ takı muz

231 bar turur. anuŋ başı soğıktan[4] ap ak[5]

232 turur. anuŋ üç*ü*n anuŋ atı muz tağ

233 turur. oğuz kağannıŋ[6] atı muz tağ

234 içke[7] kaçıp kétti. oğuz kağan mundan

$_{226}$可汗乘着一匹斑点牡马。$_{227}$他十分喜爱这匹牡马。$_{228}$途中此匹牡马失明了，$_{229}$跑走了。那里有一座大山。$_{230}$山上有着冻和冰。$_{231}$山脊因为寒冷而雪白。$_{232}$因此，它的名字叫“冰山”（音译“慕士塔格”）。$_{233}$乌古斯可汗的马往冰山$_{234}$里逃走了。乌古斯可汗为此

[27] 235 kwp ç'q̈'y 'mk'k ç'kwp dwrdy ç'ryk d'

---

① 该词来自于蒙古语 *çukur*“有斑点的”。（Lessing 1960: 199, Danka 2019: 310）后加波斯语词缀 *+dan*，构成名词。该波斯语词缀在突厥语中较为常见，例如 *çaydanlık*“茶炉子”就是在“茶”*çay* 后加 *+dan*，再加突厥语的词缀 *+lık*。克劳森将该词转写 *çuğurdan*，可能来自突厥语的 *çukur*“洞”，后加波斯语词缀 *+dan*。（Clauson 1972: 411）

② 该词的第一个元音 e 在回鹘文中写成了 y。

③ 该词的第一个元音 i 在回鹘文中写成了 '。

④ 该词的第二个元音 ı 在回鹘文中写成了 w。此处的从格 *+tan*，作“原因”解。

⑤ 此处的词组 *ap ak* 中的 *ap*，是在语气上强调白色的程度。上文中第 166 行也有类似的表达 *kıp kızıl*。

⑥ 该词的最后一个元音 ı 在回鹘文中写成了 '。

⑦ 这里的回鹘文直接转写是 *içike*，第二个 *i* 或是衍字。

236 pyr pyd’k q̈’q̈’z yr p’k p’r ’yrdy

237 ç’l’ṅk pwl’ṅk d’ṅ q̈wrwq̈ m’z dwrwr

238 ’yrdy çwrwkw d’ swq̈wr q̈w d’ ’wṅk’

239 ’yr ’yrdy ’wşwl pyk d’q̈ l’r q̈’ kyrdy

240 ywrwdw dwq̈wz kwṅ dwṅ swṅk wq̈wz

241 q̈’q̈’n q̈’ ’yq̈yr ’d ṅy k’ldwr dy mwz

242 d’q̈ l’r d’ kwp swq̈wq̈ pwlwp d’ṅ ’wl pyk

243 q̈’q̈’r d’ṅ s’rwṅm’ş ’yrdy ’p ’q̈ ’yrdy ’wq̈wz

(27) 235 köp çığay① emgek çekip② turdı. çerigde

236 bir bedük③ kakız④ er⑤ beg bar érdi.

237 çalaŋ bulaŋdan⑥ korukmaz turur

238 érdi. çürügüde soğurğuda oŋa⑦

239 er érdi. oşol beg⑧ tağlarka kirdi

240 yürüdü. tokuz kün dün soŋ oğuz

---

① 该词的第一个元音 ı 在回鹘文中写成了 ’。

② 该词的最后一个元音 i 在回鹘文中写得不甚清楚，看上去像 w。

③ 该词的最后一个元音 ü 在回鹘文中写成了 ’。

④ 该词的最后一个元音 ı 在回鹘文中写成了 ’。

⑤ 该词的元音 e 在回鹘文中写成了 y。

⑥ 邦格和拉赫马提对此词组的解释是：*çalaŋ* 的形式本该是 *yalaŋ*，指“赤裸裸”，而后面的 *bulaŋ* 只是为了押韵效果而缀加的词，没有必要追究其词源。他把这句话翻译为“他既不怕神，也不怕鬼”。（Bang & Rachmati 1932: 699, 712）谢尔巴克将该词组翻译成“无所畏惧”。（Scherbak 1959: 48）耿世民同意谢尔巴克的观点。（耿世民 1980: 23, 57）丹卡将其理解成两个动词 *çal-*“摔”和 *bul-*“找”，词组的含义是“捉迷藏”。（Danka 2019: 308）我们暂且接受谢尔巴克的解释。

⑦ 丹卡转写成前元音的 *öŋ(g)e*，意思是“在前面的”，引申为“第一个的”。（Danka 2019: 105）其他学者都转写成后元音的 *oŋa*，意思是“容易的、轻松的”。《高昌馆杂字》“人事兼通用门”有词条“易，翁该 *oŋay*”（《北京图书馆古籍珍本丛刊・高昌馆杂字》，第459页），只是在最后多了一个字母 y。

⑧ 该词的元音 e 在回鹘文中写成了 y。

241 kağanka ayğır atnı keldürdi. muz

242 tağlarda köp soğık① boluptan ol beg

243 kağardan sarunmış② érdi. ap ak érdi. oğuz

$_{235}$承受着许多煎熬和痛苦。军中$_{236}$有一位高大、果敢的伯克。$_{237}$他无所畏惧。$_{238}$他是一个在行军中和在严寒中都能泰然处之$_{239}$的人。这位伯克进了山，$_{240}$他走了。九天后，他为乌古斯$_{241}$可汗带回了牡马。冰$_{242}$山上十分严寒，所以那位伯克$_{243}$被雪裹住了。他是雪白的。乌古斯

[28] 244 q̈’q̈’ṅ sywṅç pyrl’ kwldw ’yddy kym

245 ’y s’ṅ mwṅdy pyk l’r k’ pwlq̈yl pyşlyq̈

246 mṅ mnkyl’p s’ṅk’ ’d pwlswṅ q̈’q̈’r l’q̈

247 d’p d’dy kwp ’rd’ṅy swywr q̈’dy ’yl k’ rw kyddy

248 kṅ’ ywl d’ pydwk pyr ’wy kwrdy pw ’wy ṅwṅk

249 d’q̈’m y ’ldwṅ d’ṅ ’yrdy dwṅk lwq̈ l’r y d’q̈y

250 kwmwş dwṅ q̈’l’q̈ l’r y d’mwr d’ṅ ’yrdy l’r

251 ’yrdy q̈’pwlwq̈ ’yrdy ’çq̈’ç ywq̈ ’yrdy

252 ç’ryk d’ yr yq̈şy ç’p’r ’yr p’r ’yrdy ’ṅwṅk

(28) 244 kağan sevinç③ birle küldi④, ayttı kim

245 ay, sen munda⑤ beglerke⑥ bolğıl başlık⑦,

---

① 该词的最后一个元音 ı 在回鹘文中写成了 w。

② 该词的第二个元音 u 在回鹘文中写得不清楚，最后一个元音 ı 在回鹘文中写成了 ’。

③ 该词的第一个元音 e 在回鹘文中写成了 y。

④ 该词的最后一个元音 i 在回鹘文中写成了 w。

⑤ 该词的最后一个元音 a 在回鹘文中写成了 y。

⑥ 该词的第一个元音 e 在回鹘文中写成了 y。

⑦ 该词的第一个元音 a 在回鹘文中写成了 y。

246 men[1] meŋilep seŋe at bolsun kağarlığ[2]

247 tép tédi. köp erdini soyurkadı. ilgerü kétti.

248 kéne yolda bedük[3] bir öy kördi. bu öynüŋ

249 tağamı[4] altundan érdi. tüŋlükleri[5] takı

250 kümüştün, kalıkları[6] temürden érdiler

251 érdi. kapuluğ[7] érdi, açkıç[8] yok érdi.

252 çerigde bir yakşı çeber er bar érdi. anuŋ

244 可汗高兴地笑了，说：“245 哎呀，你做这里的伯克首领吧，246

---

① 邦格和拉赫马提、谢尔巴克、耿世民将第二个字母读成 ' 而非 ṅ，转写为 *ma* 或 *me*。将 *me meŋilep* 解释为“永久”。（Bang & Rachmati 1932: 699, Scherbak 1959: 82-3, 耿世民 1980: 23）丹卡亦读作 *men*。（Danka 2019: 107）

② 该词的最后一个元音 ı 在回鹘文中写成了 '。

③ 该词的第一个元音 e 在回鹘文中写成了 y。

④ 突厥语本来的形式是 *tam*，意思是“墙”。这里写成了 *tağam*，可能是受到了蒙古语的影响。（Clauson 1972: 502）在回鹘文本《乌古斯可汗传》中还有几例，例如 *kar* 写成了 *kağar*“雪”（第 243、246 行），*katır* 写成了 *kağatır*“驴”（第 273 行），*şam* 写成了 *şağam*“叙利亚”（第 291 行）。谢尔巴克据此认为，《乌古斯可汗传》早期是用阿拉伯字母书写的。这些单词中的长元音，在阿拉伯字母中用字母 hamzah/ء 表示，后来回鹘文抄写者用回鹘字母 q̈ 来转写阿拉伯字母中的 hamza/ء 少词，参考原文，造成了回鹘文中多出音节 *-ğa-* 的这一现象。（Scherbak 1958: 101-2）笔者倾向于克劳森的解释，这是受蒙古语的影响。在蒙古语中，长元音 /ā/ 是用 *-ağa-* 的形式表示。

⑤ 回鹘文的 *+lük* 写成了后元音的 lwq̈。突厥语 *tüŋlük* 的意思是“帐篷的天窗”。（Clauson 1972: 520）《高昌馆杂字》“宫室门”有词条“窗，统绿 *tüŋlük*”。（《北京图书馆古籍珍本丛刊・高昌馆杂字》，第 441 页）

⑥ 该词的第二个元音 ı 在回鹘文中写成了 '。查克劳森字典，*kalık* 的意思是“空气、天空”。他将这句话翻译成“窗户（或阳台）是铁的”。（Clauson 1972: 620）谢尔巴克把这句话翻译成“门是铁做的”。（Scherbak 1958: 49）耿世民同样解释为“门（楼）”。（耿世民 1980: 55）丹卡解释为“百叶窗”。（Danka 2019: 107）《高昌馆杂字》“宫室门”有词条“楼，哈力把喇哈那 *kalık balakana*”。（《北京图书馆古籍珍本丛刊・高昌馆杂字》，第 441 页）我们这里采纳谢尔巴克和耿世民先生的解释，并结合《高昌馆杂字》的义项，译成“门楼”。

⑦ 该词来自于名词 *kapığ*“门”，加词尾 *+lığ*，表示“有门的（房子）”，意思是“（房子）是关着的”。（Clauson 1972: 584）邦格和拉赫马提的解释是，该词来自于 *kapıl*“被擒”，这里是指房子被锁了。（Bang & Rachmati 1932: 699, 713）丹卡的博士论文中接受了邦格和拉赫马提的解释，但在正式出版的论著中改成了克劳森的解释。（Danka 2019: 319）

⑧ 该词的最后一个元音 ı 在回鹘文中写成了 '。

我欣喜，就称你的名字为‘葛逻禄’（意思是‘有雪的’）吧 $_{247}$。”他赏赐了许多珠宝，前行了。$_{248}$ 后来在路上他看见一座大房子。这座房子的 $_{249}$ 墙是金做的，窗是银做的，门楼是铁做 $_{251}$ 的。［房子］是关着的，没有钥匙。$_{252}$ 军中有一个俊美、灵巧的男子。他的

[29] 253 ’dy dwmwrdw q̈’q̈wl d’k’ṅ ’yrdy ’ṅk’
254 ç’rl’q̈ q̈’ldy kym s’ṅ mwṅd’ q̈’l ’ç q̈’l’q̈
255 ’çq̈wṅk dwṅ swṅk k’l ’wrdw q̈’ d’p
256 d’dy mwṅd’ṅ ’ṅk’ q̈’l’ç ’d q̈wydy ’yl k’
257 rw kyddy kṅ’ pyr kwṅ kwk dwlwk
258 lwk kwk ç’llwq̈ ’yrk’k pwry ywrwm’yṅ
259 dwrdy ’wq̈wz q̈’q̈’ṅ d’q̈y dwrdy q̈wryq̈’ṅ
260 dwşkwr’ dwrq̈’ṅ dwrdy d’rl’q̈w syz
261 pyr y’sy yyr ’yrdy mwṅk’ çwrç’d d’dwrwr l’r ’yrdy

(29) 253 atı dömürdü kağul tégen érdi. aŋa
254 çarlığ① kıldı② kim sen munda kal, aç. kalık③
255 açğuŋdun soŋ kel orduka tép
256 tédi. mundan aŋa kalaç at koydı. ilge-
257 rü kétti. kéne bir kün kök tülük-
258 lüg kök çalluğ érkek böri yürümeyin
259 turdı. oğuz kağan takı turdı. kurıkan
260 tüşküre turğan turdı. tarlağusız
261 bir yası yér érdi. muŋa çürçet tedürürler érdi.

---

① 该词的第二个元音 ı 在回鹘文中写成了 ’。
② 该词的第一个元音 ı 在回鹘文中写成了 ’。
③ 该词的最后一个元音 ı 在回鹘文中写成了 ’。

$_{253}$名叫铎穆尔图·喀扈尔。$_{254}$乌古斯命令他："你留在这儿，打开［门楼］。门楼$_{255}$打开之后，你再回到汗廷。$_{256}$"为此，乌古斯就称他为"卡拉赤"①。$_{257}$他前行了。有一天，那匹灰毛$_{258}$、灰鬣的公狼不走$_{259}$停下了。乌古斯可汗也停下了，$_{260\text{-}261}$下营停顿。那是一片未开垦的平地，人称其为"女真"。

[30] 262 p'dwk pyr ywrd yl kwṅ 'yrdy y'lq̈y l'r y

263 kwp 'wd pwz'q̈ l'r y kwp 'ldwṅ kwmwş l'r y kwp

264 'rd'ṅy l'r y kwp 'yrdy l'r 'yrdy mwṅd' çwrç'd q̈'q̈'ṅ

265 y yl kwṅ y wq̈wz q̈'q̈'ṅ q̈' q̈'rşw

266 k'ldy l'r 'wrwş dwq̈wş p'şl'ṅdy 'wq̈l'r pyrl' q̈'l'ç

267 l'r pyrl' 'wrwşdy l'r 'wq̈z q̈'q̈'ṅ p'şdy

268 çwrç'd q̈'q̈'ṅ ṅy p'sdy 'wldwr dy p'şyn

269 kysdy çwrç'd yl kwṅ yṅ 'wz 'q̈'zy q̈'

270 p'q̈'ndwr dy 'w...şqw dwṅ swṅk wq̈wz q̈'q̈'ṅ

(30) 262 bedük bir yurt él kün érdi. yılkıları②

263 köp, ud buzağları köp, altun kümüşleri köp,

264 erdinileri③ köp érdiler érdi. munda çürçet kağan-

265 ı, él küni oğuz kağanka karşu

266 keldiler. uruş tokuş başlandı. oklar birle kılıç-④

267 lar birle uruştılar. oğuz kağan başadı,

---

① 族名"卡拉赤"的突厥语形式是 *kalaç*，根据此处的解释，它的词源是 *kal-* 和 *aç-* 两个动词组成，意思分别是"留下，开门"，因为上一句中乌古斯对他说"留在这儿，打开［门楼］"。

② 该词的第一个元音 ı 在回鹘文中写成了 '。

③ 该词的第二个元音 i 在回鹘文中写成了 '。

④ 该词的两个元音 ı 在回鹘文中都写成了 '。

268 çürçet kağannı bastı, öldürdi, başın

269 kesti[①]. çürçet él künin öz ağızıka[②]

270 bakındurdı[③]. *uru*şğudun soŋ oğuz kağan-

$_{262}$是一个疆域辽阔的国家。牲畜$_{263}$多，牛、犊多，金、银多，$_{264}$珠宝多。那里的女真可汗$_{265}$和人民过来反对乌古斯可汗。$_{266}$战斗开始了。他们用箭和剑$_{267}$打斗。乌古斯可汗冲锋，$_{268}$扑向女真可汗，杀了他，砍了他的头。$_{269}$［乌古斯］让女真的人民听从他本人的话。$_{270}$战役结束后，乌古斯可汗

[31] 271 ...wṅk ç'ryk y k' ṅwkyr l'r y k' yl kwṅ

272 yk' 'ṅd'q̈ 'wlwq̈ wlwk p'rq̈w dwşdy kym

273 ywkl'm'k k' k'ldwr m'k k' 'd q̈'q̈'d'r 'wd

274 'zl'q̈ pwldy mwnd' wq̈wz q̈'q̈'ṅ ṅwṅk

275 ç'ryky d' 'wslwq̈ yşq̈y pyr ç'p'r kyşy p'r 'yrdy 'ṅwnk

276 'dy p'rm'q̈ l'q̈ çwswṅ pyll'k 'yrdy pw ç'p'r

277 p'r q̈'ṅq̈' ç'pdy q̈'ṅq̈' 'wsdwṅ d' 'wlwk

278 ...rq̈w ṅy q̈wydy q̈'ṅq̈' p'şy d' d'r'k

279 p'rq̈w ṅy q̈wydy d'ryddy l'r kyddy l'r ṅwk'r l'r

(31) 271 nuŋ çerigike nökerlerike[④] él kün-

272 ike antağ uluğ ölüg barğu tüşti kim

273 yüklemekke keldürmekke at, kağatır[⑤], ud

---

① 该词的第一个元音 e 在回鹘文中写成了 y。

② 该词的第二个元音 ı 在回鹘文中写成了 '。

③ 该词的第二个元音 ı 在回鹘文中写成了 '。

④ 该词的第二个元音 e 在回鹘文中写成了 y。

⑤ 该词的最后一个元音 ı 在回鹘文中写成了 '。

274 azlık[1] boldı. munda oğuz kağannuŋ

275 çerigida usluğ yakşı[2] bir çeber kişi bar érdi. anuŋ

276 atı barmaklığ[3] çosun billig[4] érdi. bu çeber

277 bir[5] kanğa çaptı. kanğa üstünde ölüg

278 barğunı koydı. kanğa başıda tirig[6]

279 barğunı koydı, tarttılar[7] kéttiler. nökerler-

$_{271}$的军队、随从和人民$_{272}$落得了如此大量的牺牲战利品，$_{273}$以至于驮运的马、驴和牛$_{274}$显得不够。在乌古斯可汗的$_{275}$军中有一位睿智和俊美的灵巧之人。他的$_{276}$名字叫巴马勒·乔苏·毕力。这位巧人$_{277\text{-}279}$制作了一把推车。他把死的战利品搬上车，把活的战利品放到车头，拉着走了。随从

[32] 280 ṅwṅk yl kwṅ ṅwṅk q̈’m’q̈y mwṅy kwrdy l’r ş’şdy l’r

281 q̈’ṅq̈’ l’r d’q̈y ç’pdy l’r mwṅ l’r q̈’ṅq̈’ ywrwm’k

282 d’ q̈’ṅq̈’ q̈’ṅq̈’ swz pyr’ dwrwr

283 ’yrdy l’r ’yrdy ’ṅwṅk ’wçwn ’ṅl’r q̈’

284 q̈’ṅq̈’ ’d q̈wydy l’r ’wq̈wz q̈’q̈’ṅ q̈’ṅq̈’

285 l’r ṅy kwrdy kwldy d’q̈y ’yddy kym q̈’ṅq̈’ q̈’ṅq̈’

286 p’rl’ ’wlwk ṅy d’ryk ...wrwkwr swṅ q̈’ṅq̈’

287 lwq̈ sṅ k’ ’d pwlq̈w lwq̈ q̈’ṅq̈’

---

① 该词的最后一个元音 ı 在回鹘文中写成了 ’。
② 在回鹘文中，该词的字母 ş 和 q̈ 的位置颠倒了。
③ 该词的最后一个元音 ı 在回鹘文中写成了 ’。
④ 该词的最后一个元音 i 在回鹘文中写成了 ’。
⑤ 该词的元音 i 在回鹘文中写成了 ’。
⑥ 该词的两个元音 i 在回鹘文中都写成了 ’。
⑦ 在字母 r 后面回鹘原文有一个元音 y（或可读作’），系衍字。

288 p'lkwr swṅ d'p d'dy kyddy 'ṅd'ṅ swṅk

(32) 280 nüŋ él künnüŋ kamağı munı kördiler, şaştılar.

281 kanğalar takı çaptılar. munlar kanğa yürümek-

282 te kanğa kanğa söz bére turur

283 érdiler érdi. anuŋ üçün anlarka

284 kanğa at koydılar. oğuz kağan kanğa-

285 larnı kördi, küldi, takı ayttı kim kanğa kanğa

286 birle[1] ölügni tirig[2] *y*ürügürsün, kanğa-

287 luğ[3] seŋe at bolğuluğ kanğa

288 belgürsün tép tédi, kétti. andan soŋ

$_{280}$和人民全都看见了，很惊奇。$_{281}$他们也制作了推车。这些车在移动$_{282}$时发出“康嘎——康嘎”的声音$_{283}$。于是，它们$_{284}$就被称为“康嘎”。乌古斯可汗$_{285}$见了康嘎车，笑了，然后说：“康嘎车$_{286}$用于以活物搬运死物。$_{287}$就让你们的名字叫‘康嘎禄’吧，$_{288}$表明［你们］有康嘎车。”他前行了。此后，

[33] 289 kṅ' pw ......lwk lwk kwk ç'llwq̈

290 'yrk'k pwry pyrl' syndw d'q̈y d'ṅk q̈wd d'q̈y

291 ş'q̈'m y'ṅkq̈'q̈ l'r y q̈' 'dl'p kyddy

292 kwp 'wrwşq̈w d'ṅ kwp dwqwşq̈w dwṅ swṅk

---

① 该词的第一个元音 i 在回鹘文中写成了 '。

② 该词的第一个元音 i 在回鹘文中写成了 '。

③ 该族名的音译为“康嘎禄”，意思是“有康嘎车的”。突厥语中的“车”是 *kaŋlı*，后期出现了 *kanğa* 的形式。（Clauson 1972: 638）《高昌馆杂字》“器用门”有词条“车，杭力 *kaŋlı*”。（《北京图书馆古籍珍本丛刊 · 高昌馆杂字》，第 442 页）耿世民先生对该词有如下解释：元朝的“康里”系 *kaŋlı* 之音译，中古时期的“高车”系其意译。（耿世民 1980: 48-9）

293 ’ṅl’r ṅy ’ldy ’wz ywrdy q̈’ pyr l’ dy

294 p’şdy p’sdy kṅ’ d’ş’q̈’rwṅ q̈’lm’ swṅ

295 pyllwk pwlswṅ kym kwṅ dwṅ ky pwlwṅk d’

296 p’rq̈’n d’k’ṅ pyr yyr pyr dwrwr wlwq̈

297 p’r’q̈w lwq̈ pyr ywrd dwrwr kwp ’ysyq̈ pyr yyr

(33) 289 kéne bu *kök tü*lüklüg kök çalluğ

290 érkek böri birle sındu①, takı taŋğut, takı

291 şağam② yıŋğaklarıka③ atlap kétti.

292 köp uruşğudan, köp tokuşğudun soŋ

293 anlarnı aldı, öz yurtıka birledi.

294 baştı, bastı. kéne taşkarun④ kalmasun,

295 bellüg⑤ bolsun kim kündünki buluŋda

---

① 此处的 *sındu*，系地名，指印度。在汉语中，对“印度”的早期音译是“身毒”。

② 此处的 *şağam* 指叙利亚，参考伯希和的见解。(Pelliot 1930: 338-9)

③ 该词的第一个元音 ı 在回鹘文中写成了 ’。

④ 回鹘文原文在字母 ş 后有一个 ’，系衍字。按：*taşkaru* 或 *taşğaru* 的本义是“外面”。邦格和拉赫马提的译文是“不应该不被提及”。(Bang & Rachmati 1932: 701) 谢尔巴克的译文是“不要绕过”。(Scherbak 1959: 54) 据克劳森的解释，此处的 *taşkarun kalmasun* 意思是“不要 [把下面提到的巴尔坎] 留在国境以外”。(Clauson 1972: 563) 耿世民的译文是“不让人忘记”。(耿世民 1980: 25) 丹卡的译文是“不应该遗漏”。(Danka 2019: 117) 我们认可邦格和拉赫马提，以及丹卡的解释。

⑤ 邦格和拉赫马提转写成 *bellüg*，认为它来自于 *belgülüg*。(Bang & Rachmati 1932: 714) 查克劳森字典，*belgülüg* 的意思是“具有重要意义的”，可能来自于 *belgü*。(Clauson 1972: 341-2) 突厥语 *belgü* 的意思是“特征、迹象”。(Clauson 1972: 340) 不过，邦格和拉赫马提的译文是“让人们知晓”，似乎表明与动词 *bil-*“知道”有关。谢尔巴克就转写成 *billüg*，译成“被人知道”。(Scherbak 1959: 54) 耿世民与谢尔巴克的理解同。(耿世民 1980: 38, 25) 从语法角度来看，*billüg* 不好解释，因为词缀 *+lüg* 一般加在名词后面。丹卡的解释与邦格同。(Danka 2019: 117) 我们也采纳邦格和拉赫马提的解释，并认为第一个元音 e 回鹘文中写成了 y。

296 barkan[①] tégen bir yér bar[②] turur. uluğ

297 barğuluğ bir yurt turur. köp ısığ bir yér

289 他又和那匹灰毛、灰鬣的 290 公狼一起往印度、唐古忒和 291 叙利亚的方向行军。292 许多战役、争斗之后，293 战胜了他们，统一在他自己的疆域里。294 他冲锋、追逐。此外，不该遗漏、295 当为人知的是：在南方 296 有一个叫“巴尔坎”的地方。297 是物质丰富的一个国家，是很热的一个地方。

[34] 298 dwrwr mwṅd’ kwp kyk l’r y kwp q̈wş l’r y pyr dwrwr

299 ’ldwṅ y kwp kwmwş y kwp ’yrdyṅy l’r y kwp dwrwr yl kwṅ

300 l’r y ṅyṅk ’wṅk lwk y ç’r’q̈y q̈’p q’r’ dwrwr

301 ’wşwl yyr ṅ’ṅk q̈’q̈’ṅ y m’s’r d’k’ṅ pyr q̈’q̈’ṅ

302 ’yrdy ’wq̈wz q̈’q̈’ṅ ’ṅwṅk ’wsdy k’

303 ’dl’dy ’’ṅd’q̈ y’m’n ’wrwşq̈w pwldy ’wqwz

304 q̈’q̈’ṅ p’şdy m’s’r q̈’q̈’ṅ q̈’çdy ’wq̈wz

305 ’ṅy p’sdy ywrdyṅ ’ldy kyddy ’ṅwṅk dwst l’r y

306 kwp sywywṅç ...... ’yrdy ’ṅwṅk dwşm’ṅ l’r y kwp

---

① 回鹘文还有另外的读法，例如p’r’q̈’。邦格和拉赫马提认为把最后一个字母读成n而非’，转写为 *barkan*，而非 *baraka*。邦格和拉赫马提引用《突厥语大词典》有地名 *barxan*。（Bang & Rachmati 1932: 714）按：《突厥语大辞典》有词条 *barxān*，是“下秦”（Lower Ṣīn）的名字。据说在该地附近的一座山上有一座防御工事。（DLT: 329）又，《突厥语大词典》“桃花石”词条，“‘秦’有三层含义：上秦，位于东方，即‘桃花石’；中秦，即契丹；下秦即‘巴尔汗’，位于喀什噶尔附近。现在桃花石被称为‘马秦’，而契丹则被称为‘秦’。”（DLT: 341）在阿布尔-哈齐·把阿秃儿汗的《突厥蛮世系》中与此段内容对应的部分，提到了“黑契丹”，即“西辽”。（Kononov 1958: 43）考虑到西辽的地理位置与《突厥语大词典》中“下秦”接近，我们认为将 Barkan 或 Barhan 比定为“西辽”是恰当的。耿世民的解释与邦格同。（耿世民 1980: 49）丹卡转写为 *barak*，将最后一个字母’视作衍字，认为它可能与突厥语 *barak*“长毛狗”有关。（Danka 2019: 117, 299）

② 该词的元音 a 在回鹘文中写成了 y。

(34) 298 turur. munda köp kikleri köp kuşları bar① turur.

299 altunı köp kümüşi köp erdinileri köp turur. él kün-

300 leriniŋ öŋlügi çırağı② kap kara turur.

301 oşol yérniŋ③ kağanı masar tégen bir kağan

302 érdi. oğuz kağan anuŋ üstike

303 atladı. antağ yaman uruşğu boldı. oğuz

304 kağan baştı, masar kağan kaçtı. oğuz

305 anı bastı, yurtın aldı, kétti. anuŋ dostları

306 köp sevinç④ ...... érdi⑤. anuŋ duşmanları köp

$_{298}$那里有许多兽，许多鸟。$_{299}$有许多金，许多银和许多财宝。那里人$_{300}$民的肤色和脸是黑乎乎的。$_{301}$那个地方的可汗是一个叫“马萨尔”的可汗。$_{302}$乌古斯可汗向他$_{303}$出兵。那是场恶仗。乌古斯$_{304}$可汗冲锋，马萨尔可汗逃逸。乌古斯$_{305}$扑向他，夺了他的领地，走了。乌古斯的友人$_{306}$都获得愉悦，他的敌人都

[35] 307 q̈yq̈w l'r ...... 'wq̈wz ...... pyşdy

308 s'ṅ' q̈w lwq̈ syz ṅ'm' l'r y'lq̈y

309 l'r 'ldy ywrd y q̈' 'wy k' dwşdy kyddy

310 kṅ' ç'şq̈' rwṅ q̈'lm' swṅ kym

311 pyllwk pwlswṅ kym 'wq̈wz q̈'q̈'ṅ ṅwṅk

312 ç'ṅy d' 'q̈ s'q̈'l lwq̈ mwz s'ç lwq̈

313 'wzwṅ 'wslwq̈ pyr q̈'rd kyşy dwrwr b'r 'yrdy

---

① 该词的元音 a 在回鹘文中写成了 y。
② 该词的第一个元音 ı 在回鹘文中写成了 '。
③ 该词的最后一个元音 i 在回鹘文中写成了 '。
④ 回鹘文中的第二个 w 是衍字。
⑤ Bang & Rachmati 1932 作 *taptı*。

314 ’wq̈’ q̈w lwq̈ dwzwṅ byr yyr ’yrdy dwşym’l

315 ’yrdy ’ṅwṅk ’dy ’wlwq̈ dwrwk ’yrdy kwṅ

(35) 307 kayğular[①] *taptı*. oğuz *kağan* baştı[②]

308 sanağuluğsız nemeler yılkı-[③]

309 lar aldı. yurtıka öyike tüşti, kétti.

310 kéne çaşkarun kalmasun kim

311 bellüg[④] bolsun kim, oğuz kağannuŋ

312 çanıda ak sakalluğ moz saçluğ

313 uzun usluğ bir kart kişi turur bar érdi.

314 ukğuluğ[⑤] tüzün bir er érdi, tüşimel

315 érdi. anuŋ atı uluğ türük érdi. kün

307 获得忧虑。乌古斯可汗冲锋，308 俘获了无数的物件、牲畜。309 他放在他的牙帐和屋子里，走了。310 此外，不该遗漏、311 当为人知的是：乌古斯可汗的 312-313 身边跟着一位白须、灰发、足智的长者。314 他是一个善解人意的人，是君子。他是臣子。315 他的名字叫兀鲁·突鲁克。

[36] 316 l’r d’ pyr kwṅ ’wyq̈w d’ pyr ’ldwṅ

317 y’ kwrdy d’q̈y ’wç kwmwş ’wq̈ kwrdy pw ’ldwṅ

318 y’ kwṅ dwq̈’şy dn dn kwṅ p’dwşy

319 q̈’ ç’ d’k’n ’yrdy d’q̈y pw ’wç

320 kwmwş ’wq̈ dwṅ y’ṅk’q̈q̈ q̈’ kyd’

① 该词的第一个元音 a 在回鹘文中省略了。
② 该词的第一个元音 a 在回鹘文中写成了 y。
③ 该词的第一个元音 ı 在回鹘文中写成了 ’。
④ 该词的第一个元音 e 在回鹘文中写成了 y。
⑤ 回鹘文原文在第一个 q̈ 后有一个 ’，系衍字。

321 dwrwr ’yrdy ’wyq̈w dwṅ swṅk dwş d’ kwr

322 k’ṅyṅ ’wq̈wz q̈’q̈’ṅ q̈’ pyldwr dy

323 d’q̈y d’dy kym ’y q̈’q̈’ṅ ṅwm s’ṅ k’

324 ç’ş’q̈w pwlswṅ ... ’wzwn ’y q̈’q̈’ṅ ṅwm s’ṅk’

(36) 316 lerde bir kün uykuda bir altun

317 ya kördi. takı üç kümüş ok kördi. bu altun

318 ya kün tuğışıdandan[1] kün batuşı-

319 kaça[2] tegen[3] érdi. takı bu üç

320 kümüş ok tün yaŋakka[4] kéte

321 turur érdi. uykudun soŋ tüşte kör-

322 genin oğuz kağanka biltürdi.

323 takı tédi kim, ay kağanum seŋe

324 çaşağu bolsun*ğıl* uzun. ay kağanum seŋe

$_{316\text{-}317}$有一天，他在睡梦中见到一张金弓，还见到三支银箭。那张金$_{318}$弓从日出处撑到$_{319}$日落处。还有那三支$_{320}$银箭飞向了北方$_{321}$。他醒来之后，把梦中所见$_{322}$跟乌古斯可汗讲述，$_{323}$说："啊，我的可汗，愿你$_{324}$长寿；啊，我的可汗，愿你

[37] 325 dwrlwk pwlswṅ q̈yl dwzwṅ ......

326 d’ṅkry p’rdy dwşwm d’ k’l dwr swṅ d’l’

327 dwrwr yyr ṅy ’wrwq̈ wṅk q̈’ p’rdwr swṅ

328 d’p d’dy ’wq̈wz q̈’q̈’ṅ ’wlwq̈ dwrwk

---

① 该词的第二个元音 ı 在回鹘文中写成了 ’。该词的第一个 *+dan* 是表示地方的词尾。（Gabain 1974: § 183）第二个 *+dan* 是方向格词尾。

② 这里的 *kaça* 是后置词，意思是"从那边"。（Gabain 1974: § 278）

③ 此处的辅音 g 在回鹘文中写得像 r。

④ 回鹘文中多写了一个 q̈。

329 ṅwṅk swz wṅ yq̈şy kwrdy ’wkwdwṅ

330 d’l’dy ’wkwdw k’ kwr’ q̈’ldy ’nd’ṅ

331 swṅk ’yrd’ pwlwp d’ ’q̈’ l’r ṅy ’yṅy

332 l’r ṅy ç’rl’p k’ldwr dy d’q̈y ’’ddy kym ’y m’ṅyṅk

333 kwṅkwl wm ’w ṅy d’l’p dwrwr q̈’ry pwlq̈w md’ṅ

(37) 325 tör[ü]lük bolsunğıl tüzün①. *negü kök*②

326 teŋri bérdi, tüşümde keldürsün. tala

327 turur yérni uruğuŋka bérdürsün

328 tép tédi. oğuz kağan uluğ türük-

329 nüŋ sözün yakşı kördi, ögütün

330 tiledi③, ögütüke köre kıldı④. andan

331 soŋ érte bolupta ağalarnı, ini-

332 lerni çarlap keltürdi. takı ayttı⑤ kim ay meniŋ

333 köŋülüm avnı tilep⑥ turur. karı bolğumdan

---

① 这是一句倒装句，正常的语序应该是 *seŋe türlük tüzün bolsunğıl*。倒装是为了押韵，上一句的句尾是 *uzun*，这一句的句尾是 *tüzün*。据克劳森字典，*tüzün* 的意思是“克己、自律”。（Clauson 1972: 576）《高昌馆杂字》“人物门”有词条“君子，土尊 *tüzün*”。（《北京图书馆古籍珍本丛刊 · 高昌馆杂字》，第 437 页）但是，关于 *türlük* 的含义，学者们存在分歧。邦格和拉赫马提认为，*türlük* 是 *türüglük* 的缩写，即察合台文的 *tiriklük*，即“生命”的意思。他的译文是“愿你的生命平稳”。（Bang & Rachmati 1932: 703, 714）谢尔巴克转写为 *tör(ü)lük*，词源是 *törü*“律法”，引申为“权力”，他的译文是“让权力属于你！”（Scherbak 1959: 57-8）耿世民的转写与谢尔巴克同，也是 *tör(ü)lük*，但他的译文稍有差异：“愿我们的国家法制公正！”丹卡认为该词系蒙古语 *düri*，意思是“表情”，引申为“性情”。（Danka 2019: 125）考虑到下文要讲述的是，兀鲁 · 突鲁克劝说乌古斯可汗在诸子之间分配财产时要公允，我们认为耿世民先生的理解更加有说服力，故从之。

② 此处原文已残，有人用细笔在写本上补了 *negü kök* 等内容。

③ 该词的第一个元音 i 在回鹘文中写成了 ’。

④ 该词的第一个元音 ı 在回鹘文中写成了 ’。

⑤ 该词的第二个音节 y 在回鹘文中写成了 ’。

⑥ 该词的第一个元音 i 在回鹘文中写成了 ’。

325-326 法制公允。苍天所赐，已在我梦中显现。327 所有土地都要赐给你的子嗣 328。”乌古斯可汗对兀鲁·突鲁克 329 的话很看好，咨询他 330，按他的意见做。翌 331 日早晨，兄弟 332 几个给叫过来，跟他们讲：“啊，我的 333 心里渴求狩猎，［但］我老了，

[38] 334 m’n̍’n̍k q̈’q̈’z lwq̈ wm ywq̈ dwrwr kwn̍

335 ’y ywldwz d’n̍k s’ry q̈’ s’n l’r p’rwn̍k

336 kwk d’q̈ d’n̍kyz dwn̍ s’ry q̈’ s’n

337 l’r p’rwn̍k d’p d’dy ’nd’n̍ swn̍k ’wç’kw

338 sw d’n̍k s’ry q̈’ pyrdy l’r d’q̈y ’wç’kw

339 sw dwn̍ s’r’ q̈’ pyrdy l’r kwn̍ ’y

340 ywldwz kwp kyk l’r kwp qwş̧l’r ’wl’ qw

341 l’r y d’n̍ swn̍k ç’ld’ pyr ’’ldwn̍ y’ n̍y

342 ç’pdy l’r ’ldy l’r ’d’ sy ......

(38) 334 meniŋ[1] kakızlukum[2] yok turur. kün

335 ay yulduz taŋ sarıka senler baruŋ,

336 kök tağ teŋiz tün sarıka[3] sen-

337 ler baruŋ, tép tédi andan soŋ üçegü-

338 sü taŋ sarıka bardılar[4]. takı üçegü-

339 sü tün sarıka bardılar[5]. kün ay

340 yulduz köp kikler köp kuşlar avlağu-

① 该词的第二个元音 i 在回鹘文中写成了 ’。

② 该词的第二个元音 ı 在回鹘文中写成了 ’。

③ 其他学者想当然地把“早晨的方向”和“夜晚的方向”理解为日出和日落的方向，即东方和西方。然而，在突厥语中“夜晚”*tün* 一般指“北方”，所以这里的“早晨的方向”和“夜晚的方向”也可能是指南方和北方。

④ 该词的第一个元音 a 在回鹘文中写成了 y。

⑤ 该词的第一个元音 a 在回鹘文中写成了 y。

341 larıdan soŋ çolda[①] bir altun yanı

342 çaptılar, aldılar, atası*ka bérdiler*.

$_{334}$没有精力了。日$_{335}$、月、星，你们往早晨的方向走；$_{336\text{-}337}$天、山、海，你们往夜晚的方向走。”于是，他们三个$_{338}$往早晨的方向去了，另外三个$_{339}$往夜晚的方向去了。日、月$_{340}$和星，狩猎了许多野兽和许多鸟$_{341\text{-}342}$之后，在路上找到一张金弓，捡了它，交给了他们的父亲。

[39] 343 ......

344 ...... pwzq̈wlwq̈ q̈’ldy ...... kym ......

345 l’r y’ pwlswṅ s’n l’r ṅwṅk y’ d’k

346 ’wq̈ l’r ṅy kwk k’ ç’ ’dwṅk d’p

347 d’dy k’ṅ ’ṅd’ṅ swṅk kwk d’q̈

348 d’ṅkyz kwp kyk l’r kwp q̈wşl’r ’wl’ qw

349 ... d’ṅ swṅk çwl d’ ’wç kwmwş ’wq̈

350 ... ç’pdy l’r ’ldy l’r ’d’ sy q̈’ pyrdy l’r

351 ’wq̈wz q̈’q̈’ṅ sywyṅdy kwldy d’q̈y ’wq̈

(39) 343 *oğuz kağan sevindi, küldi, takı yanı*

344 *üç* buzğuluğ kıldı[②], *takı aytti* kim *ay ağa-*

345 lar, ya bolsun senlernüŋ. ya teg

346 oklarnı kökkeçe atuŋ tép

347 tédi. kéne andan soŋ kök, tağ,

348 teŋiz köp kikler, köp kuşlar avlağu-

349 *lar*ıdan soŋ çolda üç kümüş ok-

① 该词的第一个元音 o 在回鹘文中写成了 ’。

② 该词的第一个元音 ı 在回鹘文中写成了 ’。

350 *nı* çaptılar, aldılar, atasıka bérdiler.

351 oğuz kağan sevindi①, küldi. takı ok-

$_{343}$乌古斯可汗高兴，笑了，然后把弓$_{344}$掰成三截，说：“哎呀，哥哥$_{345}$们，弓是属于你们的。[你们] 要像弓一样，$_{346}$把箭射上天。$_{347}$”此后，天、山$_{348}$和海，猎获了许多野兽和许多鸟$_{349}$之后，在路上找到三支银箭。$_{350}$他们捡了，交给了他们的父亲。$_{351}$乌古斯可汗高兴，笑了，把箭

[40] 352 l’r ṅy ’wçw k’ ’wl’şdwr dy d’qy ’yddy

353 kym ’y ’yṅy l’r ’wq̈ l’r pwlswn s’n l’r

354 nynk y’ ’ddy ’wq̈ ṅy ’wq̈ l’r d’k

355 s’n l’r pwlwnk d’p d’dy k’n ’nd’n

356 swṅk ’wq̈wz q’q’n ’wlwq̈ qwryld’y

357 ç’q̈’r dy nwkyr l’r yn yl kwṅ l’r yn

358 ç’rl’p ç’q̈’rdy k’l’p kyṅk...p ’wldwrdy l’r ’wqwz

359 q̈’q̈’ṅ ...dwk ’wrdw ...... s’qyn kwrwk

360 ......

(40) 352 larnı üçüke üleştürdi. takı ayttı,

353 kim ay iniler oklar bolsun senler-

354 niŋ. ya attı oknı, oklar teg

355 senler boluŋ, tép tédi. kéne andan

356 soŋ oğuz kağan uluğ kurıltay

357 çakırdı②. nökerlerin③, él künlerin

---

① 该词的第一个元音 e 在回鹘文中写成了 y。

② 该词的第二个元音 ı 在回鹘文中写成了 ’。

③ 该词的第二个元音 e 在回鹘文中写成了 y。

358 çarlap çakırdı[①], kelip[②] kéŋ*eşi*p olturdılar. oğuz

359 kağan *be*dük ordu......[③]

360 ...... *oŋ yakıda* ......

$_{352}$ 分成三份，说 $_{353}$："哎呀，弟弟们，箭是属于你们 $_{354-355}$ 的。弓射的是箭，你们要像箭一样。"于是，$_{356}$ 乌古斯可汗召开大忽里台 $_{357}$，把他的随从和百姓 $_{358}$ 召唤了。他们来了，坐下来商量。乌古斯 $_{359}$ 可汗……一座大的汗庭……$_{360}$ 在右边[④]

[41] 361 ......

362 p'şy d' ...... 'ldwṅ ......

363 d' pyr 'q q̈wywn p'ql' dy ......

364 y'q̈y d' q'r'q qwl 'ç 'yq̈'ç ṅy d'kdwr

---

① 该词的第二个元音 ı 在回鹘文中写成了 '。

② 该词的第二个元音 i 在回鹘文中写成了 '。

③ 最后两个单词的含义不清楚，所以整理者一般都没有转写出来。按：查克劳森字典，*sağın* 的意思是"母绵羊"。（Clauson 1972: 811）又，*körük* 的意思是"风箱"。（Clauson 1972: 741）

④ 以箭作喻，来教育子孙团结，常见于北方游牧人群。例如《北史・吐谷浑传》载："阿豺有子二十人……谓曰：'汝等各奉吾一只箭，将玩之地下。'俄而命母弟慕利延曰：'汝取一只箭折之。'慕利延折之。曰：'汝取十九只箭折之。'慕利延不能折。阿豺曰：'汝曹知不？单者易折，众则难摧。戮力一心，然后社稷可固。'言终而死。"（《北史》卷九六《吐谷浑传》，中华书局 1974 年版，第 3180 页）《蒙古秘史》第 22 节载，"阿阑・豁阿又教训自己的五个儿子，说道：'我的五个儿子，你们都是从我的肚皮里生出来的。如果你们像刚才五支箭般的，一支、一支地分散分开，你们每个人都会像单独一支箭般的被任何人很容易地折断。如果你们能像那束箭般地齐心协力，任何人也不容对付你们！'"（余大钧译注：《蒙古秘史》，河北人民出版社 2001 年版，第 19 页）《世界征服者史》第 44—45 节有与《蒙古秘史》类似的记载（志费尼著，何高济译：《世界征服者史》，江苏教育出版社 2005 年版，第 697 页），不过与吐谷浑和蒙古人折箭的说法稍有不同的是，乌古斯是用弓和箭之间的互相配合，来警示诸子要团结。罗马史家普鲁塔克提到，斯基泰国王在临终前把 80 个儿子叫到跟前，让人拿来一捆矛杆，要求儿子们把它们掰断。儿子们无能为力不得不放弃之后，他把矛杆捆拆散，一根一根地轻松掰断了。他用这件事情来教育儿子们要懂得团结。（*Plutarch's Moralia*, vol. VI, with an English translation by W. C. Helmbold, Harvard University Press, 1939, p. 447）（按：此条史料承蒙匈牙利中央欧洲大学的 Stephen Pow 博士告知）

365 dy ’ṅwṅk p’şy d’ pyr kwmwş d’q̈wq̈ q̈wydy

366 ’d’q̈y d’ p’r q̈’r’ q̈wywn ṅy p’q̈l’dy

367 ...... y’q d’ pwzwq l’r ’wldwrdy

368 çwnk y’q d’ ’wç ’wq l’r ’wldwrdy

369 q’r’q kwn q’r’q k’ç’ ’şdy l’r

(41) 361 *kırık kulaç ığaçnı tiktürdi. anuŋ*

362 başıda *bir* altun *tağuk koydı, adakı-*

363 da bir ak koyun[①] bağladı. *çoŋ*

364 yakıda kırık[②] kulaç ığaçnı tiktür-[③]

365 di. anuŋ başıda bir kümüş tağuk koydı.

366 adakıda bir[④] kara koyunnı bağladı.

367 *oŋ* yakta buzuklar olturdı.

368 çoŋ yakta üç oklar olturdı.

369 kırık[⑤] kün, kırık[⑥] kéçe aşadılar,

361 他让人竖了一棵四十丈的树。[⑦] 在树 362 梢上他放了一只金鸡。在树根 363 上他拴了一只白羊。在左 364 边，他让人竖了一棵四十丈的树，365 在树梢上他放了一只银鸡。366 在树根上他拴了一只黑羊。[⑧] 367

---

① 在回鹘文中，字母 y 写得有点像 ’。

② 该词的两个元音 ı 在回鹘文中都写成了 ’。

③ 该词的第一个元音 i 在回鹘文中写成了 ’。

④ 该词的元音 i 在回鹘文中写成了 ’。

⑤ 该词的两个元音 ı 在回鹘文中都写成了 ’。

⑥ 该词的两个元音 ı 在回鹘文中都写成了 ’。

⑦ 突厥语词 *kulaç* 是一种长度单位，相当于两只手臂撑开之后，在左右两手指尖之间的距离。（Clauson 1972: 618）《高昌馆杂字》“人事门”有词条“丈，苦喇尺”。（按：此部分内容不见于北京图书馆藏本，见于东洋文库本，整理本《高昌馆杂字》，第 60 页）

⑧ 《蒙古秘史》中也提到“以杆悬肉祭天”的典礼，见《蒙古秘史》第 43 节。（余大钧译注：《蒙古秘史》，第 31 页）

右边坐着卜阻克部落[1]，368 左边坐着禹乞兀克（“三箭”）[2] 部落。369 四十个日夜，他们吃

[42] 370 ...dy l’r sywyṅç d’pdy l’r ’nd’ṅ swnk ’wqwz q’q’n

371 ...l’r y q’ ywrdyṅ ’lşdwrwp pyrdy d’q̈y d’dy kym

372 ...wl l’r kwp mṅ ’ş’dwm ’wrwşq̈w l’r kwp m’ṅ kwrdwm

373 ç’d’ pyl’ kwp ’wq̈ ’ddwm ’yq̈yr prl’ kwp ywrw

374 dwm dwşm’ṅ l’r ṅy ’yq̈l’ qwrdwm dws’d l’r wmṅy m’ṅ

375 kwlkwrdym kwk d’ṅkry k’ m’ṅ ’wd’dwm

376 s’n l’r k’ pyr’ m’ṅ ywrdw... ....

377 ......

378 ......

(42) 370 *iç*tiler. sevinç[3] taptılar. andan soŋ oğuz kağan

371 *o*ğullarıka yurtın üleştürüp[4] bérdi. takı tédi kim

---

① 根据上文的情节可知，“卜阻克”的族名是乌古斯可汗赐给六个儿子中的三个年龄稍长的哥哥。他曾把弓掰成三段，分别赐予三人。在突厥语中“卜阻克”*buzuk* 的意思就是“截、段”。

② 同样，族名“三箭”（禹乞兀克）也得名于乌古斯可汗对三个年龄稍小的儿子所赐的三支箭。

③ 该词的第一个元音 e 在回鹘文中写成了 y。

④ 该词的第一个元音 ü 在回鹘文中写成了 ’。

372 *köŋ*üller[1] köp men aştum[2], uruşğular köp men kördüm.

373 çıda[3] bile köp ok attum, ayğır birle[4] köp yürü-

374 düm, duşmanlarnı ığlağurdum, dostlarumnı[5] men

375 kültürdüm[6], kök teŋrike men ötedüm.

376 senlerke bére men yurtu*m tép tédi*.

377........

378........

$_{370}$喝，获得愉悦。此后，乌古斯可汗$_{371}$把他的国家分给儿子们，说："$_{372}$我启迪了许多心智，我经历了许多战争。$_{373}$我射过许多矛和箭。我乘着牡马走了许多路。$_{374}$我让敌人哭，我让友人$_{375}$笑。我向上天完成了使命。$_{376}$我把我的国家交给你们。"……

---

① 这里的两个句子应该是工整对仗的，所以开头残缺处应该是一个名词，作为 *aştum* 的宾语才对。其他学者在这里补的是 *oğullar*"儿子们"，是不妥的，一方面忽视了对仗结构，另一方面即便是"儿子"，也应该是 *oğullarım*，即"我的儿子们"，即需要一个第一人称复数的领属附加成分。根据克劳森的字典，动词 *aş-* 有两种意思，一是指"增大、增加"，一是指"跨越"。（Clauson 1972: 255）。我们根据第一种意思，并结合回鹘文中的例句 *köŋülin yürekin buyan edgü kılınçka üklitti aştı*"他以慈悲和善行，启迪了他的心智"，在此残缺处补上 *köŋül*"心"一词，符合上下文。结合整个故事背景，所谓"启迪了许多心智"应该指的是他在作战途中提拔了许多官员，这些官员的名号都是与突厥语部落名称有关的，例如"葛逻禄""卡拉赤"等。另一种可能性是，补上 *yol*"路"，采纳 *aş-* 的第二层意思"跨越"，*yollar aştum* 意思是"我走了许多路"。但一个 *y* 不至于占那么多地方，所以 *yol* 前面还应该有个单词，可能是 *ay*，即感叹词。

② 回鹘文中音节 ş 后面多写了一个 '。

③ 该词的第一个元音 ı 在回鹘文中写成了 '。

④ 该词的第一个元音 i 在回鹘文中没有写出来。

⑤ 回鹘文中音节 s 后面多了一个 '。

⑥ 该词的第一个辅音 t 在回鹘文中写成了 k。

词汇表

aç- 打开 Clauson 1972: 18-9

açkıç 钥匙；来自动词 *aç-* Scherbak 1959: 63

adak 脚 Clauson 1972: 45；《高昌馆杂字》#365“脚，阿答黑”

adığ 熊 Clauson 1972: 45-46；《高昌馆杂字》#203“熊，阿的”

ağa ［蒙古语］兄长；一作 *aka* Lessing 1960: 59；《高昌馆杂字》#253“兄，阿哈”

ağız 口、嘴；引申为“命令” Clauson 1972: 98

ağruş 困难、麻烦；来自于 *ağır*“重的、困难的” Clauson 1972: 88

ak 白色 Clauson 1972: 75

al 红色、鲜红色 Clauson 1972: 120-121；《高昌馆杂字》#554“红，俺”

al- 拿、抓 Clauson 1972: 124

altun 金 Clauson 1972: 131；《高昌馆杂字》#473“金，俺吞”

altunluğ 有金子的，镀金的 Clauson

1972: 134

amırak 友好的；突厥语 *amrak*，后借入蒙古语 *amarağ* Clauson 1972: 162-3

amtı 现在 Clauson 1972: 156-7

ana 母亲 Clauson 1972: 169-170

andan 从那以后 Clauson 1972: 177-8

aŋğu 形象、样子；来自动词 *aŋ-*“记忆” Clauson 1972: 168，关于由动词变成名词的词缀 *-ğu*，参考 Gabain 1974: § 115

anı 第三人称单数 *ol* 的宾格 Gabain 1974: § 190

antağ 如此 Clauson 1972: 177

anuŋ 指示代词 *ol*“那”或第三人称单数“他”的属格；一作 *anıŋ* Gabain 1974: § § 190, 192

ap 用在颜色名词之前，起强化的作用 Clauson 1972: 3

ara 中间 Clausuon 1972: 196；《高昌馆杂字》#545“中

间，阿喇信答 *arasında*”

art 背后 Clauson 1972: 200

artuk 多余的 Clauson 1972: 204

as- 绞 Clauson 1972: 240

astur- 动词 *as-* 的使动态 Clauson 1972: 244

aş 食物 Clauson 1972: 253；《高昌馆杂字》#494“饭，阿失”容易与波斯语的آش *āş*“汤、粥”混淆《波斯语汉语词典》第 29 页

aş- 增加、拓展 Clauson 1972: 255

aşa- 吃 Clauson 1972: 256

at 马 Clauson 1972: 33

at 名字 Clauson 1972: 32-3

at- 投、射；破 Clauson 1972: 36

ata 父 Clauson 1972: 40

ataş ［波斯语］آتش“火”《波斯语汉语词典》第 12 页

atla- 骑行；来自名词 *at*“马”的动词 Clauson 1972: 58 *atlan-*

atlağu 征讨；来自动词 *atla-* 的名词

av 猎物 Clauson 1972: 3

avla- 打猎 Clauson 1972: 10；《高昌馆杂字》#773“打围，袄喇苦失喇” *avlap kuşlap*（按：系 -p 副动词形式）

ay 月亮 Clauson 1972: 265；《高昌馆杂字》#4“月，哀”

ay 拟声词，狼嚎声

ayğır 牡马、公马，早期作 *adğır* Clauson 1972: 47；《高昌馆杂字》#235“儿马，霭黑儿 *ayğır*”

ayt- 说 Clauson 1972: 268-9

azlık 不够；来自 *az*“少的” Clauson 1972: 286

badan ［波斯语］بدن“身体”《波斯语汉语词典》第 261 页

bağ 带子、纽带 Clauson 1972: 310

bağla- 捆绑 Clauson 1972: 314

bağlığ 联系、捆绑 Clauson 1972: 314

bak- 看，引申义“遵守” Clauson 1972: 311

bakın- *bak-* 的自反动词 Clauson 1972: 316

balık 城市 Clauson 1972: 335-6

bandeŋ 板凳；源自汉语“板凳”，可能由蒙古语 *bandang* 借入突厥语《高昌馆杂字》#404“凳，板凳”

bar 有 Clauson 1972: 353

bar- 走，去 Clauson 1972: 354

barğu 东西；*bar+ğu*

barkan 地名，音译“巴尔坎”，可以比定为西辽 Bang & Rachmati 1932: 714

barmaklığ çosun billig 人名，音译“巴马勒·乔荪·毕力”

bas- 扑、压 Clauson 1972: 370-371

baş 头 Clauson 1972: 375;《高昌馆杂字》#351“头，把失”

baş- 可能是动词 *başa-*“伤、开口子”的残存形式 Clauson 1972: 377

başa- 伤、开口子 Clauson 1972: 377

başla- 带领；开始 Clauson 1972: 381-382;《高昌馆杂字》#665“引领，把失喇”

başlan- 开始；*başla-* 的自反动词

başlık 首领 Clauson 1972: 381

batuş 来自动词 *bat-*“沉”Clauson 1972: 298

bedük 大 Clauson 1972: 302-303;《高昌馆杂字》#637“大，把都”

bedükle- 长大，由 *bedük*“高、大”变成动词 Clauson 1972: 304

beg 官员 Clauson 1972: 322

bek 紧、十分；与 *çok* 连用，表示“非常”Clauson 1972: 323

belgür- 出现，显现 Clauson 1972: 341

bellüg 具有重要意义的、为人所共知的；或许是 *belgülüg*（来自体词 *belgü*“特征”）的异体形式 Bang & Rachmati 1932: 714

berke 坚固；来自突厥语 *berk*“难”；突厥语 *berk*，早期借入蒙古语，形式是 *berke*，后来又转借入突厥语 Clauson 1972: 361;《高昌馆杂字》#633“难，伯儿克 *berke*”

bél 腰 Clauson 1972: 330;《高昌馆杂字》#369“腰，判”

bélbağ 腰带；是由 *bél* 和 *bağ* 构成的合成词《高昌馆杂字》#469“系腰，兵把”pylp’ q̈

bér- 给 Clauson 1972: 354

bérgü 礼物，来自动词 *bér-* 的名词 Clauson 1972: 362

bil- 知道 Clauson 1972: 330-1

bile- *birle-* 的缩写

biltür- 让某人知晓某事；动词 *bil-* 的使动态 Clauson 1972: 334-5

biltürgülük 旨意；来自 *biltür-* 的名词《高昌馆杂字》#523“敕书，兵都儿古禄”

bir 一 Clauson 1972: 353;《高昌馆杂字》#567“一，必儿”

birinçi 序数词，第一

birle 用某某；和某某一起 Clauson 1972: 364-365;《高昌馆杂字》#851“同，必儿喇”

birle- 统一；来自 *bir* 的动词 Danka 2019: 304

biti- 写 Clauson 1972: 299-300

bitil- 被动态，写下来 Clauson 1972: 305

biz 我们 Clauson 1972: 388

boda- 词源不明，喻“分娩”耿世民 1980: 53

boğaz 喉咙；怀孕，一作 *boğuz* Clauson 1972: 322

bol- 成为；是 Clauson 1972: 331

boz 灰色 Clauson 1972: 388-9

bolğuluğ 疑同 *boluğluğ*，来自 *bol-* Clauson 1972: 338

böri 狼 Clauson 1972: 356；《高昌馆杂字》#211“狼，卜力”

buçur- 下令；一般作 *buyur-* Clauson 1972: 387-8

buğu ［蒙古语］公鹿 Lessing 1960: 131；《高昌馆杂字》#202“鹿，卜呼”

buluŋ 角落 Clauson 1972: 343

buyan 福祉、运气；源自梵语 *punya* Clauson 1972: 386；《高昌馆杂字》#698“福禄，卜烟课 *buyan kut*”

buzağ 牛犊；一般作 *buzağu* Clauson 1972: 391

buzğuluğ 段、截；来自动词 *buz-*“毁坏、弄断”Clauson 1972: 389-90

buzuk 本义是“破坏的、截断的”；部落名，音译“卜阻克”Clauson 1972: 390

çağ ［蒙古语］时候 Lessing 1960: 156；或作 *çak* Clauson 1972: 403-404

çak- 表示一种激烈的动作，如暴怒 Clauson 1972: 405

çakır- 召唤 Clauson 1972: 410

çalluğ 来自于体词 *çal*，黑白相间，灰色的；灰色的毛 Clauson 1972: 417

çalaŋ bulaŋ 词义不明

çalbar- 同 *yalbar-*，祈祷

çalbarğu 来自动词 *çalbar-* 的名词

çalğuz 同 *yalğuz*

çalunğuluk 来自动词 *çalun-*“伏地”的名词 Clauson 1982: 421，一作 *çalın-*

çan 同 *yan*，边

çaŋ 见 *taŋ*

çaŋak 同 *yaŋak*，面、颊

çap- 同 *yap-*，做

çap- 同 *tap-*，找到

çaptur- 同 *yaptur-*，使人做

çarla- 宣布 Clauson 1972: 429

çarlığ 同 *yarlığ*，命令

çaruk 同 *yaruk*，光

çaşağu 同 *yaşağu*，寿命

çaşkaru 见 *taşkaru*

çek- 拉；借；受（难）Clauson 1972: 413

çeber ［蒙古语］*çeber*（思路）清晰；灵光 Lessing 1960: 167

çerig 军队 Clauson 1972: 428-9

çıda ［蒙古语］*jıda*，长矛 Lessing 1960: 1049；《高昌馆杂字》#407 "枪，尺答"

çığay 贫穷，引申为"难受"；一般作 *çığan* Clauson 1972: 408-9

çık- 出来 Clauson 1972: 405-6

çımad ［蒙古语］*ǰimed-* "责备、不满" Lessing 1960: 184；《高昌馆杂字》#600 "怒，尺麻"

çırağ ［蒙古语］*čirai* "脸" Lessing 1960: 191

çol 见 *yol*

çoŋ 左；可能来自蒙古语 *ǰegün* "左" Danka 2019: 310

çubuk 枝条；一般作 *çıbık*，奥斯曼语作 *çubuk*，可能是受到波斯语 *çūb* "枝条"的影响 Clauson 1972: 395；#150 "枝，尺必黑" /*çıbık*

çubuyan 果（枣）汁；突厥语 *çıbıkan*，源自梵语，在中古时期 *-k-* 是发音的，后来消失了 Clauson 1972: 396；《高昌馆杂字》#146 "枣，搠卜罕 *çobukan*"；又，《高昌馆杂字》#512 "滋味，尺必烟 *çibiyen*"

çukurdan "有斑点的"，可能来自蒙古语 *čuqur/ čouqur*，*+dan* 是波斯语词缀 Lessing 1960: 199; Danka 2019: 310

çumşa- 同 *yumşa-*

çürçet 专名，女真

çürek 心，一般作 *yürek* Clauson 1972: 905；《高昌馆杂字》#350 "心，羽列 *yürek*"

çürüg 即 *yürüg*

dost ［波斯语］دوست 朋友、心爱的人《波斯语汉语词典》第 1087 页

dostluk 友谊，来自 *dost* 的抽象名词

dömürdü kağul 人名，音译"铎穆尔图·喀扈尔"

duşman ［波斯语］دشمن 仇敌《波斯语汉语词典》第 1039-1040 页

dün 夜 Clauson 1972: 513

emgek 痛苦、费劲 Clauson 1972: 159；《高昌馆杂字》#604 "苦，俺克 *emge*"

er 人 Clauson 1972: 192

eris ［蒙古语］*eris/ eres* 直接的、

耿直的 Lessing 1960: 323

erdini 宝石；一作 *ertini*，源自梵语 Clauson 1972: 212

et 肉 Clauson 1972: 33；《高昌馆杂字》#496 “额”

él kün 人民；由 *él+kün* 两个字组成，*él* 意思是“国家、政权”，*kün* 是表示“多数”的词尾，*kün* 也可以理解成“太阳”。这个复合词首次见于《福乐智慧》。Clauson 1972: 121；《高昌馆杂字》#317 “人民，因坤”

élçi 使臣 Clauson 1972: 129

ér- 是 Clauson 1972: 193

érkek 男性、公的 Clauson 1972: 223-224

érte 清晨 Clauson 1972: 247

ét- 实施 Clauson 1972: 36-37

iç 里面、内部 Clauson 1972: 17

iç- 喝 Clauson 1972: 19

içegü 内脏、肠子；来自 *içe+egü*（集合词尾）Clauson 1972: 25；《高昌馆杂字》#371 “肠，以扯孤”

igit 见 *yigit*

iki 二，亦作 *éki/ékki* Clauson 1972: 100-101

ikinçi 序数词，第二

ilgerü 前方 Clauson 1972: 144

ini 弟 Clauson 1972: 170

ığaç 树 Clauson 1972: 79

ığla- 哭，抽泣 Clauson 1972: 85

ığlağur- 动词 *ığla-* 的强制式

ısığ 热；一般作 *isig*，察合台语 *ısığ* Clauson 1972: 246

kabuçak（树）洞；一作 *kabarçak* Clauson 1972: 586-7

kaç- 逃 Clauson 1972: 589-90

kağan 可汗 Clauson 1972: 611

kağanluk 来自 *kağan* 的名词，意思是“汗国”

kağar 即 *kar*，雪 Clauson 1972: 641

kağarlığ 有雪的；族名，葛逻禄，一般作 Karluk

kağatır 驴，一般作 *katır* Clauson 1972: 604

kakız 果敢的；来自动词 *kakı-* “愤怒” Danka 2019: 318

kakızluk 有精力的，来自 *kakız*

kal- 留下、剩下 Clauson 1972: 615

kalaç 族名，音译“卡拉赤”

kalık 楼《高昌馆杂字》#384 “楼，哈力把喇哈那 *kalık balakana*”

kalkan 盾 Clauson 1972: 621；《高昌馆杂字》#412 “牌，坎罕”

kamağ 全体；来自中古波斯语的 *hamāg* 的借词 Clauson 1972: 627

kanğa 车，发出“康嘎”的声音；一作 *kaŋlı* Clauson 1972: 638；《高昌馆杂字》#403“车，杭力 *kaŋlı*”

kap 用于修饰并强化颜色的词，例如 *kap kara*“黝黑” Clauson 1972: 578-9

kapuluğ 关着的；疑来自名词 *kapığ*“门”+*lığ*，表示“有门的” Clauson 1972: 584

kara 黑色 Clauson 1972: 643

karaŋğu 黑，暮色；来自于 *kara*“黑色” Clauson 1972: 662；《高昌馆杂字》#30“天晴，哈朗呼板的 *karaŋğu boldı*”，存疑

karı 老 Clauson 1972: 644-5

karındaş 兄弟 Clauson 1972: 662

karşu 反对；一般作 *karşı* Clauson 1972: 663

kart 老；与 *karı* 同义 Clauson 1972: 647

kaş 眉毛 Clauson 1972: 669

kaşuk 勺子 Clauson 1972: 671

katağla- 管教，一作 *katığla-*；来自体词 *katığ*“严格” Clauson 1972: 598, 600；《高昌馆杂字》#955“管，哈答哈喇 *katağla-p*”

kayğu 忧愁、焦虑；一般作 *kadğu* Clauson 1972: 598-9；《高昌馆杂字》#601“忧，慨呼 *kayğu*”

keç- 渡过 Clauson 1972: 693-4

kel- 来 Clauson 1972: 715，亦作 *kél-*；《高昌馆杂字》#821“来，谦”

keldür 送、运，来自动词 *kel-*；一作 *keltür* Clauson 1972: 716-7

kelgen 来自动词 *kel-* 的名词

kerek 必要；古突厥语 *kergek* Clauson 1972: 742

kes- 砍 Clauson 1972: 748；《高昌馆杂字》#759“切，克思”

kéçe 夜晚 Clauson 1972: 694-5；《高昌馆杂字》#88“夜，克扯 *kéçe*”；#92“夕，克扯 *kéçe*”

kéne 此后；一作 *kén* Clauson 1972: 724

kéŋeş- 商议 Clauson 1972: 734

két- 去，离开 Clauson 1972: 701

kıdığ 岸、边 Clauson 1972: 597-8；《高昌馆杂字》#76“边地，起的叶儿” *kıdığ yér*

kıl- 做 Clauson 1972: 616

kılıç 剑 Clauson 1972: 618

kımız 酸奶，一作 *kumuz* Clauson 1972: 629

kıp 形容颜色之深；一作 *kap* Clauson

1972: 578-9

kıpçak 族名，钦察，今译“克普查克”

kırık 四十，一般作 *kırk*，在东北组和西北组突厥语中拼写 *kırık* Clauson 1972: 651；《高昌馆杂字》#580“四十，起喇”

kız 姑娘 Clauson 1972: 679；《高昌馆杂字》#265“女，乞思”

kız 稀有、贵重 / 千金 Clauson 1972: 680

kızıl 红色的 Clauson 1972: 683

kik 野兽；古突厥语 *keyik* Clauson 1972: 755；《高昌馆杂字》#188“兽，克叶 *keyik*”

kim 谁；连词，用来引导从句 Clauson 1972: 721

kir- 进入 Clauson 1972: 735-6

kiş 貂 Clauson 1972: 752；《高昌馆杂字》#226“貂鼠，乞失”

kişi 人 Clauson 1972: 752-753

koğulğu 来自 *koğ*，本义是“尘土”，引申义是泛着火星的尘土，表示闪亮的意思 Clauson 1972: 609

koruk- 怕；一作 *kork-* Clauson 1972: 651

koy 羊；一作 *koñ*, *koyun* Clauson 1972: 631

koy- 放；亦作 *kod-* Clauson 1972: 595-6

koyun 羊 Clauson 1972: 631, 678

kögüz 胸 Clauson 1972: 714

kök 天青色 Clauson 1972: 708-709

köl 湖、海 Clauson 1972: 715；《高昌馆杂字》#49“湖，宽 *köl*”

köŋül 心 Clauson 1972: 731

köp 许多 Clauson 1972: 686-687

kör- 看见 Clauson 1972: 736；《高昌馆杂字》#618“看，苦禄 *körūp*，按：-p 系副动词形式”

körgür- 指示，来自动词 *kör-* Clauson 1972: 740

körüklüg 身材姣好的；一作 *körklüg* Clauson 1972: 743

köz 眼睛 Clausoon 1972: 756

kulaç 一种长度单位，丈 Clauson 1972: 618；《高昌馆杂字》#832“丈，苦喇尺”

kulan 野驴；野马 Clauson 1972: 622

kurıkan 营地 Clauson 1972: 652；《高昌馆杂字》#711“起营，苦力烟秃儿的 *küriyen türdi*”，#712“下营，苦力烟秃失的 *küriyen tüşti*”

kurıltay ［蒙古语］*quralta* 大会，音译“忽里台” Lessing 1960: 988

kuş 鸟 Clauson 1972: 670

kut 天命、福分、命运、灵魂

Clauson 1972: 594

kül- 笑 Clauson 1972: 761

kültür- *kül-* 的使动态

kümüş 银 Clauson 1972: 723-4

kün 日；日子 Clauson 1972: 725；《高昌馆杂字》#3 “日，坤”

kündün 太阳所在的方向、南方 Clauson 1972: 729

küte- 照料，看护；一般作 *küt-/küd-* Clauson 1972: 701

ma yéme 的缩写；以及、然后

masar 人名，音译“马萨尔”

men 我；一作 *ben* Clauson 1972: 346

meŋ 脸痣，一作 *beŋ* Clauson 1972: 346

meŋile- 高兴、喜悦 Clauson 1972: 770

min- 又作 *bin-*，骑 Clauson 1972: 348

moz 见 *boz*

mu 见 *bu*

mundun/bundun 指示代词“这” *bu* 的从格；此后 Clauson 1972: § 190

muz 冰，一作 *buz* Clauson 1972: 389

muz tağ 冰山，音译“慕士塔格”

müren ［蒙古语］大河 Lessing 1960: 548；《高昌馆杂字》#48 “莫连，江”

neçe 多少 Clauson 1972: 775

neçük 如何 Clauson 1972: 775-6

negü 什么 Clauson 1972: 776-7

neme 物件；什么 Clauson 1972: 777-8

nebsigi ［中古波斯语］*nēw wāxşīg* 精灵；一作 *névaşigi* Clauson 1972: 775

nöker ［蒙古语］*nökür* 朋友、伙伴、随从 Lessing 1960: 593；《高昌馆杂字》#305 “伴当，努库尔 *nökör*”

oğul 儿子；子嗣 Clauson 1972: 83-84

oğuz 乌古斯

oğuz 第一口奶，一般作 *ağuz* Clauson 1972: 98

ok 箭 Clauson 1972: 76；《高昌馆杂字》#410 “箭，傲”

ol 那个 Clauson 1972: 123

oltur- 坐；亦作 *olur-* Clauson 1972: 150；《高昌馆杂字》#607 “坐，兀禄儿”

oŋ 右 Clauson 1972: 166-7

oŋa 容易，一作 *oŋay* 《高昌馆杂字》#634 “易，翁该”

ordu 汗廷 Clauson 1972: 203

orman 森林 Radloff 1893: 1077

osuğ 类，样子 Clauson 1972: 245

oşbu *oş+bu*，提示词，那个 Clauson

1972: 254-255

oşol 那个，*oş+ol*

oyna- 游戏、玩 Clauson 1972: 275；《高昌馆杂字》#694“戏耍，歪那”

ögüt 意见 Clauson 1972: 102

ögüz 河流 Clauson 1972: 119；《高昌馆杂字》#51“河，兀库思”

öl- 死 Clauson 1972: 125-6

ölüg 死的 Clauson 1972: 142

öltür 杀死 Clauson 1972: 133-4

öŋlüg 颜色 Clauson 1972: 185

öte- 执行使命 Clauson 1972: 43

öz 自己 Clauson 1972: 278

öy 房子；一作 *ev* Clauson 1972: 3-4；《高昌馆杂字》#384“房，傲乌” *ew*

saç 头发 Clauson 1972: 794

sakal 胡须 Clauson 1972: 808-9

sakla- 遵从；保护 Clauson 1972: 810

saklap 人名，来自 *sakla-*

sana- 数（动词）Clauson 1972: 835

sanağuluğsız 无数的；来自 *sana-*

sarı 方向 Clauson 1972: 844；《高昌馆杂字》#547“四方，秃儿撒力 *tört sarı*”

sarun- 包裹着；一作 *sarın-*；来自动词 *saru-*“包、裹” Clauson 1972: 854

sen 你 Clauson 1972: 831-2

sev- 爱 Clauson 1972: 784

sevin- 高兴 Clauson 1972: 790

sevinç 欣喜、愉悦 Clauson 1972: 790

sepsenggir［波斯语］سیم شگرف 朱砂 Steingass 1897: 718

sındu 印度

soğık 寒冷的，一作 *soğuk* Clauson 1972: 808

soğurğu 严寒；来自动词 *soğur-*“变冷”

soŋ 以后 Clauson 1972: 832

soyurka- 赏赐《高昌馆杂字》#661“赏赐，琐约儿哈 *soyurka-p*”；一作 *tsoyurka-*“怜悯、仁慈”，来自汉语“慈” Clauson 1972: 556; Gabain 1974 § 96；也有可能来自汉语“赐”

sorma 酒、饮料 Clauson 1972: 852；《高昌馆杂字》#493“酒，琐儿麻”

söz 话、声音 Clauson 1972: 860

suğ 水；一般作 *suv* 或 *su*，在东北语支中作 *suğ* Clauson 1972: 783

süt 牛奶 Clauson 1972: 798

şağam 叙利亚，一般作 *şam* Pelliot

1930: 338-9

şaş- 惊异；一作 *saş-* Clauson 1972: 856, 857

şük 安定 Clauson 1972: 867

şire ［蒙古语］桌子 Lessing 1960: 716

şol 那个，参见 *ol*; *oşol*

şuŋkar ［蒙古语］鹰、海青 Lessing 1960: 712-3；《高昌馆杂字》#223“海青，耸哈儿”

tağ 山 Clauson 1972: 463

tağam 一般作 *tam*，墙 Clauson 1972: 502

tağuk 鸡 Clauson 1972: 468

tağurak 一般作 *tavrak*，来自动词 *tavra-*“急” Clauson 1972: 443

takı 并且 Clauson 1972: 466

tal 树枝；专指柳树枝 Clauson 1972: 489；《高昌馆杂字》#142“柳，塔”

tal- 见 *tol-*

talay 见 *taluy*

taluy 海 Clauson 1972: 502

tamğa 族徽 Clauson 1972: 504-5

taŋ 黎明、破晓；与 *érte* 连用，意思是“早上” Clauson 1972: 202, 510

taŋğut 唐古忒

tap 满意 Clauson 1972: 434

tap- 找到 Clauson 1972: 435

tapuk 前《高昌馆杂字》#539“前，塔卜恨答” *tapukında*

tarlağu 耕种的农田；*tarığla-ğu* 的缩写 Clauson 1972: 541-2；《高昌馆杂字》#301*tarığuçı*“农人”；#74 *tarık yér*“田地”

tart- 拉、抻、拽；Clauson 1972: 534-5 引申义是“进贡”《高昌馆杂字》#666“进贡，塔儿的 *tart-ıp*”

tartığ 礼物，来自动词 *tart-* 的名词 Clauson 1972: 535

taşkaru 外面，一作 *taşğaru* Clauson 1972: 563

tay 见 *tağ*

teg 像 Clauson 1972: 475

teg- 达到 Clauson 1972: 476

telim 多；11 世纪以前常见词，现已绝迹 Clauson 1972: 499

temür 铁 Clauson 1972: 508，亦作 temir；《高昌馆杂字》#478“铁，帖木儿”

teŋiz 海；古突厥语 *taluy* Clauson 1972: 527

teŋri 天 Clauson 1972: 523；《高昌馆杂字》#1“天，腾克力”

teriŋ 深 Clauson 1972: 551

té- 说；一作 *te-* Clauson 1972: 433

tégen 所谓的；来自动词 *té-*

tik- 种、竖 Clauson 1972: 476

tiktür- *tik-* 的使动态 Clauson 1972: 479

til 舌头；话 Clauson 1972: 489-490，古突厥语 *tıl*；《高昌馆杂字》#361“舌，听”

tile- 要求、渴望 Clauson 1972: 492；《高昌馆杂字》#754“乞，体喇”

tilegü 祈愿；来自动词 *tile-* 的名词

tirig 活的 Clauson 1972: 543

tiş 牙齿 早期作 *tış*, Clauson 1972: 557；《高昌馆杂字》#360“齿，替失 *tiş*”

tokuş 口角、争斗；一作 *tokış* Clauson 1972: 474

tokuz 九 Clauson 1972: 474

tol- 满 Clauson 1972: 491

toŋ 冻 Clauson 1972: 513 按：或是来自汉语的借词

toy 帐篷；宴席 Clauson 1972: 566-7；《高昌馆杂字》#662“赐宴，推必儿的 *toy bérdi*”

töl 胎儿；后嗣 Clauson 1972: 535

tört 四 Clauson 1972: 534

törlüg 种类 Clauson 1972: 546

tuğış 来自动词 *tuğ-*“升”（本义是“出生”）Clauson 1972: 465

tuğur- 生育 Clauson 1972: 472

tuğ 旗帜 Clauson 1972: 464

tur- 站、停；*turur* 是 Clauson 1972: 530；《高昌馆杂字》#964“土禄，立”

tusu 益处，来自动词 *tus-*“有益的” Clauson 1972: 554-5

tut- 抓 Clauson 1972: 451

tutul- *tut-* 的被动式 Clauson 1972: 456

tutulunç 战斗；来自 *tutul-* 的名词

tüb 根部，底部 Clauson 1972: 434

tüg“毛”；古突厥语 *tü*，到中古突厥语变成了 *tüg* Clauson 1972: 433；《高昌馆杂字》#375“毛，秃土隆 *tüg tülüg*”按：《高昌馆杂字》的整理者将此回鹘文读作 *tük tulung*，是错误的

tülüklüg 有毛的 Clauson 1972: 498；参考《高昌馆杂字》#375 的 *tüg tülüg*

tün 夜；北 Clauson 1972: 513

tüŋlük 窗 Clauson 1972: 520；《高昌馆杂字》#388“窗，统绿 *tüŋlük*”

tür- 卷起来 Clauson 1972: 530-1；《高昌馆杂字》#711“起营，苦力烟秃儿的” *küriyen türdi*

törülük 法制 耿世民 1980: 58

tüş- 落下 Clauson 1972: 560

tüş 梦 Clauson 1972: 559

tüşimel［蒙古语］臣 Lessing 1960: 857；《高昌馆杂字》#246“臣，土失蛮 *tüşimel*”

tüşkür- *tüş-* 的使动态，一般作

tüşür- Clauson 1972: 566;《高昌馆杂字》#712 “下营，苦力烟秃失的 *küriyen tüşti*”

tüzün 克己、自律 Clauson 1972: 576;《高昌馆杂字》#331 “君子，土尊 *tüzün*”

uç- 飞 Clauson 1972: 19

ud 牛 Clauson 1972: 34;《高昌馆杂字》#190 “牛，兀”

ukğuluğ 善解人意的；来自 *uk-* “理解” Clauson 1972: 77-8

uluğ 大 Clauson 1972: 136;《高昌馆杂字》#251 “长，兀禄”

uluğ ordu 人名，音译“兀鲁·斡耳朵”

uluğ türük 人名，音译“兀鲁·突鲁克”

ur- 撞、击 Clauson 1972: 195-5

uran 战斗口号、呐喊；该词不见于他处

uruğ 种、子嗣 Clauson 1972: 214

urum 专名，罗姆

uruş 冲突 Clauson 1972: 239

uruş- 斗、击 Clauson 1972: 239-40

uruşğu 来自 *uruş-*

uruşunç 战斗；来自 *uruş-* 的名词

uruz beg 专名，音译“乌鲁兹伯”

us 意识；智慧 Clauson 1972: 240

usluğ 有智慧的，来自 *us*

uyu- 睡觉；古代突厥语的形式是 *udı-* Clauson 1972: 42-3

uyku 梦；古代作 *udık* Clauson 1972: 46-7

uyğur 回鹘

uzun 长的 Clauson 1972: 288

üç 三 Clauson 1972: 18

üçünç 序数词，第三

üç ok 部落名，三箭

üleş- 分 Clauson 1972: 154

üleştür- 使分，*üleş-* 的使动态

ünçü 珍珠，一般作 *yinçü* Clauson 1972: 944-5;《高昌馆杂字》#476 “珠，永诸 *ünçü*”

üst 上面、表面 Clauson 1972: 242

üze 在……上面 Clauson 1972: 280

ya 弓 Clauson 1972: 869;《高昌馆杂字》#409 “弓，呀”

yağır 本意“马鞍部秃毛处”，中古时期演变为“肩” Clauson 1972: 905

yakşı 漂亮的 Clauson 1972: 908;《高昌馆杂字》#619 “好，呀失”

yakut 红宝石；源自希腊语，经由阿拉伯语进入突厥语

Nadeljaev 1969: 238, Danka 2019: 353;《高昌馆杂字》#492 “鸦鹘石，呀库塔失 *yakut taş*”

yalbar- 祈求、祈祷 Clauson 1972: 920，亦作 *yalbar-*；《高昌馆杂字》#725 “求，眼把力”

yalğuz 孤单地，亦作 *yalŋus* Clauson 1972: 930-931;《高昌馆杂字》#909 “惟独，呀林库思 *yalınğuz*”

yaŋak 面、方面 Clauson 1972: 948《高昌馆杂字》

yaman 恶的、坏的 Clauson 1972: 937;《高昌馆杂字》#620 “歹，呀蛮”

yap- 造，把东西合起来 Clauson 1972: 870-1

yaptur- 动词 *yap-* 的使动态

yarlığ 命令 Clauson 1972: 966-7

yaru- 发亮 Clauson 1972: 956

yaruk 光 Clauson 1972: 962

yası 平整的 Clauson 1972: 973-4

yaşağu 寿命；来自动词 *yaşa-* “活” Clauson 1972: 976-7

yat- 躺；睡 Clauson 1972: 884;《高昌馆杂字》“卧，呀 *yat-*”

yez 某种铜，可能是黄铜，不见于 14 世纪前的突厥语文献；蒙古语 *zes* 指“铜”，来自突厥语 Clauson 1972: 982-3; Lessing 1960: 1047

yé- 吃 Clauson 1972: 869-70

yélgün 见 *élgün*

yémek 来自动词 *yé-* 的名词关于 *+mAk* 的构词法，参考 Gabain 1974 § 12

yér 地方 Clauson 1972: 954;《高昌馆杂字》#43 “地，叶儿”

yılkı 畜群 Clauson 1972: 925-926

yıŋğak 方向；一作 *yıŋak* Clauson 1972: 949

yiber- 派；中古突厥语 (*y*)*iber-*/(*y*)*ıbar-* Danka 2019: 355

yig 生的、新鲜的 Clauson 1972: 910;《高昌馆杂字》#503 “生，亦”

yigit 小伙子 Clauson 1972: 911;《高昌馆杂字》#252 “幼，以几”

yit- 失去 Clauson 1972: 885

yok 没有；词组 *yok bol-* “死亡” Clauson 1972: 895

yol 道路 Clauson 1972: 917

yultuz 星辰，一作 *yulduz* Clauson 1972: 922-3

yumşa- 差遣；来自名词 *yumuş* “差事”《高昌馆杂字》#670 “差遣，永设 *yumşa-p*”

yurt 营帐、聚落、国家 Clauson 1972: 958

yükle- 驮运、负重 Clauson 1972: 912

yürü- 走、跑；古突厥语的形式是*yorı-*，后来元音逐渐靠前，在中古突厥语中变成前元音，有 *yür-*，*yügür-* 和 *yürü-* 等形式 Clauson 1972: 957；《高昌馆杂字》#605“行，悦力 *yüri-*”

yürügü 行走，来自动词 *yürü-* 的名词

下编 波斯语《史集·乌古斯史》*

［德］卡尔·雅恩（Karl Jahn）译注

陈 浩 汉译

* 汉译者按：译自 Karl Jahn: *Die Geschichte der Oġuzen des Rašīd Ad-Dīn*, Österreichische Akademie der Wissenschaften, philosophische-historische Klasse, Denkschriften, 100. Band, Forschungen zur islamischen Philologie und Kulturgeschichte, herausgegeben von Adolf Grohmann, Band IV, Wien 1969, Kommissionsverlag der österreichischen Akademie der Wissenschaften in Wien. 本书中的左边码，系波斯语写本的页码。其中，主体是 C 抄本的 Fol. 590^{v}-Fol. 601^{v}，但在 Fol. 596^{v}-Fol. 597^{r} 之间参考了 A 抄本的 Fol. 385^{r} 和 Fol. 385^{v}。另，最后一页参考了 E 抄本的 Fol. 641^{r}。

引　言

7 乌古斯人群的历史，首次以完整的框架叙述出来，是在伟大的波斯史家、学者和宰相——拉施特（Rašīd ad-Dīn Faḍlullāh，公元1318年去世）《史集》的世界史部分。它在书中的位置，位于具有突厥起源的伊斯兰王朝史之后，既可以看作是此系列的收尾，也可以视作后文中涉及非伊斯兰欧亚人群历史的开端。[①] 在《史集》第二部中收录具有异教色彩的《乌古斯史》[②]，无疑清晰地表明了，拉施特所处的时代，人们清醒地认识到作为近东伊斯兰化突厥语人群的先祖——乌古斯部族，具有多么重要的意义。

《乌古斯史》全称《乌古斯及其后裔的历史以及有关苏丹和突厥人国王的记载》，与《史集》其他部分的区别在于，它所基于的不是书面文献，而是一种口头的、流传于民间的叙事。其中，传说与事实的成分熔于一炉，或者说，文学性和真实性集于一身。在这种情况下，《乌古斯史》更接近于民间文学，而非历史著述，因此不能像对待《史集》中其他部分的历史那样，严苛地看待它的内容。即使乌古斯史具有上述杂糅的特点，它仍然是一种重要的史料，只不过需要研

---

① 关于《乌古斯史》的相关问题，参考 K. Jahn, Zu Rašīd Ad-Dīns “Geschichte der Oġuzen und Türken”, in *Journal of Asian History*, vol. I, part 1, 1967, 45-63。

② 总体来看，《乌古斯史》是乌古斯民族在伊斯兰化以前的“异教”发展阶段的产物。至于书中的一神教倾向，时或援引《古兰经》的内容，可以看作是该故事后期在向西传播过程中加入的，其目的是让伊斯兰世界更易接受乌古斯传说中的异教元素。参考前引 Jahn 1967, 47-50, 54。

究者对其史料性质有所自觉。

《乌古斯史》的史料性质决定了，它牵涉诸多历史事实，却往往依循纯粹主观的叙述，导致它的编年（如果说确实是经过刻意编排的话）变得完全错乱了。于是，我们看到的是，作为世界征服者的英雄乌古斯①，贯穿了整个故事的起点和终点，而在神话故事中的英雄人物都有如此的特点。乌古斯可汗的事迹，主要隐射的是 11 世纪塞尔柱苏丹的征服活动。该征服活动的第一波高潮，是乌古斯人群的势力在
8 近东站稳脚跟。于是，我们看到的是，乌古斯先辈的历史被当成了他子孙的历史来讲述，且前后衔接得天衣无缝。

与所有的游牧民族一样，在乌古斯人群的部落和制度中，原始的习俗自始至终都具有重要的作用。乌古斯人的历史实际上始于其 24 个部落的划分，他们分别来自乌古斯可汗天赋异禀的六个儿子。② 没有其他哪个中世纪的突厥语人群，能够像乌古斯人群这般追溯其部落世系的。早在中古伊朗语的文献中③，以及麻赫默德·喀什噶里的《突厥语大词典》（公元 1072—1074 年成书）④ 中就已提到了 24 个乌古斯部落，甚至都逐一列举了出来。到了拉施特那里，24 个部落的先后

---

① 关于突厥语人群中的“世界征服者”观念，参考 O. Turan, The Ideal of World Domination among the Medieval Turks (in: SI, IV, 77-90)； 氏 著：Türk cihân hakimiyeti mefkûresi tarihi (Istanbul 1969)； 前 引 Jahn 1967, 50。E. Esin, The Turco-Mongol monarch representation and the Cakravartin, (in: *Proceedings of the XXVI Congress of Orientalists*, vol. II, New Delhi 1969)。

② 关于乌古斯六个儿子名字背后所隐含的宗教内涵，参考 U. Harva, *Die religiösen Vorstellungen der altaischen Völker* (Helsinki 1938); W. Schmidt, *Der Ursprung der Gottesidee*, XII (Münster 1955)。

③ H. W. Bailey, A Khotanese text concerning Turks in Kanṭṣou (in: *Asia Major*, I, 1949/50, 28-52), 34.

④ 参考 Divanü Lûgat-it-Türk/Besim Atalay, I, 55-58。关于《突厥语大词典》及其作者，参考 A. Bombaci, *Histoire de la Littérature Turque* (Paris 1968), 68ff., 401。首次把乌古斯人群称为“突厥蛮”，是在加尔迪兹（Gardīzī）的《记忆的装饰》（*Zain al-aḫār*）中。参考 W. Barthold, A History of Turkman people, *Fours Studies on the History of Central Asia*, III (Leiden 1962), 103-4。

次序才最终定型。如同《史集》中的突厥和蒙古部落一样，乌古斯的部落也是脉络清晰的。如此一来，乌古斯部落（准确地说，是突厥蛮部落）的历史，就可以毫无障碍地往前延伸了，正如阿布尔-哈齐（Abū'l-Ġāzī）在《突厥蛮世系》一书中所做的那样，只不过拉施特所确定的世系不会再受到撼动了。

在乌古斯部落向外扩张的方面，《乌古斯史》只围绕着一个中心展开，即“卜阻克”和“禹乞兀克”两个支系之间如何划分夏季和冬季牧场。尽管这一材料的可信度不高，甚至无法落实到具体的地理方位，但它还是交代了乌古斯人群放牧与生活空间的大致范围。其东部边界是畏兀儿人的活动区域和天山山脉，西北部边界是乌拉尔山，南部和西南部边界是锡尔河。《乌古斯史》中事件所发生的中心区域，主要在锡尔河下游，那里有乌古斯自己创建的城市养吉干，以及位于东方的两座经常被提及的城市怛罗斯和赛里木 —— 它们的古老居民是伊朗语人群，在《乌古斯史》的时代已经突厥化了。

在乌古斯的征服活动中，还是能依稀识别出一些历史事件的轮廓，使得我们能够将他的继承者放置于一个历史的“未知之境”中。可惜史料中对乌古斯的后继者，也就是他的儿子昆汗 —— 他有“汗”（Ḫān）的头衔，没有过多着墨。从古代突厥汗国时期起，鄂尔浑河流域的东突厥首领就拥有此名号，与之相对应的西突厥则使用“叶护”的头衔。伊斯兰史料中证实了“叶护”（Jawqu < Jabġu）在乌古斯人群中尤为广泛使用，成为伊斯兰化的乌古斯人群（也就是所谓的“突厥蛮”）名号中的一个固定成分，这一点可以从希瓦汗阿布尔-哈齐（公元 1644—1663 年在位）的《突厥蛮世系》一书中反映出来。[①]

---

① 关于作者及其作品，参考前引 Bombaci 文，163ff., 403。

根据传统的做法，昆汗的继位者是他的长子凯伊。于是，凯伊部
9 在乌古斯人群中赢得了最高的地位，因而成为五个操突厥语的王室中
排名最靠前、名声最大的一支。[①] 这样的秩序（当然也有一定的历史
依据）影响深远，甚至后来的强大王朝诸如哥疾宁王朝[②] 和奥斯曼王
朝[③] 都把自身的先祖追溯到凯伊。

关于昆汗继任者的传奇性叙事，虽然无法从中找到对应的历史事件（这是因为我们所掌握的历史知识还不够），但如果人们试图从中寻找前伊斯兰时期乌古斯社会生活方式和生活观念的象征符号，还是需要一种历史学的解释。如此一来，这些君主及其周遭的人群，就会变成那个时代突厥语游牧人群的鲜活和生动的代表。这些君主似乎不是独裁者，他们通过代理人、宰相和聪明的参事进行统治，他们倾听来自民间的声音，并且通过这种方式来组建政府的民意代表，这是热爱自由的乌古斯人唯一能够接受的方式。

乌古斯王朝叶护们（甚至包括喀喇汗王朝的君主们）的形象，不仅笼罩着一层传奇（时或基于真实的历史事件），而且也是基于民间传说[④]，后者往往详于记录突厥语游牧人群的习俗和观念。据我们所知，那是一个父权制的社会，但是女性也具有同样高的地位。这个社会的品德，崇尚对老人的尊敬和爱戴，崇尚对友情和盟约的忠诚，崇尚无畏、勇敢和慷慨，以及所有理想游牧社会的美德。于是，正义得

---

① 参考后面的译文。（Fol. 601^{v} 第 25 行。汉译者按：此行数是指波斯语写本中的行数，即本书后文的下标数字。）

② 参考后面的译文。（Fol. 601^{v} 第 12 行）

③ 参考 Z. V. Togan, Die Vorfahren der Osmanen in Mittelasien (in: *Zeitschrift der Deutschen Morgenländischen Gesellschaft*, XCV/3, 367-373); P. Wittek, *The Rise of the Ottoman Empire* (London 1958), 9ff.; D. Sinor, *Introduction à l'étude de l'Eurasie Centrale*, (Wiesbaden 1963, 293)。

④ K. Jahn, Die ältesten schriftlich überlieferten türkischen Märchen (in: *Central Asiatic Journal*, XII, 1, 31-35).

到严格的执行，任何违反既有规范的行为都会受到严厉的惩罚。当然，与这些正面形象相对的，还有负面形象，例如奸诈、残忍。拥有这些品行，是为了不畏惧任何暴行，因此不会被人憎恶，反而会被推崇。我们必须要参考《蒙古秘史》，才能深刻领悟到阿尔泰游牧人群的心理层面。

《乌古斯史》给历史学家带来了一个棘手的问题。在乌古斯叶护王朝灭亡之后，甚至由出身葛逻禄的喀喇汗王朝以及出身柯尼克的塞尔柱王朝取代了乌古斯叶护的地位之后，书中又记述了旧王朝三任统治者的事迹。毫无疑问的是，乌古斯人在某种程度上是独立于喀喇汗王朝的。目前尚没有史料能够证明，乌古斯人群长期处于喀喇汗王朝的统治之下。人们很容易认为，这是异域的、经过润色的史料篡入的结果，首先想到的是出身葛逻禄的族群所为。

通过这种异域史料的篡入，给乌古斯叶护家族古老的神话传统，带来了一个长时段的中断，此后又再次接续了起来。古老的凯伊王族，最终与萨曼王朝缔结了姻亲关系，并成为了哥疾宁王朝的始祖。这样一种世系建构当然是缺乏历史内核的。它是一种紊乱的历史，人
10 们希冀借此来提升自身王朝的威望和声誉。在拉施特所处的时代，这一趋向，在最大可能性的框架之内（拜横跨欧亚的蒙古帝国所赐），大开便利之门[1]，这也是《乌古斯史》的利用价值所在。

从整体上看，“乌古斯史”代表了一种编纂方式，即把不同的、彼此却不能截然分开的叙事杂糅在一起。总的来讲，事实的成分要多于传说的成分。传说的要素笼罩在乌古斯个人及其后继者叶护们（甚至包括喀喇汗王朝和塞尔柱王朝统治者）的身上。这些传说性的叙事

① K. Jahn, The Yugas of the Indians (in: *Der Islam*, XXXIII, 1957), 134.

不仅是真实历史事件的反映，而且在一个长期的、非连续的传统中变得模糊了起来。当然，对于学者来说，从中追溯历史的内核，是一项诱人的工作。但是，这里面隐含了一个极高的风险，即在缺乏历史资料的情况下，我们会迷失在歧途之中。相应地，笔者下面提出几点意见，大有如履薄冰之感。

从传说性的层面来看，书中凸显的是一种即便不是明确的、却是可以确定时代的喀喇汗王朝的叙事，后面接续的是，类似的塞尔柱王朝叙事。但是，塞尔柱王朝的重大历史事件，在此没有体现出来，却是在乌古斯个人的事迹中体现了出来。由于《乌古斯史》的叙事没有超出乌古斯人群征服活动的第一波高潮阶段，所以乌古斯史叙事传统定型的年代也就可以确定下来了，即公元 11 世纪。

至于乌古斯史的叙述能否追溯到某个特定乌古斯部落的问题，或许有人会考虑反复被提及的撒鲁尔族[①]，但是在我看来还要再斟酌。[②]

无论如何，这种叙事的方式与其他的口头叙事没有根本的差异。它最早是由拉施特写成文本的。于是，乌古斯部落在史前阶段的历史，从此便进入了历史书写当中，也就不会再消失了。

---

① 此处传奇性的叙述，涉及的不是“某个具体的撒鲁尔王朝”，参考O. Pritsak, Stammesnamen und Titulaturen der altaischen Völker (in: *Ural-altaische Jahrbücher*, XXIV, 1952, 1-2), 57。

② 这个观点也适用于《乌古斯史》的最后一段“撒鲁尔人的历史”，那显然是后期植入的内容。

版　本

11 拉施特的《乌古斯史》有多部抄本存世，其中只有两部可以追溯到拉施特在世的时候。这两部写本含有大量的插图，也反映了宰相（汉译者按：拉施特是伊利汗国的宰相）这部作品的高超艺术水准，它们大概在 16 世纪上半叶流落到奥斯曼苏丹的内府（即今天的托普卡帕宫）。它们应该是在奥斯曼帝国占领伊朗后作为战利品，或者是作为馈赠品，被送到伊斯坦布尔的。[1]

这两部抄本中年代较早的是编号 Hazine 1653 号（Fol. 375^{v}-391^{r}），抄于伊历 714 年 / 公元 1314 年，与拉施特《史集》的其余部分放在一起，名为《历史的精华》（*Zubdat at-Tawārīḫ*），署名哈菲兹·阿布鲁（Ḥāfiẓ-i Abrū）（1430 年去世），未加改动。[2] 另一部年代稍晚的写本，即 Hazine 1654 号（Fol. 237^{v} -250^{r}），是署名拉施特《史集》中的一部分，抄于伊历 717 年 / 公元 1317 年。[3]

---

① 不能确定究竟是苏丹塞利姆一世（Selīm I, 1524 年）或是苏莱曼二世（Süleimān II, 1534—1549 年之间）在哪一场对伊朗的征讨中将此写本俘获并携至伊斯坦布尔的。根据 Z. V. Togan（Togan, Z. V.: Topkapı Sarayındaki dört cönk, in: *Islâm Tetkikleri Enstitüsü Dergisi*, I, 1953, 73-89; Togan, Z. V.: *On the Miniatures in Istanbul Libraries*, Istanbul 1963）和 E. Esin（E. Esin: *Survey of Persian Art*, XV, 1968）的观点，它们一部分是滞留伊斯坦布尔的帖木儿王公们的遗产，一部分是伊朗使臣赠给奥斯曼苏丹的礼品。（汉译者按：本文中页码注释方式保留原样。）

② E. F. Karatay, *Topkapı Sarayı Müzesi Kütüphanesi Farsça Yazmalar Kataloğu*, (Istanbul 1961), 38. 这一年代可以在书中的不同地方得到证实，例如 Fol. 375^{r}。

③ 参 Karatay 1961 附录。

两部写本都是用纳斯赫体阿拉伯文誊写，年代较早的 A 写本更加细致和可靠，但是在有些地方残损严重甚至无法释读。另一写本（B 本）不仅书写流畅，而且可以在不少地方补齐 A 本的阙文。为了完成一部严谨的校勘本，也就是像本书这样的译本，两部写本缺一不可 —— 当然对于普通读者来说这是没有必要的。

另一部善本，同样也是用纳斯赫体阿拉伯文誊写的，是托普卡帕宫艾哈迈德三世图书馆的 2935 号（Fol. 309^{r}-324^{r}）。这部抄本见于一部名为《波斯世界历史书》（*Kitāb-i Tawārīḫ-i 'Ālām-i fārsī*）的鸿篇巨制中，但是这部书与拉施特的《史集》没有什么区别。[1] 这部抄本是 15 世纪中叶为帖木儿王朝著名的统治者兀鲁伯（1449 年去世）的图书馆完成的，倘若不是早已确定好抄本，我就会选择该写本作为底本了。因此，这一抄本（D 本）只作为参校本，与 19 世纪巴黎的抄本（G 本）一样。[2]

12 对于校勘有参考价值的还有大英图书馆所藏 7628 号写本，是奉沙哈鲁之命于伊历 837 年 / 公元 1433 年抄写，是书名《史集》中的一部分。[3] 此外，F 本虽然有部分残泐，但对于校勘来说也很有用。

为了给读者提供一部精校本，我选择 C 本作为底本，也就是巴格达亭（Bağdat Köşkü）282 号写本（Fol. 590^{v}-601^{v}），用纳斯塔里格（又称“波斯悬体”）誊写。它是 15 世纪上半叶哈菲兹 · 阿布鲁奉沙哈鲁之名抄写波斯史学巨匠拉施特的史书。[4] 此抄本虽然品相完好，

① 参 Karatay 1961, 43。

② E. Blochet, *Catalogue des manuscripts persans de la Bibliothèque Nationale*, I (Paris 1905), 203, No. 257-58.

③ CH. Rieu, *Catalogue of the Persian Manuscripts in the British Musuem*, I, (London 1879), 74, 76.

④ C. A. Storey, *Persian Literature. A Bio-bibliographical Survey*. Sektion II, fasc. 1 (London 1935), 73; Karatay 1961, 1. c., 51-53.

但还是有些地方残缺，只能依靠其他的参校本。具有校勘价值的还有一部年代稍晚的E本，即易卜拉欣帕夏图书馆（今苏莱曼尼图书馆）919号（Fol. 629ᵛ-641ʳ）。[①]

在我看来，A本的两页（385ʳ和385ᵛ）可以作为底本的重要补充，因为它们包含了一些有关乌古斯夏季营地和冬季营地在地理分布上的有趣细节，且较为清晰。

既为了节省笔墨，也为了表明：非阿拉伯语和非波斯语的人名和地名，以及专门术语，也可以在不借助于阿拉伯文的情况下清晰地表达出来，我在本书中特意对这些没有用阿拉伯字母转写。为了解释清楚，我们在译文中首先提供专名的波斯文转写，然后是它的语音构拟，最后再据此给出不同的录文，包括确定的录文（用L表示）和存疑的录文（用mL表示）。

关于6部校勘抄本的异文，还需要说明一点：假如异文可以分成两组，那么它们中的大多数在注释里只用"Hss."（意思是"某某写本"）来替代。

对于其他的土耳其语的参校文献，我主要参考Z. V. Togan教授（缩写To）以及F. Sümer教授的两部作品（分别是SO和SOD），在引用时我们保留他们的转写方式。俄文的文献（RI 1, AK）也是如此。但是有一个例外，俄文的й，在本书中写作y，而俄文的ы则写作ï。最后还需要指出的是，科诺诺夫的俄译本（AK）的译文几乎没有引用，因为对于本书来说主要是参考他对专有名词的语音构拟。

---

① Storey 1935, l. c., 74; W. Barthold, O někotorych wostočnych rukopisach w bibliotěkach Konstantinopolja i Kairo (in: *Zapiski wostočnago otdelenija Imperatorskago, russkago archeologičeskago obščestwa*, XVIII, S.-Petersburg 1908), 24ff. 由于巴格达亭282号的最后一页缺了结尾的几行，所以要用易卜拉欣帕夏图书馆919号的Fol. 641ʳ（汉译者按：德文原文作Fol. 341ʳ，系笔误）来补齐。

缩略语

写本

A = 托普卡帕宫 1653 号写本

B = 托普卡帕宫 1654 号写本

C = 托普卡帕宫巴格达亭 282 号写本

D = 托普卡帕宫艾哈迈德三世图书馆 2935 号写本

E = 苏莱曼尼图书馆 / 易卜拉欣帕夏图书馆 919 号写本

F = 大英博物馆 Rieu 的编目 , I, Add. 7628 号写本

G = 法国国立图书馆伯劳舍（Blochet）刊行的波斯语 1364 号写本

其他

AK = A. N. 科诺诺夫《突厥蛮世系》俄译本［*Rodoslownaja Turkmen.* Sočinenije Abu-l-Gazi Ḫana chiwinskogo. A. N. Kononow (Moskwa-Leningrad 1958)］

Be = 贝勒津《史集》俄译本［I. N. Berezin, Rašīd-ad-Dīn, *Sbornik letopisej. Istorija Mongolow, Trudy Wostchnogo otdeleniya Imperatorskogo Russkogo Archeologicheskogo Obshchestva,* 5(1858), 7(1861), 13(1868)］

Doe = 狄福《新波斯语中的突厥语和蒙古语因素》［G. Doerfer, *Türkische und mongolische Elemente im Neupersischen*, Band I: *Mongolische Elemente* (Wiesbaden 1963); Band II: *Türkische Elemente* (Wiesbaden 1965); Band III: *Türkische Elemente* (Wiesbaden 1967)］

L = 当作某某形式（在汉译本中我们直接写"当作"并在括号内加上缩写 L）

mL = 疑作某某形式（在汉译本中我们直接写"疑作"并在括号内加上缩写 mL）

O = 拉施特《史集・乌古斯史》

R = 拉施特（Rašīd-ad-Dīn）

RPI 1 = 苏联 1965 年出版《史集》集校本（波斯文）［*Faẓlallāḫ Rašīd-ad-Dīn, Džāmi' at-tawārīḫ*, tom I, čast' 1, kritičeskij tekst A. A. Romaskewiča, A. A. Chetagurowa, A. A. Alizade (Moskwa 1965)］

RI 1 = *Rašīd-ad-Dīn*, *Sbornik letopisej*, tom I, kniga perwaja; perewod s persidskogo A. A. Chetagurowa Redakcija i primečanija prof. A. A. Semenowa. (Moskwa-Leningrad 1952).（《史集》俄译本）

S = 字样

SO = F. Sümer, *Oğuzlar* (*Türkmenler*) ... (Ankara 1967)

SOD = F. Sümer, Oğuzlar'a ait destanî mahiyetede eserler (in: AÜDTCFD, XVII, 3-4, 1959)

T = 乌古斯史的波斯语文本

To = Z. V. Togan, Manuskript einer türkischen Übersetzung der „Oġuzengeschichte"

Ü = 本译本

∗ 阿拉伯字母置于括号中。

文　本

17

第1节　乌古斯及其后裔的历史以及有关苏丹和突厥人国王的记载[*]

以仁慈、悲悯的真主的名义！$_1$突厥人的史学家和机敏的讲述人 C–F
提到，（先知）诺亚——保佑他——在给他儿子割分居住地时，$_2$给 590
长子雅弗分配了东方，连同突厥斯坦及其周边地区。按照突厥人的表达方式，雅弗被称作乌尔札伊汗（Ūlğay- Ḫān）①。他是一个游牧民，他的夏营和冬营在$_3$突厥斯坦。他的夏营在奥尔塔克（’Artāq）②和库尔塔克（K.rtāq）③，位于伊难只城（Īnānğ）④境内，他的冬营在布尔苏克

---

*　这是乌古斯史完整的标题，见于不同写本的结尾，不过此写本却阙如。

①　所有写本同。RPI 1, (90): Būlğah Ḫān (Abūlğah); RI 1, 80: Bulğa-Ḫān (Abulğa). To: Olcayhan. SOD: Ulcay. AK, 39, 40: Amulğa-Ḫān. 疑作（mL）：Olğay 或 Ölğey。参考 Doe I, 173-4。根据沙拉德丁·雅兹迪的《胜利之书》，雅弗的儿子是阿布尔扎（Abulğa）；参考 Barthold 1962: 115-116。汉译者按：雅恩译本中的字符 ğ 不同于土耳其语字母中不发音的 ğ，而是读作 j 的音。

②　所有写本同。RPI 1, (90): Ūrtāq; RI 1, 80: Ortak. To, SOD: Ortak. AK, 40: Ur-tag. 疑作（mL）：Ortaq。

③　多数写本同；C 写本和 E 写本作 Kūrtāq。RP 1, (90): K.ztāq; RI 1, 80: Kaz-tak. B: Kertak. To, SOD: Kürtak. AK, 40: Kor-tag. 疑作（mL）：Kortaq。根据 RI 1, 80 注 1，这两座山似乎都在卡拉套山——延绵在锡尔河右岸，始于怛罗斯地区的阿拉套。关于这两座山的方位，还有其他的意见，参考 SOD, 360 注 4。

④　字体普遍不清晰。RPI 1, (90): Īnānğ; RI 1, 80: Inanğ. To, SOD: Inanç. 疑作（mL）：Inanč。在古代突厥碑铭里，Inanč 是一个高级的官号。（汉译者按：碑铭里作 *ınançu*，汉译“伊难如”）比较高昌回鹘的都城亦都护城（Iduq Qut Šahrï），这里 Inanč Šahrï 的意思应该是 Inanč 所居住的城市。根据 RI 1, 80 注 1，这一词汇在钦察突厥人中也有，是塞尔柱和花剌子模沙王朝时期的专名。参考 Doe II, 219-20。

（Būrsūq）①，在哈拉库姆（Qār.qūm）②——以哈拉和林（Qaraqorum）③而著称。在那片区域有 $_4$ 两座城市，分别是怛罗斯（Talās）和喀里-赛里木（Qārī-Ṣayram）④，后者有四十道特别高的门，而且城的规模巨大。现在那里住着信仰伊斯兰教的突厥人。它毗邻昆吉（Qūnğī）⑤的国家，属于海都（Qāydū）⑥的势力范围。$_5$ 乌尔札伊汗的驻地就在那儿。

18 他有个儿子叫狄普-叶护汗（Dīb Jāwqū-Ḫān）⑦。“狄普”的意思是“宝座”和“次序”，“叶护”的意思是“部族首领”。$_6$ 狄普-叶护汗是一位有名的大侯爷。他有四个显要、有权势的儿子，分别是：喀喇汗（Qarā Ḫān）、乌儿汗（Ūr-Ḫān）⑧、菊儿汗（K.r-Ḫān。汉译者按：底本如此，雅恩疑作 Gür-Ḫān，见注释。下文亦作 Gür-Ḫān）⑨和库儿汗（K.r-

---

① 所有写本同。RPI 1, (91): Būrsūn; RI 1, 80: Bursun. To: Borsuk. SOD: Porsuk. AK, 40: Bursuk. 疑作（mL）：Borsuq。

② 所有写本同。RPI 1, (91): Qārqrm; RI 1, 80: Karkorum. To: Karakum. SOD: Kara kum. AK, 40: Karakum. 疑作（mL）：Qaraqum。参考 Barthold 1928: 415, 416; Boyle 1958, I, 89 注 9, 90; II, 370。

③ 多数写本作 Qarāq.rūm；C 写本和 E 写本作 Qarāqūrūm。RPI 1, (91): Qarāqrm; RI 1, 81: Karakorum. 此 Karakorum 即 Qaraqum，见前注。汉译者按：此哈拉和林非蒙古之哈拉和林。

④ 多数写本同；E 写本和 F 写本作 Qārī wa Ṣayram。RI 1, 81: Karï-Ṣayram; 同书注 2。关于 Sairam，参考 Barthold 1935: 80, 141。如果 *qarï* 的意思是“老、旧”的话，那么 Qārī-Ṣayram 这个地名的意思就是“老赛里木”，它指的应该就是伊斯费贾勃（Isfīğab）——赛里木的粟特语古名。参考 Barthold 1928: 175-76。

⑤ 根据 Pelliot 1959: 404，读作 Qoniči。Barthold 1935: 188，读作 Qončy。虽然历史上有两个 Qoniči，这里提到的应该是马可·波罗书中的那个，即撒儿塔黑台（Sartaqtai）之子，其领地对应的是朮赤长子斡儿答（Ordu）的早期封地。他于 1300 年去世。（见上引伯希和书）

⑥ 海都是窝阔台汗（1227—1241 年）的孙子，也是昆吉的宗主。

⑦ 多数写本作 D(Ḏ)īb Jāwqū(y) Ḫān；C 写本作 Ḏīb Jāhqūr Ḫān；RPI 1, (91): Dīb Jāqūy; RI 1, 81: Dib-Jakuy (Dib-Bakuy). To: Zib Yavğu Han. SOD: Dip Yavku. AK, 39: Bakuy-Dib-Ḫān. 疑作（mL）：Dib Jawqul(y) Ḫān。这里的 b > w 以及 ġ > q 之间的变化，也见于下文（Fol. 599^{v}）Būqra < Būġra。

⑧ 所有写本作 Ūr Ḫān. RPI 1, (91): 同 ; RI 1, 81: Or-Ḫan. To, SOD: Orhan. AK, 39: Ur-Ḫan. 疑作（mL）：Or-Ḫān。

⑨ A 写本作 K.z Ḫān；B 写本、D 写本、E 写本和 F 写本作 K.r Ḫān；C 写本作 Kūz Ḫān。RPI 1, (92): K.z Ḫān; RI 1, 81: Koz-Ḫan. To: Gurhan. SOD: Küz Han(?). AK, 40: Gür-Ḫan. 疑作（mL）：Gür-Ḫān。汉译者按：《史集·部族志》此处作 Kuz Ḫān，故《史集》汉译本作“阔思汗”。（《史集》第一卷第一分册，商务印书馆 2014 年版，第 134 页）

Ḫān）①。喀喇汗成了他的继承人。

$_{7}$之后，喀喇汗生了一个有福的儿子。儿子三天三夜不喝他母亲的奶，他母亲担心他的生命，忧虑万分。有一个晚上，她梦到儿子跟她讲：$_{8}$“你若是想要我喝你的奶，那你就要信奉真主，并遵守祂的戒律！”同样的梦，她连续做了三个晚上。由于该部族$_{9}$不信奉伊斯兰教，所以她没有把梦境跟别人讲，自己皈依了真主，她也瞒着丈夫。她举起双手向上天祷告：$_{10}$“真主啊，让我这个可怜妇女的奶水迎合孩子的口味吧！”于是，乌古斯开始喝他母亲的奶了。

过了一年之后，乌古斯的父亲在他身上发现了成熟和高贵的迹象，并惊叹于他的$_{11}$纯洁、俊美和优雅，说：“在我们的民众和氏族里还没有比这孩子更俊美、并点亮了世界的孩子呢。”一年后，这个孩子开始像耶稣一样说话，他说：$_{12}$“因为我是在一座宫廷里出生的，所以应该叫我‘乌古斯’。”乌古斯从童年到成年始终没有放弃过赞美真主、感恩真主。$_{13}$他总是感念造物主。②因为这个缘故，它能够日夜蒙受真主永光的恩泽。他在谈吐、技艺、骑射、刀枪和$_{14}$作战方面，样样精湛。

乌古斯的父亲要把乌古斯的叔父——菊儿汗的女儿许配给他。乌古斯把她带到家里后，要求她改信真主。她拒绝了，$_{15}$乌古斯便疏远了她。乌古斯③的父亲发现乌古斯不爱她之后，又把自己另一个兄

---

① C 写本和 F 写本同；其他写本作 L.r Ḫān。RPI 1, (92): Kür-Ḫān; RI 1, 81: Gur-Ḫān. To: Lurhan. SOD: Kür Han. AK, 40: Kïr-Ḫan. 疑作（mL）：Kür-Ḫān。汉译者按：《史集·部族志》俄译本此处作 Gur-Ḫān，故《史集》汉译本作“古儿汗”。（《史集》第一卷第一分册，商务印书馆 2014 年版，第 134 页）

② 此据 RPI 1, (98) 的录文；RI 1, 82, 乌古斯总是发出“安拉”的呼声，对身边的人来说意味着他很愉悦。这部写本的抄手之所以加这一句，显然是受到了托钵僧高声念诵（*ḏikr*）的影响。

③ 见下注。

弟库儿汗的女儿给他做老婆。[1] 乌古斯[2] 提出了同样的期望。[3] 这个女儿反抗说："如果你逼我，我就告诉你父亲，他会杀了你。"于是，乌古斯也疏远了她。[4] 16 喀喇汗发现乌古斯厌恶两个姑娘，于是又把他幼弟乌儿汗（Or-Ḫān）的女儿嫁给他。某日，这个姑娘跟她的仆人在 17 河边散步，仆人们正忙着洗她的衣服。碰巧乌古斯刚打猎回来，便对她说："如果你 18 答应我的提议，我就娶你做妻子。否则，我会
19 疏远你。"这个姑娘说：19"我是你的，对你百依百顺。我随时听候你的旨意，我是你的奴仆。"[5] 乌古斯把这个姑娘领回家，20 同她一起打理事务，爱她甚于一切。这个妻子和他漫步在同心和爱意的路途上。乌古斯疏离了另外两个妻子。

有一天，乌古斯跟他的 21 下属和朋友一起出去打猎。他的父亲——那位不信真主的喀喇汗，在此期间设宴，召集了乌古斯的三个妻子，并给她们呈上酒杯。[6] 席间，他打听为何乌古斯偏爱第三任妻子，22 即便其他两任妻子更加单纯、美丽和优秀。那两位妻子早就迫不及待了，终于等到了诬蔑乌古斯的机会。23 出于仇恨和敌意，她们俩说："乌古斯要求我们信奉真主，并向真主祈祷。我们说，我们做不到。他一怒之下，便疏远了我们。24 那女的出于对乌古斯的同情和爱，便听了他的话。现在，他们夫妻二人都遵奉了新的信仰，背弃了

① （前注及本注）多数写本同；B 写本脱漏。

② 见下注。

③ （前注及本注）多数写本同；B 写本和 E 写本缺。

④ 多数写本同；C 写本和 F 写本缺。

⑤ 本译本中的这一段是意译。直译："无论你的环在哪里，我的耳朵就在哪里；无论你的箍在哪里，我的头就在哪里。""环"和"箍"象征着奴役。至于这段话是否有对应的突厥语，尚不知晓。

⑥ "敬酒"（*Kāsa dāštan*）的习俗，常见于游牧（阿尔泰语人群）地区，还有待深入研究。承蒙哥廷根的辛茨（W. Hinz）教授告知，这一习俗在突厥和蒙古人来到之前不见于伊朗。

我们父辈和祖父辈的信仰。”$_{25}$于是，喀喇汗又向乌古斯的第三任妻子求证，但她否认了。喀喇汗怒火中烧，直接召集他的兄弟和朋友，说：“我儿子乌古斯打小就有福，$_{1}$本能继承国家大位。但是现在我发现他改变了信仰，信奉了其他的神。这对我们来说，是极大的侮辱。我们怎么能够容忍一个年轻人$_{2}$背弃和亵渎我们和我们的神灵呢？” Fol 591

商议之后，大家决定处死乌古斯。他们组建了一支整装待发的军队。乌古斯的第三个妻子① 深爱着他，便派$_{3}$身边女眷中的一位② 去捎口信，把情况告诉她的丈夫乌古斯。这样，乌古斯对战事就有所准备了。

第2节　乌古斯与他父亲、叔伯和亲戚的斗争以及关于乌古斯战胜敌人

$_{6}$（汉译者按：德文原文如此。跳过的4-5行是节标题的行数。下文此类情况不再一一出注。）乌古斯打猎回来，在靠近家门口的时候，他发现，他父亲、叔父和亲戚们聚集在一起，准备与他作战。他和随从一起，与他们打了仗。他的父亲——喀喇汗、（叔父）菊儿汗③ 和$_{7}$库儿汗战死了。乌古斯控制了所有的位子。他又跟他叔父们的部族打了75年的仗，直到他最终$_{8}$征服和战胜他们所有人。乌古斯吞并了本属于他叔父们的、远至哈拉和林的土地和人民，据为己有。

从刀剑下逃脱的困苦和落魄之人投降了，央求乌古斯：$_{9}$“难道我们不是同根生吗？难道不是同一棵树上的果实和枝干吗？何必赶尽杀绝？”乌古斯回答：“只要你们信仰真主，你们就会得到赦免，$_{10}$我

① 意思是最后一任妻子。

② “身边女眷中的一位”，A写本、B写本和D写本同；C写本不清晰；E写本和F写本作“某位身边女眷”。

③ C写本和E写本作 Kūr Ḫan。

就把突厥斯坦送给你们作为驻地。”他们拒绝了，乌古斯把他们一直赶到哈拉和林。① 为困苦和贫穷所折磨，他们迁徙到土拉河（Tūġlā）岸② 的荒地里，11 在那里驻扎了下来。他们还在那里搭起了夏营和冬营。由于贫苦、无助、羸弱和恼怒，他们总是悲伤和愁苦，12 于是乌古斯把他们称为“蒙兀”（*mww'l*）③，意思是“你们活该永世悲伤和不幸，你们就该穿狗皮、吃不到野味，休想再踏上突厥斯坦！”在突厥蛮人看来，住在东方的蒙古人 13 是乌儿汗、菊儿汗和库儿汗④ 的后裔。但是，他们之间究竟有怎样的血缘关系，就不得而知了。同样不清楚的是，菊儿汗和库儿汗的两个女儿后来是否 14 皈依了真主，以及乌古斯是否再次接纳了她们俩。

乌古斯从战场凯旋，下马之后，他令人建造一座金帐，在那里宴请他的追随者和朋友。15 那个帮助过他、支援过他的民族，被他称为“回鹘”（Uyġur），在突厥人的语言里意思是“追随者”和“顺从”。⑤

另一个民族在劫掠 16 和俘获战利品时，缺乏必要的驮畜，于是他们制造了康里车（Qanġlī）⑥。以前没有车轮，他们是第一个发明车轮的民族。他们把财产和货物以及战利品放置在车上，然后赶路。17 于是，乌古斯⑦ 就称他们为“康里”（Qanġlï）⑧。

---

① 参 RPI 1, (101); RI 1, 83; AK, 42。

② A 写本作 (T)ūġlā；B 写本和 D 写本作 Būġlā；C 写本缺；F 写本作 Bū'lā。此即土拉河——鄂尔浑河的右翼支流。

③ *mww'l* = mowāl < moġāl，意思是“蒙古人”。突厥人把蒙古人称为 Moġal。参考 Boyle 1958 II: 404-30 和狄福（G. Doerfer）：《拉施特书中蒙古人的名称》（Der Name der Mongolen bei Rašīd ad-Dīn），收入《拉施特纪念集》（*Rashīd al-Dīn-Memorial Volume*, Wiesbaden 1970）。

④ 多数写本同；C 写本和 F 写本缺。

⑤ 关于“回鹘”的词源学，参考 Doe II, 166ff.。

⑥ 意思是“两轮车”。AK, 43 及注 41 提到，在乌古斯对鞑靼人的征讨之后，一位聪明人发明了两轮车。人们把此人及其后裔称为“康里”（Kanklï），根据车发出的声响“康嘎”。参考 Doe III, 530-32。

⑦ B 写本从此处开始有阙文。

⑧ 关于“康里”的词源学，参考 Doe III, 530ff.。

怛罗斯、赛里木（Ṣayram）和邻近地区的军队，入侵乌古斯的帝国。乌古斯征讨并战胜了他们。于是，乌古斯征服了$_{18}$从怛罗斯、赛里木到河中、布哈拉（Buḫārā）和花剌子模（Ḫwārizm）的整个地区，将其纳入自己的治下。对于那些在城市周边居住的人们，他提了新的要求：$_{19}$他们不得骚扰定居的人群①。接着，他便开启征服世界的旅程。

第3节　从乌古斯的崛起到征服世界以及他向各地派遣使臣

$_{20}$横亘在乌古斯和他亲戚之间的对立得到了解决之后，乌古斯派
21 人去印度，要求他们向他投降并纳贡。印度的人民和官员给了$_{21}$一个粗鲁的答复。使者回来了②，说印度的人民反抗。乌古斯直接进军印度，开启了对这个东方国家疆域的征服。③

$_{22}$他首先抵达阿鲁达克（ʻAlūdāq）④，并在那里短暂停留。从那里他又前往伊卡里加（Īqārijja）⑤。那是一座山，处在激流和坚城之间，以至于船只$_{23}$在此根本无法通行。在乌古斯的令下，有人造了一只竹排。它的外观像一个水袋，通过它他们得以渡过洋流。凭借这个伎俩，伊卡里加被征服了。

在印度以东还有一个大国，那里的头领是天子$_{24}$之子·样磨汗

① 直译：“房屋及其居民”。

② “使者回来了”，多数写本同；C 写本和 E 写本作“把使者支使回去了”。

③ 多数写本同；C 写本和 E 写本缺。

④ A 写本、D 写本和 G 写本同；E 写本作 ʻaduwān；F 写本和 C 写本作 ʻadūdān. 这些异文所提供的信息尚不足以确定其方位。有可能是指印度的某山区。

⑤ 多数写本同；A 写本和 F 写本不清晰。或许可以与塞奥非拉克特（Theophylakt）提到的伊卡尔（Ikar）勘同；参考 Haussig 1953: 345, 381。

（Tīngī① Oġul Jaġmā-Ḫān②）。当样磨汗得知乌古斯在印度的胜利和征服之后，他决定臣服于乌古斯，并向他纳贡。然而，当乌古斯离开样磨汗的地盘之后，样磨汗又不听话了，$_{25}$起来反抗。乌古斯掉过头来把他给抓住，杀了他，并占领了他的领地。

接着，乌古斯又踏上征程，一路所向披靡，最终征服了秦（Čīn）、马秦（Māčīn）③和南家思（Nangās）④$_{26}$的所有地方。于是，他带着丰厚的战利品凯旋，返回故乡突厥斯坦。他在奥尔塔克和阿拉塔克（Ālātāq）⑤下马。

在阿力麻里（Almalïq）地区有两座巍峨的山，分别是图尔昆鲁塔克（Tūrqūnlūtāq）和布尔汗鲁塔克（Būrqānlūtāq）⑥。$_{27}$“图尔干”（Tūrqān）和“布尔汗”（Būrqān）是山上长的两种草，⑦所以两座山分别以其命名。（汉译者按：“塔克”*tāq* 在突厥语中是“山”的意思；“图尔干”的尾元音是 ā，加上 +lūq 词尾后，原来的元音从圆唇 ā 变成了展唇 ū。）乌古斯到达那里后，下马休息了$_{28}$十四天。那里的国王——伊涅汗（Īnāl-Ḫān）⑧，组建了一支部队，跟乌古斯作战。双方列阵，打了八天。双方军中都有$_{29}$不少死伤。最终在第八天，乌古斯

① Tīngī = Tinsi < 汉文“天子”。参考 Giraud 1961: 108-112；Giraud 1960: 108。

② 作为九姓乌古斯的一支，样磨活动于伊犁河流域和喀什。参考 Barthold 1935: 75-77; Barthold 在《伊斯兰百科全书》第 3 卷（1932 年）上的词条，974 页；Barthold 1928: 254; Barthold 1962: 90；米诺尔斯基译注的《世界境域志》（Minorsky 1937: 95-96）。此名号直译是“天子、[他的] 子、样磨汗”；其本名不可知。突厥和回鹘的可汗曾接受唐朝皇帝的赐号，这里提到的应该也是一名地位稍低的贵族。后置词 Oġul “[他的] 子”出现在名号里，表明“天子”的本义已经被忘却了。

③ 分别指中国北方和中国南方。

④ 蒙古语对中国南方的称谓；参考 RI 1, 160。

⑤ 根据后文的内容判断，这里提到的山岭，应该是在伊宁（Qulğa）附近。

⑥ 所有写本都不清晰。至于这里是否如 To 所认为的，与不儿罕 - 哈里敦（Burkan-Kaldun, 见 RI 1, 74, 125, 159）有关，尚不清楚。两座山应该都在阿拉套。

⑦ 据哈萨克斯坦的植物学家说（由 Z. V. Togan 教授告知），这两种草在哈萨克斯坦是有的。

⑧ 据哥廷根的狄福教授告知，当作（L）：Inäl 而非 ïnal，见于古代突厥碑铭。它的本义是“代理人”，那么 Inäl-Ḫān 应该译成“代理汗”了。参考 Doe IV, 1900 号词条（待出版）。

22 一方把骆驼和驴绑在一起，布置在军队的前面。敌人的房子、毡房和栅栏被横扫。从后方，乌古斯的军队向敌人射出 30 箭雨，如同冰雹一般，最终战胜了他们。乌古斯杀了伊涅汗，占领了他的国家。

然后，他回到自己的国家，即前往奥尔塔克（Ortaq）和库尔塔克（Kortaq），喂马。之后，他又前去征服北方诸国。途中，在征求了 31 官员的意见后，他决定先越过阿姆河（Amū-Darjā），然后往古尔（Ġūr）和加尔吉斯坦（Ġarğistān）派遣使者，捎去口信，要求他们投降并纳贡。1 他们最好答应，否则将以武力征收更高的税赋。军队首先来到加尔吉斯坦的边境，乌古斯派了使者进去。（译按：从下文古尔国的国王与乌古斯汗交涉的内容来判断，这里的"加尔吉斯坦"似乎应当是"古尔"的讹误。姑存疑。）古尔国王以最高的规格礼遇使者，并且 2 投降。于是，他向乌古斯称臣，常年纳贡，不过他暗示他的国家被许多敌人围困。乌古斯送了古尔国王一百名整装的骑兵，作为先锋部队，3 将他们派到敌国，带着任务前去，如果敌人投降就会保存他们，否则以武力解决。依据这个命令，他们征服了古尔、加尔吉斯坦，4 直到哥疾宁（Ġazna）、扎布尔（Zābul）和喀布尔（Kābul）的所有地方。他们收缴贡赋，常年流入国库。 Fol. 591

之后，他们凯旋，回到了乌古斯的军中。5 他们一起向北方前进，往凯来尔（*Krl*）和巴什基尔（*Bāšġ.rd*）[①] 的方向走。他们首先到达兀鲁伯古兹（Ūlūb.ġūz）[②]，那是一座位于高处的城堡，领主叫卡

① C 写本和 F 写本同；其他写本作 K. r. h。根据伯希和的观点（Pelliot 1950: 139-41），应该读成 Käräl 和 Bašγird，指的是匈牙利。这里的 Bašγird（即巴什基尔人 [Bashkir]），与今天的乌拉尔山脉巴什基尔人勘同。参考 Boyle 1958, II: 270。AK, 43:"马扎尔人和巴什基尔人"。

② A 写本同；C 写本作 Mālūġur；E 写本、D 写本和 G 写本不清晰；F 写本作 Ulūʿūr。根据 To，应该读成 Ulu-Baġur，后面的 Baġur 应该是 Bulġar，指的是伏尔加河的不里阿耳人，在阿拉伯语和俄语史料中写作 Ulu-Bulġar（即"大不里阿耳"）。参考 Minorsky 1937: 434, 438-39。

拉施特·亚吉（Qarāšīt Jāġī）①。乌古斯击溃了他的军队，6 并征服了该地。

那时候，长者和官员都称乌古斯为“乌古斯-阿哥”（Oġuz-Āqā），因为他对每个人都仁慈、随和②。对凯来尔（Käräl）和巴什基尔的征讨，7 结束之后，有九万③帐聚集到乌古斯的麾下，于是人们称他为“乌恩-托古斯-乌古斯”（Ūn Tūq.z Oġuz）④。（汉译者按：突厥语里乌恩［*on*］是“十”，托古斯［*toquz*］是“九”。）

乌古斯制令：任何人在行军中掉队，都要受到惩罚，而且不会得到原谅，因为人们是不会容忍落后分子的。群众中也有一定数量的 8 年迈者，他们身体虚弱，可以不受此令限制，也不适宜行军打仗。他们向乌古斯表明了自己的虚弱和困苦。9 于是，乌古斯命令他们都留
23 在那里，即位于阿力麻里附近的阿卡-喀牙（Āq-qājā）⑤，在波斯语里的意思是“白色地带”。他们当中有 10 一个特别聪慧和老到的长者，名叫“博士·霍加”（Būšī Ḫōġa）⑥，在突厥语里的意思是“长者”，蒙

① 多数写本同；C 写本和 E 写本作 Farāsīt；疑作（mL）：Qarašīt。Togan 认为 Qarāšīt Jāġī 是指 Qarašat yavġu，来自于古代突厥语 qara + 伊朗语名号 šad > Qarašet“大首领”；Yawġu (<Yabġu)，则是古代突厥人时代就已经存在的高级别名号“叶护”。Qarāšīt 在后面还作为凯来尔和巴什基尔国王的名号出现过。在 AK, 69 中，Qarāšīt（在 Fol. 601^{V} 中也是如此）先是作为库克姆-叶护（Kökem-Jawquy）的敌人而出现的。

② Aqa“阿哥”（长兄）在这里是另外一层意思，即“仁慈、随和”。

③ A 写本、D 写本和 G 写本同；C 写本和 E 写本作 1000，F 写本作 100.000。

④ A 写本作 Ūn tūq.z Oġuz；其他写本作 Ūq tūq.r Oġuz。疑作（mL）：On toquz Oġuz。根据 To，如果是 19 和 10000 的数字组合，正确的理解应该是“190.000 帐”。但是，假如这里是以千为单位的话，那么 *on toquz* 应该是指 19.000 帐，而且这里的“帐”是指“户”。

⑤ 所有的写本都作 Āq qā.ā，其形式应该是 Aq-qaja，意思是“白色的岩石或山崖”，但是其具体方位不可知。

⑥ 多数写本同。To: Yuşi Hoca. SOD: Poşti Hoca. AK 既没有提到博士霍加，也没有提到他的儿子喀喇·苏鲁克。这里的 Būšī 不是汉语里的“布施”，而是“博士”。这一点蒙慕尼黑的傅海波（Herbert Franke）赐知。疑作（mL）：Bošï-Ḫōġa。

古语叫“毕力格·诺颜”(*bilig noyan*)[1]。突厥人把长者称为“霍加”[2]。实际上,“霍加”一词 11 源自突厥语,而非波斯语或阿拉伯语。[3] 博士·霍加有个儿子叫“喀喇·苏鲁克”(Qarā Sūl.k)[4]。父亲对他说:“你们正处在一条未知的道路上,你们当中没有一位有经验的长者。12 你们如何能最终战胜冲你们而来的歹念?还是悄悄地把我带上吧,总有一天,我会对你们有用处的。”他儿子回答说:“我怎么能违抗乌古斯的命令呢?”最后,他只好把父亲装在一个箱子里,13 小心地放在骆驼背上,就这样带着他上路了。

他们抵达凯来尔和巴什基尔。这些人都是彪悍、鲁莽的民族。出于傲慢和狂妄,没有一个侯爷向乌古斯屈膝的。他们国王的名字叫卡拉施特(Qarāšīt)。[乌古斯][5] 抓住了他,14 于是[6] 凯来尔和巴什基尔投降纳贡了。

乌古斯继续前进。途经一个干旱的沙漠,那里没有一滴水。15 喀喇·苏鲁克跟他父亲[7] 说,大家都很饥渴。博士·霍加说:“把几头牛绑在一起,尽力地驱赶他们,直到它们十分饥渴为止。然后,放了它们。牛所奔之处,16 掘地三尺,人们就能在地下找到水了。”喀喇·苏鲁克照做了。水果然冒出来了,人们解了渴。[8] 乌古斯见状,

---

① 所有的写本都不清晰。第一个字迹 .l.k(l),应该是蒙古语的 bilig,意思是“聪慧”,第二个字迹 qūbī 或 qūmī,即蒙古语的 noyan“先生”。该词组的直译是“聪慧先生”,即上一个注释中“博学的人”/“博士”。疑作(mL):Bilig-noyan。

② 其他写本作 ẖwāğah 或 ẖūğah,后者更多些。拉施特在这里所指的,当然是突厥语里的 Qoğa 有“大的、年老的”这一层意思。

③ 造成这一误解的原因,可能是伊朗语的 ẖwāğah 和突厥语的 qoğa 的发音在表面上相似。

④ Sülük < 古代突厥语 sülüg、东部突厥语 Sülük,意思是“军队领袖”。

⑤ 见下注。

⑥ (前注及本注)多数写本同;C 写本和 E 写本作“总而言之”。

⑦ “他父亲”,多数写本同;C 写本和 D 写本作“人们”。

⑧ 多数写本作 jūrtčī-i hama ūlūs;C 写本和 E 写本作 i-wilājat。

表扬了喀喇·苏鲁克，$_{17}$任命他为全体民众的大管家。

从那里，乌古斯前往伏尔加（Wolga），来到一处名叫乌恩-喀兰鲁克-亚图布（Ūn q.rān lūk jātūb）[①]的地方。那里的人们听到乌古斯驾到的消息后，$_{18}$都逃亡了。但是他们的牲畜和富足的财产都留了下来。当乌古斯军队抵达河岸时，大家张望河水。由于水面清澈，他们在水底下看到金银制的器皿，$_{19}$有盘子、罐子、壶。可当大家下河要把这些器皿捞起来时，却找不到器皿的踪迹了，莫名其妙，大家都惊
24 呆和吓住了。喀喇·苏鲁克向他父亲做了汇报。$_{20}$他父亲询问："河岸附近有高地吗？"喀喇·苏鲁克说："有，河岸边有一棵挺拔的树。"他父亲回答："水中的影像$_{21}$只不过是隐藏在树中之物的投影。"喀喇·苏鲁克来到树旁寻找。在那里，他找到了所有的金银器，并将其带给了乌古斯。$_{22}$乌古斯再次提拔他，对他嘉赏有加。

在此期间，乌古斯提到："如果我们现在一味地去征服世界，却丢下自己的领土，即怛罗斯和赛里木，任凭其暴露在敌人的面前，敌人会趁我们不在的时候去$_{23}$夺取它。那对我们来说绝对是一个耻辱，对敌人来说却是一个成功。要想守住信誉，就不能把手上的现钱花掉。"乌古斯托付回鹘（或译"畏兀儿"）部落[②]看守他自己的领地。于是，回鹘人又回到了怛罗斯和赛里木地区，$_{24}$在那里安居下来，守护那里的财产。

---

① 其他写本作 ūq(n) q.rān (C 写本和 E 写本作 q.rā) lūk (D 写本、E 写本和 G 写本作 kūl) jātūb，A 写本同；其他写本不可释读。疑作（mL）：on qaranluk jatub。它的意思和方位，尚不可知。

② C 写本、E 写本同，其他写本作"乌古斯部落"（Oğuzen-Stämme）。考虑到后文中（Fol. 596^{v}，第 2 行）提到了康里和回鹘部落，这里应该是指留下来的乌古斯部落。

第4节　乌古斯与科勒·巴拉克人民的战争

$_{26}$科勒·巴拉克（Qīl Barāq）[①]是位于暗黑之地的一个国家。那里的男人皮肤黝黑，长相丑陋，外形如狗。他们的女人却拥有娇美的外貌。乌古斯来到该国附近后，他派了九名$_{27}$骑兵去捎信：“绝大多数国家和地区都已经向我们投降、纳贡了。如果你们也投降、纳贡，那是最好的，否则[②]你们准备好打仗吧，我们马上到！”他们答复使者：“如果你们当中的九个人能跟我们当中的两人决斗[③]，$_{28}$并且你们获胜，那么我们就纳贡。但如果你们打败了，那你们就输了。”使者拒绝了如此挑衅的提议，说：“我们两个人跟$_{29}$你们两个人打。”

科勒·巴拉克的人一直有个习惯，要举行决斗的时候，会把两个池子蓄满胶水，一个是黑色胶水，一个是白色胶水。在决斗开始之前，他们赤裸身体$_{30}$进入装有白胶的池子，以便胶水粘在他们的体毛上。然后他们离开池子，到白色沙土里翻滚。然后，再跳进装有黑胶的池子，并[④]到黑色沙土里翻滚[⑤]。$_{31}$如此反复三次之后，他们的身体便刀枪不入。参加此次决斗的两个人也如此作了准备。然后[⑥]，他们与乌古斯派出的两名使者决斗，不过所有针对他们身体的攻击都没用[⑦]。最后，两名使者死在了他们的手下，其他七人$_{1}$返回到乌古斯的身边， Fol. 592
把发生的事情告诉了他。

---

① Qïl Baraq，意思是“有毛的狗”（集合名词）；参考 Pelliot 1964, II, 685ff; R. A. Skelton *The Vinland Map and the Tartar relation* (New Haven-London 1965), 70 和注 18。关于 qïl，参考 Doe III, 574-5；关于 Baraq，参考 Doe II, 280-81。AK, 43 没有出现地名 Qïl Baraq。

② 见下注。

③ （前注及本注）C 写本和 E 写本作“当你们战斗时”。

④ 见下注。

⑤ （前注及本注）C 写本和 E 写本缺。

⑥ 见下注。

⑦ （前注及本注）A 写本、D 写本和 G 写本同；C 写本、E 写本和 F 写本缺。

乌古斯毫不迟疑地出兵征讨他们。敌人胜利了，$_{2}$乌古斯损失了许多兵力，剩余的人也溃散了。乌古斯深知，已经没有必要再跟他们打下去了。他班师回朝，来到一条大河边。其中一些人（他的士兵）坐在$_{3}$水袋、船只和竹筏上渡河，其他人则游泳过去。科勒·巴拉克的人如狗一般赤身裸体，且都是步兵（没有骑兵）。对他们来说，渡河是很困难的。$_{4}$乌古斯骑着马，在两条河①之间停下，给那些逃散的士兵们机会，让他们在那里聚集起来。

恰巧有一个乌古斯的人逃到了犬种人那里，隐藏在他们的女人中间。$_{5}$她们的男人都长着一张恶脸，有一副丑相，跟狗似的，所以他很讨她们的欢心。她们把他团团围住，想跟他交媾。最后，她们把他$_{6}$赠送给了首领伊特·巴拉克（Īt Barāq）②的妻子。他的陪伴和交往很是让她满意。由于她深受丈夫的折磨，$_{7}$受欲望和痛苦煎熬的伊特·巴拉克之妻，对乌古斯有了倾慕之心。于是，她偷偷派人给乌古斯捎信："如果你们想战胜敌人，就照我说的做：准备$_{8}$生锈的铁屑，每人抓一把固定在马鞍带上，然后上战场。但是马蹄要用铁钉上，这样马掌就不疼了。然后，士兵就该$_{9}$用箭雨射向那些赤身裸体、没有胶水防护甲的敌人。"乌古斯得到这个消息之后非常高兴，就把他的营地设在了两河之间。他让人造船，$_{10}$又挑选俊男子派给那些妇人。使者和犬种人的女人们不辞劳苦地把所有乌古斯用得着和需要的物件都弄给他了。其中一些$_{11}$女人出于淫欲而靠近乌古斯的使者们。就这样，乌古斯征服了这片土地。

乌古斯在这里治理了十七年。他组建军队，置办军备。$_{12}$在此期

---

① 这里指的应该是乌拉尔河与伏尔加河之间的地带。

② 意思是"狗中之狗"。其中的 It 本来在东部突厥语里的意思是"狗"，但也借入了乌古斯语族。AK, 43: It-Barak-Ḫan. 关于 It，参考 Doe II, 173-4，词条 634。

间，孩童都已长大成人。乌古斯的妻子也给他生了四个孩子。碰巧，乌古斯军中有一名妇女怀孕了，而她的丈夫 $_{13}$ 在战斗中死了。战斗正酣时，她的孩子要出生了。正好附近有一棵树，中间是空的。她走到树洞里，在里面生了孩子。当人们把孩子 $_{14}$ 带给乌古斯，并把事情的原委告诉他后，他给孩子起名“钦察”（Qïpčāq）①，因为“钦察”一词源自 *qabūq*②。在突厥语里，人们把一棵中间有洞的、腐烂的树称为
26 *qabūq*。在其他突厥人的脑海里，$_{15}$ 所有钦察人都是起源于这个孩子。在占领了科勒·巴拉克之后，乌古斯又在此停留了两年，以稳定 $_{16}$ 局面。然后，他前往暗黑之地（在科勒·巴拉克附近）了。

第5节 乌古斯前往暗黑之地以及该地的特征

$_{19}$ 乌古斯来到喀喇呼伦（Qarā Hūlūn）③——意思是“暗黑之地”，的边界。由于黑暗，行路艰难。乌古斯咨询他信任的人和智者，但都无济于事。于是，喀喇·苏鲁克去找他 $_{20}$ 的父亲。他父亲在任何艰难的时刻都有办法，能解决他们的难题。他把困境给他父亲说了。他

① A 写本、D 写本和 F 写本作 Q.bğāq；C 写本、E 写本和 G 写本作 Q.pčāq. AK, 43: Kïpčak。关于钦察的语言，参考 Sinor 1963: 103ff 中所列的文献；关于钦察的历史，参考 Sinor 1963: 291ff。关于钦察的文学，参考艾克曼（J. Eckmann）发表在《突厥语文学基础》（*Philologiae Turcicae Fundamenta*）第 2 卷（II, Wiesbaden 1964）上的相关内容，第 275 页等。

② 这里提到的是一个纯粹的民间词源学解释，qïpčaq < qabuq 是不可能的。参考 Doe III, 415-16。实际上，钦察本来是住在也儿的石河（Irtysch）流域基马克（Kimäk）的一个氏族，早在公元 10 世纪就已经向西迁徙，到 11 世纪之际可能已经汇入了乌古斯人向西和向南的迁徙大潮之中。参考 Barthold 1935: 61, 112-13。

③ 根据伯希和的意见（Pelliot 1963: 618），Qarā Hūlūn < 突厥语 Qarānγūlūq。关于“暗黑之地”（“相当于俄罗斯北部和西伯利亚西部之间的亚极带”，在昆吉 [Qoniči] 王国的北方）的方位，以及不同的记载，参考 Pelliot 1963: 616ff.；并参考 Skelton, *The Vinland Map*, 66-7。

父亲——博士·霍加回答他："跟他们说，他们应该骑上四匹牝马和小马驹、21 九头母驴和小驴。然后把小马驹和小驴系在通往暗黑之地的路口，再带着牝马和母驴赶路。等抵达目的地之后，22 要返程时，牝马和母驴由于心系各自的幼崽都会凭本能跑回去，不会出错。"喀喇·苏鲁克把这个主意告诉了乌古斯。23 乌古斯觉得这招妙，赞同他。按照博士·霍加的建议，他们踏上了前往暗黑之地的领土，走了三天三夜。忽然，他们从左右两边听到了声音："所有前往暗黑之地的人，24 无论是从那里带回东西的人，还是什么东西都不拿的人，同样都会后悔。"他们当中的许多人什么东西都没拿，有一小拨人拿了些东西。当他们返回并在 25 牝马［和母驴］的指引下找到出口时，在光照下发现他们手上拿的东西都是宝石和珍贵之物。果然，两类人都后悔了。（译按：意思是空手而归的人后悔没有拿珍宝，而拿了珍宝的人又后悔没拿够。）

乌古斯① 从这里前往 26 另一地——位于科勒·巴拉克和伏尔加之间的一处沙漠②，名叫［缺］③。乌古斯与那里的人作战。他们的国王被杀了，乌古斯占领了该地。乌古斯在那里停留了三 27 年，把该地纳入自己的势力范围。他规定了贡赋数额，设立了执政官。然后，他前往哈扎尔人（Chazaren）的打耳班（Derbend）。

当他抵达打耳班的边界时，博士·霍加跟他的儿子 28 喀喇·苏鲁克说："我们曾有一次落荒而逃的经历，不能让朋友和敌人知道。最好悄悄地派一百名骑兵去给我们的家人和故乡报信，29 就说我们战无不捷，让我们的人民和军队宽慰，让我们的敌人沮丧。我们应该把所

---

① "乌古斯"，多数写本同；C 写本和 F 写本作"人们"。

② 多数写本同；C 写本和 F 写本缺。

③ 所有写本都阙如。似乎是指伏尔加河与打耳班之间的地区，让人联想到卡尔梅克草原（Kalmückensteppe）。

27 有掠夺来的物资和财产都送回家乡去，$_{30}$这样一来，这个消息就显得真实了。”喀喇·苏鲁克把这个主意告诉了乌古斯。乌古斯同意了，因为他知道这里面蕴含了一个很大的益处。乌古斯赞扬了他，并把自己的衣服披在他的肩上。他对上百名康里骑兵$_{31}$委以重任，并把所有的财产和物资都送回了故乡。在乌古斯的时代，镀金弓箭的地位跟今天的圣旨（jarlïġ）①和牌子（pāyze）②差不多。$_{1}$乌古斯给使者们两枚金 Fol. 592v
箭和他自己的弓，作为信物。他们所到之处，都有人给他们送军粮，为他们效劳，对他们敬重。$_{2}$康里人的首领是［缺］③。乌古斯交代他要保护和防卫好他的家人、宝库和随从，直到他自己归来为止。

把他们打发走了之后，乌古斯在那里又停留了七天，$_{3}$然后便动身前往打耳班了。那地方的人偷窃、打劫，让旅途变得不安全。他们偷了乌古斯手下士兵的不少战马。乌古斯$_{4}$召唤喀喇·苏鲁克，说：“你把我们领到了一条险途上来了，这里盗寇丛生。我们该如何是好？这个地方还是$_{5}$一面临海，一面临山。”喀喇·苏鲁克向他父亲求助，老人答复他：“应该从四面围攻打耳班这个鬼地方，$_{6}$摧毁它。由于这个地方特别狭窄，一面临海，一面临山，里面的人只能进，不能退。到最后，当地人的反抗会消退的，$_{7}$必然投降。”喀喇·苏鲁克转达给乌古斯，后者照做了。他的人摧毁了打耳班全境，$_{8}$劫掠了它。他们在那里从夏天到秋天，包围了该城堡。当打耳班城内的人意识到形势时，他们气馁了、迷惘了。他们聚集在一起$_{9}$商量对策。他们很清楚，乌古斯已经征服了邻国，包括强大的科勒·巴拉克。在堡垒里

① 根据喀什噶里的《突厥语大词典》，乌古斯人并不知道 *jarlïq* 这个专有名词。参考 Barthold 1935: 119; Barthold 1962: 162。

② 关于“牌子”，参考 Barthold 1935: 124; Doe I, 239-41。

③ 康里首领的名字在所有写本中都阙如。

被围 10 八个月之后，他们终于决定向乌古斯投降了。他们向乌古斯献呈了九匹白马①作为礼品，投降了。乌古斯见状后说：“去问问他们，11 我们刚来的时候，他们为何不来？为何要抵抗和造反？”他们回答说：“我们当中②有明白人，也有糊涂人。12 由于此前我们糊涂，所以没有投降。现在我们知道错了，变成明白人了，13 知道该做什么了。我们必须要服从和臣服。”

乌古斯说：“既然你们知道错了，我就赦免你们的罪过。14 你们
28 偷了我们的两匹马驹。其中一只是伊拉克库拉（Īrāq qula）③，它是一匹跟野羊（’*arqlī*）④很像的马。另一匹是苏塔克（Sūtāq）⑤，它跟白马（*snġlh*）⑥一样，是纯白的。这匹马 15 跑得非常快，特别俊美。如果你们不能把这两匹如此尤物的骏马给我找回来，我就把你们处死，即便我刚刚才赦免了你们。”16 他们把所有偷窃的马匹都给找了回来，唯独不见那两匹骏马。由于乌古斯十分爱惜那两匹马，17 执意要找回，所以他们请求宽限几日。乌古斯在打耳班又停留了一个月，给他们时间去到处寻找失去的骏马。他们最终还是找到了，交给了乌古斯。18 乌古斯见了骏马后，喜笑颜开，对它们视如珍宝。他在打耳班任命了一位执政官，负责护民和收税。然后，他启程前往失儿湾（Šīrwān）和沙马希（Šamāẖī）了。

---

① 关于“九”这个数字在阿尔泰语人群中的宗教含义，参考 P. Wilhelm Schmidt, *Der Ursprung der Gottesidee*, IX, (Münster 1952)；对数字“九”所含有的特殊意义，例如“由九样东西组成的礼物”，参考 Doe II, 626ff。对数字“九”进行通盘考察的工作还没有人做。

② 多数写本同；C 写本和 F 写本缺。

③ 当作（L）：Iraq-qula。关于突厥语 qula =“黄色、浅黄色的马，有深颜色的尾巴和鬣（毛）”，参考 Doe III, 507。

④ 其他写本同。突厥语 arïqlï, < ārġālī, < arqālī < 蒙古语 arġali“野羊”，参考 Doe I, 121。

⑤ 所有写本都作 sūtāq，词源不详。

⑥ 其他写本同。snġla < 蒙古语 šinġula ~ šiqūlā，“白色的马”，参考 Doe I, 357。

第6节　乌古斯向失儿湾和沙马希派遣使臣

$_{21}$乌古斯离开该地之后，他派人到失儿湾和沙马希，捎去消息："你们不会不知道，我们来到这里了，要晓得我们来到这里的后果是什么。到目前为止，$_{22}$还没有我们攻不下的城，没有不向我们俯首称臣的国王。$_{23}$如果你们也打算立刻投降，就快告诉我们，并为我们效力。如果你们选择反抗和暴动的道路，那你们就做好打仗的准备吧，$_{24}$因为我们会马上来到。"听到这个消息后，他们对乌古斯的使者毕恭毕敬、俯首帖耳。他们备好九匹白马①，作为$_{25}$贡品送给乌古斯。他们见了乌古斯之后，宣布成为乌古斯的奴仆。

乌古斯到达沙马希之后，在那里停留了十四天。$_{26}$在这些日子里，沙比让（Šābirān）②的人也来纳贡，还带乌古斯到他们的国库里。然而，由于沙马希的人中断了赋税，也不履行职责了，$_{27}$又开始反抗斗争，乌古斯下令全军，每人抱一把柴火，堆在沙马希的门口和城下。然后，全军$_{28}$撤退待命。他们点起大火，熊熊火苗烧毁了城门和城墙。于是，他们战斗并征服了该城。他们劫掠沙马希人，$_{29}$俘虏妇女儿童。当地的人后悔他们的所作所为了，他们的头领——早前就曾经臣服过乌古斯了，又出来陈情，保证会纳$_{30}$贡，并承诺只要乌古
29 斯放了他们的妻子和孩子，他们就绝不会再中断贡赋或反抗。乌古斯在他们的陈情中看到了无助和困苦，$_{31}$就遣返了他们的妻子和孩子。乌古斯收到了贡赋，并在那里任命了一位执政官。然后，他前往阿尔兰（Arrān）和穆罕（Mūġān）了。

---

① 见前面关于数字九的注释。

② 多数写本同；F 写本作 Šāwarān。参考哈马达拉·穆斯陶菲·加兹维尼（Ḥamd-Allāh Mustawfī Qazwīni）：《心灵的喜悦》（*Nuzhat-al-Qulūb*），ed. G. Le Strange (Leyden-London 1919), 93。

第7节 乌古斯征战阿尔兰和穆罕 Fol. 593r

$_3$乌古斯从失儿湾前往阿尔兰和穆罕时，那里正值夏天，天气十分炎热。因为酷热，所以很难在那里逗留。$_4$于是，大家都聚集到夏营①所在的山里，等到冬天再返回去征服和掳掠该国。他们夺取了该国的全部夏营和山岭，直到$_5$萨布兰山（Sablān）②、阿拉塔克山③和阿扈里山（Aġūrī）④。人们都以为，是乌古斯的人命名了阿拉塔克山和萨布兰山。在突厥语里，两者的意思^{6}分别是“突出的”和“挺直的”。他们在驻留夏营的时间内，征服了周边的所有地区。

$_7$他们也占领了阿塞拜疆（Āḏarbāyğān）。乌古斯把他自己的那些特殊品种的马匹放养在奥罕草原⑤上，那里无比美丽和平坦。在他逗留期间，有一天他下令让所有人集合，$_8$要求每人抱一抔土，堆出一个小丘来。他身先士卒，拿一块土，堆了起来。在他亲力亲为之后，军中的其他士兵也搬土$_9$堆丘了。就这样，一座山丘堆起来了，名字叫“阿塞拜疆”⑥（Āḏarbājān）。⑦“阿塞”⑧在突厥语里的意思是“凸起

---

① A 写本、D 写本同；C 写本、E 写本和 F 写本作“在伊剌克（Īlāq）的山中”；G 写本作“在山中和夏营”。

② 参考哈马达拉·穆斯陶菲·加兹维尼（Mustawfī Qazwīnī）：《心灵的喜悦》，Le Strange, 83, 86。

③ C 写本、E 写本和 F 写本作 'Alātāq, 'Alādāq；A 写本和 D 写本作 Ālānān；G 写本作 'Alānārah。这里指的是阿拉塔克山脉，位于凡湖（Wansee）的东北方。

④ A 写本作 Aġ.nsūrī；C 写本和 F 写本作 Aġsūrī；D 写本和 G 写本不可读；E 写本作 Aġīnūrī。该词来自古代亚美尼亚语 Akori，后来的形式是 Arguri，是位于阿拉拉特（Ararat）北缘山脚下的一个古老村落，于 1840 年被废弃。译成“Akori 的山”，即阿拉拉特山。见 Aghri Dagh 词条，《伊斯兰百科全书》第 1 卷（Leyden-Paris 1960），第 259 页。

⑤ 参考哈马达拉·穆斯陶菲·加兹维尼：《心灵的喜悦》，Le Strange, 80。

⑥ A 写本作 Adarbāyān；其他写本作 Adarbāykān。

⑦ 多数写本同；C 写本作“山堆的名字叫 Aḏārbāykān”。

⑧ 多数写本同；A 写本作 adar。参考东部突厥语 adar =“大”；adïr =“山堆”。

的”，“拜疆”① 的意思是“伟大、壮丽的地方”。乌古斯让这个地方出了名。10 这也是为何今天这个地方叫“阿塞拜疆”的原因。②

乌古斯从那里向巴格达、格鲁吉亚、迪亚尔-巴克尔（Dijār-Bakr）和剌卡（Raqqa）派遣使者，11 捎去消息：“我启程了”，以便他们得到消息之后准备好答复。如果他们打算投降、向国库纳贡，并且年年如此，就没必要兵戎相见。但倘若他们的答复不合乌古斯之意，那就为乌古斯出兵制造了机会。

30 乌古斯 13 往那里 ③ 派了使者之后，他在冬天去阿尔兰和穆罕（汉译者按：意思是去那过冬）④，选择了库拉河（Kūra）和阿拉斯河（Aras）之间的地段作为营地。他在那里度过了冬天，并征服了那里所有的人。14 对于那些不服从他的人，他则侵夺了他们的财产。春天即将来临的时候，那些被他派往各地国王、苏丹处的使臣们都回来了。15 去迪亚尔-巴克尔、剌卡（ar-Raḳḳa）和巴格达的使团告诉他，在乌古斯动身前往阿尔兰之后，那里的国王和官员们以为，乌古斯因为某件 16 难事而撤退了，于是他们的答复是：“等乌古斯到这里的那一刻，我们再决定是战还是降。”

格鲁吉亚的使臣 17 答复乌古斯：“我们准备好战斗了，我们选择战斗。”于是，乌古斯派他的一个人前往格鲁吉亚，捎去消息：“我会出其不意地来，你们要保持清醒、小心提防！18 这样你们就不会抱怨‘乌古斯搞突然袭击，弄得我们措手不及’。你们选择好战场，做好打仗的准备，因为我们要来了！”春天到了，他们的马儿也养肥了，19 乌

---

① 多数写本同；C 写本和 F 写本作 bājkān。

② 拉施特在此又给出了一个十分不严谨的民间词源学解释，似乎是从某个突厥随从那里听说的。

③ 直译：“往这（或那）片地区去。”

④ 多数写本同；C 写本缺“在冬天”。

古斯出征格鲁吉亚。当他距离格鲁吉亚大概还有三四天的路程时，他们就进入战备状态了。乌古斯的军队纪律严明，如同实战一般，$_{20}$武器不离手。乌古斯的军队赢了，追击敌人两天两夜。但是，敌人又聚合了起来，再次作战，$_{21}$但是他们没能取胜，只好逃亡了。那里的官员坚信，他们是斗不过乌古斯军队的，于是就来向乌古斯投降。他们给$_{22}$其他受到震慑的人送去消息和敕令，让他们也加入称臣纳贡的队伍①。乌古斯在格鲁吉亚停留了一个半月。

夏天，乌古斯又回到了阿拉塔克。$_{23}$在阿拉塔克住了几天之后，有人告诉他，格鲁吉亚人又不纳贡了，赶走了当地的执政官，造反了。乌古斯$_{24}$听了这一事件后，把他的六个儿子全部召集起来，跟他们说："对付这些人我有经验，我对他们很了解。他们不会不停地闹腾，$_{25}$所以没有必要派大军前去镇压。"他给每位儿子配备 200 人，然后让他们前去戡乱。乌古斯的儿子们$_{26}$抵达之后，跟他们交战了，战胜了格鲁吉亚人，劫掠了他们的财产。紧接着，他们父亲乌古斯的使臣就到了，要求他们从格鲁吉亚人那里抢劫（乌古斯）全军在夏季所需的生活用品和衣物。$_{27}$这个消息传达下来之后，他们增加了掳掠的强度，给他们的父亲带回了一大堆战利品。然后，他们在那里任命一位执政官，规定好贡赋，$_{28}$之后就返回阿拉塔克了。鉴于他们出色地完成了任务，乌古斯赞赏他们说："由于你们在我的有生之年实现了伟业，成就了功名，$_{29}$你们将成为我的继承人。"然后，他派人去传令，全军②从冬营撤出③，前往库尔德斯坦（Kurdistān）④。

---

① 原文是"聚集起来"，意思是"他与他们联合起来，汇合起来"。
② B 写本阙文至此结束。
③ 见下注。
④ （前注及本注）F 写本作"由于军队受到了袭击，所以要向库尔德斯坦进军"。

31 第8节　乌古斯经过库尔德斯坦前往迪亚尔-巴克尔和叙利亚

$_{1}$乌古斯的部下按照他的命令集合好之后，便动身前往库尔德斯 Fol. 593
坦了。他在库尔德斯坦的山区停留了三年，$_{2}$清理了当地的恶霸，夺取了他们的财产。不过，他对在平原地区的居民十分友善，规定了他们的贡赋。他从那里前往迪亚尔-巴克尔了。当地的居民①和$_{3}$来自阿尔贝拉（Arbela）②、摩苏尔（Mossul）和巴格达的显贵来到乌古斯身边，带来了大量的礼品和馈赠。那个冬天，他在底格里斯河（Tigris）河岸扎下了冬营。

春天的时候，他$_{4}$前往叙利亚，并派他的六个儿子作为先锋。他自己则跟在部队的后面。他的儿子们抵达剌卡时，城里的显贵和大人们都出来迎接。$_{5}$由于他们的父亲在后面跟着，所以他们就让这些人去拜会他们的父亲。他们臣服于乌古斯，乌古斯对他们待之以礼。$_{6}$然后，他任命了一位执政官，派到城里去。

在整个叙利亚境内，他们所到之处的人民都臣服了，除了安条克（Antiochia）之外——突厥人称之为“山城”（Ṭaġšahr）③，那里有306道门。$_{7}$安条克的人不听话，组织反抗。经过一年的鏖战，乌古斯终于攻下了它。于是，乌古斯进入该城，令人打造了一尊$_{8}$金銮，然后坐了上去。④

---

① 见下注。

② （前注及本注）多数写本同；C写本和E写本作“来自阿尔德毕尔（Ardebīl）省（Wilājet，[G:“省”是复数形式]）的居民”。

③ Ṭāqšahr，对应突厥语的Ṭaġšahrï，意思是“山城”，纯粹是对安条克（Anṭākiya [Antichia]）的民间词源学解释。在埃及苏丹巴依巴尔斯（Baybars）公元1268年摧毁此城之前，这座大都市“有306扇门”。参考《伊斯兰百科全书》第1卷Anṭākiya词条，1913年，第375ff。

④ 西突厥的可汗（Ḫāqān）就已经享有可移动的金銮了，拜占庭使臣蔡马库斯（Zemarchos）（公元568年出使）对此有所记载。见Moravcsik, *Byzantinoturcica*, I: *Die byzant-inischen Quellen der Geschichte der Türkvölker* (Budapest 1942), 254-57; E. Doblhofer, Byzantinische Diplomaten und östliche Barbaren (in: *Byzantinische Geschichtsschreiber*, IV, 1955), 137。金銮的插图（13, 17, 18, 19, 22, 23, 24），形象地告诉了我们，它究竟是什么样子。

接着，他令全军九万人，携妻带子一起入住安条克。①

从安条克他派遣使者到大马士革（Damaskus）和埃及，捎去他即
将驾到的消息。他给每位使者配备 100 名随从。他把军队的千人编制
改成百人编制，9 又派他的六个儿子前往忒库尔汗（T.kūr-Ḫān）——
今天我们称之“忒克弗尔”（Tekfūr）②。他们快临近的时候，忒克弗尔
派出使者，10 打探他们是哪支部队的。根据乌古斯人的传统，这些使
32 者是受豁免的。③ 乌古斯的儿子们见了忒克弗尔的使臣之后，他与他
们会谈，并 11 派④ 自己的使臣前去捎话：“我们的父亲乌古斯派我们率
领九千人作为前锋部队，他自己则率领大军 12 跟在我们后面殿后⑤。只
要你们有意投降、缴纳岁贡，我们就不会对你们动粗。但如果你们要
打 13 仗，那就过来跟我们打吧！”

乌古斯长子的名字叫“昆”（Kūn）⑥（意思是“日”），次子叫“艾”（Āy）⑦（意思是“月”）⑧，三子叫 14 “聿尔都兹”（Jūldūz）⑨（意思

① 乌古斯可汗一反乌古斯部落总是在城外下营的传统，这次住进了城里面，并停留了三年。这一历史事件似乎是阿尔普·阿尔斯兰（1063—1072 年）或马里克沙（Malikšāh，1072—1092 年）在位时期，但更有可能的是科尼亚（Iconium）的苏莱曼·本·库土尔穆施（Sulayman b. Qutulmuš）的在位时期，他曾经于 1084 年攻下安条克。参考 R. Grousset, *L'empire du Levant* (Paris 1946), 163ff.; Grousset, *L'empire des Steppes* (Paris 1948), 206ff.; K. Jahn, *Zu Rašīd al-Dīn's "Geschichte der Oġuzen und Türken"*, 54。

② Tekfur < 亚美尼亚语 t'agavor，“国王”，参考 Grégoire 1935: 665。根据故事情节，这里提到的不是拜占庭皇帝，而是一名亚美尼亚国王。参考 Grousset 1946: 160-64, 173-76。

③ 突厥人和蒙古人对使臣豁免权的坚持，在很多文献中都有记载。

④ 直译：“当他们把他们（指忒克弗尔的使臣们）遣回之际，他们也派自己的使臣与他们（即忒克弗尔的使臣们）一起回去。”

⑤ 关于蒙古语的 gēčigä，“援军、后备军”，参考 Doe I, 491-92。

⑥ 其他写本同；关于东部突厥语 Kün “太阳、日子”，参考 Doe III, 655。同时参见后文 Fol. 597r 提到的“太阳汗”（Ḫān der Sonne）。亦请参考下文关于 Julduz 和 Kök 的两个注释，以及后面 Fol. 597r 关于 Tengiz 的注释。

⑦ 关于突厥语 Ay “月亮、月份”，参考 Doe II, 169，以及后面 Fol. 597r 提到的“月亮汗”（Ḫān des Mondes）。

⑧ 参考 Doe II, 170。

⑨ 东部突厥语 Julduz/Jolduz “星星”，参考 Fol. 597r 提到的“星星汗”（Ḫān der Sterne）。

是“星辰”），四子叫“库柯”（Kūk）①（意思是“天”），五子叫“塔克”（Ṭāq）②（意思是“山”），幼子叫“腾吉斯”（T.nkīz）③（意思是“大海”）。乌古斯六子派往忒克弗尔的使臣抵达忒克弗尔的边境之后，15 忒克弗尔说：“让我们明天在此开战吧。”次日，他们聚集到该地作战，战胜了忒克弗尔人。他们还穷追了敌人两天两夜，16 一直追到忒克弗尔城的城下。他们到了之后，城里的居民齐心协力抓住了国王忒克弗尔。他们把忒克弗尔押送给乌古斯的儿子们，后者又派七十人 17 把他押送给住在安条克的乌古斯-阿哥④。这座城市和国家却安然无恙，他们制止了杀伤劫掠。他们自己在该城外下榻，派人去给父亲乌古斯 18 送信：“如果你有意杀了忒克弗尔，并给我们命令劫掠该国，把贡赋收入国库，就请告诉我们。但如果你让我们保管好你的财产，19 宽恕了他，让他留下治国，那请你规定好贡赋，并放他回来。20 这样的话，我们会安置好当地的百姓，便回到你的身边了。”

当人把忒克弗尔带给乌古斯后，乌古斯从他那里了解了发生在他和乌古斯几个儿子之间的战事。21 忒克弗尔详细地报告，从头到尾说了一遍：双方如何作战、他自己如何战败、乌古斯的儿子们如何对他穷追不舍 22 直抵城下、城里的官员是如何妥协的，以及他自己是如何被抓和被押送的。就在忒克弗尔结束报告的时候，乌古斯问他：“23 我的儿子们掳掠城市了没有？”由于忒克弗尔没有亲眼所见，就回答说：“反正我在那里的时候，没有。24 他们留在城外，在平地上安

① 关于东部突厥语 Kök“蓝、蓝天”，参考 Doe III, 640；Doe II, 577ff.。

② 所有写本都写作 Ṭāq，见于许多词的词尾 -tāq, -dāq“某山”；关于 Ṭāġ，参考 Doe II, 439ff.。

③ 其他写本作 Tnkz, Tnkīz，后文（Fol. 597r）：D.nkīz。当作（L）：T(D)engiz。关于 Dängīz，参考 Doe III, 205ff.。

④ 参考 Fol. 591v 关于阿哥的注释。

营。”因为乌古斯给他的儿子们定了规矩，不允许掳掠，所以他听了之后很高兴。$_{25}$他用手抚摸脸和胸口[①]，感恩真主，他的儿子们都听他的话，并且能够替他行使权力。

33 $_{26}$乌古斯了解了这件事的原委之后，跟忒克弗尔说：“虽然你一开始反抗我，跟我作对，$_{27}$但我还是原谅你所有的过错，再派你回到你的王国里，确保你的统治权，条件是你在那里表现要好，$_{28}$每年输送贡赋到我所在的地方。”忒克弗尔听了乌古斯的这番话后，稽颡膜拜。$_{29}$他回答说：“你统治着所有由你征服了的地方和国家，成千上万像我这样甚至比我还好的君主都成为了你的囚徒，$_{30}$我怎能再跟你作对呢？我服从你，一切听你指挥。啊，乌古斯，让我蒙受到你的怜悯与慈悲吧，我是你的奴仆，将常年向国库$_{31}$纳贡。我也会向你臣服——真主的旨意，让我不要再犯错了。”

他把话说完的时候，乌古斯向他打听关于[②]拜占庭和富浪（汉译者按：法兰克）[③]的情况，例如军队及其驻地，$_{1}$以及那里还有什么别 Fol. 594r
的东西，以便等他出兵时，能够知道用何种方式去征服。这些他都问了忒克弗尔。忒克弗尔的答复是：“乌古斯对富浪人[④]的征服，最好如此来办：派人$_{2}$去送口信[⑤]和荣誉之袍，以此来收买他们，等他们穿上乌古斯送的荣誉之袍后，再劝说他们纳贡。我也会悄悄地写信，$_{3}$让我

---

① 多数写本同；C 写本和 E 写本缺“和胸口”。

② 见下注。

③ （前注及本注）C 写本和 E 写本缺。

④ 富浪（法兰克）是西欧人的代称，他们居住的地方在海边，似乎不是指欧洲腹地。关于乌古斯人对西方（俄罗斯南部和巴尔干）的骚扰和征服，在 10 世纪和 11 世纪的文献中没有可资印证的记载，应该只是一种传说。关于乌古斯人向东欧和巴尔干的进军，参考巴托尔德在《伊斯兰百科全书》第 2 卷（1927 年）中的词条 Ghuzz，第 178 页；Grousset 1948: 241。

⑤ 古代突厥语 bitik，“国家书吏”，在蒙古时期的意思是“信、书”；参考 Doe II, 262-64。

的使者送去。在信里我向他们保证：‘乌古斯人无比强悍，他们征服了从日出之地到这里的所有国家，$_{4}$没有人能够抵抗他们。所以，你们最好也投降，要不然就会面临战争和杀戮，$_{5}$这片地方将被蹂躏。你们还是好好纳贡，每年都给他交税吧！’如此一来，他们就会明白，要好好纳贡，我们也就没有必要$_{6}$派兵去了。拜占庭是这么一个地方[①]，它的冬营在海边，特别热。[②]如果他们现在住在冬营的话，$_{7}$等他们返回夏营的时间一到，乌古斯的军队最好前去占领他们的夏营，让他们滞留在冬营。$_{8}$由于炎热和无数的蚊虫，届时的冬营里十分难耐，他们很快就会放弃反抗，自动投降。”

乌古斯觉得忒克弗尔的这个主意好，就放他回到自己的驻地了[③]。
34 $_{9}$除了那些跟他一起来的使者们外，乌古斯还派了五十名骑士护送他回去，并扶他上位。$_{10}$乌古斯命令自己的儿子们班师回朝。于是，六子回到了乌古斯的身边。忒克弗尔给乌古斯进贡了许多珠宝，在他的都城里行臣子礼。$_{11}$忒克弗尔的统治稳定之后，乌古斯就发动对富浪和拜占庭的征服了。

第9节　乌古斯派他的儿子们率军与富浪人和拜占庭人作战

$_{13}$在征服了忒克弗尔并向他不断盘问有关富浪和拜占庭的国情之后，乌古斯派他的三个儿子——昆、聿尔都兹和腾吉斯，带领九千骑兵$_{14}$去征伐拜占庭[④]。他派另外的三个儿子——艾、库柯和塔克，

---

① 关于罗姆省（Wilājat-i Rūm），意思是“罗姆人的地方”。
② 这一描述过于笼统，很难确定其具体方位。
③ 多数写本同；C 写本和 E 写本缺。
④ 直译：“征伐罗姆”。

带领九千骑兵去征伐富浪人①。他下令，要为他们在海边 15 划属一片营地，并给他们配备粮草。他还决定，送使者上船渡海，前往富浪。由于忒克弗尔是他们的盟友和藩属，16 所以他根据乌古斯的命令在海边划了一片适宜的营地，还给他们运送物资和粮草。忒克弗尔把使者们送去了 17 富浪。在使者们执行乌古斯嘱咐的使命之前，即在给富浪的大人穿上官服之前，忒克弗尔汗已经派遣了一位特使，18 对富浪人晓之以理，并建议他们："放弃抵抗吧，对他们友好以待、服从他们！"他们没有抵抗，19 十分服从。他们纳贡、进呈珍品。见到乌古斯的儿子们之后，他们希望能抓住机遇，把贡赋和珍品进贡上去。20 但是，乌古斯的儿子们没有接受这些贡品，说："你们必须去觐见乌古斯，并把所有的贡品都给他，再跟他确定好贡赋的额度。我们兄弟几个 21 与部队留在这里，等候乌古斯的命令。等你们觐见过他并跟他确认好贡赋额度之后，乌古斯一声令下让我们班师回朝，我们会立即执行。"富浪人见 22 乌古斯的儿子们执意不要，就把贡品拿去交给乌古斯了。

乌古斯得知富浪人要来了之后，下令全军 23 全副武装并按千人来编制，在平地上列队，向远方一字排开，如果②同一支千人编制的部队被富浪人瞧见两到三遍，那么富浪人就会获得一种印象，以为乌古斯的军队人数是实际人数的双倍。富浪的使者③见到了 24 乌古斯并把贡品进呈给他之后，乌古斯对他们说："你们亲眼所见的这些小规模的军队，只是我的先锋部队，我的 25 大部队还在后面呢！如果你们以为可以跟我们较量，我们随时恭候。但如果你们觉得，你们不是我

---

① 直译："到富浪人那里去"。

② 见下注。

③ （前注及本注）C 写本和 E 写本脱漏。

们的对手，那你们最好$_{26}$归顺吧。敲定好你们的贡赋额度，然后每年通过信任的人和使者向我们缴纳上来。你们要知道，我的军队$_{27}$要比你们见到的大得多，你们自己也清楚。但如果你们以为我的士兵怕水，那你们要知道我们这一路上经历了多少疾风劲雨。$_{28}$你们的水域对我们的士兵来说，根本不是个事儿，他们轻轻松松就可以渡过。他们把几匹马绑在一起变成‘筏子’，马鞭$_{29}$当舵，就可以直捣你们的老巢！”

听到这番话之后，他们跟乌古斯说：“乌古斯-阿哥，请下令让军队班师回朝吧，然后任命一位执政官，以便我们能够$_{30}$缴纳贡赋！”乌古斯回答说：“只要你们老老实实地纳贡，执政官（我们已经把他留在忒克弗尔汗处了）就会做好工作的。$_{31}$你们每年把贡赋交给他，再由他转交给我。每隔一年你们家族成员中派一名代表来，我赐他官服，再送他回去。”说完这些话之后，$_{1}$他根据每个地区的风俗规定了 Fol. 594
各自的贡赋①，然后就离开了。跟来时一样，乌古斯再次展示了自己的军队，并下令再重复一遍［排兵布阵］，$_{2}$这样就可以起到让别国民众在军容面前受到震慑的作用。富浪人的使者见识了乌古斯军队的雄姿，回去之后向$_{3}$富浪王禀报乌古斯的大军。富浪王满心焦虑，宁愿缴纳贡赋，成了乌古斯恭顺的奴仆。$_{4}$只要乌古斯-阿哥坐在王位上，只要他的儿子们还在，只要他的家族还在，富浪人就得纳贡，从不反抗，$_{5}$也②没有挑起战争③。

---

① 多数写本同；C 写本、E 写本和 F 写本缺。

② 见下注。

③ （前注及本注）意思是“与他们挑起战争”。C 写本、E 写本和 F 写本同；A 写本、B 写本和 G 写本缺。

第10节　关于乌古斯的儿子们与拜占庭帝国的战争以及他们是如何与拜占庭军队周旋的

7 乌古斯派到拜占庭[1]的儿子们率军抵达之后，他们与拜占庭人在三个地方打了仗。他们每一次都把拜占庭人打得落荒而逃。8 拜占庭人终于意识到他们的反抗是徒劳无益的，当地所有的头领都聚集起来，决定投降。然后[2]他们到乌古斯的儿子们那里去，承诺每年纳贡。他们也给乌古斯和他的儿子们进贡名贵品种的马[3]。乌古斯的儿子们 9 派代表捎去问题："为什么你们不早点投降——在我们杀死你们这么多人和蹂躏这块土地之前？"他们回答："所有跟你们打过仗的人 10 都是愚蠢的，但我们是吃一堑、长一智的人。我们的最佳选择是放弃
36 战争、投降[4]。11 我们达成了一致，向你们称臣。但是否接受，还要看你们。我们当中没有人 12 敢反抗或者有能力反抗。"乌古斯的儿子们听了他们的话之后，相信他们真的是向乌古斯的军队投降了，跟他们讲："13 由于我们的父亲下过令，任何臣服于我们的人，都要受到我们的保护，绝不允许我们这边对其施加侵害，我们不能违抗父亲的旨意，因此，我们会把 14 边境上的哨岗移入你们的国土内，确保任何人在任何情况下不得以任何方式暴乱，你们只管向我们的父亲乌古斯-阿哥派去你们官员中的一个代表，15 然后执行他的命令。"

拜占庭人听进了这些话。乌古斯的儿子们派他们跟自己的使者一起去觐见乌古斯。乌古斯见了他们之后，详细盘问了儿子们的情况 16 以

---

① 直译："前往罗姆"。

② 见下注。

③ （前注及本注）C 写本、D 写本和 E 写本脱漏。

④ 直译："我们系上听话的带子，戴上仆役的耳环。"参考第 1 节中乌古斯小妻对他说的话，"无论你的环在哪里，我的耳朵就在哪里；无论你的箍在哪里，我的头就在哪里"。

及双方战争的结果。他们向乌古斯讲述了所发生的一切——即他们所见的。乌古斯友好地对待他们，规定了他们 $_{17}$ 每年缴纳的贡赋。然后，乌古斯向他们展示了“成双成倍”的军队，就像此前展示给富浪人看的一样。拜占庭军中首领见了之后，内心充满了恐惧。$_{18}$ 然后，乌古斯给每一位代表都穿上荣誉之袍，送他们回去了。

乌古斯的儿子们也班师回朝了，来到了父亲的身边。他眼见儿子们把任务圆满地完成了，在他们身上 $_{19}$ 看到了成熟和福祉的先兆，他为他们设宴，他举杯，为每一位儿子赐一把金椅。所有跟随他们出征的异密们，$_{20}$ 乌古斯都赐以荣誉之袍。然后，他把儿子们和异密们召集起来，问他们：“你们知道我为什么给儿子们赐金椅，给大家赐荣誉之袍吗？”$_{21}$ 儿子们和异密们回答说：“您圣明！我们哪知道！？”乌古斯说：“一开始，我派六子作为先锋①前往叙利亚，$_{22}$ 发现他们一切按部就班。然后，我派三个儿子去富浪和另外三个儿子去拜占庭，他们又出色地完成了任务。你们的处事方式和他们一样好。你们也 $_{23}$ 恰当地执行了我关于禁止掳掠城池②的命令，没有违抗我的旨意，信守了承诺。我对你们很满意，$_{24}$ 也意识到儿子们配得上王位，你们配得上‘异密’这个官位，所以我赐给了他们金椅，赐给了你们荣誉之袍。”

他一切处置妥当之后，治理了国家，$_{25}$ 在那里停留了三年，把安条克、拜占庭和富浪的局势稳定了下来。他给国家带来了教化和秩序。然后，他向大马士革出发了。

---

① 原文作 manġlā 或 manqlā < 蒙古语 manglai，意思是“前额”。参考 Doe I, 501-2。

② 游牧人群的戒律之一，突厥人和蒙古人是严格遵守的。

第11节 乌古斯倾巢出动，出征大马士革①

28 乌古斯在处理了拜占庭、富浪和安条克② 的事务之后，便前往大
37 马士革了。在他抵达大马士革之前，大马士革人要跟他打仗。29 但是乌古斯本人对其置若罔闻，他在大马士革城外驻扎了下来。他在那里逗留了三天，没有作打仗的准备。他的儿子们对他说：“我们为何在战时停顿下来呢？”30 他回答他们：“你们还不知道，亚当曾在此宿过。（汉译者按：据说，亚当曾经在大马士革的卡西翁山上［Mount Qasioun］的洞窟内栖息过一段时间。）这就是为何我讶异、没有急于作战的原因。我也不要派遣任何使者，31 去了解事情的进展和敌方的下落。”

三天过去了，乌古斯既没有派遣使者，也没有兴趣③ 跟他们打仗，
而大马士革方面却向乌古斯派遣了使者，1 带来了十头骆驼驮来的弓 Fol. 595r
箭。他们见到乌古斯之后，传达了旨意④，乌古斯⑤ 跟他们讲：“你们和你们的大人们为什么不臣服于我呢？我来了之后⑥，你们迟至今天才出现在我的面前，你们在盘算什么呢？如果你们愿意作战，2 安条克的军队是略胜一筹的。由于我们的（安条克）军队还没有到达，所以我们在这里等待他们。这就是为何我们到现在为止还没有向你们派遣使者的原因。你们最好 3 回去跟你们的大人们说，他们应该来向我臣服，因为我在前往埃及的路上。暂时我不想跟你们打仗。将来什么时候想跟你们打仗，我还不知道。你们的贡赋 4 就是弓箭，我不要其他的东西。”

---

① C 写本和 E 写本多出“及其领地”几个字。

② 多数写本同；C 写本和 E 写本缺“和安条克”几个字。

③ C 写本和 E 写本缺。

④ A 写本、B 写本、G 写本同；C 写本、E 写本、F 写本的主语是第三人称单数。

⑤ 见下注。

⑥ （前注及本注）多数写本同；C 写本、E 写本缺。

大马士革的使者们①听了这些话之后，回到了大马士革，他们把从乌古斯那里听来的话完整地传达给了他们的大人们。②$_{5}$这些话让他们很满意，于是他们决定和解。他们装了上百头骆驼的弓箭，然后骑着几匹高贵的阿拉伯马，亲自去觐见乌古斯了。$_{6}$他们把这些作为贡品呈献给乌古斯，并向他臣服。乌古斯对他们的大人十分友好，说："你们国家的弓箭特别好，我们的军队十分需要。$_{7}$把你们带来的弓箭分发给士兵，每人三枚。如果数量够发给全军士兵，那你们带来的东西就值了。你们要知道，$_{8}$我们现在要向埃及进军。当我们从那里——真主保佑！——返回时，我们会按你们的意愿来裁定你们的贡赋额度。"他又在大马士革待了一个月，$_{9}$然后③随军出发，前往埃及了。

第12节　乌古斯出征埃及和埃及人的投降

$_{11}$乌古斯征服了大马士革之后，他决定出征埃及④，就上路了。行军三天之后，他停顿了两天。然后，他下令全军，$_{12}$每个千人编制都在夜晚来回走两三次，到白天再回来。这样就会给人一种假象，好似乌古斯的军队比实际数量要多好几倍。

38 人们开始讨论$_{13}$以何种方式征服埃及。他派三个儿子和九千人作为前锋，派另外一个儿子和九千人在后面作后盾。他自己$_{14}$和军中将领一起徒步跟在他们后面。在他自己想要进军的那一天，他派遣使者骑着他本人的三匹马，去埃及捎信："我给我的每个儿子都配备了一

---

① "使者"，其他写本是单数。

② "大人"，其他写本是单数。

③ "然后"，其他写本作"一个月之后"。

④ 多数写本同；C 写本、E 写本和 F 写本作"他向埃及出发"。

定数量的兵力，派他们去前线了①，我自己 $_{15}$ 和军中将领跟在后面。”使者上路之后，他自己停了下来，而他的儿子们及其各自的军队继续前进。

乌古斯把冬营设在大马士革、古沓（Ġūṭa）和 $_{16}$ 库德思-哈隶尔（Quds-i Ḫalīl）②，并在那里狩猎。大马士革人也向埃及派遣使者，传达乌古斯大军取得的辉煌战绩，劝他们最好避免与他作战。$_{17}$ 这个消息给埃及人留下了深刻的印象，当乌古斯的儿子们临近埃及领土的时候，埃及所有的头领都来拜会他们，给他们呈献礼品和珍品。他们也投降了，$_{18}$ 并确定好了贡赋额度。

乌古斯的儿子们在埃及的城门口安营扎寨整整一年，并下令任何人不得侵扰埃及的居民。然后，他们下令：“由于我们长途 $_{19}$ 跋涉，来到这里很不容易，你们先交三年的贡赋，此后，六年③之内交两次贡赋。”他们那一年从埃及人那里一次性收了三年的贡赋，$_{20}$ 军中充斥着大量贡品。然后，在乌古斯的命令下他们撤军，回到他的身边。乌古斯在大马士革又逗留了一年。然后，他确定好了大马士革的贡赋额度。

$_{21}$ 乌古斯派遣使者前往麦加（Mekka）和麦地那（Medina），因为他听说亚当的骨灰——他受真主恩泽！——来自那里④。他下令，从那里带回一点亚当的骨灰。使者们出发了，并带回了 $_{22}$ 骨灰。⑤乌古斯把骨灰擦在身上，感恩真主。他对儿子们和异密们说：“亚当来自于灰尘，最后也变成了灰尘，我们都会变成灰尘。无论人有多么强，$_{23}$ 要行善，不能作恶。”

---

① C 写本和 E 写本缺。

② C 写本、F 写本和 G 写本同；其他写本作 Quds u Ḫalīl。Quds-i Ḫalīl 的意思是“亚伯拉罕的圣地”，即耶路撒冷。

③ “年”，A 写本、B 写本和 G 写本同；其他写本作“月”。

④ “来自那里”，A 写本、B 写本和 G 写本同；其他写本作“在那里”。

⑤ 其他写本作单数。

他在巴尔贝克（Baʿalbek）的山中和凉爽之地度过了春天。他说："夏天不能去巴格达。等 24 天气凉了，我们就前往巴格达。"所以，他整个夏天都是在那个地方。等气温下降了，就向巴格达出发了。

第13节 乌古斯出征巴格达、巴斯剌及其他地区[①]

27 乌古斯在巴尔贝克的山中度过夏天之后，天气转凉了，他便动身前往巴格达。28 巴格达的大部分居民都已经投降，所以在乌古斯抵达迪亚尔-巴克尔时，巴格达所有的头领都来觐见。然后他们陪同乌
39 古斯，返回巴格达。乌古斯抵达巴格达后，他在那里逗留了约一个月，29 所有的头领都成了他的奴仆。

然后，他离开了巴格达城，在附近安下冬营，一直到天气暖和的时节。天气稍暖后，他前往 30 库尔德斯坦的山中，在那里度过了夏天。最后，他去了巴斯剌（Baṣra）。那里的人也跟其他地方的人一样，投降、纳贡。从那里，他又 31 去了扈兹斯坦（Ḫūzistān），并征服了那个地方。他们都称臣纳贡。之后，他们又经过鲁壬（Lur[en]）山，前往伊斯法罕（Iṣfahān）。

1 到了伊斯法罕之后，城里的人不投降，而是反抗，准备战斗， Fol. 595
但也没有蠢蠢欲动。乌古斯让伊斯法罕周边的一万人 2 部队集结起来，这样，一旦城里的人出来，他们就可以武装起来进行战斗。他把一万人均匀地分成几个部队。然后，他又召回[②] 其他的部队，3 利用调来的军队攻打伊斯法罕。乌古斯在那里停留了三年，劫掠了当地。三年之

---

① C 写本和 E 写本多出以下内容"以及对 [这些地区的] 征服"。
② 其他写本作"他们又召回"。

后，所有部队 4 在伊斯法罕城门前①会师，跟城里的势力战斗了七天七夜。一半的军力先战一天，然后另一半的军力再战一天。战斗整整持续了七天七夜。

5 就在一切都无济于事之际，喀喇·苏鲁克——他是乌古斯的总管，便②离开了战场③，去找他的父亲博士·霍加寻求帮助。他说："战斗十分激烈，但是我们还是没有任何办法 6 攻陷伊斯法罕。给我们指条道、出个主意吧！"博士·霍加从他儿子那里了解了事情的原委之后，对他说：7"跟城墙作斗争是没有任何意义的。你们的弓箭落在城墙上，你们会伤了自己的人和马④。你们自己肯定是受害者，他们却是毫发无损。只有一个办法：全军一半的士兵要找个地方埋伏起来，8 必须要让伊斯法罕人见不到也觉察不到附近有支部队。另一半士兵要留在伊斯法罕城门外继续战斗。9 如果伊斯法罕人不出来，就把他们在城外的房子和花园统统毁掉，直到他们出来为止。然后，10 我们的⑤军队佯装被他们打败、追逐。他们离开城市一段距离之后，引他们进入埋伏，然后我们佯退的士兵反过来与他们作战，11 绝不让他们再返回城内，直到把他们赶尽杀绝。"

喀喇·苏鲁克回到乌古斯处，12 汇报了他所听到的全部内容。乌古斯觉得是个妙招，表示赞同。他的儿子们带领四万人埋伏好，另有五万人委之于喀喇·苏鲁克，13 前去伊斯法罕城门外战斗并破坏房屋。前去城门作战的五万人，滋扰并破坏了他们的建筑。伊斯法罕的
40 士兵发现 14 大量房屋被毁，而对方进攻的部队比一般的规模要小些，

① A 写本、B 写本和 G 写本同；其他写本作"在伊斯法罕[城内]"。
② 见下注。
③ （前注及本注）多数写本同；C 写本和 E 写本脱漏。
④ 多数写本同；C 写本和 E 写本缺"和马"。
⑤ 多数写本同；C 写本和 E 写本缺"我们的"。

于是他们认为，［如果打的话，］敌军可能会吃亏，应该冒这个险。于是，$_{15}$他们打开了城门，出了城。他们挥舞兵戈，跟乌古斯的军队作战。乌古斯的军队（佯装）被击溃、逃散。伊斯法罕人不断地追逐$_{16}$他们，直到他们远离城市，然后再把他们引入平地。这时，乌古斯和他的儿子们以及四万士兵突然冒了出来，攻陷了城池，$_{17}$从他们背后袭击。那些离开了城池的人，无一生还。就这样，乌古斯攻陷了伊斯法罕。在完成了对伊斯法罕的征服之后，$_{18}$乌古斯命令他的四个儿子前去法尔斯（Pārs）和起儿漫（Kirmān），去征服这些地方。

第14节　乌古斯派他的儿子们前往法尔斯和起儿漫

$_{21}$乌古斯下令①四个儿子前往法尔斯和起儿漫，并征服这些地方。他们根据父亲的指示，$_{22}$出发了。他们首先抵达起儿漫，在那里战斗，并以曾经征服伊斯法罕的方式再次攻陷了起儿漫。在那里完成了任务之后，他们$_{23}$前往法尔斯了。他们首先攻陷了设拉子（Šīrāz），用了一年时间。征服了之后，他们派遣使者给父亲，说明$_{24}$他们是用何种方式征服设拉子的②。于是，乌古斯给他们布置任务："既然你们已经征服了设拉子并让当地的人民臣服了，那就先不要掳掠，确定好贡赋额度，一次性收取三年的贡赋$_{25}$之后就折回。"使者返回并把乌古斯交代的任务告诉他们后，他们照做了，确定好贡赋额度，并为乌古斯收取三年的贡赋。$_{26}$然后，他们前往伊斯法罕，回到乌古斯身边。三年之后，他们再率军前往起儿漫和法尔斯，征服了两地并规定好贡赋额度，$_{27}$在每一处地方都任命了一位执政官。在此之间，乌古

① 直译："决定和下令"。

② 多数写本同；C 写本和 E 写本缺。

斯驻扎在伊斯法罕。他的儿子们返回后，他又开始筹划向伊拉克的征伐。乌古斯向伊拉克 $_{28}$ 派遣使者，了解当地的情况。

第15节 乌古斯向伊拉克派遣使者

$_{30}$ 乌古斯把这些地区①纳入版图之后，他还想征服伊拉克。他先指定了二百人，派他们前去伊拉克，了解当地的民情，$_{31}$ 摸清贵族们②的态度，搞清楚该地城防堡垒的状况。他命令他们："当遇到一些有抵抗能力的小地方的时候，就跟他们打并征服他们，$_{1}$ 但不要攻击 Fol. 596r
那些大地方。"这二百人向伊拉克出发了，在抵达剌伊（Ray）、卡兹文（Qazwīn）和哈马丹（Hamadān）时，当地的人早就听说了乌古斯 $_{2}$ 和他的军队。他们被巨大的恐惧击垮了，看不到出路，就决定投降。
41 他们去向乌古斯投降，打算在大动干戈、国家 $_{3}$ 遭虐之前就跟他商定好贡赋，每年定期纳贡。他们达成一致后，$_{4}$ 就去找乌古斯了，打算光荣地成为纳贡的一员，并准备在敲定贡赋额度之后，若是乌古斯仁慈，他们便可以返回了。他们去找乌古斯的时候正值春天，$_{5}$ 乌古斯已决定前往他们的国家，并且已经上路了。他们觐见了乌古斯，叩拜之后，把他们的情况作了陈述。乌古斯热情地接待了他们，$_{6}$ 在跟他们敲定了贡赋和税额之后就放他们回去了。

之后，乌古斯去了德玛文（Demāwend），在那里安下了夏营。在这次行军途中发生了一件事。有一位老妇人怀孕并生了一个男孩。$_{7}$ 但是她没有力气哺育他，所以小孩很饥饿。由于她没有吃的，所以就没有奶来哺育孩子，孩子就饿着。碰巧 $_{8}$ 两三天之后，一只狐狼逮了

① 直译："上述地区"。

② "贵族"，多数写本同；B 写本作"当地"。

一只野鸡，叼在它的嘴里。老妇人的丈夫用一根木棍袭击了狐狼，野鸡就从它的嘴里掉了下来。有人捡起野鸡，9 炸了它给老妇吃。她终于有奶水可以哺育小男孩了。几天之后，他们去见乌古斯。当这个男人出现在乌古斯面前时，乌古斯问他："你去哪了，10 为什么会掉队？"他回答说他妻子途中产子了，因为这个原因才掉队的。乌古斯不满意他的回答，谴责他：11 "你怎么可以因为一个女人生孩子就掉队呢？现在你因为这个原因从行军途中滞留下了，那你就留在那里吧！"他用突厥人的语言跟他说："卡拉赤"（Qāl āğ）①，12 意思是"妇人啊②，留在后面吧③！"乌古斯跟他讲了这些话之后，他就留在了那

---

① 突厥语的形式是 Qal ač；参考 Doe III, 395-96; AK, 46, 89, 注 72。

② C 写本和 E 写本缺。

③ 此处的内容显然有误。Be, 7, p. 25 和 RI 1, 85 译成："挨饿吧！"参考 Doe III, 396。汉译者按：回鹘文《乌古斯可汗传》对族名"卡拉赤"的族源解释是，将它拆成两个动词 *kal-* 和 *aç-*，意思是"留下来，打开"。在突厥语中，动词 *aç-* 除了"打开"的意思之外，还有"挨饿"的意思，*aç* 也可以作为形容词，意思是"饥饿的"。（Clauson 1972: 17, 18-19）在突厥语中，动词 *kal-* 的本义是"留下来"，衍生义有"保持"，例如《阙特勤碑》东面第 30 行 *az bodun yağı kaltı* "Az 人民保持着敌对状态"。（Clauson 1972: 615）拉施特在《史集 · 部族志》中将 *kalaç* 译成بمان گرسنه，其中动词بمان的原形是ماندن意思是"留下、保持某种状态"，形容词گرسنه的意思是"饥饿的"，这个祈使句翻译成汉语就是"挨饿吧"。可见，拉施特将该族名的词源理解成动词 *kal-* 和形容词 *aç*，这就是为何在《史集》中留下了一个不同于《乌古斯可汗传》的有关"卡拉赤"族源的版本。拉施特在《史集 · 部族志》中给出的"卡拉赤"的词源，失去了"留下"的这层含义，是由于在翻译的过程中导致了信息的失真。但是，拉施特在《史集 · 乌古斯史》的这个地方，却保留了"留下"的含义。俄译本作 оставайся голодным，直译是"保持饥饿"。（Рашид-ад-дин, *Сборник Летописей*, Том I Книга первая, Москва-Ленинград, 1952, p. 85）在俄语中，动词 оставайся 既有"留下"，也有"保持某种状态"的意思。汉译本是从俄译本转译而来的，汉译本《史集》第一编第一卷第一分册，第 139 页。与俄语相似，在德语译文中，*kal-* 对应的词是 bleiben "留下"，而德语中 bleiben 除了"留下"的意思以外，还有"保持某种状态"的意思。狄福和雅恩用 Bleibe hungrig 来翻译 *kal aç*，直译过来就是"保持饥饿的状态"，也就是"挨饿吧"。《突厥语大词典》对该族名的解释是"你们两个 [部落]，留下、停留、逗留"。（Maḥmūd al-Kāšγarī, *Compendium of the Turkic Dialects* (*Dīwān Luγāt at-Turk*), Part II, eds. Robert Dankoff & James Kelly, Harvard University Press, 1984, p. 363）

里，被称为“卡拉赤”（ḫalağ）①。后来的卡拉赤族就是起源于此人。

$_{13}$然后，乌古斯到了德玛文，并在那里度过了夏天。秋天的时候，他去征服马赞达兰（Māzandarān）以及邻近地区。然后②，他出动了全部军队③。

第16节 乌古斯出征马赞达兰并征服马赞达兰、古尔干、达希斯坦、呼罗珊和库希斯坦

$_{16}$由于乌古斯的夏营在德玛文的山中④，所以夏天结束的时候，他便前去征服马赞达兰的一些城市了，例如阿穆尔（Āmul）、萨里（Sārī）和阿斯塔拉巴德（Astarābād），以及其他地方。其中一些城市
42 他是用武力征服的⑤，另一些城市$_{17}$则是以和平的方式，还有一些人是自愿投降的。他在那里过了冬，把一切安顿好，在每个地方都任命了执政官。夏天，他又回到了德玛文的夏营里。$_{18}$他派使者去古尔干（Gurgān）、达希斯坦（Dahistān）等地，那些地方的头领们都投降了。那里的全部居民来到乌古斯身边后，他确定好贡赋额度。$_{19}$他们提前缴纳了三年的贡赋。然后，乌古斯从那里前往呼罗珊（Ḫorāsān）。他臣服了伊斯费拉斤（Isfirājin）和萨卜泽瓦尔（Sabzawār）⑥，只有你沙

---

① 参考柯普律吕（Fuad Köprülü）在土耳其语版《伊斯兰百科全书》第5卷（1950年）中的 Halaç 词条，第114—116页；狄福（G. Doerfer）：《卡拉赤语 —— 伊朗中部的一支古老的突厥语》（Das Chaladsch-eine archaische Türksprache in Zentralpersien），载《德国东方学杂志》（*ZDMG*, 118-1 (1968), 77ff.）及其文中提到的文献。

② 见下注。

③ （前注及本注）C 写本、E 写本和 F 写本同；A 写本、B 写本和 G 写本缺。

④ 多数写本同；C 写本和 E 写本作：“由于乌古斯的夏营安扎在德玛文的山中”。

⑤ C 写本和 E 写本缺。

⑥ C 写本、E 写本和 F 写本同；A 写本和 B 写本多出“Karān”；D 写本脱漏。

不儿（Nīšāpūr）的居民没有服从。20 他们反抗了，躲在城墙里面。乌古斯在那里度过了冬天。

春天来临的时候，他攻打你沙不儿和图斯（Ṭūs），并征服了这两座城市。21 他也在那里度过了夏天，冬天他前往巴瓦尔德（Bāward）和萨拉西斯（Saraẖs）。他征服了所有这些地方，然后在每个地方都提前征收了三年的贡赋。22 夏天，他去赫拉特（Herāt）并在那里安置了夏营。他规定好赫拉特的贡赋额度，并收缴了上来。他又攻陷了库希斯坦（Quhistān）那一带。他确定了贡赋的额度后下令，在某个时段内提前把三年的贡赋 23 都交上来。他在赫拉特度过秋天。

为谨慎起见，乌古斯从赫拉特派一个儿子率领九千人去巴斯剌，同时散播流言说国王乌古斯和他的军队 24 就在不远处，但巴斯剌的居民没有改变他们的态度，始终没有准备缴纳贡赋。由于此前已经在此收了三年的贡赋，按规定，他们应该再交三年的贡赋。他扬言要亲征，25 并派自己的一个儿子率领九千人马，去把三年的贡赋收缴上来。乌古斯的儿子按照他父亲的指示前往巴斯剌了。他每到一处，就散播乌古斯交代的流言，26 还向各地派遣使者，收缴三年的贡赋。当地老百姓决定，要把整个伊拉克境内的贡赋集中起来，等乌古斯的儿子返回时，让他 27 带给乌古斯。等他们把整个伊拉克的贡赋都集中起来时，乌古斯的儿子率军返回了，他拿走了这些财富，带给他父亲。三年时间过去了，此间乌古斯在 28 赫拉特、萨拉西斯和巴德吉斯（Bādġīḏ）① 居住了。

当乌古斯的儿子回来时，他就动身返回他的国家和故乡——库尔塔克② 和奥尔塔克③ 了。他匆匆经过古尔和加尔吉斯坦。29 途中发生

---

① 关于巴德吉斯（Bādġīḏ），参考《心灵的喜悦》Nuzhat al-Qulūb/Le Strange 译本第 151 页。

② 参考此译本 Fol. 590^v 与“库尔塔克”相关的注释。

③ 参考此译本 Fol. 590^v 与“奥尔塔克”相关的注释。C 写本和 E 写本缺“库尔塔克和奥尔塔克”。

了一件事。他们途中经过一座高山，正在下雪。有三个家庭因为被大雪困住而掉队了。由于乌古斯曾有命令，任何人不得掉队。30 乌古斯不赞赏（这种行为），他了解了情况后说：“有人因为被大雪围困而掉队了，这是不妥的。”他把这三个家庭称为“葛逻禄”（Qārlūq），意思是“雪中人”①。今天被称为“葛逻禄”的民族 31 就是来源于这三个家庭。②

乌古斯翻过这座山之后，他来到了阿姆河，渡过了阿姆河。在伊利克（Īlek）③境内渡过了一条大河④，那条河横贯撒马尔罕
43 （Samarqand）。1 在位于布哈拉地区的雅胡扎尕只（J.lġūzaġāğ）⑤，他下 Fol. 596v
马在那里停留了几天。从那里，他率领全军回到自己的领地⑥。从他离开故土 2 去征服世界到他回到故乡，已经过去了大约五十年。在乌古斯准备回到自己故乡的时候，康里人和回鹘人⑦ 3 跋涉了九天来向他觐见、进贡，他们是他在行军途中滞留的那批人。

乌古斯实现了目标之后，下令屠宰一千只肥羊、九百⑧匹牝马，以备宴席。4 然后，他摆了一次豪宴，支了一座金帐。在宴席中某日，他那跟他一起征服世界并荣归故里的六个儿子，出去打猎了。5 突然，他们在途中发现了一张金弓和三支金箭。他们把这些带给了父亲，好让他根据自己的意愿把这些分给他们。他们的父亲乌古斯把一张金弓赐给了三个年龄稍长的儿子，三支 6 金箭赐给了三个年龄稍幼的儿

① 参考 Doe III, 385; AK, 45。

② 参考 Doe III, 385; AK, 89, 注 70。

③ 即伊利克汗（Ilig-Ḫāne），喀喇汗王朝君主。参考巴托尔德在《伊斯兰百科全书》第 2 卷（1927 年）中的 Īlek-Khāne 词条，第 496 页；Spuler 1966: 184ff.。

④ 即泽拉夫尚河（Zarafšan）。

⑤ 东部突厥语 Yalġuzaġač，意思是“单棵树”；此地名在尼札木丁·沙米（Niẓām ad-Dīn Šāmī）的《胜利之书》（*Ẓāfarnāma*/ ed. F. Tauer, 109, 126）中。

⑥ 突厥语 Jurt，意思是“驻地、帐篷、地面”。

⑦ 参考 Fol. 592v 第 30-31 行和 Fol. 593r 第 1-2 行。不过，那里只提到了“康里”；参考 Fol. 591v 的第 23 行。

⑧ 参考 Fol. 593r 关于数字九的注释。

子，并叮嘱获得金弓的三个儿子的后代要用“卜阻克”（Būzūq）的别称，因为如果他们要平分那张弓的话[1]，7 就必须要把它掰断，然后才能分。“卜阻克”的意思就是“掰断”[2]。另外三个获得箭头的儿子的后代，要用“禹乞兀克”（Ūğūq）的别称，8 因为“禹乞兀克”[3]的意思就是“三支箭”。

乌古斯说：“等将来我的儿子们都有了各自的后代，当他们彼此争论[4]并号称他们所有人都来自一个部落时，他们有必要了解各自的地位和级别。”9 他规定：获得弓的部族拥有较高的地位，并且应该构成军中的右翼；获得箭的部族拥有较低的地位，并且应该构成军中的左翼[5]，因为弓[6]相当于国王，10 而箭相当于使者。他还规定了他们
44 相应的领地。在此次宴会期间，他还处理了各个部族的事务。他还下令，他的儿子昆在他逝世的情况下要继承他的王位。[7]

11 他赞扬了那位付出很多而且有许多善举的喀喇·苏鲁克，对他说：“你哪会知道那么多好法子的？”喀喇·苏鲁克没有隐瞒，讲述了 12 曾经乌古斯有命令要年长者留下来，以及他用何种方式把他的老

---

① 突厥语 buzuq/bozuq，意思是“破坏的”，在本文中应该译成“一半或分裂的部落”。参考 Doe II, 337。当作（L）：Bozuq。另外一种读音 Bozoq 可能是因为受到 Üč-oq 的影响而圆唇化了。卜阻克和禹乞兀克的分化早在前蒙古时代就已经发生了，参考伊本·阿西尔（Ibn al-Aṯīr）：《全史》（*al-Kāmil fī-t-Ta'rīḫ*, ed. Tornberg）第 11 卷第 54 页。

② 参考 Doe II, 337。

③ 突厥语的 üč oq，意思是“三支箭”。参考 Doe II, 138。当作（L）Üč-oq 或 Üč-uq。关于箭的引申义，参考 Turan 1945: 305-18。关于塞尔柱人当中“箭”和“弓”的功能，参考 Spuler 1952: 353。

④ 蒙古语的 Tamăčămiši + kardan，意思是“竞争、争吵”。参考 Doe I, 255。

⑤ 大概自匈奴时代起，左翼的君主和诸侯地位就相对比右翼的低。对于军队系统，也是如此。参考 Grousset 1948: 54-55。这项建制也见于其他的突厥和蒙古草原民族，一直到帖木儿时代为止。

⑥ 匈奴人就已经把弓视为君主权力的象征了，考古遗存也能证明这一点。这是游牧民族的一种连续的传统。参考 Gy. László 1951, 91-106; Harmatta 1951, 107-51。

⑦ C 写本和 E 写本缺。

父亲带上路的。他向乌古斯坦承，所有①的建议和指示都是他从父亲那里得来的②。13 于是，乌古斯命令他把他父亲带来。喀喇·苏鲁克带来了他的父亲。两人见面之后③，乌古斯向他表达了无尽的敬意和恩宠④。乌古斯把撒马尔罕赐给他作为采邑⑤，14 这样他就可以在那里无忧无虑地安度晚年了。乌古斯封喀喇·苏鲁克为大异密，赐他官服、腰带和财富。所有这些事件都是发生在这次大型宴会⑥期间。

15 乌古斯在他自己的故居安顿下来，说他自己已经一千多岁了，不能上战场了。但是有人报告，科勒·巴拉克的人又造反了，16 不再上交税赋。于是，乌古斯派遣钦察人前去，命令他们在伏尔加河河谷⑦和⑧乌拉尔河之间⑨安营扎寨。他决定［钦察人⑩内围部族］的贡赋就作为他们的粮草⑪和军饷，17 这样他们可以自给自足。科勒·巴拉克、打耳班以及附近地区的贡赋，则要流入国库。正是因为这个原因，18 钦察人⑫留在了那个地区（伏尔加河和乌拉尔河之间），并在那里安家了。这块土地就转到了他们的手中。

乌古斯年届千岁，去世了。

---

① 见下注。

② （前注和本注）所有写本作：“所有的建议——从他父亲那里获得的，和所有的教诲——从他母亲那里获得的”。

③ 多数写本同；C 写本和 E 写本作：“当他见到乌古斯之后”。

④ C 写本和 E 写本缺。

⑤ 阿拉伯语 Iḳṭā，意思是“采邑、封地”；参考 M. Sobernheim 为《伊斯兰百科全书》第 2 卷（1927 年）写的词条 Iḳṭā，第 491—493 页。

⑥ 关于突厥语的 ṭoy，意思是“宴会”，参考 Doe III, 252-55。

⑦ 关于 Itil/Atil，参考 Minorsky 1937: 161-63; AK, 43-44。

⑧ 见下注。

⑨ （前注及本注）多数写本同；C 写本、E 写本和 F 写本缺。关于札牙黑（Jajïq，乌拉尔河），参考 Minorsky 1937: 313-14。

⑩ 所有写本都脱漏。似乎这里应该是 Andar az Qïpčāq，米诺尔斯基译成“钦察的内围部族”，参考 Minorsky 1937: 309, 316; AK, 44。

⑪ 阿拉伯语和突厥语 taġār，意思是“粮草”，参考 Doe II, 512-19。

⑫ 参考 Minorsky 1937: 315-17; AK, 44。

第17节 乌古斯的儿子——昆汗的王国

$_{21}$乌古斯过世之后，他的长子 —— 昆汗继承了他的位子。昆汗继位之际，他已经七十岁了，又统治了七十年，$_{22}$他的生命便停止了。在他父亲去世之后，他为人所知的是建了一座城，将其命名为养吉干 A–F 385r
（Jengi-Kent）。① 他任命了该城的执政官，$_{23}$此人是一位特别聪明能干的人。他的名字叫伊尔克勒 · 霍加（Īrqīl Ḫōğa）②。“伊尔克勒”的意思是“吸引”③，“霍加”的意思是“大的，年长的”。他是一个有阅历的长者，$_{24}$曾经建立了功勋，所以乌古斯对他的儿子们十分慷慨。

有一天，伊尔克勒 · 霍加对昆汗说：“乌古斯是一位了不起的人物，他征服了世界。$_{25}$他积累了大量财宝和无数的畜群，现在这些都属于你们。托上天的福，你们六个儿子有二十四个男性子嗣 —— 你们每人都有$_{26}$四个儿子。你们千万不要互相残杀！最好确定好各自的阶序、职责和名号，每人都拥有自己的标志和族徽（*tamġa*）④，$_{27}$便于标识自己的所属［财产］，这样你们之间就不会发生冲突了。你们的儿子们都知道自己该如何保持克制，这样你们国家和你们家族的名誉就$_{28}$能得以维持了。”

昆汗对这段话很满意，他命令伊尔克勒 · 霍加（Erqïl-Ḫōğa）来落实他的建议。伊尔克勒 · 霍加给那些乌古斯$_{29}$生前命名为“卜阻克”和“禹乞兀克”的二十四个孙子每人确定一个图腾（*onqūn*）⑤ 和

---

① 参考 Barthold 1928: 178; Barthold 1962: 92。

② 多数写本同；To: Irkil Hoca. SOD: 同 . RI 1, 86: Irkyl-Ḫoğa; AK, 49: Erkïl’- Ḫoğa, 91, 注 87。疑作（mL）：Erqïl-Ḫoğa。

③ 词源不可知，狄福也未做解释。

④ 关于突厥语 Tamġā “族徽”，参考 Doe II, 554ff., 尤其是 561。

⑤ 关于蒙古语 onqun，参考 Doe I, 179-81。

族徽。最后，30 他给牲畜们烙上印迹，这样它们在归属上就不会有问题了。他还确定了每个儿子的图腾动物是什么。“图腾”音译“瓮昆”，是从 *īnāq būlsūn* 衍化而来，31 意思是“受保佑！”①。瓮昆对每个人②来说都是一个神圣、吉祥的符号。接下来，我们在他们名字下面对每一个图腾的含义进行解释。（汉译者按：族徽和图腾原文阙，据《史集》第一部《蒙古史》第一卷《突厥蒙古部族志》补齐，见《史集》俄译本 Рашид-ад-дин, *Сборник Летописей*, Том I Книга первая, Москва-Ленинград, 1952, pp. 88-90，参见《史集》汉译本第一卷第一分册第 143—147 页。目前已知的乌古斯部族族徽有三个版本，除了《史集》的版本之外，还有《突厥语大词典》和《塞尔柱史》中的两个版本。英译本《突厥语大词典》Maḥmūd al-Kāšγarī, *Compendium of the Turkic Dialects* (*Dīwān Luγāt at-Turk*), eds. Robert Dankoff & James Kelly, Harvard University Press, 1982, pp. 101-102。《塞尔柱史》见 Yazıcızâde Ali, *Tevârîh-i Âl-I Selçuk*, Hazırlayan Abdullah Bakır, Istanbul, 2017, XLVIII-XLIX）

“卜阻克”兄弟们 Fol. 597ʳ

2 被乌古斯称为“卜阻克”的三个年龄稍大的兄弟，3 伊尔克勒·霍加③给他们的儿子们确定了名号和姓名，他们的子嗣就根据这些名号和氏族来命名④。4-10

① 参考 Doe I, 180。
② “对每个人”，C 写本和 E 写本作：“对某个人”。
③ 参考 Fol. 596ᵛ 关于伊尔克勒·霍加的注释。
④ 所有写本中关于乌古斯后裔的系谱都有讹误，部分是因为流传过程中辗转导致讹误，这里的系谱是根据 RPI 1, (118-24) 和 RI 1, 87-90 重新构拟的。

乌古斯长子昆汗（太阳汗）的儿子们	乌古斯次子艾汗（月亮汗）的儿子们	乌古斯三子聿尔都兹汗（星星汗）的儿子们
凯伊（Qājī）①，意思是“强大的” 族徽②： 图腾③：白鹰	雅兹尔（Jāz.r）④，意思是“他能到达许多地方”⑤ 族徽： 图腾：鹫	奥沙尔（Awšār）⑥，意思是“善于经商，酷爱狩猎” 族徽： 图腾：猎兔鹰
巴雅特(Bājāt)⑦，意思是“幸福的和仁慈的”⑧ 族徽： 图腾：白鹰	多科尔（Dūkār）⑨，意思是［缺］⑩ 族徽： 图腾：鹫	柯兹克（Qīzīq）⑪，意思是“在法律和战役上严明” 族徽： 图腾：猎兔鹰

① 所有写本都不清晰。此处采纳 RPI 1 的录文；To: Qayı. SO: Kayı. AK: Kayı。当作（L）：Qajï。

② 所有写本中的族徽和图腾都已脱漏。可以根据 RPI 1, (118-24); RPI 1, 87-90 和 SO, 208ff. 来补齐。

③ 见前注。

④ 此处采纳 RPI 1, (120) 的读法；RI 1, 88: Jazer。其他写本不清晰。To: Yazer. SO: Yazır. AK 51: Jazïr. 疑作（mL）：Jazïr。

⑤ 多数写本同；C 写本和 E 写本不可读。

⑥ 此处采纳 RPI 1, (121) 的读法：Awš.r; RI 1, 88: Aušar。其他写本不清晰。To: Afşar. SO: Avşar. AK: Awšar. 当作（L）：Awšar。

⑦ 多数写本同。当作（L）：Bajat。

⑧ 多数写本同；C 写本和 E 写本缺“和仁慈的”。

⑨ A 写本和 D 写本同；其他写本作 Dūkā；RPI 1, (120); RI 1, 88: Duker. To: Döğer. SO: 同上 . AK: Duker. 疑作（mL）：Döker。

⑩ 汉译者按：《史集・突厥蒙古部族志》部分作“为了集会”。（汉译本《史集》第一卷第一分册，第 144 页）

⑪ A 写本同；其他写本不清晰。RPI 1, (121) 同 A 写本；RI1, 88: Kïzïk. To: Kınık. SO: Kızık. AK: Kïzïk. 疑作（mL）：Qïzïq。

续表

46

乌古斯长子昆汗（太阳汗）的儿子们	乌古斯次子艾汗（月亮汗）的儿子们	乌古斯三子聿尔都兹汗（星星汗）的儿子们
阿尔卡拉乌里（Alqarāūlī）[1]，意思是“他在任何地方都会成功、幸福” 族徽： 图腾：白鹰	杜尔度赫（Dūrdūrġ.h）[2]，意思是“征服别国、宣誓主权” 族徽： 图腾：鹫	贝克迪力（Bīk-d.lī）[3]，意思是“他要得到尊重，就如同大人物的话一样” 族徽： 图腾：猎兔鹰
喀喇伊兀里（Qarā-īwlī）[4]，意思是“他更好地履行放哨的工作” 族徽： 图腾：白鹰	雅普尔利（Jāpūrlī）[5]，意思是“大”[6]。他的名字本来叫雅噶玛（Jaġmā），当他在战役中犯了一个错误时，有人警告他，并把他送到有强风的地方（最后送到了乞台［Ḫitāy］，人们称之为“强大的萨姆［Sām］”），那是非常难受的风。人们跟他（雅噶玛）说，他应该把风口堵住，人们以为这样就可以搞垮他。现在，这个部族没有一个人住在突厥蛮的地方，而是都住在乞台[7] 族徽： 图腾：鹫	卡尔克尔（Qārqīr）[8]，意思是“大宴宾客” 族徽： 图腾：猎兔鹰

A-Fol. 385v

① 此处采纳 RPI 1, 11 9 的录文；RI, 88。其他写本作 ʿAlqūlī-ūl(ī)。To: Alakaroğlı. AK 50: Alka-öyli. 疑作（mL）：Alqaraulï。

② 多数写本同。RPI 1 (120): Dūrd.rġā; RI 1, 88: Dordirga. To, SO: Dodurğa. AK: Dudurga. 疑作（mL）：Durdurġa。

③ 多数写本同；C 写本和 F 写本缺；RPI 1 (121): Bīk-d.lī; RI 1, 88: Bek-delī. To: Bigdili. SO: Beg-Dili. AK: Bekedli. 疑作（mL）：Bekdili。

④ A 写本同；RPI 1, 119; RI 1, 88: Kara-uyli. 其他写本作 Qarāul(ī)。To: Karayolı. SO: Kara-Ivli. AK, 51: Kara-öyli。疑作（mL）：Qaraul(ï) 或 Qaraevli。第一种读法对应于本文中给出的解释，后一种读法，请参考 RI 1, 88。

⑤ A 写本作 I(G)ājūrlī；B 写本残；C 写本和 F 写本脱漏。RPI 1, (120): Jāp.rlī; RI 1, 88: Japarli. To: Yayırlı 或 Yaperli. SO: Yaparlï. 疑作（mL）：Jajïrlï 或 Japïrlï。

⑥ A 写本作 ūtŭq；其他写本作 ūl(?)uq。To: onuk. 疑作（mL）：uluq。

⑦ 多数写本同；C 写本和 F 写本脱漏。

⑧ 多数写本同；C 写本和 F 写本缺；RPI 1, (121): Qārqīn. RI 1, 88: Karkīn. To: Karkan. SO: Karkïn. AK: 同上 . 疑作（mL）：Qarqïr 或 Qarqïn。

“禹乞兀克”兄弟们

12 乌古斯确定为左翼的三个年龄稍小的兄弟，即所谓 13 “禹乞兀克”，伊尔克勒·霍加给他们的子嗣的名号如下[①]：14-21

库柯汗（天空汗）的儿子们[②]	塔克汗（高山汗）的儿子们[③]	腾吉斯汗（大海汗）的儿子们[④]
巴音都尔(Bāj.ndūr)[⑤]，意思是“他能一直关系融洽地生活” 族徽： 图腾：隼	撒鲁尔（Sālūr）[⑥]，意思是“他所到之处，用剑和棒作战” 族徽： 图腾：山羊	伊狄尔（Īkdūr）[⑦]，意思是“崇高的、高贵的性格” 族徽： 图腾：青鹰
贝只纳（Bīğ.n.h）[⑧]，意思是“有抱负的” 族徽： 图腾：隼	额穆尔（Īmūr）[⑨]，意思是“他能成为战士和勇士” 族徽： 图腾：山羊	布克都兹（B.kdūz）[⑩]，意思是“必定要让人屈服” 族徽： 图腾：青鹰

---

① 参考前面关于诸写本中乌古斯谱系的注释。

② 参考 Fol. 593^{v} 关于 Kök 的注。当作（L）：Kök-Ḫān，意思是“天空汗”。

③ 参考 Fol. 593^{v} 关于 Ṭaq 的注。当作（L）：Ṭaq-Ḫān 或 Daq-Ḫān，意思是“高山汗”。

④ 参考 Fol. 593^{v} 关于 T(D)engiz 的注。当作（L）：T(D)engiz-Ḫān，意思是“大海汗”。关于斯基泰人和乌古斯人共同起源的说法，参考 E. Grantovskij, *Indo-iranische Kastengliederung bei den Skythen*, (XXV. Internationaler Orientalisten-Kongreß Moskwa, 1960), 5, 12，以及文中提到的参考文献：Tolstow 1948, Abajew 1949。

⑤ A 写本同；其他写本不清晰。RPI 1, (122): Bāj.nd.r; RI 1, 89: Bayandur. To, SO: Bayındır. AK, 51: Bajïndïr. 疑作（mL）：Bajïndur。

⑥ 多数写本同；RI 1, 89: Salor. To, SO: Salur. AK: Salor. 疑作（mL）：Salur。

⑦ A 写本同；其他写本作 B(?).kd.r; RPI 1, (122): Bīkdīr; RI 1, 90: Bekdir. To: Iğdir. SO: Yiğdir. AK: Igdir. 疑作（mL）：Iydir。

⑧ 此处采纳 RPI 1, (122) 的读法；RI 1, 89: Bičinĕ. 其他写本不清晰。To, SO: Becene. AK: Bečene. 疑作（mL）：同上。

⑨ 多数写本同；RI I, 89: Imur. To: Emür. SO: Eymür. AK: Imir. 疑作（mL）：Emür。

⑩ A 写本同；其他写本作 B(N) ūkdūr. RPI 1, (124) 同 A 写本；RI1, 90: Bukduz. To, SO: Bügdüz. AK: Bükdüz. 疑作（mL）：Bükdüz。

续表

库柯汗（天空汗）的儿子们	塔克汗（高山汗）的儿子们	腾吉斯汗（大海汗）的儿子们
查瓦氏尔（Čāw.ldūr）①，意思是"他能一直积极地作战，从不停顿" 族徽： 图腾：隼	阿拉-君特勒（Alā-jūntlī）②，意思是"他希望他的牲畜永远健康、繁盛" 族徽： 图腾：山羊	伊瓦（Jīw.h）③，意思是"要他的马比别人的高大" 族徽： 图腾：青鹰
赤毕尼（Čībnī）④，意思是"在任何发现敌人的地方，他要作永不停歇的战争" 族徽： 图腾：隼	兀鲁库尔（Ūrūkūr）⑤，意思是"他能成为大人物" 族徽： 图腾：山羊	柯尼克（Qīnīq）⑥，意思是"他要所到之处受人尊崇" 族徽： 图腾：青鹰

47 $_{22}$伊尔克勒·霍加确定了哪个人可以获得马身上的哪块肉，这样他
48 们之间就没有争斗了。在一次宴饮中，宰了两匹马（每匹马都由十二块肉构成），$_{23}$应当一匹马给卜阻克，另一匹马给禹乞兀克。马背上的肉、靠近颈部的肉、靠近鬣的肉和$_{24}$右前腿肉，给国王和大臣们享用。其余的身体部分，他划分给每一个儿子和氏族，这样大家就不至于抢了。$_{25}$他还确定了相应的细节，并将其记录在他们每个人的名字下。

① A 写本和 B 写本同；其他写本不清晰。RPI 1, (122): Ğāwuldūr; RI 1, 89: Ğauldur. To, SO: Çavuldur. AK: Čawuldur. 疑作（mL）：Čawuldur。

② 此处采纳 RPI 1, (124) 的读法；RI 1, 89: Alajontli. 其他写本作 Alāy jūntlī。To: Alayuntlu. SO: Ala-Yuntlï. AK: Ala-jontlï. 疑作（mL）：Ala-jontlï。

③ 多数写本同；RPI 1, (124): Jīwah; RI 1, 90: Jiwa. To: Yewa. SO: Yıva. AK: Awa. 疑作（mL）：Jïwa。

④ A 写本、B 写本和 F 写本同；RPI 1, (122); RI 1, 89: Çibni. To: Çepni. SO: Çebni. AK: Çepni. 疑作（mL）：Čepni。

⑤ A 写本和 B 写本同；其他写本作 Ūrūk.r。RPI 1, (123): Ūrkīz; RI 1, 90: Urkïz. SO: Üregir. AK: Uregir. 疑作（mL）：Ürükür。

⑥ A 写本、B 写本和 F 写本同；RPI 1, (124): Qiniq; RI 1, 90: Kïnïk. To, SO: Kınık. AK: 同上 . 疑作（mL）：同上。

如果有某位地方长官耽误了贡赋的缴纳，就会派一位异密过去。他带着一支部队，26 以便所有的任务都按时完成。其他的地方也是如此。他们的国家达到了鼎盛，人们规定：27 构成右翼的卜阻克应该把夏营安置在从赛里木和巴什基尔①的山间到卡拉巴赫（Qarābāḫ）②一带；构成左翼的禹乞兀克是从库尔塔克③、卡尔斯布尔（Qārsīb[?]ūr）、库什鲁克（Qūšluq）和布兹卡亚（Būz qājā）④，到 28 阿力麻里⑤的白山。至于冬营，大家是这样分配的：右翼拥有的是布尔苏克（Borsuq）、阿克塔克（Āqtāq）⑥、塔玛尔密施（Tāmālmīs）和巴萨尔-卡里（Bāsār Qārī）⑦；29 左翼拥有的是卡尔鲁（Qārlū d.w.h asāyiš）⑧、库姆·腾吉斯（Qūm t.ngīzī）⑨、卡尔特·杜兹（Qāltī dūz）……巴尔·腾吉斯（bār tengizī）等⑩。

昆汗统治了七十年后去世了，他的儿子 30 狄普-叶护汗（Dib

---

① 根据 SOD, 366, 注 36 的说法，这里指的不可能是巴什基尔山（Bāšġurd）（即乌拉尔山），而是卡兹古尔德（Kazgurd）山，即位于锡尔河流域的卡拉套山。To 则认为，这里还是指的乌拉尔山，它的位置与实际方位有所误差是正常的，这是传说的特点。

② A 写本同；C 写本和 E 写本作 Qarā aġāğ，其他写本作 Qarābāḥ。与下面的几个地名一样，具体所指不详。

③ A 写本同；其他写本不清晰。关于 Kortaq 之后的地理描述，只有 A 写本中尚可辨识，因此我据 A 写本相应的段落（A 写本 Fol. 385^r 和 Fol. 385^v）补齐。

④ A 写本作 Būz jāqā；其他写本不清晰。似乎是 Būz qājā 的讹误，即 Boz qaja = 灰色的岩石。

⑤ 阿力麻里城位于赛里木湖以南，塔勒基山口以南（Talki Paß）（汉译者按：蒙古人称之为帖木儿-哈勒哈 [Temür-Qalqa]，意思是“铁门”，参考巴托尔德《蒙古入侵时期的突厥斯坦》中译本，第 566 页），在伊犁河上游，即伊宁市西北方。参考巴托尔德《伊斯兰百科全书》第 2 卷（1927 年）的词条 Kuldja，第 1193 页。至于到底是“白山”的哪座峰，尚不能确定。

⑥ A 写本同；其他写本作巴克巴克（Bāqbāq (?)），To 试图将其与巴特巴克（Batbak）勘同。

⑦ A 写本同；其他写本作 B(J)āsār qūmī。To 认为巴萨尔（Basar）是阿塔巴萨尔（Atbasar）的讹误。

⑧ 其他写本作 Qājī(?) d.w.h. asāyiš。在 A 写本中，Qājī 上方有 rlū 的字样，似乎是涂改的痕迹，此处据 A 写本的校改字样来录文。

⑨ A 写本同；其他写本作 Qūm s.nkrī。在 A 写本中，Qūm tengīzī 上方似乎有 Sāl k.č(?)dūm 的字样。写本中没有出现 t.ngīzī，而是讹误的形式 s.nkrī。

⑩ A 写本同；其他写本作 Qājī d.w.r(h) rūdbār s.nkrī。

Jawqūy-Ḫān）（此名是昆汗以他祖父的名字起的）成为了国王。继位之后，他向异密们、大臣们和$_{31}$御前会议的成员们（Dīwān）提了一个问题：“我的祖父乌古斯是以何种方式征服世界的，他征服的边界又在哪里？”在场的人中有一对父子两个人跪了下来，他们都是来自撒鲁尔族，父亲名字叫兀剌施（Ūlāš）[1]，儿子名叫兀剌特（Ūlāt）[2]。他
们$_{1}$跪下回答：“你的父辈们征服了日出之地到日落之地的所有国家， Fol. 597^v
我们是你的同盟，我们为你效劳，以便每个国家都缴纳各自的$_{2}$贡
49 赋。一旦他们造反，我们就用武力镇压，这样你父辈们的名声就不会受损，也没有人敢逃脱缴纳贡赋的义务。”狄普[3]-叶护听了这些话后$_{3}$很高兴，他以为，按照这两个人的话来做——他们的才干已经充分显示了，国家就会富强。他对他们给予$_{4}$充分的信任，不惜一切地赞赏和提携他们。

之后，他问他们：“你们的扈从所属的部落也跟你们自己的部落一样，$_{5}$是我们的盟友吗？”他们回答：“一位叫阿兰（Ālān）[4]的异密，来自雅兹尔部，和他的儿子乌兰（Ūlān）[5]是我们的盟友。珎克苏（Ğ.nksū）[6]和他的儿子德尔克施（Drkš）[7]，塔施贝克（Tāš Bīk）[8]和他的儿子$_{6}$雅儿古-贝克（J.lġū Bīk）[9]来自于多科尔（Döker）部，库吕-

① A 写本同，其他写本作 Ūlāš。To: Ulas. SOD: Ulaş. 疑作（mL）：ULaš。
② A 写本同，其他写本作 Ūlād。To: Ular, Ulad. SOD: Ulat. 疑作（mL）：Ulat。
③ 狄普（Dīb, Ḏīb）经常省略，汗（Ḫān）也是如此。参考 Fol. 590^v 相关注释。
④ 多数写本同；A 写本作 Ālāy。To: Alay. SOD: Alan. AK: Alan. 当作（L）：Alan。
⑤ A 写本和 B 写本同；其他写本作 Būlān。To: Yuğlan (Uulan). SOD: Bulan. AK: Arlan. 疑作（mL）：Ulan。
⑥ 其他写本作 D(Ḏ)īb Ğ.nks(šū)。To: Dhib Cenkşu. SOD: Dib Cenkşü. 疑作（mL）：Dib Ğenksü。
⑦ A 写本作 Durk.š；其他写本作 D.rk.s(š)。To: Dürkeš (Derkeš). SOD: Dürkeš. AK: Čekes. 疑作（mL）：Dürkeš。
⑧ A 写本同；其他写本作 Tās Bīk。To: Tasbek. SOD: Taš Beg. AK: Baši-Bek. 疑作（mL）：Taš-Bek。
⑨ 其他写本作 J(B)ālgū Bik。To: Balgubek. SOD: Yalgu (?) Beg. AK: Biygu-Bek. 疑作（mL）：Jalġu-Bek。

霍加（Qūlū-Ḫōğa）① 来自巴音都尔部，他们都是我们的盟友。任何时候只要你的敌人露面，他们就会操戈，为我们而战。”狄普–叶护听了这番话后，$_{7}$很满意，受到了鼓舞。他想，如果有许多部落跟他同心，那么国家的处境就会很好。

于是，他把$_{8}$父辈们召集起来，然后派他的儿子们出使叙利亚、凯来尔、巴什基尔②、法尔斯、起儿漫、伊斯法罕和巴斯剌，$_{9}$让他们把过去三年和未来三年的贡赋一起收上来。所有的国家都要尊奉他，四方的国王都要无一例外地服从他，就跟以前对待他的祖父和父亲一样对待他。

狄普–叶护统治了一段时间后，$_{10}$阿登特曼（*'Adntlmān*）③ 反对他，该国的民众也拒绝服从他。在最东方有一片地方叫塔尔曼（*Tlmān*）④，意思是“有力量的人”，$_{11}$因为那里的两个人可以抵挡十个人。那里的人有在日出时打鼓的习俗。他们造反之后，狄普–叶护汗便出兵讨伐，$_{12}$去该地征服。他出兵并征服了当地。之后，他便返回了。但是，天意却让他的马绊了一下，他摔倒在地。$_{13}$他摔断了大腿骨头，死掉了。

库尔思–叶护（Qūrs-Jawquy）⑤ 继承了王位。他的宰辅是阿莱斯·兀克力·兀尔逊（Ālās Ūqlī Ūlsūn）⑥。库尔思–叶护本人，任何

① 多数写本同。To: Qulu (Tulu) Hoca. SOD: Tülü Hoca. AK: Kabil'Ḫoğa. 疑作（mL）：Qulu-Ḫōğa。

② 参考 Fol. 592ʳ 相关注释。

③ 所有写本都不清晰。推测其方位在“鞑靼相关”的“纳拉伊尔根”（Narayrgen）；参考 Skelton 1965 第 64 页正文及注释 5；第 65 页注释 4 和注释 5。另请参考 Šastina 1957: 176-78。

④ A 写本和 D 写本作 Ut(?)kmān；B 写本和 G 写本作 T.kmān；C 写本和 E 写本作 T.kmāl。似乎是马可·波罗提到的 Toloman，参考 Pelliot 1964: 857-58。

⑤ 多数写本同；To: Qurs Yawquy, AK: Kuzï-Yawï. 疑作（mL）：Qurs(?)-Jawquy。

⑥ A 写本同；其他写本作 Al.s Ūqlī Ūlsūn。To: Alıs Oqlı Olsun. AK 缺；SOD: Alaš Oğlu Olsun. 疑作（mL）：Alaš Oġlï Olsun。

事情都向他咨询。他的统治持续了三十 $_{14}$ 年。之后，他的儿子库鲁撒克-叶护（Qūrūysāq-Jāwqūy）[①] 继承了王位，并统治了九十年。之后是伊涅-叶护汗（Īnāl-Jawquy-Ḫān）[②] 登上了王位。$_{15}$ 有人说，他统治了一百二十年。在他统治期间，他经常咨询卡鲁·跌跌·戈真楚克（Qārū D.d.h. K.z.nčūk）[③]、撒鲁尔族的达马克（D.mqāq）[④] 和兀克思（Ūksī）[⑤]，$_{16}$ 他们都是他的幕僚、宰辅和异密。那时，他把所有的国家都纳入到他的治理之下。

在他的统治结束之际，他的儿子 $_{17}$ 伊涅-薛-叶护汗（Īnāl Ṣīr Jāwqūy-Ḫān）[⑥] 继承了他的王位，把所有的国家都纳入到他的教化之中。他统治了七年。他的幕僚大臣是来自撒鲁尔族的柯思-霍加（K.sī-Ḫōğa）[⑦] $_{18}$ 和来自伊瓦族的沙班-霍加（Šābān-Ḫōğa）[⑧]。他生前很喜欢他的侄子阿尔-阿特利-柯西（阿斯）-敦里-凯伊-伊涅汗（Āl Atlī Kīšī [Ās]- Dūnlī Qājī Īnāl Ḫān）[⑨]，$_{19}$ 在他还在世的时候就已经把王位交给了侄子。他侄子名字的意思是，他骑一只金狐狸，穿着一件鼬皮大衣 [⑩]。

---

① 多数写本同；To: Qorsak Yavquy. AK 缺；疑作（mL）：Qoruysaq-Jawquy。

② 关于 Īnāl，参考 Fol. 591^{v} 相关注释。To: Inal Yavquy Ḫan. SOD: Inal Yavku. AK: Inal-Yawï-Ḫan. 当作（L）Inäl-Jawquy-Ḫān。

③ A 写本同。其他写本不清晰，只能释读出 K.z.nčūk. SOD: Karu (Kara?) Dede Gezençük. AK 缺。疑作（mL）：Karu Dede Gezenčūk。

④ 多数写本同。To: Dïmqaq. SOD: Damqaq. AK 缺。疑作（mL）：Damqaq。

⑤ 多数写本同。To: Öksi. AK 缺。疑作（mL）：Öksü 或 Üksü。

⑥ 在古代突厥语里，Ṣīr 的含义和词源上没有人解释清楚，应该是“西、西边”的意思。因此，这里的 Ṣīr Jāwqūy < Ṣīr Jābġū，意思是“西叶护”。参考 Spuler 1966: 129。在 A 写本中，Ṣīr 两次被人改动，分别改成 Sūyram 和 Sūyrah，因此 SOD 的录文 Soyram 或 Soyra，是没有根据的。

⑦ 多数写本同；A 写本作 K.ftī。疑作（mL）：Kesi(?)-Ḫōğa。

⑧ 多数写本同；To, SOD: Ṣaban. 当作（L）：Šaban。

⑨ A 写本同；其他写本不清晰。To: Ala Atlı Keş Donlı Kayı Inal Ḫan. SOD: Ala Atlı-Kişi Donlu-Kayı Inal Han. AK 缺，当作（L）：Al Atlï-Kiši As-Donlu Qajï Inäl-Ḫān。

⑩ 关于突厥语 al' at < ala at，意思是“斑驳的马”，参考 Doe II, 95-97。在 Donlu 之前是突厥语 Ās，意思是“银鼬”，在所有的写本中都已脱漏。关于 Ās，参考 Doe II, 57-58。

其中的“凯伊”，$_{20}$是他祖父的名字。

他让阿尔-阿特利-柯西（阿斯）-敦里-凯伊-伊涅汗登上了王位。在这位国王统治期间，我们的先知穆罕默德·穆斯塔法（Muḥammad Muṣṭafā）——安拉保佑他和他的家人！——出现了。国王派遣卡鲁·跌跌·戈真楚克（Qaru Dede Gezenčük。汉译者按：上文出现的此人名号形式稍异）作为使者去见先知，$_{21}$于是他皈依了伊斯兰教。这是一位来自巴雅特族的阔尔库特（Qūrqūt）[①]，是喀喇-霍加[②]的儿子。他很聪明智慧，是一位先知。他出现在伊涅-薛-叶护统治的时代。$_{22}$本故事的讲述人称，他活了二百九十五年，留下了许多格言和预言。关于他，有许多故事，版本不一。$_{23}$那时，代理大臣们去世，他们曾效力于他的父亲。于是，他又任命了另外的代理大臣。其中一位是来自巴音都尔部的敦克尔（Dūnk.r）[③]，另一位$_{24}$是来自伊狄尔的敦克（Iydire Dūnk.h）[④]。这两人在国家大臣的位子上一直待到国王去世。

这位国王去世之后，大总管巴音都尔部敦克尔的儿子阿尔奇
51 （’Arkī）[⑤]为他举办了盛大的葬礼和$_{25}$宴会[⑥]。人们准备了两个蓄水池[⑦]，一个盛满稠酸奶（Joghurt），另一个盛满稀酸奶（Kumyss）。人们也

---

① 此即智者阔尔库特。参考 P. N. Boratav 在土耳其语版《伊斯兰百科全书》（1954 年）中的词条 Korkut-Ata, 860ff.。这段文字给人一种印象，似乎卡鲁·跌跌·戈真楚克和阔尔库特是同一个人，他只是在后来才启用阔尔库特这个名字的。AK, 57 认为只有“阔尔库特老爷”（Korkut-Ata）才是指智者阔尔库特，此人是伊涅-亚韦汗（Inal-Jawï-Ḫān）及其继任者的智囊（“维齐”）。

② 参考 AK, 同上。

③ 多数写本同；B 写本 Dūzk.r. To: Dönker. SOD: Dönger. 疑作（mL）：Dönker。

④ A 写本同；B 写本作 Īldūr Dūnk.h；C 写本和 E 写本作 Īldūz Dūrk.h；D 写本作 Īldūz Dūnk.h；G 写本作 Ūldūz Dūnk.h; To: Iğdüz Dürke. SOD: Döğer’den Ayıldur. AK: Igdir Dunke. 疑作（mL）：Iydir Dönke。

⑤ 多数写本同。To: Erkin. SOD: Erki. AK: Erki. 疑作（mL）：Erki。参考 Doe III, 647ff.。

⑥ Āš-i ʿaẓīm 的本义是“一次大型的群众聚餐”；参考 Doe II, 59-62。

⑦ 蒙古语 Nāwur, nāwuur，意思是“海、湖、池子”。参考 Doe I, 515-16。

囤积了大量的马肉、牛肉和羊肉，$_{26}$多得都可以堆成山了，可供从不同国家前来参加葬礼的所有人享用，而且他们自己还带来了食物。即便如此，还是剩下了不少食物。

这位国王$_{27}$没有儿子。后来意外发生了，他的女人怀孕了，在他的生命就要走到尽头时，在他弥留之际，她给他生了个儿子。巴雅特的阔尔库特［和阿尔奇①］都$_{28}$说，应该给这个孩子起名图曼（Tūmān）②，意思是“雾”。朝廷的大臣却反对：“图曼意味着暗黑，这个名字不适合一名君主。必须要给他选一个吉利点的名字。”$_{29}$巴雅特族的阔尔库特说：“雾出现之际，天空暗黑，但是它留下了湿气。由于他父亲的去世在人们心中留下了阴影，就如世界被笼罩了迷雾，$_{30}$天空昏暗了下来。现在的希望是迷雾散去，重见天日，湿气能够让世界焕然一新，大地上的动物能够进食，世界会变美好。这才是我们取这个名字的用意。”

$_{31}$阿尔－阿特利－柯西（阿斯）－敦里－凯伊－伊涅汗在生前就已经指定尚在腹中的儿子作为接班人了。他生前能够捕获各种动物，宰杀了它们，取出它们的舌头，放进一件$_{1}$皮囊里③。他指望着，如果有人 Fol. 598^{r}
能给他生个儿子，他把这些舌头给孩子，孩子就能明白这些动物的语言了。正好在图曼汗（Tūmān-Ḫān）出生的时候，有人发现了这个皮囊，$_{2}$然后把所有的舌头洗了洗，都给了他。于是，在男孩长大之后，他万事精通。

$_{3}$所有的人——不管是大人物还是小人物，都聚集起来议论在图

---

① 根据上下文补“和阿尔奇”。

② 多数写本同；B 写本作 Qumān。关于 Tūmān，参考 Doe II, 632ff., 尤其是 641-42。当作（L）：Tuman 或 Tümän。

③ 阿拉伯语 ḫarīṭa，意思是“囊、皮囊”。

曼汗冲龄登基到他亲政的这一段时间内，王权应该托付给何人。阔尔库特在那次集会中大声说：“$_{4}$我们的国王去世了，在场的人都知道，阿尔奇曾是他的管家。他有好的名声，做了无数的好事。他安置了两个蓄水池①，都盛满了稠酸奶和稀酸奶。$_{5}$他还堆积了各种肉，无人能与其比肩。既然他为我们做了这么多事，正当其时，理应把$_{6}$摄政权交给他——考虑到繁重的公务对于年幼的图曼汗来说$_{7}$还不太合适。”阔尔库特说了这番话之后，所有人都赞成。于是，人们决定图曼为国王，阿尔奇为摄政王。$_{8}$因为两个池子（汉译者按：池子的突厥语是*köl*，“池子、湖”，音译“阙”。）盛满了稠酸奶和稀酸奶，所以人们把他称为“阙·阿尔奇汗”（Köl Erki-Ḫān）②，让他登上了王位。作为国王，他统治了九年。

$_{9}$图曼汗长大成人之后，他对王位有合法的继承权，他向阿尔奇
52 索要王位。$_{10}$他号召了左右翼的军队首领，然后在三百人面前当众宣布，他要夺回王位。当他的摄政王阙·阿尔奇汗了解了情况之后，$_{11}$变得十分害怕和忧虑。他跟他自己的宰辅说，他们应该为图曼汗准备一顿九百只羊和九百匹马③的盛宴。他还嘱咐他们跟图曼汗说，他本人出去打猎了。$_{12}$在他安排这顿盛宴时，他还下令要预备好三千头羊和三匹马，以备宴会所需，这样，等阔尔库特一到，就能给他斟满酒杯。$_{13}$同时，他派使者给阔尔库特，捎去消息：“你是国家的脊梁。当前国家发生了不少事情。毫无疑问，图曼汗的一方是正义的，王位

---

① C 写本和 E 写本残缺。参考 Fol. 597^{v} 相关注释。

② 根据民间词源学的解释，古代突厥语和中古突厥语的名号 Külärkīn 或 Kül-erkīn，意思是“一个联盟某一方面的军事领袖”，参考 Doe III, 647ff.。从词源上说，这个字与蒙古语的 nāwur“海、湖”（突厥语 köl）是有关联的。关于突厥语 köl，参考 Doe III, 645-46。To: Köl Erkin Ḫan. SOD: Köl Erki Han. AK: Köl-Erki. To 的写法是原始的形式，多数写本和 AK 的写法是正确的，当作（L）：Köl Erki-Ḫān。

③ 参考 Fol. 593^{r} 相关注释。

应该属于他。阔尔库特应该来，$_{14}$并把他所认为是正确的事情公之于众，来引导大家。”

阔尔库特收到这个消息之后，立刻过来了。阙·阿尔奇汗为图曼汗举办了盛大的宴会，给他斟满酒杯。在大家$_{15}$享用食物的时候，传来一匹老狼的声音。因为图曼汗听得懂所有动物的语言，他明白了老狼的嚎叫。$_{16}$老狼说：“太可惜了，我老了，不能去捕获猎物了。希望我自己能够叼走猎物并撕咬它。”然后小狼回答$_{17}$老狼说：“既然你已经老了，不能胜任了，我们可以来为你做。那些不帮助老狼的小狼是无耻的。今天晚上会有雾，天空暗黑，有暴风。我们要$_{18}$把所有为宴会所准备的羊群的尾巴和肚子咬开，然后带给你，让你能大餐一顿。我们会这样帮助你的。”狼群附近$_{19}$有一只狗，名叫喀喇·巴拉克（Qara Baraq），是阙·阿尔奇汗的，它负责照看羊群。狗对狼说：“只要国王赏我一条羊尾巴，我就绝不允许$_{20}$你们动一只羊。”

图曼汗听懂了这段对话，在菜肴端上之后，他给了狗一条羊尾巴。他的随从问他，$_{21}$何以给一只狗一条羊尾巴①，他回答说，他之所以给狗一条羊尾巴，是为了消除他和阙·阿尔奇汗之间的嫌隙。老人们曾说过：“如果你要施舍，$_{22}$首先想到你的狗②！”于是大家宴饮，无事了。

午夜之后，图曼汗醒来了，$_{23}$令人到外面去观察天气。有人给他汇报，外面是乌黑的，有雨有风暴。他知道$_{24}$狼果然说中了。天亮之后，风暴和雨雪都停了，人们搜寻狗的下落。人们既找不到狗，也找不到羊群。这时，图曼汗想$_{25}$知道，喀喇·巴拉克是否遵守了诺言，派出了三百卫士去到处寻找喀喇·巴拉克和羊群。$_{26}$最后人们发现，

---

① C 写本和 E 写本作“尾巴”。

② 这是一句“谚语”（*Atalarsözü*）。参考 P. N. Boratav 在《突厥语文学基础》（*Philologiae Turcicae Fundamenta*）第 2 卷（II, Wiesbaden 1964）上的文章，第 67—77 页。

原来当天晚上羊群在喀喇·巴拉克的带领下，躲到了一座山坡上的栅栏内，27 只有一条路通往那里。喀喇·巴拉克与尾随而来的狼群作战，阻止它们攻击羊群。28 图曼汗了解了情况之后，前去证实了所发生的事情。他杀死了所有的狼，确定他的狗信守了承诺。他让人 29 把
53 羊群领走，送给阙·阿尔奇汗。阿尔奇汗听说图曼汗已经抵达的消息之后，前去迎接。图曼汗与他和解了，30 两人比肩而坐。① 在谈话中，阙·阿尔奇汗说："作为国王的儿子，为了区区几只羊就亲自出动，这得体吗？即便这群羊 31 甚至成千上万的羊死掉，那又怎么样呢？我们都是你的仆人，我们所拥有的都是你的财产，因为你是我们的汗。"图曼汗回答说："羊本身是没有意义的，1 但是从声誉的角度看，它们 Fol 598
死掉的话，是很糟糕的！② 那样的话，人们会说图曼的脚不会受到保佑，因为他那用作宴会的羊群都死掉了。"

然后③，他们开始享用大餐，大宴宾客七天七夜④。2 他们每天吃掉九十头羊和九匹马。阔尔库特来到他们中间，对图曼汗说："你父亲去世的时候，3 因为你还年幼，我们决定让阙·阿尔奇汗来做国家的领袖，直到你长大成人为止。你现在长大了，能够胜任这个职位了，阙·阿尔奇汗 4 岁数大了，离去世不远了。如果你现在罢免他的职务，人们会谴责他，会带来不祥。你的年纪和威信 5 还不是很足够。最好的办法是，你娶他的女儿，然后继承他的宝库和财产。等他不久后一去世，王位就是你的了。"6 图曼汗在宴会期间见过他的女儿，当她来向他敬酒时，他已经倾心于她，要娶她为妻。大家宴饮、消遣、娱乐

① 参考 Jahn 1968: 31-35。或许能与 Urğa-Ḫān 勘同；参考下文第 56 页的相关注释。（汉译者按：此页码系德文原页码，即本书左边码。）
② 多数写本同；C 写本、D 写本和 E 写本作"但是为了声誉，牲畜不应该被如此对待"。
③ 见下注。
④ （前注及本注）多数写本同；C 写本和 E 写本缺。

了一个月。一个月之后，$_{7}$大家把图曼汗的毡房安置在其他毡房的前面。

有一天，图曼汗正在座位上打盹儿，从外面传来一个女人的声音：乌兹汗（Ūž.h-Ḫān）[①]——阿依内汗（Īn.h-Ḫān）[②]的儿子，曾说，$_{8}$“图曼汗娶了阙·阿尔奇汗的女儿，本来我也想娶她为妻的。他介入我们两个人之间，夺走了她，$_{9}$我要出兵讨伐他，这样可以把姑娘再抢回来。”图曼汗听说了这些话之后，没有掉以轻心。与此同时，他也召集自己的部队，$_{10}$去跟乌兹汗作战。他抵达后，阿依内汗没有受他支配，而是跟他的儿子乌兹汗一起反对图曼。图曼汗跟他作战，打败了他，日夜追逐他，$_{11}$一直到他的首都。最后，图曼汗以他一百名骑兵构成的军队活捉了乌兹汗（Uže-Ḫān）。

之后，图曼汗凯旋了。他与自己的大部队会师，并在国家的边境上逗留了一段时间。他把乌兹汗带到$_{12}$面前来，质问他所说的话，以及他有何企图。乌兹汗百般抵赖，不承认那些别人从他嘴里听说并传达给图曼汗[③]的话。$_{13}$他的回答是这样的：“战争的唯一原因是你袭击了我们的国王，我必须要反击。”图曼汗根本就没有感受到$_{14}$他的愧
54 疚之意，便下令把他处死。

图曼汗在那里逗留了一年。当他的妻子——阙·阿尔奇汗的女儿，得知他要在那里待一段时间后，$_{15}$启程过来了。正好那时候她怀孕了，并且分娩在即。在途中她生了个儿子。有人把这个消息告诉阙·阿尔奇汗。阿尔奇汗让人把孩子带给他，$_{16}$他为此举办了盛宴，给他取名凯伊·叶护汗（Qayï Jawquy-Ḫān）。阿尔奇汗把女儿送到图

---

① A 写本、F 写本和 G 写本同；B 写本作 Rūz.h Ḫān；C 写本和 E 写本不清楚。To: Uje Han. AK: Awšar. 疑作（mL）：Uže-Ḫān。参考 SOD, 372。或许可以与 Urğa-Ḫān 勘同；参考第 56 页的相关注释。

② 多数写本同。To: Ayna Han. SOD: Ayne Han. AK: Ayne. 疑作（mL）：Ayne-Ḫān。

③ 多数写本中 Tuman 和 Tuamn-Ḫān 的形式交互出现。

曼汗那里，两人得以团聚。

之后，图曼汗召见阿依内汗，跟他说：$_{17}$“你们的父辈曾经始终服从听命于我们的父辈，但你儿子居心叵测，所以我下令让人除掉他。如果你现在真诚地与我们签订盟约，$_{18}$忠诚不渝，好好地缴纳贡赋，我把这片土地托付给你。”由于他表现出了顺从和谦恭，图曼汗把那块地区交给了他，并给$_{19}$很多好处，送他回家。然后，他自己也返回住地，见到儿子很高兴。图曼汗在阙·阿尔奇汗那里逗留了一段时间，与他$_{20}$和睦共处。

他儿子凯伊·叶护长大成人后，有一次在河边跟一个小伙伴玩耍，后来跟小伙伴生气了。他抓了一根秆子，细得跟一支笔管似的，$_{21}$突厥人称笔管为“提甘”（t.kān）[①]。秆子的尖有刺儿。他用这个秆子打小伙伴。他把秆子掰成两半，秆子的尖跟金刚石一样锋利。他用秆子来打他，$_{22}$小伙伴的喉咙被刺穿了。虽然这是个意外，但是人们还是十分惊愕。图曼汗听说了以后，说：“真主为我儿指引了正确的道路，他的名字应该叫提甘-毕尔赫-伊尔-毕赤干-凯伊·叶护汗（T.kān Bīl.h Īr Bīčkān Qājī Jāwqū- Ḫān）[②]。”$_{23}$名字的意思是：他用一根“提甘”割了头。

一段时间之后，有一次阙·阿尔奇汗和图曼汗在一起参加宴会。$_{24}$图曼汗的儿子也出现了，在大庭广众之下对阿尔奇汗说：“这个位子本来属于我的父亲，却被你长期霸占着。我父亲成人后，你把我母亲嫁给他，$_{25}$但你却仍赖在这个位子上发号施令。现在我长大了，你已经很老了。现在是不是到了你该退位、把位子还给它的主人的时候

---

① 东部突厥语 tikän，意为“刺、有刺的棍子”。参考 Doe II, 528。AK: kïzgan. 参考 Doe II, 528 注 142。

② 多数写本同。To: Tiken Bile Ir Bičken Kayı Yawğu Han. SOD: Tigen Bile Er Biçgen. AK: Kanlï-Jawlï; 参考 AK, 60。疑作（mL）：Tikän Bile Er Bičken Qajï Jawqu-Ḫān。

了？众人皆知——无论是大人物还是小人物，这个位子 26 是我们的。你不要再赖在这个位子上了，否则会伤了双方的和气。”阙·阿尔奇汗听了这些话之后，停顿了片刻，回答道：“你的这些话 27 我应该早点儿听到，早就该把位子让给你——特别是在你用一个秆子杀了人的那一天开始。既然你先声夺人，说出了真相，我还能说什么呢？”

28 后来的某一天，阙·阿尔奇汗举办了一次盛大的宴会，让图曼汗的金帐①跟其他的营帐安置在一起。然后，他召集阔尔库特和所有乌古斯部族②的人，包括部落大人和贵族，29 跟他们说：“我坐在这个
55 位子上已经有年头了。但是，今天它属于图曼汗和他的儿子。倘若我为了我自己的家族③而觊觎王位，30 这只不过是虚荣的欲望。王位只属于那些真主和造物主拣选的人以及他们的后代。他们不会犯错的。31 如果我在位的这些年有谁受到不公正待遇了，他现在就可以讲出来！”大家齐声地回答：“我们一直对你很满意，1 我们也没有受到你 Fol. 599r
的任何不公正对待。”

之后，他把位子交给图曼汗，说：“我把它交给你的条件是，你要遵守祖宗之法，走在公平和公正的道路上，2 就跟我此前所做的一样。”最后他风趣地跟凯伊·叶护汗说：“我的外孙子啊，你居然会反对我，来，过来登基吧！”只有九岁的凯伊·叶护回答：3“这个我必须要跟我父亲商量一下。明天我们就晓得结果了。你说的话不算数。”

吃饱了之后，小伙子在深夜里跑去跟他的父亲商议，4 说：“哪有父亲还活着儿子就登基的？你回到宴会中去登基吧，等你老了，再让

① 参考 Fol. 593v 相关注释，Spuler 1966: 130。

② 采用 B 写本，作 urūq ~ urūġ，意思是“某个特定的、著名的祖先的后裔”；参考 Doe II, 47-52。A 写本、D 写本和 G 写本作 Šuʿub，意思是“民族，大型的氏族”；C 写本和 E 写本缺。

③ 原文作 urūq，见前注。

我继位！”他父亲很赞赏他的决定。5 当天夜里，有人放出消息，把所有在他父亲时代在位的异密、有权势的人和官员们都召集起来。他们聚集起来之后，开始了盛宴 6 和宏大的活动，都是大家从未见过的。宴会整整持续了十三天。第一天，图曼汗登上王位。大概一百天之后，7 他退下位来，把他的儿子提甘-毕尔赫-伊尔-毕赤干-凯伊·叶护汗拥上汗位。他统治了九十年。由于他无比英勇，威望很高，8 他统治着所有国家。世界上其他富饶的地方，也向他输送贡赋。他统治了九十年之后，去世了。

他的儿子乌拉德穆尔·9 叶护汗（Ūlādmūr Jāwqūy-Ḫān）① 在葬礼之后举办了一次宴会，被异密们和贵族们扶上王位。他有一个弟弟名叫喀喇·阿尔普（Qara Alp）。

阿里克力·阿斯兰汗（Arīqlī Arslān Ḫān）② 反对［乌拉德穆尔·叶护汗］。乌拉德穆尔结集了一支部队，征讨他。当他在赛里木城内准备好精良的武器和弹药之后，在怛罗斯城与阿里克力·阿斯兰汗的军队 11 遭遇了。激战三天三夜之后，乌拉德穆尔胜利了，他打击了敌人。阿里克力·阿斯兰汗和他所有的大异密们都阵亡了。12 曾经属于他们的土地上 ③ 的民众，被强行征收三十年的赋税。他在那里停留了一年。其他逃离了战争的民众，13 聚集到乌拉德穆尔的身边来，承认错误，投降了。

---

① 所有写本同。To: Uladmur Yavgu Han. SOD: Ula Demür Yabgu. AK: Mur-Yawī; 参见 AK, 61。疑作（mL）：Uladmur-Jawquy。

② A 写本同；其他写本不清晰。To: Kara Alp Arıklı Arslan Han. SOD: Kara Alp. AK: Kara-Alp-Arslan. To 和 AK 将整串字符视为一个名号，而实际上是两个名号，分别是 Qara Alp 和 Arïqlï Arslan Ḫān。后一个名号——SOD 读作 Azıklı Arslan Han——长期以来是回鹘地区统治者的名号。参考 SOD, 373-74; AK, 61。在陈浩《拉施特的〈乌古斯史〉》一文（第 58—59 页）中，我犯了与 To 和 AK 同样的错误。

③ 根据 AK, 61，这里讨论的是怛罗斯（Talās）和赛里木地区。关于怛罗斯，参考巴托尔德在《伊斯兰百科全书》第 4 卷（1934 年）中的词条 Ṭarāz，第 720 页。关于赛里木，参考 590v 相关注释。

56 阿里克力·阿斯兰汗有一个小儿子。一天，有人把他带到乌拉德穆尔·叶护面前。14 乌拉德穆尔·叶护见了他之后，心生同情，热泪盈眶，说：“多可惜呀！我们先辈把这片土地交给了回鹘人。如果阿里克力·阿斯兰汗 15 不是那么执迷不悟[①]，这个小孩就不会这么可怜、孤苦伶仃。”他给小孩起名阿尔普·桃花石汗（Alp Tawġāğ Ḫān）[②]，让他做这个地方的王。乌拉德穆尔·叶护任命了他，说：16“我的先辈们对你们恩赐有加，善待你们。庄严的真主要求你们走上正义、谦恭、顺从 17 的道路，要永远保持谦恭，这样我就会善待你们。但是如果你们——真主制止你们这么做——踏上造反和对抗的道路，18 那你们就会遭受谋反者的厄运！”他说完这些话之后，就回去了，回到他的驻地。

他的父亲和国家的大臣们为他举行了一次盛大的宴会，大家一致同意 19 把先辈们征服的土地交给这个小男孩。乌拉德穆尔下令，把抓回来的所有俘虏都放回去。为此，他往各个方向和地方派遣了使者，让他们到处 20 散布他释放了所有俘虏的消息。他把这些人放回给阿尔普·桃花石汗。世界又恢复了太平。后来他父亲去世了。乌拉德穆尔·叶护汗的统治一共 21 持续了七十五年。他没有子嗣。

乌拉德穆尔死后，凯伊·叶护汗的［另一个］儿子喀喇·阿尔普继承了王位[③]。在他父亲 22 与乌儿札汗（Ūrž.h-Ḫān）[④] 作战时，尚在襁褓之中的他被敌人掳走了。后来，他回来了，还见到了他父亲。经过

---

① 多数写本同；C 写本和 E 写本缺。

② 所有写本同。To: Tavğaç. SOD: Tuğaç. AK: Tuġač. 关于 Tabghač, Tavghač，参考 Barthold 1935: 98; Sinor 1963: 224-25。由于“桃花石汗”这个名号是属于喀喇汗王朝的，乌古斯人和回鹘人（畏兀儿人）并不使用，所以用来确定这条史料或许是讲述乌古斯人与喀喇汗王朝或乌古斯人与畏兀儿人之间发生冲突的某个历史阶段。这里提到的两个地名（怛罗斯和赛里木）也是符合这一假设的。

③ 参考前面关于名号 Qara Alp 的注释。

④ 其他写本作 Ūrğ.h, Ūrḥ.h, Ūzğ.h. To: Urçe Han. SOD: Urca. AK: Urğa-Ḫān. 疑作（mL）：Urğa-Ḫān。

乌拉德穆尔的七十五年统治之后，喀喇汗（即喀喇·阿尔普）登上了王位，并统治了二十二年。23 由于乌拉德穆尔·叶护汗去世之后，没有儿子，便开始了喀喇汗的儿子 —— 布格拉汗（Buqra-Ḫān）的统治。

第18节 关于喀喇汗的儿子——布格拉汗的统治

26 由于［乌拉德穆尔·］叶护汗没有子嗣，他的家族便灭绝了，人们把喀喇汗的儿子 —— 布格拉汗① 推上王位。他统治了九十年，有三个儿子。长子是伊利特勤（Īl-Tekīn）②，次子 27 是库勒特勤（Qūrī-
57 Tekīn）③，幼子是尼克特勤（Nīk-Tekīn）④。“特勤”的意思是“外表俊美”⑤。人们称为“布格拉汗汤”的一道菜⑥，就是根据他的名字来命名的。据说，某天发生了一场变故，士兵都很饥饿。当他们打听 28 该用什么来做汤时，布格拉汗抓起一把面，扔到锅里去。后来，人们就把这种汤跟他的名字联系了起来。

29 在他的时代，完全是以正义和真理来治国的，人们生活富裕、殷实。他有个妻子，也就是他三个儿子的母亲，名字叫巴依尔哈敦

---

① 其他写本作 Buqr.h Ḫān。To, SOD: Buğra. AK: Boġra. 当作（L）：Buqra-Ḫān。SOD, 377, 猜测此处的布格拉汗是指喀喇汗王朝的布格拉汗，他曾于公元 992 年征服布哈拉，参考 AK, 62。他也有三个儿子，但只有伊斯兰教的名字，分别是玉素甫（Jūsuf）、艾哈迈德（Aḥmed）和阿里（ʿAlī）。参考普利查克（O. Pritsak）为土耳其语版《伊斯兰百科全书》第 58 卷（1953 年）撰写的词条 Karahanlılar，第 254 页。

② 关于突厥语的 el，意思是“部落群”，参考 Doe II, 194ff.；关于 tegin，参考 Doe II, 553ff. 这里读作 El-tegin，可以译成“部落群的特勤”。

③ 所有写本同。To: Koru Tekin. SOD: Kuzu. AK: Kuzi-Tegin. 疑作（mL）：Qurī-Tekin。假如这里释读成布勒特勤（Burī-Tegin）的话，请参考巴托尔德为《伊斯兰百科全书》第 1 卷（1913 年）撰写的词条 Būrī-Tegīn，第 833—834 页。

④ 所有写本同；意思是“俊美的王子”；这种用 nīk“俊美”来做修饰语的现象，在波斯语中颇为常见。

⑤ “外表俊美”肯定不是解释“特勤”的，而是解释“尼克”的。参考前注。

⑥ 原文作 Āš-i Būqra-Ḫānī。参考 SOD, 376 及注 64；AK, 62 及注 146。

（Bāyr.h-Ḫātūn）[①]。她特别聪明、灵巧和机灵，30 很有主见。她突然去世了，布格拉汗为她守了三年的丧。在此期间，他寸步不离营帐，心无旁骛。为此，他变得十分虚弱，31 没了精神。于是，异密们询问他："三个儿子当中哪个是接班人？"他回答说："让他们跟你们商量，你们选定一个！"由于 1 那三个兄弟特别团结，他们试图找到一个彼 Fol. 599v
此能谅解的方案。异密们把这个情况转告了布格拉汗，他询问他们："你们属意他们中的哪一个？"2 他们回答："三个人都适合王位。决定权还是在你。"布格拉汗回答："允执其中。"听了这句话后，异密们决定 3 选择中间的儿子——库勒特勤，作为继承人。为此，他们举行了一次长达七天的会议，举办宴会，扶库勒特勤登基。

库勒特勤来到他父亲身旁，对他说：4"父亲啊，你悲伤地幽居在这间屋子的角落里多少年头了？这种幽闭始终得不到解脱？！"最后，他把他父亲给扶着，离开了那所房子。然后，他们去打猎了。库勒特勤的箭正好射中了一头山羊。5 一位名叫萨热·克尔（Sarï Qïl）[②]的人捡起了箭，送给库勒特勤。库勒特勤说："他（萨热·克尔）是出于忠诚和顺从才把这支箭送给我的。"于是，库勒特勤给予他恩宠，6 并且把军队的指挥权交给他。库勒特勤还提高了他的地位。

他们打完猎回去之后，库勒特勤跟他父亲说："我要给你安排一位姑娘，由她来照顾你，扮演 7 我母亲的角色。"布格拉汗哭着说："哪个女的能代替你母亲巴依尔哈敦的角色？我对女人很提防，是因为她们会让我们父子二人心生嫌隙。"8 库勒特勤要求位极人臣的异

---

① A 写本同；B 写本和 G 写本作 Bājir Ḫātūn。其他写本作 Bātū-Ḫātūn。To: Bayır Hatun 和 Batu Hatun。SOD: Bayra Hatun. AK: Baber. 疑作（mL）：Bayra-Ḫātūn。关于 Ḫātūn，参考 Doe III, 132-41。

② 突厥语 Sarï Qïl，意思是"金（黄）发"。在后文中此名另作：萨热克尔巴什（Sarïqïlbaš），即"黄头（发）"。

密——昆杰（Kūnğ.h）① 的女儿，给他父亲作伴。

冬季的某天，有一场宴会②。布格拉汗喝醉睡着了。9 他的妻子看
58 见库勒特勤一个人在那里。她合乎情理地关心他，在他头上捉虱子。库勒特勤觉得这也没什么，毕竟他把她当作母亲一般对待。他也就顺势把头靠在了 10 她的膝盖上。那女的对他说：“你把我嫁给你爹。你［当初］都没有见过我［的面］，就把我托付给一位老头作奴了。”库勒特勤流露了自尊心和男子气概，11 愤怒地跟她说：“既然你心中有如此龌龊的想法，明天我就跟我父亲讲，让你受到应有的惩罚。”然后，他离开了她，12 回到家中睡觉去了。

这个女的担心一旦秘密被公开，她的丑事就会被揭发，于是便心生诡计。她从库勒特勤家中传唤了两三个丫鬟。13 那天夜里正好下雪，其中一个丫鬟穿着库勒特勤的靴子过去，所以就在她的毡房内外留下了库勒特勤清晰的足迹。清晨，那个女的走到布格拉汗面前说：14“你儿子竟敢在暗地里对我心生邪念！你看，我的毡房外有他的足迹。”布格拉汗 15 怒从中来，大为光火。他召唤他的异密们，咨询他们对此事件的意见。异密们回答说：“依我们之见，最好把他抓起来，16 然后就这件难以启齿的事情对他进行审讯。”

布格拉汗同意，于是异密们来到库勒特勤的屋子门口，当时他还在熟睡。他们对他说：“我们受命来抓捕你。”库勒特勤十分惊愕，［他以为］肯定是 17 军队头领安特勒克·萨热克尔巴什（Antlïq③ Sarïqïlbaš，汉译者按：即前文的萨热·克尔［Sarï Qïl］）谋反了，来抓他了。异密们解释说：“我们是遵你父亲的命，来抓捕你的。”他回

① 所有写本同。To: Künce. SOD: Günce. AK: Ergenğe. 疑作（mL）：Künğe。

② 在 AK, 62-64 中没有接下来的这段童话式的延伸叙事，在 R 中有。

③ 突厥语 antlïq < ant, and，意思是“誓言”；参考 Doe II, 128。

答："既然是我父亲的命令，我服从。"他让他们把自己绑起来。他们开始审讯他。18 库勒特勤说："她是趁我不注意的时候，先声夺人、反咬一口。这种行为最好秘而不言，因为先辈们①曾说过，所有 19 从嘴里冒出来的东西②，都是有害的。对于人们而言，这是一条好的箴言：不要谈论空穴来风的事情，否则最后要受罪③。"然后他说出了真相，在他和那个女的之间究竟发生了什么。异密们把事情的真相告诉了他的父亲，20 也就是库勒特勤的供词："脚印确实是我的，但是事情不是我做的，我不敢如此胆大妄为。"布格拉汗征求异密们 21 的意见。

那时候，在一座名为"氐夫·卡加斯"（Dēw Qājāsī）④的高山脚下有一条龙。这座山坐落在一个名为恩德克（'*ndk*）⑤的沙漠边上。山脚下有三棵大树，22 每棵树下面有一个冒泡的泉水。如果有人指控一个嫌疑犯，或者某人被指控了，人们会把他弄伤，然后带到这条龙面前。23 如果他没有罪，那么他的伤口就会立刻愈合；如果他有罪，[那么伤口就不会愈合，] 便立刻被龙吃掉。这样可以判断一个人是好是坏。

59 因为库勒特勤的所作所为，布格拉汗也把他 24 带到了龙这里。布格拉汗令人⑥弄瞎了库勒特勤的眼睛，然后⑦把他放到迅速流动的沙丘脊背上，[只] 由⑧一个尼格罗厨师陪他⑨。精明的尼格罗人⑩拉着骆驼，

---

① 原文作 Buzurgān，意思是"大人"，这里当然指的是"先辈们"。参考 Fol. 598^{v} 相关注释。
② 直译："所有从舌头上出来的东西"。
③ 直译："否则毁灭终将向他袭来"。
④ Dēw Qājāsī 的意思是"魔岩"。To: Diyu kayası.
⑤ To: Endek. 疑作（mL）：同上。尚不能确定其准确的方位。
⑥ 见下注。
⑦ （前注及本注）多数写本同；C 写本和 E 写本缺。
⑧ 见下注。
⑨ （前注及本注）多数写本同，C 写本和 E 写本缺。
⑩ 多数写本同；C 写本和 E 写本缺。

朝着足足有两个月路程的沙漠深处前进。

那时候，作为库勒特勤军队头领的安特勒克 [25]·萨热克尔巴什不在场。当他回来听说了这个不幸的、令人伤心的消息后，对自己说："我要去杀了他的父亲。把布格拉汗的头取下来给他的儿子送去，[26] 把库勒特勤接回去登基，即便他瞎了，他也能统治！"但是他又想："我非常爱戴我的父亲，可能库勒特勤也一样爱戴他的父亲布格拉汗。[27] 假如我杀了他的父亲，是要遭到谴责的。我最好还是尽快找到库勒特勤，得到他的允许之后，再回去把他的父亲给杀了。"

于是，他紧急去追库勒特勤，[28] 在天亮时找到了他。库勒特勤听到了马蹄声，对尼格罗人说："去看看，是谁来了？"尼格罗人回答："有一支部队跟踪我们。"他问："部队头领长什么样？"尼格罗人回答："[29] 他骑在一匹灰马上，用一根黑色的缰绳绑在马的腹部。"库勒特勤说："那是安特勒克·萨热克尔巴什。如果来的是我兄弟的话，[30] 骑的会是一匹黑马和白色缰绳。"

他们到了之后，下马，亲吻库勒特勤的手和脚，哭了起来。库勒特勤说：[31]"噢，我忠诚的朋友，你立下了大功，代替我的兄弟来到这里。请悄悄地返回，照看好我的房子[①]和孩子吧，因为我知道我是清白的，会平安地 [1] 回去的。若我有不测，请替我照顾好我的房子和 Fo 60
孩子！"安特勒克·萨热克尔巴什哭泣着说："我不回去，我要留下来陪你，永远忠心。"他们从后面跟着。

[2] 他们走了两个月的路，当遥远的路途走到尽头时，突然出现了三棵树。安特勒克问："我们应该朝哪棵树走呢？"库勒特勤说："向

---

① 这里的"房子"是指家人，但主要是指家中女眷。

中间那棵树走，因为我排行老二。”$_{3}$此刻，冒出了三只山羊①。安特勒克快马加鞭，直接来到龙的面前。他环顾四周，发现库勒特勤在泉水边睡着了，而龙正在试图接近他的胸脯。$_{4}$安特勒克十分害怕，迅速挥舞起剑，准备刺向龙。龙问他：“你干什么？”他说：“他是一位国王。有人陷害他，才遭此厄运。$_{5}$我以为你要伤害他呢。”龙回答：“别害怕，因为他是无辜的。”龙用舌头舔了库勒特勤的眼睛，他马上恢复了视力。

$_{6}$然后，库勒特勤平安地返回了。他到家看到了妻子和孩子时，才知道敌人入侵过了，布格拉汗被关了起来。他们快马加鞭，$_{7}$打击了敌人的军队，并乘胜追击。然后，他再次见到了父亲，告诉父亲究竟发生了什么事情。布格拉汗回答说：“在你把那个女的给我带回
60 来的那一天起，我就知道$_{8}$我们之间会生嫌隙。那时候你不听我的话，现在你知道她的心思了。”库勒特勤下令找来五匹暴烈的马驹，把那个女的绑在一匹马的尾巴上，$_{9}$而她的四肢分别被绑在四匹不同的马上。然后，突然鞭打马匹，于是她的躯体被五马分尸，正如菲尔多西②所说的一样。$_{13}$（汉译者按：此处的行号，德译本原文如此。中间所省是《列王纪》的引文。）库勒特勤说：“任何人敢再诽谤和散布谣言，下场就是这样！”

布格拉汗对他的儿子说：“你现在可以毫无阻力地登基了，$_{14}$因为你终将成为国王。”库勒特勤在怛罗斯登基，统治了七十五年。他

---

① 山羊在这里似乎象征着葛逻禄的巴尔斯汗（Barsḫān）部族（喀喇汗王朝起源于此部）的图腾动物——。参考 Jahn 1968: 33 及注 4。在那本书中，笔者错误地把山羊当作了凯伊部的图腾动物，实际上凯伊部的图腾是鹰。

② 参考《列王纪》（*Shāh-nāma*, ed. Turner Macan, Calcutta 1829）第 4 卷，第 47 章，第 2057—2058 页，第 13—20 行；法译本《列王纪》（*Le Livre des Rois*, Jule Mohl tran., Paris 1838-78）第 7 卷，第 47 章，第 12—19 行。AK, 64 只是很简短地引用菲尔多西《列王纪》的相关论述。

去世之后，他的一位名为乌玉纳克（Ūjūnāq）① 的亲属在 $_{15}$ 库伦克（Kūl.nk）② 统治了七年。之后，他的儿子阿尔斯兰汗（Arslan-Ḫān）③ 也在库伦克（Kölenk）继位。

阿尔斯兰汗有四十位管家和一位名为“苏瓦尔”（Suwār）的侍者，$_{16}$ 那是他在苏瓦尔（Suwār）④ 这个地方买来的。这个侍者十分有才、英勇、利索和机灵。国王把他当作自己的宠儿，以至于他妄自尊大，胆敢当着众异密和维齐尔的面，$_{17}$ 跟国王耳语。他的品性被哈敦了解了之后，更是欣赏他的放纵与不羁。管家和廷臣十分嫉妒，互相商量了一番后，$_{18}$ 一致对国王说：“这个苏瓦尔人暗地里对你不轨，他要杀了你，然后自己僭越称王，霸占你的妻子。$_{19}$ 这些我们已经了解了，不能瞒着你。”阿尔斯兰汗借机把苏瓦尔派到某个地方，并对他们说：“等他回来时，让我来抓住他，并把他交给你们，$_{20}$ 你们可以千刀万剐。”

然后，他们离开了，国王自己来到他的宫内。巴尔哈敦（Bāl-Ḫātūn）⑤——他的大老婆，出现在他的面前，给他敬酒。她见国王心情沉重和焦虑，$_{21}$ 便询问他因为何事。他把关于苏瓦尔的事情一五一十地告诉她了：“我对他很生气，等他回来时，一定要好好审问他。如果传言属实的话，我一定把他给杀了。”$_{22}$ 宫里的女人们说：

---

① B 写本同；其他写本不清晰。To: Nukak. SOD: Yukak. AK 缺 . 疑作（mL）：Ojunaq。

② B 写本同；其他写本不清晰。To: Kölenk. SOD: Külenk. 疑作（mL）：Kölenk。根据 SOD, 377，在葛逻禄境内有一座城市叫居兰（Gülân），至于是否与这里的库伦克有关系，尚不清楚。

③ A 写本、B 写本和 G 写本同。其他写本缺。下文中出现了他的全名：喀喇 · 阿斯兰汗（Qara Arslan-Ḫān）。

④ 这里显然指的是伏尔加河流域的不里阿耳地区，他们与乌古斯和哈扎尔汗国有着持久的关系。苏瓦尔是不里阿耳第二大城市。这位侍从（ġulām）苏瓦尔（To, AK: Suvar. SOD: Süvar），是以其所在的城市命名的。参考巴托尔德为《伊斯兰百科全书》（1913 年）第 1 卷所撰写的词条 Bulghār，819ff.；以及 Barthold 1935；Togan 1939: 74-75, 203-4; Minorsky 1937: 163, 461。

⑤ 突厥语 Bal，意思是“蜂蜜”。Bal-Ḫātūn 可译成“蜜之哈敦”。关于“哈敦”，参考 Doe II, 132ff.。

“虽然我们也嫉妒他，因为他总是在明地里或暗地里传话，而且举止放纵，但他毕竟还是一个机灵、英勇的人。23 自从他插手政务以来，国家和政府的秩序一切井然，菜肴、饮料、马匹、骡子、24 衣物、毛毯等，总是储备充沛。可能这个指责是出于嫉妒和羡慕。一定要先查明事情真相，只有这样，一个国家的运作 25 才不会因此而受挫，一个无辜的人才不会因为妒臣的诡计而遭刀刃之灾。否则的话，后悔都来
61 不及了，必须要谨慎行事。”

国王整个夜里 26 都在思量斟酌。第二天一早，他把所有异密们都召集起来，跟他们讲：“我本要到库聿克-希萨尔（K.jūkū Ḥiṣār）① 打猎去，但是有件小事绊住了我，27 你们去那里打猎吧！”他们受命出发了。几天后，苏瓦尔回来了，喀喇·阿尔斯兰汗没有接见他。一天之后，阿尔斯兰汗分配给苏瓦尔一项光荣的使命，28 让他去某地（*’m[?]ānd.h*）② 和养吉干收缴三年的贡赋。他还赐给了苏瓦尔一道谕旨和一只野兽 ③。苏瓦尔受了恩赐之后便离开了。

某日，阿尔斯兰汗心生一计，设了一个局：29 他装死，躺在一具棺材里装睡。然后，他让人告诉廷臣们和苏瓦尔，就说喀喇·阿尔斯兰汗驾崩了。廷臣们听到这个消息后，迅速往回赶，30 慌忙中一起商量：“他没有提拔我们，断送了我们的前程，却偏袒苏瓦尔，我们何不把他的丧事变成喜事 ④，葬礼变成宴会 ⑤。”31 也没有事先问问阿尔斯兰的妻子们是怎么回事，他们就兴冲冲地抵达了。他们霸占了阿尔

---

① 所有写本同。To: Kuyuku Kalesi. SOD, AK 缺 . 疑作（mL）：Küjükü Ḥiṣār。不能确定其具体方位。

② 写本不清晰。

③ 这是突厥人和蒙古人一种常见的尊崇某位功勋卓越之人的做法。

④ 见下注。

⑤ （前注及本注）多数写本同；C 写本和 E 写本缺。

斯兰汗的宝库，瓜分了他的财富。他们甚至掳走了阿尔斯兰汗身边的锣鼓和旗帜。

1后来某天，苏瓦尔回来了，他举办了一场盛大的葬礼和吊唁仪 Fol. 600
式。他悲鸣、哭泣，并在阿尔斯兰汗的妻子们面前抽泣，他还为阿尔斯兰汗制定了许多挽歌，让老百姓们哭唱。2挽歌的内容是：“可悲啊，你没有能够让你的异密们满意，否则他们怎么会在你死后夺走你的房子和孩子，你的锣鼓和旗帜！3你死了，我活着还有什么意思！我要自尽，这样就不用眼睁睁地看着江山落入敌人之手了！”喀喇·阿尔斯兰汗听到苏瓦尔的哭泣和哀嚎之后，突然伸出了双手，4敲碎了棺椁，站了起来。妇女们吓死了，都跑走了，因为死人复活了！苏瓦尔却没有逃跑，国王大声说：“我终于了解你的品性和忠诚了！”5苏瓦尔回答：“既然你从阴间回来了，把我也一起带走吧！”喀喇·阿尔斯兰汗抱着他，亲吻他的头和脸，深情地对他说：“真主6把灵魂和生命又赐给了我，不要难过！”苏瓦尔说：“谁能承受这样的考验哪！”国王说：“现在没有时间发牢骚了，快和我的儿子伊利·阿尔斯兰（Il Arslan）7和马哈穆德（Maḥmūd）一起，带上所有的随从，骑马去追那四十个廷臣，把他们带到我的面前来！”

人们把那四十个人带回来了，他们十分懊悔，低着头。国王8向他们怒吼：“你们为何低着头，害怕了吗？”他们回答：“因为我们是罪人。”他说：“你们暗地里对苏瓦尔使的坏，让你们作茧自缚，你们对他作的恶，9让你们自食其果。我的锣鼓和旗帜，都被你们拿到自己家里去了。苏瓦尔来的时候，因为你们的背叛和出于痛苦[1]，他都想自杀了——若不是我从棺材里冒出来。10你们罪该万死！”

---

① 多数写本同；C 写本和 E 写本缺。

他让苏瓦尔去执行他们的死刑。苏瓦尔说：“得到了国王的允许，
62 我要杀了你们，11 以儆效尤，威慑所有的敌人！”他下令，把他们拖到路口，杀一儆百，把他们的眼睛都挖出来，耳朵剪掉，胳膊和腿切开，然后放在路口示众。12 从全国各地过来准备参加国王“葬礼”的人见到异密们陈尸路口，都懵掉了。他们见到 13 喀喇·阿尔斯兰汗的时候，十分诧异，就问是怎么回事。国王说：“他们居心叵测，搞欺骗和阴谋，这就是他们恶行的下场！”他对苏瓦尔说：“你为自己赢得 14 了名誉，为自己鸣冤昭雪。”然后，他向所有人①宣布：“任何撒谎和散布谣言的人，都将受到如此的惩罚。”

他把 15 军队的指挥权、国家的统治权和内府都交给了苏瓦尔。苏瓦尔统治了七十年，德高望重。苏瓦尔去世后，他的儿子们还小。他有 16 一个名为“兀特曼”（ʿUṯmān）②的堂兄弟，在库伦克③登基了，在位十五年。兀特曼去世后，艾斯利（Esli）④继位。由于他是一位年长的、有阅历的人，17 精通世故，在位三年之后，他让儿子沙班汗（Šaʿbān-Ḫān）⑤继位。沙班汗统治了二十二年，去世之后，18 他的儿子图兰汗（Tūrān-Ḫān）⑥继位，统治了十八年。图兰汗去世之后，他的儿子阿里汗（ʿAlī-Ḫān）⑦在养吉干⑧继承了 19 父亲的位子。

---

① 直译：“他的声音到达了整个世界”。

② 所有写本都阙如。此处是根据 AK, 65（To 和 SOD 作 Osman）来补齐的，也不是完全有把握。关于统治时间的叙述，与 R 和 AK 吻合。

③ 参考 Fol. 600ʳ 相关注释。

④ 所有写本都阙如。To: Isli. SOD: Ili(?). AK: Esli. 此处是根据 AK 补齐的，也只是推测性的。

⑤ 所有写本同；To: Şaban Han. SOD 同底本。AK: Šeyban-Ḫan.

⑥ 其他写本同；A 写本不清晰。To, SOD: Turan Han. AK: Buran-Ḫan. 当作（L）：Turan Ḫān。

⑦ ʿAlī-Ḫān 似乎是喀喇汗王朝的阿里特勤（ʿAlī-Tegīn）。参考巴托尔德为《伊斯兰百科全书》第 1 卷（1913 年）撰写的词条 ʿAlī-Tegīn，第 311 页；Pritsak 1950: 216ff.；Pritsak 1953: 405ff.；Pritsak 1954: 23-24；Sümer 1958；SOD, 378; Jahn 1967: 59-60。

⑧ 值得注意的是，阿里汗不是居住在库伦克，也不是像历史上真实的人物阿里特勤那样居住在河中，而是在乌古斯人的古城养吉干。参考 SOD, 378。

阿里汗的统治持续了二十年。他住在阿姆河的一侧，而在另一侧，即贾伊浑（Ǧayḥūn）河谷住着大量的民众 20 和一些处于统治地位的异密们，于是阿里汗让他的儿子克勒只·阿尔斯兰（Qīlīğ Arslān）① 带着四万骑兵去统治这群人。他还把 21 一百八十岁的聿尔都兹·库尔第吉（Jūldūz Q.rdīğī）② 交给克勒只·阿尔斯兰作为辅佐，有事就可以咨询他。库尔第吉同意了。库尔第吉给克勒只·阿尔斯兰佩戴上剑，说他的名字应该改成 22 “克勒齐·阿尔斯兰”（Qïlïč Arslān，汉译者按：突厥语“克勒齐”/*qïlïč* 的意思是“剑”）。

他们到达了呼罗珊，几年之后，克勒齐·阿尔斯兰从一个小孩长大成人了，他总是调皮捣蛋。晚上他到异密女儿们的房子 23 里鬼混。
63 异密们再也忍受不了，直接叫他“沙赫马里克”（Šāhmalik），意思是“破坏法律者”。他们都聚集到“侯爷”（Atabek）库尔第吉身边，向他抱怨，并且危言相逼。③ 24 库尔第吉时常告诫沙赫马里克，并禁止他再捣乱，但是都无济于事。突然，异密们一致决定，把沙赫马里克抓起来。沙赫马里克十分害怕，渡河跑了④。聿尔都兹·库尔第吉也跟他跑了，25 见到阿里汗，很不客气地把他儿子的所作所为告诉了他：“他忘了我的教诲和告诫，才落了如此狼狈的下场。不过，他还年轻。”阿里汗心想，如果我的儿子听到这些责骂，26 他会逃走的。就

---

① 参考 Pritsak 1953: 497-98；SOD, 379；Jahn 1957: 60。根据 R，这里的克勒齐·阿尔斯兰是沙赫马里克在前伊斯兰时期的名字。他的伊斯兰全名是：Taʿrīḫ-i Bayhaq，参考 Pritsak 1953: 407。

② 所有写本同。下文（Fol. 601^{r}）作 Qārdīğī。To: Qurdiçi. SOD: Kuzucu. AK: Kuzïğï. 疑作（mL）：Qurdïğï 或 Qardïğï。似乎这里的 Qurdïčï 对应于伊本·法德兰（Ibn-Faḍlān）书中的屈德尔斤（Küderğin），是一个乌古斯的名号，意思是“执政官或代理人”。参考 Togan 1939: 28, 141; Barthold 1962: 96。

③ A 写本同；其他写本缺。

④ 意思是渡过阿姆河。

说："你撒谎，是你自己纵容他做这些下流之事的！他还小！"

沙赫马里克听说了之后，火速赶来，把他的马作为礼物①，要亲吻他父亲的脚。他父亲却用脚踩着他的头，说：27"抓住这个祸害！"他们把沙赫马里克抓住，关进了地牢。然后，阿里汗召见聿尔都兹·库尔第吉，请求他的原谅，说："请把这个被囚的小家伙送给 28 敌人吧，随他们处死他，这样他们就能解气了！"但是在夜里②，他们却悄悄地商量③："把这个年轻人用这种方式送给 29 敌人处置，是不明智的。他们会杀了他，敌方的士气会高涨，不再顺从我们。他们会将潜藏的不满暴露出来，揭竿而起，向你挑起战事。你已经当众把他给拘起来了，最好 30 找个地方把他藏起来④，然后把我派回去安抚民众的情绪。我就跟他们说⑤：'阿里汗把他的儿子抓起来了，把他交给了我，我把他转交给 31 你们，你们可以泄愤了。你们都回各自的驻地吧！'如果他们不听、不保持克制，至少你的儿子还能活在世上。让一支部队跟着，把他送走，这样他将来可以用武力来 1 镇压（暴乱）！" Fol. 601r

阿里汗觉得这个建议不错，于是派聿尔都兹·库尔第吉骑在一匹阿拉伯马的马背上，迅速出发。深夜里，阿里汗把儿子藏在某一个地方。乌古斯部族的异密们和他们的随从一起 2 聚集到梅尔夫（Merw）、萨拉西斯和法拉木耳赞（Farāmurzān）。其中一些人流散到伊朗境内了。库尔第吉抵达梅尔夫，把情况说明了之后，3 异密们一致宣称："只要阿里汗不杀了他的儿子，我们就不服，就不回到驻地去。"

---

① 原文作 Tegīšmīšī + kardan，意思是"受到某位君主的接见，献上一件礼物"。参考 Doe II, 531-33。

② 见下注。

③ （前注及本注）多数写本同；C 写本和 E 写本缺。

④ 见下注。

⑤ （前注及本注）多数写本同；A 写本和 B 写本作："并且我平息了他们的愤怒，消除了他们的怒气，然后跟他们讲"。

他们当中地位最高的一位异密是柯尼克族的阔尔库特（Q.n.q Q.rġwt）[1]。有人把他派到呼罗珊的城市卜善只（Būšanğ）和梅尔夫去 4 收缴每年的贡赋。当地的民众拒绝缴纳，说："只有你们局势稳定、国王的人选确定了以后，我们才会继续缴纳贡赋。"他们还派出了上
64 千名骑兵 5——阿姆河两岸的民众和随从也上路前往梅尔夫去抵抗。

另一方的异密们中有一位法基赫（Faqīh）（汉译者按：法基赫的意思是指精通伊斯兰教法的专家），他能发现难以觉察的事情和秘密，6 他的名字叫"阿米兰·凯忻"（Amīrān Kāhin）[2]。柯尼克的阔尔库特对他说："请预测一下，我们与阿里汗的战争结果如何？"他思量了一个钟头，说："你们当中会冒出一个人物，他是正义、7 真理和英勇的化身。"

那时，有一位制作帐篷的人，名叫"图克苏密施·伊吉"（Ṭuqsūrmīš Īġī）[3]，是凯勒·库吉霍加（K.rā Kūğī-Ḫōğa）[4]的儿子。他有三个儿子，大儿子是图卡克（D.wāq）[5]，二儿子是图赫鲁（Ṭġrl）[6]，小儿子叫阿尔斯兰。那天夜里，8 他梦到自己肚脐眼长出三棵大树，枝叶茂盛，树梢都已经顶上天了。它们的根深扎地下，枝干耸入云端[7]。

---

① 所有写本都不清晰。To: Qınıq Qırgızıt. SOD: Kayi Korkut. AK: Kayï Kïrkut. 根据字形推断，第一个单词应该写作 q.n.n，读作 Qïnïq，而不是 Qajï，第二个单词应该是 Qïrġut，而非 Qorqut。当作（L）：Qïnïq Qïrġut。

② 所有写本同。To: Amîrân Kâhin. SOD: Emîrân, Mîrân Kâhin. AK: Miran-Kahin.

③ 所有写本同。To: Toksurmuş Elçi. SOD: Toksurmuş Ici. AK: Togurmïš. 疑作（mL）：Toqsurmuš Iġi(?)。在拉施特的《塞尔柱史》（A. Ateš 出版）中，作 Ṭūqsūrmīš，是 K.r.kčī-Ḫōğa 的儿子。在官方历史书写中，这位塞尔柱苏丹的起源是不清楚的。

④ 所有写本同。To: Kere Kuçi Hoca. SOD, 384: Kereküçü Hoca. AK: Keranğe-Ḫōğa. 疑作（mL）：Kere(?) Küğü- Ḫōğa。

⑤ 所有写本同。To: Duvak. AK: Tokat. 似乎是 Duqāq 的讹误，在后文中有 Tūqāq。关于 Tuqaq/Duqaq，参考 Barthold 1962: 99；I. Kafesoğlu 为土耳其语版《伊斯兰百科全书》（1964 年）撰写的词条 Selçuklular，第 353—355 页。I. Kafesoğlu 写作 Dokak。

⑥ 关于 ṭoġrïl，意思是"苍鹰"，参考 Doe III, 346-48。To, SOD: Tuġrul. AK: Toġrul. 当作（L）：Ṭoġrïl。这里讲述的似乎是塞尔柱第一任大苏丹图赫鲁（公元 1039—1063 年在位）。

⑦ 引用《古兰经》第 14 章（Sūre）第 24 节的话，只见于 A 写本、B 写本和 G 写本。

阿米兰·凯忻对他说："这个秘密不要跟任何人说！$_{9}$你有几个儿子？"他回答："我有三个儿子。"阿米兰·凯忻说："你的三个儿子都要成为国王。"这个对他来说，不可置信，因为他很贫穷。

此后，他卖掉了两三顶自己的帐篷，$_{10}$买了绵羊施舍送人。他的三个儿子都很英勇、无畏和果敢，都是优秀的猎手。乌古斯部族的异密们见他们个个精于猎术，$_{11}$就任命他们为狩猎总教头。异密们再次要求赫拉特、哥疾宁、起儿漫，以及呼罗珊其他省份的贡赋，但当地居民再次拒绝了。

图赫鲁（Togrïl）是$_{12}$三兄弟中最能干的一个，他对柯尼克的阔尔库特说："给我几名骑兵，我能把贡赋收缴上来带给你。"柯尼克的阔尔库特给了他一千人。图赫鲁把他们向四方派出，作为前哨，捎去消息："你们为何$_{13}$不缴纳贡赋？看看，一支多如蚂蚁和蝗虫的军队马上就要来临了！"他下令，每一位士兵都要带一袋土，并且不断地刺破袋子。$_{14}$这样，只要他们快马加鞭，尘土就会从袋子里漏出来，弄得尘土飞扬、遮天蔽日。使者散播谣言："图赫鲁苏丹率领一支庞大的军队，要屠杀你们，$_{15}$拘系你们的妻儿。"图赫鲁下令，凡是他下马之处，就燃起熊熊烈火。在他的诡计之下，当地百姓的内心充满了恐惧和害怕，乖乖地缴纳了贡赋。$_{16}$百姓派使者去见图赫鲁，让他不要带军队过来了，他们会缴纳贡赋的。于是，图赫鲁就这样把当地居民的贡赋收缴上来了。之后，他便回去了。

人们搭建起许多豪华的毡房和宜居的帐篷，让图赫鲁做他们的异密[①]和$_{17}$国王。在混乱之中，聿尔都兹·库尔第吉出现了。那时候，他们刚刚把图赫鲁奉为他们的异密。于是，人们把聿尔都兹·库尔第

① C 写本和 E 写本缺。

64 吉带到了图赫鲁的面前。$_{18}$聿尔都兹·库尔第吉肃然起敬。图赫鲁对他说：“我得问问你，你要告诉我实情！”他回答：“我会实话实说。”图赫鲁问他：“你为什么会来到这里？”他回答：“阿里汗把沙赫马里克抓起来了，并把他交给了我，我要把他带给你们泄愤、$_{19}$报仇。他现在正在哈尔坎德（Ḫārkand）的路上，很快就到。”图赫鲁说：“如果你说的是实情，我不会对你怎么样，否则，我会把你折磨$_{20}$致死。”库尔第吉很害怕，就把实情和盘托出了。图赫鲁让他去休息，并派几个人去盯着他。

图赫鲁遣回了一万六千人，$_{21}$说：“不要离开你们的地盘！”然后，他另外遴选出一万四千名士兵。他把其中的六千人送给长兄图卡克（Tūqāq），组建右翼，在两个河谷之间设下埋伏。$_{22}$他又把其中的六千人送给幼弟阿尔斯兰，组建左翼，同样也设下埋伏。图赫鲁自己则率领两千人，与沙赫马里克号称两万的大军作战。沙赫马里克中了圈套之后，图赫鲁的兄弟们从埋伏中冒出来，夹击沙赫马里克的两万大军。他们杀敌无数，抓住了沙赫马里克。$_{23}$之后，图赫鲁与一些显贵的异密们一道凯旋。$_{24}$沙赫马里克被军中的人碎尸万段[1]。图赫鲁说：“任何一位国王都要遵守风俗和礼节规矩。沙赫马里克罪有应得，他做了坏事，伤风败$_{25}$俗！”

阿里汗听说图赫鲁已经成为苏丹了，并且把沙赫马里克杀害了，他抑郁成疾，两年后就过世了[2]。国家在图赫鲁的治理下井然有序，他向各地$_{26}$派遣使者，以正义、公平和善良作为准绳。他从四方征收贡赋。他的兄长图卡克获得了哥疾宁那片地区的统治权，$_{27}$他的幼弟阿

---

① 根据普利查克（O. Pritsak）的研究，历史上的沙赫马里克在公元 1044 年以后于麦克兰（Makrān）去世。（Pritsak 1953: 408）

② 根据普利查克的研究，阿里汗早在 1003 年就已经去世了。

尔斯兰沙（Arslānšāh）成为了罗姆（Rūm）的异密，并占有了那里的政区和人民①。当阿尔斯兰沙前往亚美尼亚时，他派遣了一位名叫“伊利·阿尔斯兰沙”（Īl Arslānšāh）的异密到亚美尼亚 28 和格鲁吉亚的政区去做执政官，以便收取那里的贡赋，并转交给克勒齐·阿尔斯兰苏丹。克勒齐·阿尔斯兰苏丹②前往罗姆，征服了罗姆所有地方的抵抗力量，把每年收缴的贡赋都输送给他在 29 梅尔夫的兄弟苏丹图赫鲁。（汉译者按：这段话的意思是，图赫鲁的幼弟阿尔斯兰［即阿尔斯兰沙］后来去罗姆，成为了“克勒齐·阿尔斯兰苏丹”。）图赫鲁统治了二十年，直到先知③—— 真主保佑他 —— 出现的时代。

他去世了，他的兄弟［图卡克］④ 30 继位，统治了七年。他去世后，杜库尔·叶护（Dūqūr Jawquy）⑤成为国王。这是一个回鹘名号。他统治了十二年。31 他之后，是一位河中地区的贵族当国王。这位当上国王的贵族，在萨曼人的历史中被称为“萨曼-胡达”（Sāmān-
66 Ḫudā）⑥，意思就是所有萨曼人的鼻祖。1 继他之后统治的是阿赫姆，在 Fol. 601v
位若干年⑦。

① 这一段叙事与图赫鲁的侄子阿尔普·阿尔斯兰苏丹（Sulṭān Alp Arslan，1063—1072 年在位）很吻合。

② 似乎是隐射克勒齐·阿尔斯兰（Qïlïč Arslan，1092—1107 年在位），他是苏莱曼·本·库土尔穆施（Sulaymān b. Qutulmuš）的后继者，也是塞尔柱罗姆国的肇建者。（汉译者按：请不要与上文提到的人称“沙赫马里克”的“克勒齐·阿尔斯兰”搞混。）

③ 这里提到的是一种伊斯兰式的叙事方式，塞尔柱早期的统治者（乌古斯的叶护也是如此，见 Fol. 597v），即便不是与先知本人，也要和他同时代的人扯上关系。

④ 根据拉施特《哥疾宁史》（*Ġaznawidengeschichte*, Ahmed Ateş, *Cāmi' al-Tavāvrīḫ*, II, 4, TTKY, III., 4, Ankara, 1957）补齐。根据 AK, 69，图赫鲁的后继者不是图卡克，而是阿尔斯兰。

⑤ 根据拉施特《哥疾宁史》补。

⑥ 把这位当上国王的贵族（“贵族”原文作 'Aṣīl-zāde）与萨曼王朝的先祖萨曼-胡达（Sāmān-Ḫudā）相勘同，似乎是晚期杜撰的。根据 AK, 69，他的儿子和后继者的名号就是 'Aṣīl-zāde。

⑦ 根据拉施特《哥疾宁史》，只有他的名号（SOD, 381: Aġum, Aġım）能够对上，统治时长对不上。根据 AK, 69，他的儿子和后继者名号是 'Aṣīl-zāde。

之后是库克姆-叶护（Kūk.m-Jāwqūy）① 当国王，当时他还是个孩子。国家有一个敌人叫卡拉施特（Qarāšīt）②。在此期间，异密们打理着朝政和发号 $_2$ 施令。突然，卡拉施特率领一支部队来袭，双方展开一场恶战。库克姆-叶护处于下风，敌人把他逼到了毡房前面。他有一个弟弟，当时还是在摇篮里的小婴儿。$_3$ 敌人把小孩抓走，送给了掳掠的人。但是，库克姆的军队再次强大了起来，男男女女都聚集起来，激愤昂扬，追击卡拉施特。$_4$ 他们打击了敌人，并穷追不舍。之后，他们凯旋，以公平与正义治理着国家。

几年之后，曾经的小婴儿给他哥哥送来消息："现在我长大 $_5$ 成人了。请派一支部队过来，凭借这支力量我可以战胜敌人，能把我自己解救出来！"库克姆-叶护给他派了一支部队 ③，与卡拉施特的军队交锋了④。库克姆-叶护的弟弟⑤ $_6$ 在那里被人们称为塞仁克（*Srnk*）⑥。他得以逃脱，与他哥哥派来的部队集合。两军相遇，那是一场激烈的战斗，造成了许多伤亡。$_7$ 最终，他们返回了。部队抵达驻地时，塞仁克拜见他哥哥，亲吻大地，讲述他的经历："在那里，人们给我最高的职位 ⑦ 和把关⑧ 的职位。"库克姆-叶护下令：$_8$"在这里，你有同样的职位！"

库克姆-叶护统治了二十年，突然死掉了。塞仁克把他的哥哥放进棺材，尸体停在家中整整一年，秘不发丧，他自己则形容憔悴地 $_9$

---

① 其他写本同。To: Kökem Yavqu. SOD: Kökūm Yavku. AK: Kukem-Bakuy. 疑作（mL）：Kökem-Jawquy。

② 参考 Fol. 592^r 相关注释。这段记载似乎把两种叙事合二为一了。参考 SOD:383。

③ 见下注。

④ （前注及本注）多数写本同；C 写本和 E 写本脱漏。

⑤ C 写本和 E 写本缺"库克姆 - 叶护的弟弟"。

⑥ 所有写本同。To: Sereng. AK: Serenk. 疑作（mL）：Serenk。

⑦ 原文作 Sarhangī，意思是"某种最高级的职务"。

⑧ 原文作 Darbānī，意思是"守门的职务"。C 写本和 E 写本缺。

守在门口，处理朝政。一年后，异密们过来跟塞仁克说：“你治理国家一年了。倘若你的哥哥还活着，10 把他拿给我们看看！可是，他已经死了，你还想这样隐瞒多长时间？你自己赶紧登基吧！”塞仁克知道了大家对他的统治是满意的，他哭着说：“11 我的哥哥一年前就死了，但是［当时］我们还有数量庞大的敌人，所以我不想公布他的死讯。”于是，他们把他哥哥的尸体抬出来，埋掉了。

塞仁克自己登基了，12 统治了十年。他死后，他的儿子成为了国王。该国王之后，又是儿子继承王位。国王死后，他的儿子马哈穆德·塞布克特勤（Maḥmūd Sebük-Tekin）① 继位，来自于凯伊② 的支系，
67 13 属于［某］部。③ 来自某人的孙子④。他统治了三十年⑤。他征服了印度斯坦的一些地区，他的故事在前面被 14 详细叙述过。⑥

他之后是他的儿子马苏迪（Masʿūd）继位。马苏迪前往古尔干和马赞达兰过冬。而⑦ 图赫鲁苏丹的亲戚和近臣——柯尼克族人塞尔柱（Selǧuq）的儿子们，即查和力-贝克（Čaġrï-Bek）和达武德（Dāwud）在 15 梅尔夫、巴里黑（Balḫ）和赫拉特⑧ 等地统治。当马苏迪向他们索要贡赋时，他们没有缴纳，说：“凭什么要给某些人纳

① 关于哥疾宁的马哈穆德，参考 I. Kafesoğlu 为土耳其语版《伊斯兰百科全书》（1956 年）撰写的词条 Mahmud Gaznevî，第 173-183 页；Bosworth 1963: 44ff.。

② 多数写本同；A 写本和 B 写本缺。哥疾宁的马哈穆德，有葛逻禄的族源，来自巴尔斯汗（Barsẖān）家族。（Bosworth 1963: 39），因此将其与库克姆-叶护联系起来，显然是纯粹的传说。参考 SOD, 383。

③ 部落名称，所有写本都阙如。

④ 根据 M. Ǧūzgānī, *Ṭabaqāt-i Nāṣirī* (Kabul 1355 H.), 267，他的名字是喀喇·贝哲克姆（Qara Bğkm［Beğkem］）。同时参考 SOD, 383, 注 87, 注 89 和 SOD, 384。

⑤ 即公元 999—1030 年。

⑥ 是指拉施特在《史集·哥疾宁史》中叙述过了。参考 Fol. 601^{r} 注 13。

⑦ 见下注。

⑧ （前注及本注）多数写本同；C 写本和 E 写本作：“塞尔柱的亲属、后嗣和氏族统治了梅尔夫、巴里黑和赫拉特地区。”

贡？我们也是皇胄。”

那一年，当$_{16}$马苏迪苏丹去古尔干和马赞达兰去过冬的时候，查和力-贝克和达武德造反了，他们前去征服在哥疾宁的马哈穆德子嗣。马苏迪$_{17}$听说了之后，他率领三万骑兵抵达梅尔夫。柯尼克族人塞尔柱的儿子们送来消息：“明天一早我们会火速地给你缴纳贡赋，并用裹尸布$_{18}$包好。”然后①，同一天，他们还送来礼物②和军粮③。他们要求使者搞清楚马苏迪的起居，也就是说他在哪儿，在干什么。了解清楚之后，他们作了汇报。

$_{19}$查和力-贝克在城门入口处驻扎了一百精兵，约定好在午夜时分——即夜间祈祷的时刻，突然冒出来$_{20}$向敌人发起浴血奋战。午夜时分，祈祷的人念叨：“啊，达武德，我们让你成为人间统帅。”④达武德询问这句话的含义，当他弄明白了之后，他把这句话当作好兆头，$_{21}$又仔细听了一遍。祈祷的人咏唱：“你想抬举谁就抬举谁，想贬低谁就贬低谁。你手里拥有的是美好的。你无所不能！”⑤他又问这些话的意思，当他弄明白了之后，把这些话当作好兆头，变得十分英勇、$_{22}$果敢。他召唤他的兄弟查和力-贝克过来，两人一起充满元气和信念地出城了，攻击来自不同方向的敌人，血战疆场。很快，士兵们就抓住了马苏迪，$_{23}$把他带到了达武德的面前。⑥

塞尔柱来自柯尼克氏族，出自图克苏密施——喀喇·库吉·霍加的儿子，也就是突厥人国王的帐篷制作匠人。

---

① 见下下注。

② 关于 tuzğū，参考 Doe II, 506-8。

③ （前注及本注）多数写本同；C 写本和 E 写本脱漏。关于 tağār，参考 Doe II, 512-19。

④ 参考《古兰经》第 38 章第 25 节。（汉译者按：汉译本《古兰经》是第 26 节。）

⑤ 参考《古兰经》第 38 章第 25 节。（汉译者按：汉译本《古兰经》是第 26 节。）

⑥ 实际上，马苏迪既不是在 1036/1037 年，也不是于 1040 年在登丹坎（Dandānaqān）之败中被塞尔柱的儿子们擒获的。参考 Jahn 1967: 61 及注 65。

花剌子模沙摩诃末苏丹（汉译者按：又译“算端”），他的高祖父
68 是来自噶尔扎的奴施特勤（Nūš-Tekin von Ġarğa）①，24 源自乌古斯部，具体说是贝克迪力的儿子们②。奴施特勤属于塞尔柱苏丹的文官。

乌古斯后裔中成为国王的，都是他五个子孙的子嗣，25 依次是凯伊、雅兹尔、额穆尔、奥沙尔和贝克迪力。此后，突厥人的王统就断了。

萨尔扈里王朝（Salġuriden）的历史③是这样的：沙赫马里克的一位 26 异密，曾是柯尼克族阔尔库特④的随从，名叫撒鲁尔⑤。人们也称他为“迪克力”（Dikli）⑥。沙赫马里克失败的时候，所有的异密们都抵达梅尔夫。撒鲁尔率领一万名骑兵作为随从离开了，27 前往呼罗珊。他们一整年都在库希斯坦、塔巴斯（Ṭabas）和伊斯法罕掳掠。塞尔柱人最终征服这片地区时，28 撒鲁尔加入他们，并为他们效劳很长时间。最后，撒鲁尔的后裔前往法尔斯，占领了这个地区。法尔斯⑦的侯爷，即塔吉克人（Tāzīken）⑧所谓的“萨尔扈里人”，都来源于他。另外一位名为 29 [某人]⑨的异密带走了一千骑兵，他们曾经住在贾伊浑的另一边，冬营在吉拉勒克（Jīlālīk）⑩，夏营⑪在巴尔坎

① 参考柯普律吕（Fuad Köprülü）给土耳其语版《伊斯兰百科全书》（1949）撰写的词条 Hârizmşâhlar，第 265—296 页，尤其是第 266 页；Kafesoğlu 1956: 37ff.。

② 这一点无法确证。参考巴托尔德为《伊斯兰百科全书》第 2 卷（1927 年）撰写的词条 Ḳuṭb al-Dīn Muḥammad Khwārizmshāh，第 1251—1252 页；SOD, 384。

③ 大多数写本都没有 A 写本、B 写本和 C 写本里的标题“萨尔扈里王朝的历史”，直接以“是这样的”开始。

④ 参考 Fol. 601^{r} 相关注释。

⑤ 多数写本作 S.l.uur。C 写本和 E 写本缺。AK: Salor. 从字形上来看，Saluur 似乎来自于 Salġur（在拉施特《乌古斯史》中始终是这样写的，从来没有出现过 Sālġūr）。

⑥ 参考 SOD, 385。

⑦ 关于萨尔扈里家族的侯爷（Atabek），参考 Spuler 1955: 139ff.；Bosworth 1968: 172-73。

⑧ “塔吉克人”是指伊朗的定居民。

⑨ 某人的名讳，所有写本都阙如。

⑩ 所有写本同。这个地方不能确定其具体方位。

⑪ 所有抄本中都没有这“夏营”两字。

山（Bālqān）[1]，属于花剌子模地区。他的儿子们是骨咄禄贝克（Qutluġ-Bek）、卡赞贝克（Qazan-Bek）[2] 和卡拉曼贝克（Qaramān-Bek）。30 他的后裔们一直住在那里。他们是罗姆的突厥蛮人，跟卡拉曼、阿史拉夫（Ašraf）和其他部族一样。塞尔柱人图赫鲁苏丹前往罗姆时，有两万名突厥蛮骑兵跟着他[3]。31 他返回时，他们留在了罗姆。他们的异密和首领是阿尔斯兰苏丹，来自于柯尼克氏族[4]。还有一位来自雅兹尔支系 E–F
的大[5] 异密，在乌古斯人衰落以及沙赫马里克灭亡之际，和阿里汗的 641^r
儿子们一起前往雅兹尔[6]，在希萨尔山（Ḥiṣār Ṭāq）上驻扎下来，留在了那里。他们的后裔一直生活在那里。

唯独真主知道真相！

到这里，乌古斯和他后人的故事就结束了，突厥人苏丹和国王的记载也终止了。

赞颂真主！

---

① 即里海东岸的巴尔坎山（Balchan-Berge）。参考 Barthold 1962: 108 注 5。

② 写本都作 Qaran-bek，正确的形式是 Qazan-bek。

③ 参考 Fol. 601^r，注 6。（汉译者按：此处的注 6 是德译本的注释编号，指 Fol. 601^r 关于 ṭoġrïl 的那条注释。）

④ 参考 SOD, 385。

⑤ C 写本和 E 写本缺；C 写本在此中断了，另请参考 F 写本的 Fol. 641，第 19—20 行。

⑥ 根据哈马达拉·穆斯陶菲·加兹维尼（Ḥamd-Allāh Mustawfī Qazwīni），《心灵的喜悦》(*Nuzhat-al-Qulūb*), ed. G. Le Strange (Leyden-London 1919), 159，这是一座中型城市。同时参考 Boyle 1958 vol. 1, 151, 注 6。

参考文献

71 Atalay, Besim: *Divanü Lûgat-it-Türk*, I-III, (Ankara 1939-1941).

AAH: Acta Archaeologica Academiae Scientiarum Hungaricae.

Abajew, W.: *Osetinskij jazyk i fol'klor*, (Moskwa 1949).

AM: Asia Major.

AO: Ars Orientalis.

ArOr: Archiv Orientální.

Ata-Malik Juvaini: *The History of the World-conqueror*. Tranl. from the Persian bz John Andrew Boyle, 2 vol., (Manchester 1958).

Ateş, A.: *Raşīd al-Dīn Fażlallāh, Cāmī'al-Tavārīḫ* (uetin). II cild, 4. cüz. Saltan Mahmud ve devrinin tarihi, (Ankara 1957).

Ateş, A.: *Raşīd al-Dīn Fażlallāh, Cāmī'al-Tavārīḫ*, (metin). II cild, 5. cüz. Selçuklular Tarihi, (Ankara 1960).

AÜDTCFD = Ankara Üniversitesi Dil – ve Tarih-Coğrafya Fakültesi Dergisi.

Bailey, H. W.: A Khotanese text concerning Turks in Kanṭṣou, (in: AM, I, 1949/1950), 28-52.

Bang, W. – Rachmati, G. R.: Die Legende vom Oghuz-Kaghan, (in: SPAW, Phil-hist. Kl., XXV, 1932, 1-44).

Bangoğlu, Tahsin: Oğuz lehçesi üzerine, (in: TDAYB, 1960, 23-48).

Barthold, W.: *Turkestan down to the Mongol invasion*, (London 1928).

Barthold, W.: *Zwölf Vorlesungen über die Geschichte der Türken Mittelasiens* (Berlin 1935).

Barthold, V. V.: A History of the Turkman people, (*Four Studies on the History of Central Asia*, III, Leiden 1962).

Barthold, W.: *Tureckij epos i Kawkaz*, (Sočiněnija, V, Moskwa, 1968, 473-86).

Barthold, W.: Artikel in: EI.《伊斯兰百科全书》

Bazin, Louis: Notes sur les mots „oġuz“ te „türk“ , (in: *Oriens*, 6, 1953, 2, 315-22).

Belleten: *Türk Tarih Kurumu Belleten*.

Blochet, E.: *Catalogue des manuscripts persans de la Bibliothèque Nationale*, (Paris 1905-12).

Bombaci, A.: *Histoire de la Littérature Turque*, (Paris 1968).

Bosworth, C. E.: *The Ghaznavids*, (Edinburgh 1963).

Bosworth, C. E.: The political and dynastic history of the Iranian world (A. D. 1000 - 1217), (*The Cambridge History of Iran*, V, 1968, 1-202).

Boyle, J. A.: *ʿAta-Malik Juvaini: The History of the World-Conqueror*. Transl. from the Persian by J. A. Boyle, 2 vol., (Mancheser 1958).

Boyle, J. A.: Dynastic and political history of the Īk-Khans, (*The Cambridge History of Iran*, V, 1968, 303-421).

Bretschneider, E.: *Mediaeval Researches from Eastern Asiatic Sources* …, 2 vol., (London 1910).

Brockelmann, C.: Maḥmūd al-Kāšgharī über die Spracheu und Stämme der Türken im ll. Jahrh., (in: KCSA, I, l, 1921, 26-40).

Brockelmann, C.: Volkskundliches aus Altturkestan, (in: AM, II, 1924, 110-124).

BSOAS: *Bulletin of the School of Oriental and African Studies*. London.

Caferoğlu, A.: La littérature turque de l'époque des Kara Khanides, (in: *Philologiae Turcicae Fundamenta*, II, Wiesbaden 1964, 267ff.).

Cahen, Cl.: La campagne de Mantzikert d'après les sources musulmans, (in: *Byzantion*, IX, 1934, 613-42).

Cahen, Cl.: *La Syrie du Nord à l'époque des croisades et la principauté franque d'Antioche*, (Paris 1940).

Cahen, Cl.: Les tribus turques de l'Asie Occidentale pendant la période Seldjukide, (in: WZKM, LI, 1948-52, 178-87).

Cahen, Cl.: Le Malik-nâmeh et l'histoire des origines seldjukides, (in: *Orients*, II, 1949, 31-65).

Cahen, Cl.: Art. „*Ghuzz*", (in: EI, II, Paris 1965, 1132-36).

CAJ: *Central Asiatic Journal*.

CAS: *Central Asiatic Studies* ('s-Gravenhage).

Chadwick, N. K. - Žirmunskij, V. M.: *Oral epics of Central Asia*, (Cambridge 1969).

Çığ, K.: Türk ve Islâm Eserleri Müzesındeki minyatürlü kitapların kataloğu, (in: ŞM, III, 1959, 51-90).

Doblhofer, E.: Byzantinische Diplomaten und östliche Barbaren, (in: *Byzantinische Geschichtsschreiber*, IV, Graz 1955).

Duda, Herbert W.: *Die Seltschukengeschichte des Ibn Bībī*, (Kopenhagen 1959).

EI: *Enzyklopaedie des Islām*.

Erdmann, Franz von: *Temudschin der Unerschütterliche*. Nebst einer geographisch-ethnographischen Einleitung und den erforderlichen besonderen Anmerkungen und Beilagen, (Leipzig 1862).

72 Esin, E.: The Turco-Mongol monarch representation and the Cakravartin, (in: *Proceedings of the XXVI. Congress of Orientalists*, II, New Delhi, 1969).

Esin, E.: Two miniatures of the museum of Topkapı, (in: *Survey of Persian art*, XV/1, 1968).

Ettinghausen, Richard: On some Mongol miniatures, (in: *Kunst des Orients*, III, 1959, 44-65).

Findeisen, H.: *Schamanentum, darge-stellt am Beispiel der Besessenheits-priester nordeurasiatischer Völker*, (Stuttgart 1957).

Gabain, A. von: Alttürkische Grammatik, (Leipzig 1941).

Gabain, A. von: Steppe und Stadt im Leben der ältesten Türken, (in: *Der Islam*, XXIX, 1949, 30-62).

Gabain, A. von: Hunnisch-türkische Beziehungen, (in: *Z. V. Togan'a Armağan*, Istanbul 1950-1955, 14-29).

Gardīzī, Abū Saʿīd: *Kitāb Zain al-Aḫbār*, ed. M. Nāẓim, (Berlin 1928).

Giraud, R.: L'empire des Turcs célestes, (Paris 1960).

Giraud, R.: L'inscription de Baïn-Tsokto, (Paris 1961).

Grabar, Oleg: The visual arts, 1050-1350, (*The Cambridge History of Iran*, V, 1968, 626-658).

Grantowsky, E.: Indoiranische Kastengliederung bei den Skythen, (*XXV. Intern. Orientalisten Kongreß*, Moskau 1950, Separatdruck).

Grégoire, H.: Les Arméniens entre Byzance et l'Islam, (in: *Byzantion*, X, 1935, 665-67).

Harmatta, J.: The golden bow of the Huns, (in: AAH, I, 1951, 107-51).

Harva, U.: *Die religiösen Vorstell-ungen der altaischen Völker* (Helsinki

1938).

Haussig, H. W.: Theophylakts Exkurs über die skythischen Völker, (in: *Byzantion*, XXIII, 1953, 275-462).

Hommel, Fritz: Zu den alttürkischen Sprichwörtern, (in: AM, Probeband, 1923, 182-93).

Houtsma, M. Th.: Die Ghuzenstämme, (in: WZKM, II, 1888, 219-33).

IA = *Islâm Ansiklopedisi.*

Ibn al-Atīr: *al-Kāmil fī-t-Ta'rīḫ*, ed. C. I. Tornberg, (Leiden 1867-87).

Inal, G.: Some minatures of the Jāmi'al-Tavārīkh in Istanbul, Topkapı Museum, Hazine Library no. 1654, (in: AO, V, 1953, 163-175).

Inan, Abdülkadir: *Tarihte ve bugün Şamanizm*, (Ankara 1954).

Işiltan, F.: *Die Seldschuken-Geschichte des Aḳserāyī*, (Leipzig 1943).

IÜEFTDED: *Istanbul Üniversitesi Edebiyat Fakültesi Türk Dili ve Edebiyatı dergisi.*

JAH: *Journal of Asian History.*

Jahn, K.: The Yugas of the Indians in Islamic historiography, (in: *Der Islam*, 33, 1957, 127-34).

Jahn, K.: Zu Rašid al-Dīn's „Geschichte der Oğuzen und Türken", (in: JAH, I, 1, 1967, 45-63).

Jahn, K.: Die ältesten schriftlich überlieferten türkischen Märchen, (in: CAJ, XII, 1, 1968, 45-63).

Jakubowskij, A. Ju.: *Istorija narodow Uzbekistana*, I, (Taschkent 1957).

Jirmunskiy, V. M.: *Žirmunskij, W. M.*

Kafesoğlu, I.: Hârizmşâhlar Tarihi (TTK, Ankara 1956).

Kafesoğlu, Ibrahim: Selçuklular, (in: IA, 104-5, Istanbul 1964-5).

Karatay, F. E.: *Topkapı Sarayı Müzesi Kütüphanesi Farsça Yazmalar Kataloğu*, (Istanbul 1961).

KCsA: *Körösi Csoma Archivum.*

Kilisli Rifat: *Divanü lûgat-it-Türk*, 3 vol., (Istanbul 1915-17).

Köprülü-zâde Fuad – I. Kafesoğlu: Art. „Salur", (in: IA, 101, 1964, 136-38).

Köprülüzade, M. Fuat: Oğuz etnolojisine dair tarihî notlar, (in: TM, I, 1925, 1-20).

Köymen, A.: *Büyük Selçuklu imparatorluğunun kuruluşu*, (Ankara 1957).

Kononow, A. N.: *Rodoslownaja Turkmen. Sočiněnije Abu-l-Gazi Chana Chiwinskogo*, (Moskau-Leningrad 1958).

László, Gy.: The significance of the Hun golden bow, (in: AAH, I, 1951, 91-106).

Lech, Klaus: Das mongolische Weltreich. Al-ʿUmarī's Darstellung der mongolischen Reiche in seinem Werk Masālik al-abṣār fī mamālik al-amṣār. Mit Paraphrase und Kommentar hrg. von Klaus Lech, (in: *Asiatische Forschungen*, 22, Wiesbaden 1968).

De Lorey, E.: L'Ecole de Tabriz, (in: *Revue des Arts Asiatiques*, IX, 1935).

Maḥmūd al-Kāšġarī: cf. Atalay, B. und Kilisli Rifat.

Menges, K. H.: Der Titel كورخان der Qara Qytaj, (in: UAJ, XXIV, 1952, 3-4, 85-89).

Minorsky, V.: *Sharaf al-Zamān Ṭāhir Marvazī on China, the Turks and India*, (London 1942).

Minorsky, V.: Ḥudūd al-ʿĀlam "The Regions of the World". A Persian geography 372 A. H. – 982 A. D., (GMS., XI, London 1937).

Minorsky, V.: *A history of Sharvān and Darband in the* 10th-11th *centuries*, (Cambridge 1958).

Moravcsik, G.: *Byzantinoturcica*. I: Die byzantinischen Quellen der Geschichte der Türkvölker, (Budapest 1942).

Niẓāmuddīn šāmī: *Ẓafarnāma*. Edition critique par F. Tauer, I, (Praha 1937); II, (Praha 1956).

Ögel, B.: Islamiyetten önce Türk Kültür Tarihi Orta Asya Kaynak ve Buluntularına göre, (in: TTKY, VII. seri, 24, Ankara 1962).

Pelliot, Paul: *Notes sur l'histoire de la Horde d'Or*, (Paris 1950).

Pelliot, Paul: *Notes on Marco Polo*, 2 vol., (Paris 1959, 1963).

73 Pelliot, Paul: Sur la légende d'Oguz-Khan et écriture ouigoure, (in *T'oung Pao*, XXVII, 1930, 4-5, 247-538).

Pelliot, P. et Hambis, L.: *Histoire des campagnes de Gengis Khan*. Cheng-Wou Ts'ing-Tcheng-Lou. Traduit et annoté par P. Pelliot et L. Hambis, I, (Leiden 1951).《圣武亲征录》

Pritsak, Omeljan: Karachanidische Streitfragen, (in: *Oriens*, III, 1950, 209-28).

Pritsak, O.: Stammesnamen und Titulaturen der altaischen Völker, (in: UAJ, XXIV, 1952, 1-2, 49-104).

Pritsak, Omeljan: Der Untergang des Reiches des oġuzischen Yabġu, (in: *Mélanges Fuad Köprülü*, 1953, 397-410).

Pritsak, Omeljan: Die Karachaniden, (in: *Der Islam*, 31, 1954, 17-68).

Rašīd ad-Dīn: 参考缩略语部分

Rieu, Charles: *Catalogue of the Persian Manuscripts in the British Musuem*, I, (London 1879).

Rypka, Jan: *History of Iranian literature*, (Dordrecht 1968).

SA: *Studia Islamica.*

Šastina, N. P.: *Džiowanni del' Plano Karpini, Istorija Mongolow — Gil'om de Rubruk*, Putešestwije w wostočnyje strany, (Moskwa 1957).

Ščerbak, A. M.: *Oguz-name — Muchabbat-name*, (Moskwa 1959).

Schmidt, Wilhelm: *Der Ursprung der Gottesidee*, 12 Bde., (Münster 1926-1955).

SI: *Studia Islamica.*

Sinor, Denis: *Introduction a l'étude de l'Eurasie Centrale*, (Wiesbaden 1963).

Sinor, Denis: Oğuz Kağan destanı üzerinde bazı mülâhazalar, (in: IÜEFTDED, IV, 1-2, 1950, 1ff).

Skelton R. A.: *The Vinland Map and the Tartar relation* (New Haven-London 1965).

ŞM = *Şarkiyat Mecmuası.*

Spuler, Bertold: *Iran in Früh-islamischer Zeit*, (Wiesbaden 1952).

Spuler, B.: *Die Mongolen in Iran*, (Berlin 1955).

Spuler, Bertold: Geschichte Mittelasiens seit dem Auftreten der Türken, (in: *Handbuch der Orientalistik*, 5. Bd., 5. Abschn.: „Geschichte Mittelasiens ", 123-310, Leiden/Köln 1966).

Storey, C. A.: *Persian Literature. A bio-bibliographical survey*. Section II. Fasc. 1, (London 1935).

Sümer, F.: Bozoklu Oğuz boylarına dâir, (in: ADTCD, XI, 65-103).

Sümer, Faruk: X. yüzyılda Oğuzlar, (in: AÜDTCFD, XVI, 3-4, 1958, 131-162).

Sümer, Faruk: Oğuzlar'a ait destanî mahiyetde eserler, (in: AÜDTCFD, XVII,

3-4, 1961, 359-456).

Sümer, Faruk: *Oğuzlar* (Türkmenler). Tarihleri Boy Teşkilâtı-Destanları, (Ankara 1967).

SW: *Sowetskoje Wostokowedenije.*

Tauer, F.: Les manuscripts persans historiques des bibliothèques de Stamboul, (in: AO, III, IV, Prague 1931-32).

TDAYB: *Türk Araştırmalrı Yıllığı Belleten.*

TKAE: *Türk Kültürü Araştırma Enstitüsü.*

TM: *Türkiyat mecmuası.*

Togan, A. Z. V.: Ibn Faḍlān's Reisebericht, (in: AKM, XXIV, 3, Leipzig 1939).

Togan, Z. V.: Die Vorfahren der Osmanen in Mittelasien, (in: ZDMG, 95, 3, 1941, 367-373).

Togan, A. Z. V.: *Umumî Türk tarihine giriş*, I, (Istanbul 1946).

Togan, Z. V.: „Ebülgâzî Bahadır Han ", (in: IA, IV, 1948, 79-83).

Togan, A. Z. V.: *Tarihde usul*, (Istanbul 1950).

Togan, Z. V.: "Reşîd-üd-Dîn Tabîb" , (in: IA, 98, 1963, 705-12).

Togan, Z. V.: *On the miniatures in Istanbul libraries*, (Istanbul 1963).

Togan, Z. V.: Topkapı Sarayındaki dört cönk, (in: *Islâm Tetkikleri Enstitüsü Dergisi*, I, 1953, 52-102).

Tolstow, S. P.: Goroda guzow, (in: SE, 1947, 3, 52-102).

Tolstow, S. P.: *Drewnij Horezm*, (Moskwa 1949).

TS = Tjurkologičeskij Sbornik.

TTK: *Türk Tarih Kurumu.*

TTKB: *Türk Tarih Kurumu Belleten.*

Turan, Osman: Eski Türklerde okun hukukî bir sembol olarak kullanılması, (in: *Belleten*, IX, 35, 1945, 305-18).

Turan, Osman: The ideal of world domination among the Medieval Turks, (in: SI, IV, 1955, 77-90).

Turan, Osman: Selçuklular tarihi ve Türk-Islâm medeniyeti, (in: TKAE, 7, III, A 1, Ankara 1965).

Turan, Osman: *Türk cihân hâkimiyeti mefkûresi tarihi*, (Istanbul 1969).

Turan, Osman: Ilig unvanı hakkında, (in: TM, 7-8, 1942, 192-99).

UAJ: *Ural-Altaische Jahrbücher*.

Wittek, P.: Der Stammbaum der Osmanen, (in: *Der Islam*, XIV, 1925, 94-100).

Wittek, P.: L'histoire des Turcs de Roum, (in: *Byzantion*, 11, 1936, 285-319).

Wittek, P.: Le Sultan de Rum, (in: *l'Annuaire de l'Institut de Philologie et d'Histoire Orientales et Slaves*, VI, 1938, 1ff.).

Wittek, Paul: Yazijioghulu ʿAlī on the Christian Turks of the Dobruja, (in: BSOAS, XIV, 1952, 639-668).

Wittek, P.: *The rise of the Ottoman empire*, (London 1958).

WZKM: *Wiener Zeitschrift für die Kunde des Morgenlandes*.

Žirmunskij, W. M.: Sledy oguzow w nizow'jach Syr-dar'i, (in: TS, I, 1951, 93-102).

Žirmunskij, W. M.: "Kitabi Korkut" i oguzskaja epičeskaja tradicija, (in: SW, 1958, 4, 90-102).

ZWOIRAO = *Zapiski wostočnago otdelenija Imperatorskago, russkago archeologičeskago obščestwa*.

索　引*

74 Abraham, Patriarch 亚伯拉罕 38 注

Abstammungssagen 起源叙事 47 注

Abulğa-Ḫān 阿布尔扎汗 17 注

Abū'l-Ġāzī, Ḫān von Chiwa 希瓦汗阿布尔-哈齐 8

Adam 始祖亚当 37, 38

'*Adntlmān* 阿登特曼 49, 49 注

adar“大”29, 29 注

Āḏarbājān, 见 Āḏarbāyğān

Āḏarbāyğān 阿塞拜疆 29

Ägypten (Miṣr) 埃及 31, 37, 38

Ägypter 埃及人 37, 38

adïr“山丘”298

Aġum ('Aġm) 阿赫姆 66, 66 注

Aġuri (Aġūrī)，见 Arguri

Aḥmed 艾哈迈德，布格拉汗（Buqra-Ḫān）之子 56 注

Akori, 见 Arguri

Aladaq, 见 Alataq

* 汉译者按：索引中的数字是指德文原页码，即本书的左边码，“注”是指“注释”。

Ala-jontlï (Ālā-jūntlī) 阿拉-君特勒，塔克汗（Ṭāq-Ḫān）之子 46, 46 注

Alan (Ālān) 阿兰，雅兹尔（Jazīr）部落首领 49, 49 注

Alas(š) Oglï Olsun (Āl.s[š] Ūqlī Ūlsūn 阿莱斯・兀克力・兀尔逊 49, 49 注

al'at (< *ala at*) 斑驳的马 50 注

Alataq (Ālātāq) 阿拉塔克山 21, 29, 30

Ala-Tau 阿拉套（准噶尔）21 注

Ala-Tau 阿拉套山 17 注

Al'-Atlï Kiši (Ās) Donlu Qajï Inäl-Ḫān (Āl Atlī Kīšī Dūnlī Qājī Īnāl Ḫān) 阿尔-阿特利-柯西（阿斯）-敦鲁-凯伊-伊涅汗；阿尔-阿特利-柯西（阿斯）-敦里-凯伊-伊涅汗 50, 50 注 , 51

ʿAlī 阿里，布格拉汗之子 56 注

ʿAlī-Ḫān 阿里汗 62, 62 注 , 63, 64, 65, 65 注 , 68

Almalïq ('Almālīq) 阿力麻里（城市）21, 23, 24, 48, 48 注

Alp Arslan 阿尔普・阿尔斯兰，塞尔柱苏丹 31 注 , 65 注

Alp Ṭawġāč-Ḫān (Alp Ṭawġāğ Ḫān) 阿尔普・桃花石汗 56, 56 注

Alqaraulï ('Alqarāūlī) 阿尔卡拉乌里，昆汗（Kün-Ḫān）之子 45, 45 注

ʿAlūdāq 阿鲁达克（地名）21

Amīrān Kāhin 阿米兰・凯忻 64

Amū-Darjā (Oxus) 阿姆河（乌浒水）22, 62

Āmul 阿穆尔（城市）41

Andar az Qïpčaq 地名 44 注

Anṭākiya，见 Antiochia

Antiochia (Anṭākiya) 安条克 31, 31 注 , 32, 36, 36 注 , 37

antlïq ('antlīq) "结义兄弟" 58, 58 注 , 59

Antlïq Sarïqïlbaš 安特勒克·萨热克尔巴什 58, 59

Aq-qaja (Aq q.jā) 阿卡-喀牙（地名）23, 23 注

Aqtaq (Āqtāq) 阿克塔克（山）48, 48 注

Ararat 阿拉拉特山 29 注

Aras 阿拉斯（河流）30

Arbela (Irbīl) 阿尔贝拉（城市）31

Ardebīl 阿尔德毕尔（行省）31 注

Arguri 阿扈里，阿拉拉特山北缘的村落 29, 29 注

arïqlï ('ar.qlī) "野羊" 28, 28 注

Arïqlï Arslan-Ḫān ('Arīqlī Arslān Ḫān) 阿里克力·阿斯兰汗 55, 55 注 , 56

Arrān 阿尔兰（地名）29, 30

Arslan 阿尔斯兰，图克苏密施·伊吉（Toqsurmuš Iği）之子 64, 65

Arslan-Ḫān 阿尔斯兰汗 60, 60 注

Arslan-Sulṭān 阿尔斯兰苏丹 65 注 , 68

'Artāq, 见 Ortaq

ās 银鼬 50, 50 注

āš-i Buqra-Ḫānī "布格拉汗汤" 57, 57 注

'Aṣīl-zāde "贵族" 65 注

Ašraf 阿史拉夫 68

Astarābād 阿斯塔拉巴德（城市）41

Atabeke von Fārs 法尔斯的侯爷 68

Atạlarsözü "谚语" 52, 52 注

Atbasar 阿塔巴萨尔（地名）48 注

Atil, 见 Itil

Auğān 奥罕（地名）29

Awšar (Awšār) 奥沙尔，聿尔都兹汗（Julduz-Ḫān）之子 45, 45 注 , 68

Ay (Āy) 艾，乌古斯之子 32, 32 注 , 34, 45

Ayne (Īn.h) -Ḫān 阿依内汗 53, 53 注 , 54

Baʿalbek 巴尔贝克（城市）38

Bādġīḏ 巴德吉斯（城市）42, 42 注

Baġdād 巴格达 29, 30, 31, 38, 39, 49

bājān"拜疆" 29

Bajat (Bājāt) 巴雅特，昆汗之子 45, 45 注 , 50, 51

Bajïndïr (Bāj.ndūr) 巴音都尔，库柯汗（Kök-Ḫān）之子 46, 46 注

Balchan-Berg, 见 Balqan-Berg

Balḫ 巴里黑 67, 67 注

Bal-Ḫātun (Bāl-Ḫātūn) 巴尔哈敦 60, 60 注

Balkan 巴尔干 33 注

Balqan (Bālqān)-Berge 巴尔坎山 68, 68 注

Bāqbāq 巴克巴克（地名）48 注

baraq 24 注

Barsḫān 巴尔斯汗，葛逻禄部落 59 注 , 66 注

Basar Qarï (Bāsār Qārī) 巴萨尔-卡里（地名）48, 48 注

Baschkiren 巴什基尔人 22 注

Bašġïrd (Bāšġ.rd) 巴什基尔 22, 22 注 , 48, 49

Bāšġurd 巴什基尔境内的山 48 注

Baṣra 巴斯剌（城市）38, 39, 42, 49

Batbak 巴特巴克（地名）48 注

Bāward 巴瓦尔德（城市）42

Baybars 巴依巴尔斯，苏丹 31 注

baykan/bājkān 29 注

Bayra-Ḫatun (Bāyr.h-Ḫātūn) 巴依尔哈敦 57

Bečene, 见 Beǧene

Beǧene (Bīǧ.n.h) 贝只纳，库柯汗之子 46, 46 注

Bek-dili (Bīk-d.lī) 贝克迪力，聿尔都兹汗之子 45, 45 注 , 68, 68 注

bitik“书吏、书信”33 注

bilig noyan 毕力格-诺颜 23, 23 注

Bogen“弓”43, 43 注

Boġra-Ḫān, 见 Buqra-Ḫān

Borsuq (Būrsūq) 布尔苏克（城市）17, 17 注 , 48

Bošï-Ḫōǧa (Būšī Ḫōǧa) 博士・霍加 23, 23 注 , 26, 39

Boz-qaja (Būz qājā) 布兹卡亚（地名）48, 48 注

Bozuq (Būzūq) 卜阻克，乌古斯部落联盟 8, 43, 43 注 , 45, 48

Bükdüz (B.kdūz) 布克都兹，腾吉斯汗（Denkiz-Ḫān）之子 46, 46 注

Buġra-Ḫān, 见 Buqra-Ḫān

Buḫārā 布哈拉（城市）20, 43, 56 注

Bulǧa-Ḫān 17 注

Bulgarenland 不里阿耳 60 注

Buqra-Ḫān 布格拉汗，喀喇汗之子 56, 56 注 , 57, 58, 59, 60

Burï-Tegin 布勒特勤 56 注

75 Burkan-Kaldun 不儿罕-哈里敦 21 注

būrqān 布尔汗（草）21, 21 注

Būrqānlūtāq 布尔汗鲁塔克（山）21, 21 注

Būšanğ 卜善只（城市）63

Būšī- Ḫōğa, 见 Bošī-Ḫōğa

Būz-qājā, 见 Boz-qaja

Buzurgān "先辈们" 58, 58 注

Byzantiner 拜占庭人 33, 34, 35, 36

Byzantiner-Land (-Reich) 拜占庭帝国 35

Byzanz 拜占庭 35

Čaġrī-Bek 查和力 - 贝克，塞尔柱之子，来自柯尼克氏族 67

Čawuldur (Čāw.ldūr) 查瓦氏尔，库柯汗之子 46, 46 注

Čepni (Čībnī) 赤毕尼，库柯汗之子 46, 46 注

Chaladsch, 见 Ḫalağ

Chazarenreich 哈扎尔汗国 60 注

Čīn 秦；（北）中国 21

Dahistān 达希斯坦（地名）41, 42

Damaskus (Dimišḳ) 大马士革（城市）31, 36, 37, 38

Damaszener 大马士革人 37, 38

Damqaq (D.mqāq) 达马克，撒鲁尔氏族 50, 50 注

Dandānaqān 登丹坎（城市）67 注

darbānī, 守门官 66, 66 注

Dāwud 达武德，塞尔柱之子，来自柯尼克氏族 67

Demāwend 德玛文（山）41, 42

Dengiz, 见 Tengiz

Derbend 打耳班（哈扎尔境内城市）26 注 , 27, 28, 44

Dēw Qājasï (Dīw Qājāsī) 氐夫 · 卡加斯（山）58, 58 注

D(Ḏ)ib (D[Ḏ]īb) 狄普 18

Dib-Bakuy, 见 D(Ḏ)ib Jawquy 18 注

D(Ḏ)ib Ğenksü (D[Ḏ]īb Ğ.nksū) 49, 49 注

D(Ḏ)ib Jawquy-Ḫān 狄普-叶护汗，昆汗之子 48, 49

D(Ḏ)ib Jawqu(y)-Ḫān (D[Ḏ]īb Jāwqū[y] Ḫān) 狄普-叶护汗，乌尔札伊汗（Ulğay- Ḫān）之子 18, 18 注

Dijār-Bakr 迪亚尔-巴克尔（城市）29, 30, 31, 38

Dikli (Dīklī) 迪克力 68, 68 注

Dīwān Luġāt at-Turk《突厥语大词典》8

Döker (Dūkār) 多科尔，艾汗（Ay-Ḫān）之子 45, 45 注

Dönke (Dūnk.h) 敦克，来自于伊狄尔（Iydir）氏族 50, 50 注

Dönker (Dūnk.r) 敦克尔，来自巴音都尔（Bajïndïr）氏族 50, 50 注

Dürkeš (Drkš) 德尔克施 49, 49 注

Drache“龙”58, 59

Duqaq, 见 Tuqaq

Dūqūr Jawquy 杜库尔 · 叶护 65, 65 注

Durdurġa (Dūrdūrġ.h) 杜尔度赫，艾汗之子 45, 45 注

D.wāq, 见 Tuqaq

Elig 伊利克 42, 42 注

Elig 伊利克，葛逻禄君主名号 42 注

El-Tegin, 见 Il-Tekin

Emür (Īmūr) 额穆尔，塔克汗之子 46, 46 注

Endek ('And.k) 恩德克（沙漠）58, 58 注

Erki ('Arkī)-Ḫān 阿尔奇，来自巴音都尔氏族的敦克尔之子 50, 50 注 , 51, 52, 53

Erqïl-Ḫōğa (Īrqīl Ḫōğa) 伊尔克勒–霍加 44, 44 注 , 45, 46, 47

Esli 艾斯利 62, 62 注

Farāmurzān 法拉木耳赞（地名）63

Fārs 法尔斯（地名）68

Firdausī 菲尔多西 60, 60 注

Franken 富浪人 33, 33 注 , 34, 35, 36

Franken-Land (-Reich) 富浪帝国 34, 36

Ğāmiʿ at-Tawārīḫ des Rašīd ad-Dīn 拉施特的《史集》7, 12

Ġarğa 噶尔扎（地名）68

Ġarğistān 加尔吉斯坦（地名）22, 42

Ğayḥūn 贾伊浑（阿姆河）62, 68

Ġazna 哥疾宁（城市）22, 64, 65, 67

Ġaznawiden 哥疾宁王朝 9

Ğebni, 见 Čepni

gečige/gēčigä“援军”32, 32 注

Die Geheime Geschichte der Mongolen《蒙古秘史》9

Ğenksü (Ğ.nksū) 珎克苏 49, 49 注

Georgien 格鲁吉亚 29, 30

Georgier 格鲁吉亚人 30

Gülân 居兰（城市）60 注

Gür-Ḫān 菊儿汗，参狄普–叶护之子 18, 18 注 , 19, 20

Ġūr 古尔（地名）22, 42

Gurgān 古尔干（地名）41, 42, 67

Gurğistān, 见 Georgien

Ġūṭa 古沓（地名）38

Ğūzğānī, M. 术兹贾尼（史家）67 注

Ḥāfiẓ-i Abrū 哈菲兹·阿布鲁（史家）11, 12, 13

Ḫalağ 卡拉赤（民族）41, 41 注

Hamadān 哈马丹 40

Ḥamd-Allāh Mustawfī 哈马达拉·穆斯陶菲·加兹维尼，《心灵的喜悦》（*Nuzhat al-Qulūb*）一书的作者 书中多次提及，不逐一列举

Ḫāqān［西突厥］可汗 31 注

Ḫārkand 哈尔坎德（行省）65

Herāt 赫拉特（城市）42, 64, 67, 67 注

Hindustān, 见 Indien

Ḥiṣār Ṭāq 希萨尔山 68

Ḫitay (Ḫitāy) 乞台（北中国）46, 46 注

Ḫōğa (Ḫwāğa) 霍加 23, 23 注

Ḫorāsān 呼罗珊（地名）41, 42, 64, 68

Ḥudūd al-ʿĀlam《世界境域志》21 注

Hunnen 匈人 43 注

Ḫūzistān 扈兹斯坦（地名）39

Ḫwārizm 花剌子模 20, 68

Ibn al-Aṯīr 伊本·阿西尔（史家）43 注
Ibn-Faḍlān 伊本·法德兰 62 注
Iconium (Konia) 科尼亚 31 注
Iduq Qut Šahrï 亦都护城 17 注
Ikar 伊卡尔（地名）21 注
Il Arslan (Īl Arslān) 伊利·阿尔斯兰 61
Īl Arslānšāh 伊利·阿尔斯兰沙（异密）65
Ilek (Īl.k), 见 Elig
Ilek-ẖāne (Ilig-Ḫāne) 伊利克汗，见喀喇汗王朝
Ili 伊犁河 48 注
Ili-Tal 伊犁河谷 21 注
Il-Tekin (Īl-Tekīn) 伊利特勤，布格拉汗之子 56, 56 注
Inäl-Ḫān 伊涅汗 21, 21 注 , 22
Inäl-Jawquy-Ḫān (Īnāl-Jāwqūy-Ḫān) 伊涅-叶护汗 50, 50 注
Inäl Sïr-Jawquy-Ḫān (Īnāl Ṣīr Jāwqūy-Ḫān) 伊涅-薛-叶护汗 50
Īnāl-Ḫān, 见 Inäl-Ḫān
Inal-Jawï-Ḫān 伊涅-亚韦汗 50 注
Inanč (Īnānğ) 伊难只（名号）17 注
Inanč Šahrï 伊难只城（城市）17, 17 注
Indien 印度 21, 21 注 , 67
Iqarijja (Īqārijja) 伊卡里加（地名）或许是山的名字 28, 28 注
ʿIrāq 伊拉克 40, 42
Iraq-qula (Īrāq q.l.h) 伊拉克库拉（马）28, 28 注
Irbīl, 见 Arbela

Īrqīl-Ḫōğa, 见 Erqïl-Ḫōğa
Irtysch 也儿的石河 25 注
Iṣfahān 伊斯法罕（城市）39, 39 注 , 40, 49, 68
Iṣfahāner 伊斯法罕人 39, 40
Isfirājin 伊斯费拉斤（城市）42
Isfīğab 伊斯费贾勃（城市）17 注
It Baraq (Īt Barāq) 伊特·巴拉克 25, 25 注
Itil (It.l) 伏尔加河 25 注 , 26, 44, 44 注 , 60 注
Iydir (Īkdūr) 伊狄尔，腾吉斯汗之子 46

jabġu, 见 jawqu 叶护
Jaġma (Jaġmā) 雅噶玛，艾汗之子 21 注 , 45
76 Jaġma-Ḫān (Jaġmā Ḫān) 雅噶玛汗 21
Jajïq 札牙黑（乌拉尔河）44 注
Jajïrlï, 见 Japïrlï
Jalġu-Bek (J.lġū Bīk) 雅儿古-贝克，来自多科尔氏族 49, 49 注
Jalġuzaġāč (J.lġūzaġāğ) 雅胡扎尕只 43, 43 注
Jangi-Kent, 见 Jengi-Kent
Japhet (Jafet) 雅弗，诺亚之子 17
Japïrlï (Jāpūrlī) 雅普尔利，艾汗之子 45, 45 注
jarlïġ “圣旨” 27, 27 注
jawqu (*jāwqū*) 叶护（名号）8, 9, 18, 22 注 , 65 注
Jawqu(y)-Ḫān (Jāwqū[y] Ḫān) 叶护汗 56
Jaxartes, 见 Ṣyr-Darjā
Jazïr (Jāz.r) 雅兹尔，艾汗之子 45, 45 注 , 49, 68

Jengi-Kent 养吉干（城市）8, 44, 61, 62

Jerusalem 耶路撒冷 38 注

Jilalik (Jīlālīk) 吉拉勒克（地名）68, 68 注

Jïwa (Jīw.h) 伊瓦，腾吉斯汗之子 46, 46 注 , 50

Joghurt“稠酸奶”51

Jolduz, 见 Julduz

Julduz (Jūldūz) 聿尔都兹，乌古斯之子 32 注 , 34, 45

Julduz Qurdïğï (Jūldūz Qu[ā]rdīğī), Atabek“侯爷”聿尔都兹·库尔第吉 62, 62 注 , 63, 64, 65

jurt“营盘、牧场”43 注

Jūsuf 玉素甫，布格拉汗之子 56 注

Kābul 喀布尔（城市）22

Käräl (K.r.l) 凯来尔（民族）22, 22 注 , 23, 49

Kalmückensteppe 卡尔梅克草原 26 注

al-Kāmil fi't-Ta'rīẖ 伊本·阿西尔的《全史》43 注

Kara-Tau 卡拉套山 17 注 , 48 注

Kāsa dāštan“敬酒”19 注

Kasakstan 哈萨克斯坦 21 注

Kaspisches Meer 里海 68 注

Kazgurd 卡兹古尔德（山）48 注

Kere Küğï-Ḫōğa (K.rā Kūğī-Ḫōğa) 凯勒·库吉霍加 64, 64 注 , 67

Kesi-Ḫōğa (K.sī-Ḫōğa) 柯思-霍加，撒鲁尔氏族 50, 50 注

Kimäk 基马克（民族）25 注

Kirmān 起儿漫（地名）40, 49, 64

Kitāb-i Tawārīẖ-i 'Ālam-i fārsī《波斯世界历史书》11

kïzġan“刺”54 注

Kök (Kūk) 库柯，乌古斯之子 32, 32 注 , 34, 46, 46 注

Köktürken 古代突厥人 21 注

Kökem-Jawquy (Kūk.m-Jāwqūy) 库克姆-叶护 22 注 , 66, 66 注

köl (Kūl)“水池、海子”51, 51 注

Kölenk (Kūl.nk) 库伦克（城市）60, 60 注 , 62

Köl Erki-Ḫān 阙 · 阿尔奇汗 51, 注 51, 52, 53, 54

Korkut-Ata 阔尔库特老爷 50 注

Kortaq (K.rtāq, Kurtāq) 库尔塔克（山）17, 22, 48, 48 注

Küderğin 屈德尔斤（名号）62 注

Küjükü/K.jūkū Ḥiṣār 库聿克-希萨尔（地名）61, 61 注

Külärkīn 军事领袖 51 注

Külenk, 见 Kölenk

Kül-erkīn, 见 Külärkīn

Kün (Kūn) 昆，乌古斯之子 8, 9, 32, 32 注 , 34, 44, 48

Künğe (Kūnğ.h) 昆杰（异密）57, 57 注

Kün-Ḫān 昆汗 , 见 Kün

Kür-Ḫān (K.r-Ḫān) 库儿汗，狄普-叶护汗之子 18, 18 注 , 19, 20

Kūl 'Arkī-Ḫān, 见 Köl Erki-Ḫān

Kumsyss“稀酸奶”51

Kūra 库拉河 30

Ḳur'ān《古兰经》67, 67 注

Kurdistān 库尔德斯坦 30, 30 注 , 31, 39

Kurtāq (K.rtāq), 见 Kortaq

Kuyuku kalesi, 见 Küjükü Ḥiṣār

Lur(en) 鲁壬（复数）（民族）39

Luristān 鲁壬斯坦 39

Māčīn 马秦；南中国 21

Maǧaren und Baškurden 马扎尔人和巴什基尔人 22 注

Maḥmūd von Ġazna, Sulṭān 哥疾宁算端马哈穆德 , 见 Maḥmūd b. Sebük-Tekin

Maḥmūd al-Kāšġarī 麻赫默德・喀什噶里 8, 27 注

Maḥmūd 马哈穆德，喀喇・阿尔斯兰汗之子 61

Maḥmūd (b.) Sebük-Tekin 马哈穆德・塞布克特勤，来自凯伊氏族 66, 66 注

Makrān 麦克兰（地名）65 注

Malikšāh 马里克沙，塞尔柱苏丹 31 注

’mānd.h（地名）61, 61 注

manġ(q)la 先遣部队 36 注

Marco Polo 马可・波罗 17 注 , 49 注

Masʿūd b. Maḥmūd 马苏迪 67, 67 注

Māzandarān 马赞达兰 41, 67 注

Mekka 麦加 38

Medīna 麦地那 38

Merw 梅尔夫 63, 67, 67 注 , 68

Mīrān Kāhīn, 见 Armīrān Kāhin

Moġal (Mongolen) 蒙兀（蒙古）20, 20 注

Mongolen 蒙古人 20 注 , 31 注 , 36 注 , 61 注

Mossul 摩苏尔 31

Mowāl, 见 Moġal

Mūġān 穆罕（草原）29, 30

Muḥammad Ḫwārizmšāh 花剌子模沙摩诃末 67

Muḥammad Muṣṭafā 穆罕默德·穆斯塔法，先知 50

Nangās 南家思（蒙古语中“南中国”的意思）21, 21 注

Narayrgen 纳拉伊尔根（地望不明）49 注

nāwu(*w*)*r*“海”51 注

Nīk-Tekīn 尼克特勤，布格拉汗之子 57, 57 注

Nīšāpūr 你沙不儿（城市）42

Niẓām ad-Dīn Šāmī 尼札木丁·沙米，《胜利之书》（*Ẓāfarnāma*）作者 43 注

Noah (Nūḥ) 诺亚 17

Nūš-Tekin von Ġarǧa 奴施特勤，来自噶尔扎 67, 67 注 , 68

Öksü (Ūksī) 兀克思，来自撒鲁尔族 50, 50 注

Ölǧey-Ḫān, 见 Olǧay-Ḫān

Oġuz 乌古斯，喀喇汗之子 7, 8, 10, 等

Oġuz-Aqa 乌古斯-阿哥 22, 22 注 , 32, 34, 36

Oġuzen 乌古斯人 7, 8, 31, 31 注 , 33, 56 注 , 63, 68

Oġuzengeschichte 乌古斯史 7, 7 注 , 8, 10, 11, 13

Oġuzestämme 乌古斯部落 7, 8, 9, 10, 24 注

Ojunaq (Ūjūnāq) 乌玉纳克 60, 60 注

Olğay 乌尔札伊汗 17

On qaranluk jatub (ūn q.rānlūk jātūb) 乌恩-喀兰鲁克-亚图布（地名）23, 23 注

onqun 瓮昆（“图腾”）45, 45 注 , 等

On toquz Oġuz (Ūn tūq.z Oġuz) 乌恩-托古斯-乌古斯 22, 22 注

Orchon 鄂尔浑河 20 注

Orchontürken 鄂尔浑河流域的突厥人 8

Ordu (Orda) 斡儿答，朮赤长子 17 注

Or-Ḫān (Ūr-Ḫān) 乌儿汗，狄普-叶护之子 18, 18 注 , 20, 21

Ortaq ('Artāq) 奥尔塔克（山）17, 22

Osteuropa 东欧 33 注

ʿOṯmān 奥斯曼家族（王朝）9

ʿOṯmān-Ḫān, 见 ʿUṯmān

Oxus, 见 Amū-Darjā

Pārs (Fars) 法尔斯（地名）40, 49

payze (*pāize*) 牌子 27, 27 注

Pfeil“箭”43 注

qabuq (q.būq) 树皮 25, 25 注 , 26

Qajï (Qājī) 凯伊，昆汗之子 8, 9, 45, 45 注 , 59 注 , 63 注 , 68

Qajï-Jawquy 凯伊-叶护 54, 55

Qanġlï (Q.nġlī) 康里（民族）20, 24 注 , 27, 43, 43 注

77 Qara Alp 喀喇·阿尔普 55, 56

Qara Arslan-Ḫān 喀喇·阿斯兰汗 60 注 , 61

Qarābāẖ (= Qarabāġ?) 卡拉巴赫（地名）48

Qara Baraq (Qarā Barāq) 喀喇·巴拉克（狗）52

Qara Beğkem 喀喇·贝哲克姆 67 注

Qara(u) Dede Genzenčük (Kārū D.d.h K.z.nğ[č]uk) 卡鲁·跌跌·戈真楚克 50, 50 注

Qaraewli (Qarā-īwlī) 喀喇伊兀里，昆汗之子 45, 45 注

Qara-Ḫān (Q.rā Ḫān) 喀喇汗，狄普-叶护汗之子 18, 19

Qaraẖāniden 喀喇汗王朝 9, 10, 42 注 , 56 注 , 59 注

Qara-Ḫōğa 喀喇霍加，阔尔库特之父 50, 50 注

Qara Hulun (Qarā hūlūn) 喀喇呼伦，“暗黑之地”26

Qarā-īwlī, 见 Qaraewli

Qaramān-Bek 卡拉曼贝克 68

Qaran-Bek, 见 Qazan-Bek

Qarānγūlū，暗黑之地 26 注

Qaraqorum 哈拉和林 17, 19, 20

Qaraqum (Qār.qūm) 哈拉库姆 17, 17 注

Qarašat yavğu 22 注

Qarāšït (Qarāšīt) 卡拉施特 22 注 , 23, 66

Qarāšït Jaġï (Qarāšīt Jāġī) 卡拉施特·亚吉（官员）22, 22 注

Qara Sülük (Qarā Sūl.k) 喀喇·苏鲁克，博士-霍加之子 23, 23 注 , 24, 26, 27, 39, 44

Qaraulï, 见 Qaraewli

Qarï-Ṣayram (Qārī-Sayram) 喀里-赛里木（城市）17, 17 注

Qarlu dewe asāyiš (Qārlū d.w.h asāyiš) 卡尔鲁（地名）48, 48 注

Qarluq (Qārlūq) 葛逻禄 42, 59 注

Qarluqenland 葛逻禄之境 60 注
Qarqïn, 见 Qarqïr
Qarqïr (Qārqīr) 卡尔克尔，聿尔都兹汗之子 45, 45 注
Qārsīb(?)ūr 卡尔斯布尔（地名）48
Qazwīn 卡兹文（城市）40
Qaydu (Qāydū) 海都，窝阔台之孙 17 注
Qazan-Bek 卡赞贝克 68, 68 注
Qïl Baraq (Qīl barāq) 科勒·巴拉克 24, 24 注 , 25, 26, 44
Qïlïč Arslan (Qīlīğ Arslān) 克勒齐·阿尔斯兰（克勒只·阿尔斯兰）62, 62 注
Qïlïč Arslan-Sulṭān 克勒齐·阿尔斯兰苏丹 65, 65 注
Qïnïq (Qīnīq) 柯尼克，腾吉斯汗之子 46, 46 注 , 63 注 , 67, 68
Qïnïq Qïrġut, 见 Qïrġut
Qïrġut 阔尔库特，柯尼克氏族的异密 63, 63 注 , 64, 68
Qïpcāq (Q.pğ[č]āq) 钦察 25, 25 注 , 26, 44
Qïzïq (Qīzīq) 柯兹克，聿尔都兹汗之子 45, 45 注
qoğa 霍加，“长者”23, 23 注
Qončy, 见 Qoniči
Qoniči (Qūnğī) 昆吉，撒儿塔黑台（Sartaqtai）之子、朮赤之孙 17, 17 注 , 26 注
Qorqut (Qūrqūt)“智者”，阔尔库特，喀喇-霍加之子，来自巴雅特氏族 50, 50 注 , 51, 52, 53, 54, 63 注
Qoruysaq-Jawquy (Qūrūysāq-Jāwqūy) 库鲁撒克-叶护 49, 49 注
Quds-i Ḫalīl 库德思-哈隶尔（耶路撒冷）38, 38 注
Quhistān 库希斯坦 41, 42, 68

qula 黄色的马匹 28 注

Quldscha, 见 Qulğa

Qulğa 伊宁（城市）48 注

Qulu-Ḫōğa (Qūlū-Ḫōğa) 库吕-霍加，巴音都尔部落 49, 49 注

Qum tengizi (Qūm t.ngīzī) 库姆·腾吉斯，沙漠 48, 48 注

Qurdïğï Emir, 见 Julduz Qurdïğï, Atabek

Qurï-Tekin (Qūrī-Tekīn) 库勒特勤，布格拉汗之子 56, 56 注 , 57, 58, 59, 60 注

Qurs-Jawquy (Qūrs-Jawquy) 库尔思-叶护 49, 49 注

Qušluq (Qūšlūq) 库什鲁克（地名）48

Qutluġ-Bek 骨咄禄贝克 68

Ray 刺伊（城市）40

Raqqa 刺卡（城市）29, 31

Rašīd ad-Dīn Faḍlullāh 拉施特 7, 8, 9, 10, 11, 13

Rūm 罗姆，拜占庭帝国，小亚细亚 34 注 , 65, 65 注 , 68

Šaʿbān-Ḫān 沙班汗 61, 62 注

Šaban (Šābān)-Ḫōğa 沙班-霍加，来自伊瓦（Jïwa）氏族 50, 50 注

Šābirān 沙比让（城市）28, 28 注

Sablān 萨布兰（山）29

Sabzawār 萨卜泽瓦尔（城市）42

Šağara-i Tarākima《突厥蛮世系》，阿布尔-哈齐的书 8, 8 注

Šāhmalik 沙赫马里克，阿里汗（ʿAlī-Ḫān）之子 63, 65, 68

Šāhnāma des Firdausī 菲尔多西的《列王纪》60 注

Šāhnāma-i Čingizī《成吉思汗王书》，作者苫思丁·卡沙尼（Šams ad-Dīn Kāšānī）13（汉译者按：德译本第 13 页是有关细密画插图的内容，汉译本中没有收入插图，故未译。下同。）

Šāh-Ruḫ 沙哈鲁，帖木儿王朝的君主 12, 13

Sairam, 见 Ṣayram

Sairam-See 赛里木湖 48 注

Salğuq (S.lğūq) 塞尔柱，来自柯尼克氏族，见 Selğuq

Salġur (Slġr) 萨尔扈里，异密 68, 68 注

Salġuriden 萨尔扈里王朝 68, 68 注

Salur (Sālūr) 撒鲁尔，也称迪克力（Dikli）68, 68 注

Salur (Sālūr) 撒鲁尔，塔克汗之子 46, 46 注 , 48, 50

Šamāḫī 沙马希（城市）28

Sāmān-Ḫudā 萨曼-胡达 65, 65 注

Sāmāniden 萨曼王朝 9, 65, 65 注

Samarqand 撒马尔罕 42, 44

Šams ad-Dīn Kāšānī 苫思丁·卡沙尼（史家）13

sanġla (s.nq[ġ]l.h) 白马 28, 28 注

Šaraf ad-Dīn Jazdī 沙拉德丁·雅兹迪，《胜利之书》（*Ẓafarnāma*）作者 17 注

sarhangī 高级官位 66, 66 注

Saraḫs 萨拉西斯（城市）42, 63

Sārī 萨里（城市）41

Sarï Qïl (Sārī Qīl) 萨热·克尔 57, 57 注

Sarïqïlbaš (Sārīqīlbāš) 萨热克尔巴什 57 注

Sartaqtai 撒儿塔黑台 17 注

Ṣayram 赛里木（城市）8, 20, 24, 48, 55, 56 注

Selğuq 塞尔柱，来自柯尼克氏族 67, 67 注

Selğuqen 塞尔柱人 7, 10, 68

Selīm I. 塞利姆一世苏丹 11 注

Serenk (S.r.nk) 塞仁克 66, 66 注

Šīrāz 设拉子（城市）40

Sïr Jāwqū(y) (< Sïr Jābġū) 薛-叶护 50 注

Šīrwān 失儿湾 28, 29

Skythen 斯基泰人 47 注

Südrußland 南俄 33 注

Süleimān II. 苏莱曼二世苏丹 11 注

sülük 军队领袖 23 注

Steinbock 山羊、图腾动物 59, 59 注

Sulaymān b. Qutulmuš 苏莱曼·本·库土尔穆施 31 注 , 65 注

Sutaq (Sūtāq) 苏塔克（马）28, 28 注

Suwar (S.wār) 苏瓦尔（人名）60, 61, 62

Suwar 苏瓦尔（城市、国家）60, 60 注

Ṣyr-Darjā (Jaxartes) 锡尔河（药杀水）8, 17 注 , 48 注

Syrien (Šām) 叙利亚（苫国）31

Ṭabaḳāt-i Nāṣirī《纳西尔大事记》，术兹贾尼的作品 67 注

Ṭabas 塔巴斯（城市）68

Täbris 大不里士（城市）13

Täkfur, 见 Tekfur

Täkur, 见 Tekfur

78 *t'agavor*, 见 Tekfur

Ṭaġšahr (Ṭāġšahr)“山城”，安条克 31, 31 注

Ṭāġšahrï, 见 Ṭāġšahr

Talās 怛罗斯（城市）8, 17, 20, 24, 55, 55 注 , 56 注 , 60

Talāš, 见 Talās

Talki-Paß 塔勒基山口 48 注

Tamalmïš (Tāmālmīs?) 塔玛尔密施（地名）48

tamġa 族徽 45, 45 注 , 等

Ṭaq (Ṭāq) 塔克 , 乌古斯之子 32, 32 注 , 34, 46, 46 注

Ta'rīḫ-i Bayhaq 62 注

Taš-Bek (Tāš Bīk) 塔施贝克，来自多科尔氏族 49, 49 注

Ṭawġač (Ṭawġāğ)-Ḫān 桃花石汗 56 注

Ṭawghač-Ḫān, 见 Ṭawġač-Ḫān

Tāzīk(en) 塔吉克人 68, 68 注

Tekfur (T.kfūr)-Ḫān 忒克弗尔汗 31, 31 注 , 32, 33, 34, 35

Tekīn“特勤”57, 57 注

Tekur, 见 Tekfur

Tekur-Ḫān (T.kūr-Ḫān) 忒库尔汗 , 见 Tekfur

Tengiz (T.nkīz) 腾吉斯，乌古斯之子 32, 32 注

Theophylaktos 塞奥非拉克特（史家）21 注

Tien-Shan 天山 8

T'ien-tse 天子，中国皇帝的称谓 21 注

tikän 有刺的棍子 54, 54 注

Tikän Bile Er Bičken Qayï Jawquy-Ḫān (T.kān Bīl.h Īr Bīčkān Qājī Jāwqū-Ḫān) 提甘-毕尔赫-伊尔-毕赤干-凯伊 · 叶护汗 54, 54 注 , 55

Tīnğī Oġul Jaġmā-Ḫān 天子之子・样磨汗 21, 21 注

Tinsi, 见 T’ien-tse

Tkmān, 见 Tlmān

Tlmān* 塔尔曼 49, 49 注

Togrïl 图赫鲁苏丹，图克苏密施・伊吉之子 64, 64 注 , 65, 67, 68

Ṭoqsurmuš Iğī (Ṭuqsūrmīš Īğī) 图克苏密施・伊吉，凯勒・库吉霍加之子，制作帐篷的人 64, 64 注

toquz 作为神圣数字的九 27 注

Toġuzoġuz 九姓乌古斯 21 注

ṭoy 宴会 44 注

Türken 突厥人 31 注 , 36 注 , 61 注 , 67

Türkmenen von Rūm 罗姆的突厥蛮人 68

Türkmenische Stämme 突厥蛮部落 8

Tuġla (Tūġlā) 土拉河 20

Tula, 见 Tūġla

Tuman (Tūmān)-Ḫān 图曼汗 51, 52, 53, 54, 55

Tuqaq (Tūqāq) 图卡克，图克苏密施・伊吉之子 64, 64 注 , 65, 65 注

Ṭuqšūrmīš (Ṭūqšūrmīš)“图克苏密施”的异文，系 K.r.k.čī-Ḫōğa 之子 64 注

Turan-Ḫān (Tūrān-Ḫān) 图兰汗 62, 62 注

Turkestan 突厥斯坦 17, 20, 21

turqan (*tūrqān*) 图尔干（草）21, 21 注

Turqunlutqa (Tūrqūnlūtāq) 图尔昆鲁塔克（山）21

---

* Marvazī/Minorksy 26, 85, 87 写作 Tūlmān。

Ṭūs 图斯（城市）42

tuzġū (tūzġū) 馈赠 67, 67 注

Üč-oq (Ūğ-ūq) 禹乞兀克，乌古斯部落联盟 8, 43, 43 注 , 46, 48

Üksü, 见 Öksü

Ügedei, Großḫān 窝阔台 17 注

Ūksū, 见 Öksü

Ürükür (Ūrūkūr) 兀鲁库尔，塔克汗之子 46, 46 注

Ulad, 见 Ulat

Uladmur-Jawquy (Ūlādmūr Jāwqūy-Ḫān) 乌拉德穆尔・叶护（汗）55, 55 注 , 56

Ulan (Ūlān) 乌兰，雅兹尔部阿兰之子 49, 49 注

Ulaš (Ūlāš) 兀剌施，撒鲁尔部 48, 48 注

Ulat (Ūlāt) 兀剌特，撒鲁尔部兀剌施之子 48, 48 注

Ulğāy-Ḫān (Ūlğāy- Ḫān), 见 Olğay

Ulubaġuz (Ūlūbāġūz) 兀鲁伯古兹（城堡）22, 22 注

Uluġ-Bek 兀鲁伯 11

Ulu-Baġur 22 注

Ulu-Bulġar 大不里阿耳 22 注

Ungarn 匈牙利 22 注

Uralbaschkiren 乌拉尔山脉巴什基尔人 22 注

Ural-Fluß 乌拉尔河 25 注 , 44

Ural-Gebirge 乌拉尔山 8, 48

Urğa-Ḫān (Ūrğ.h-Ḫān) 乌儿札汗 53 注 , 56, 56 注

Ūr-Ḫān, 见 Or-Ḫān

uruq(*ġ*) 氏族 54 注

ʿUṯmān 兀特曼 62, 62 注

Uyġuren (Ūyġur) 回鹘 / 畏兀儿 8, 20, 21 注 , 24, 24 注 , 43, 56, 56 注

Uže-Ḫān (Ūz.h-Ḫān) 乌兹汗 53, 53 注

Wansee 凡湖 29 注

Westtürken 西突厥 31 注

Wolga, 见 Itil

Wolgabulgaren 伏尔加河流域的不里阿耳人 22 注

Zābul 扎布尔（城市）22

Ẓāfarnāma des Niẓām ad-Dīn Šāmī 尼札木丁 · 沙米的《胜利之书》42 注

Ẓafarnāma des Šarad ad-Dīn Jazdī 沙拉德丁 · 雅兹迪的《胜利之书》17 注

Zarafšan 泽拉夫尚河 42 注

Zemarchos 蔡马库斯（拜占庭使臣）31 注

Zubdat at-Tawārīḫ《历史精华》，作者哈菲兹 · 阿布鲁 11

图　版

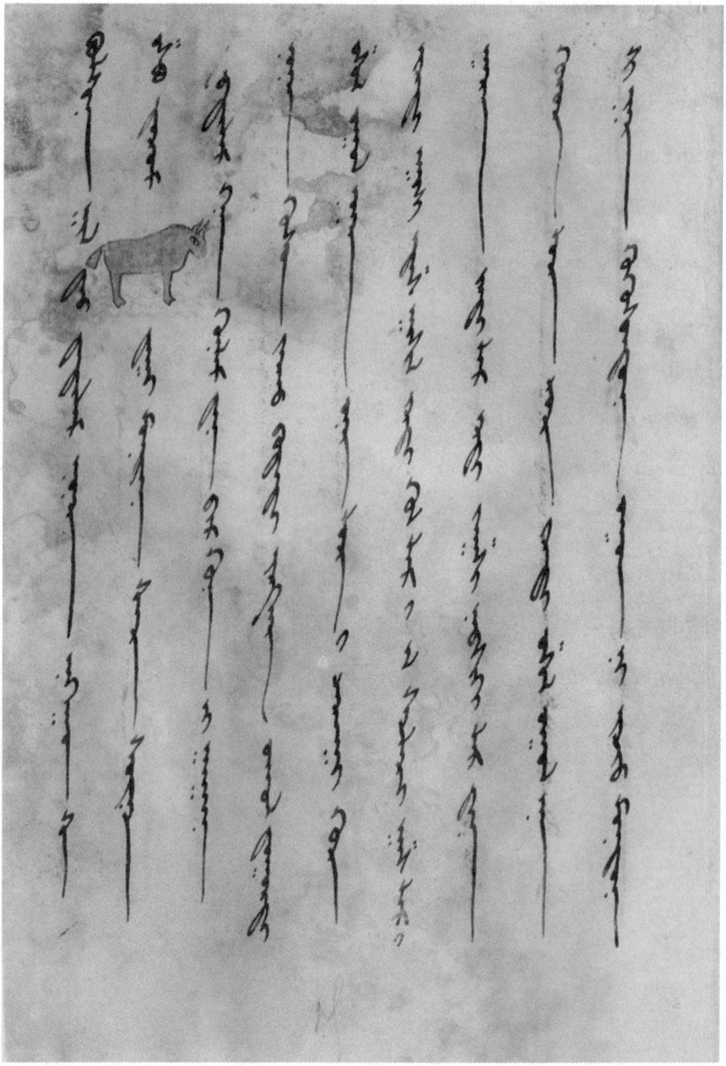

1（21v）

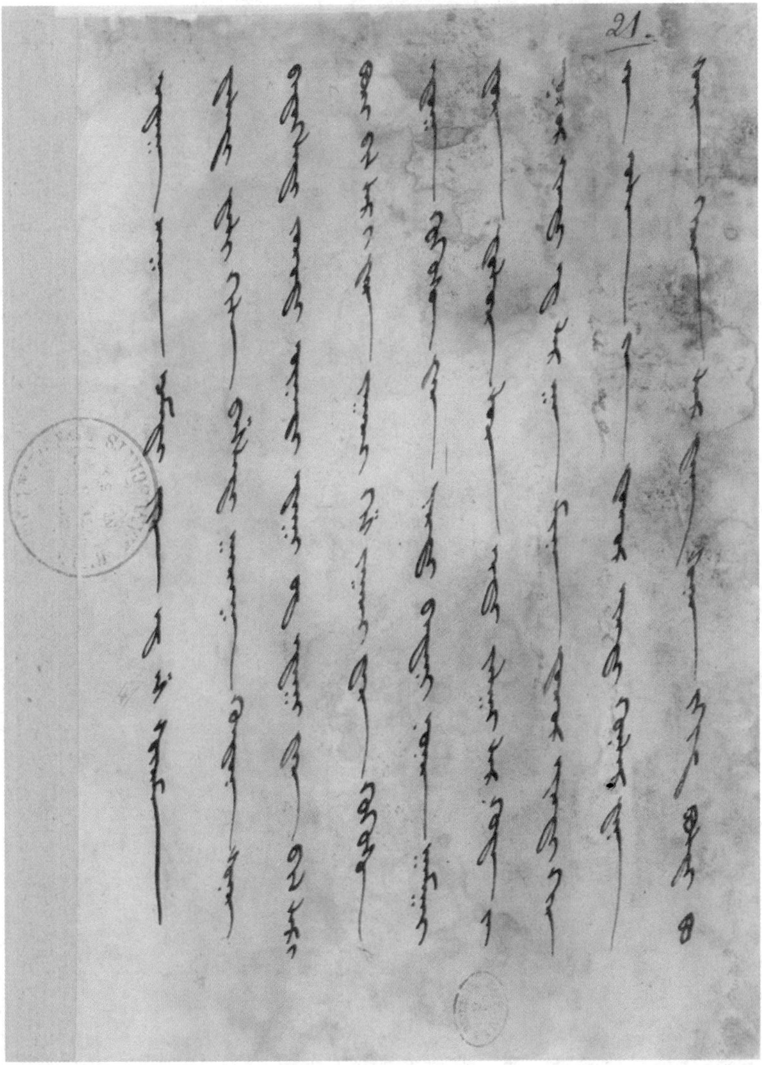

2（21r）

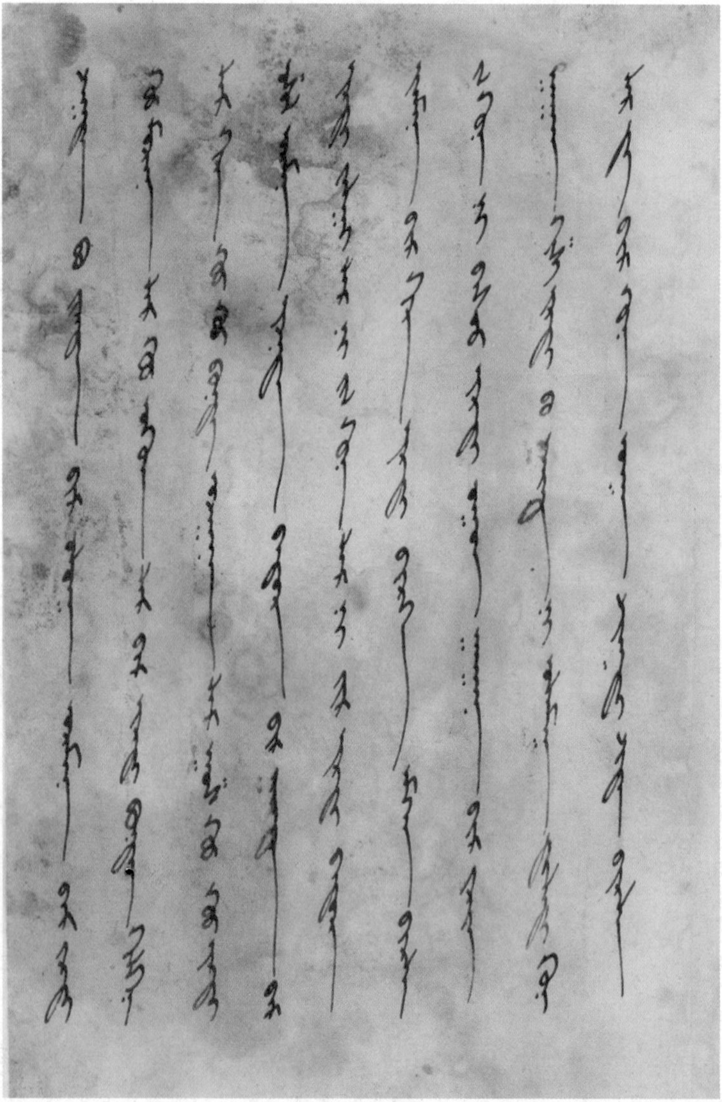

3（20v）

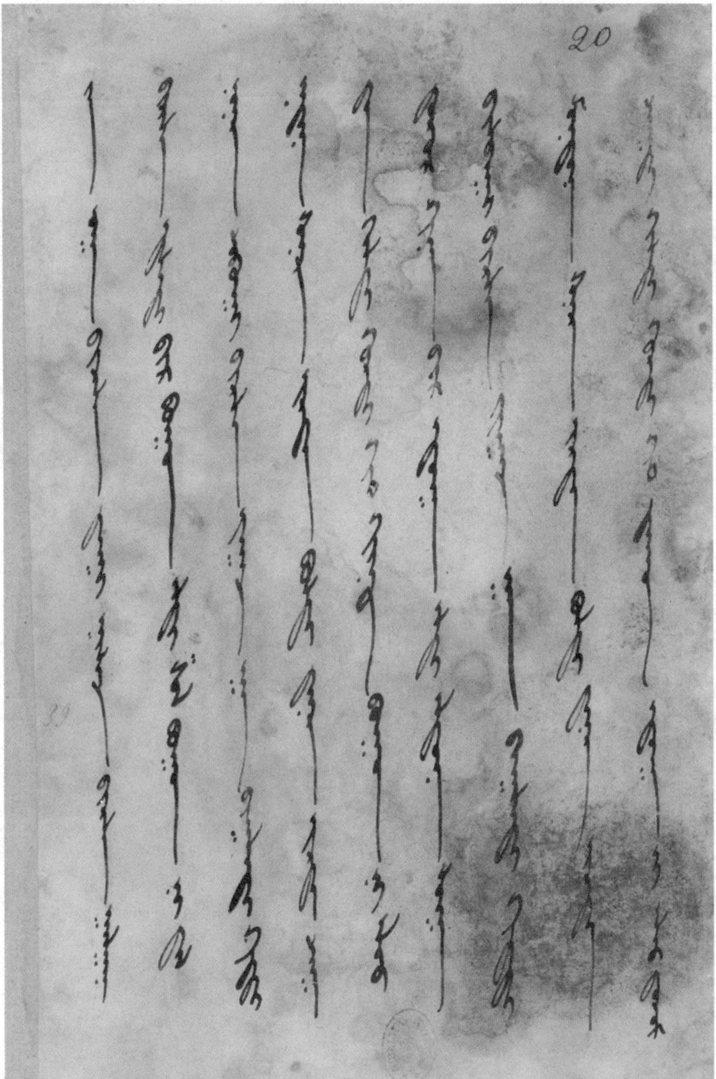

4（20r）

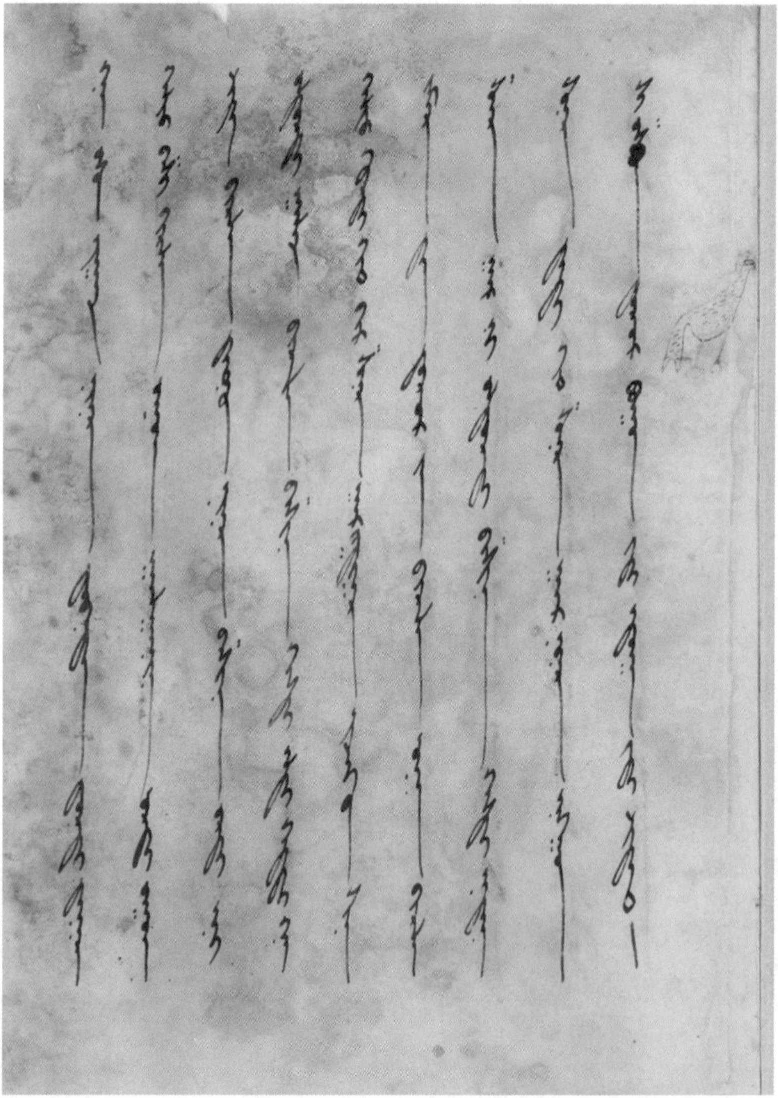

5（19v）

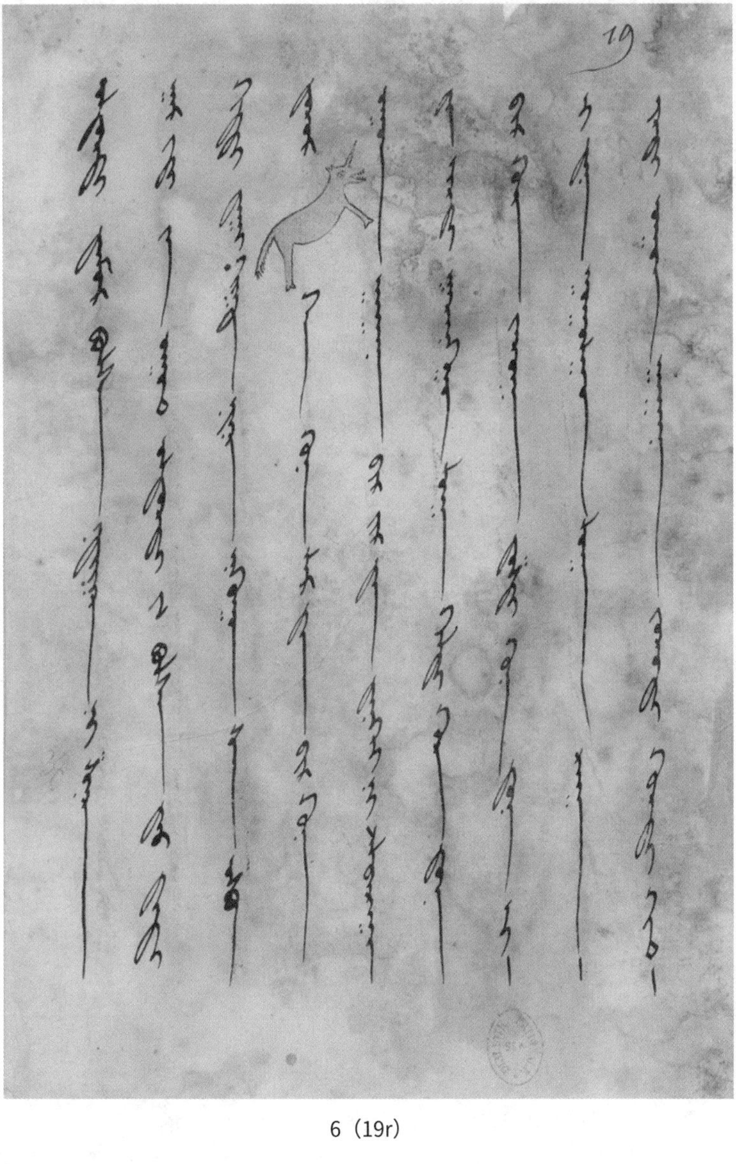

6（19r）

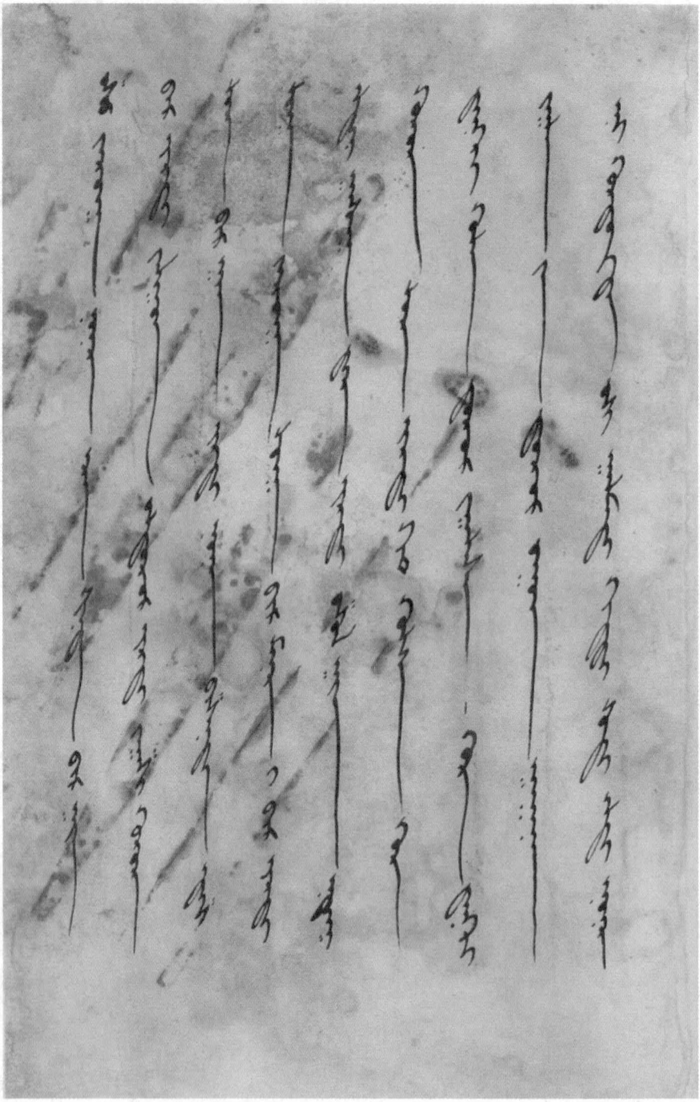

7（18v）

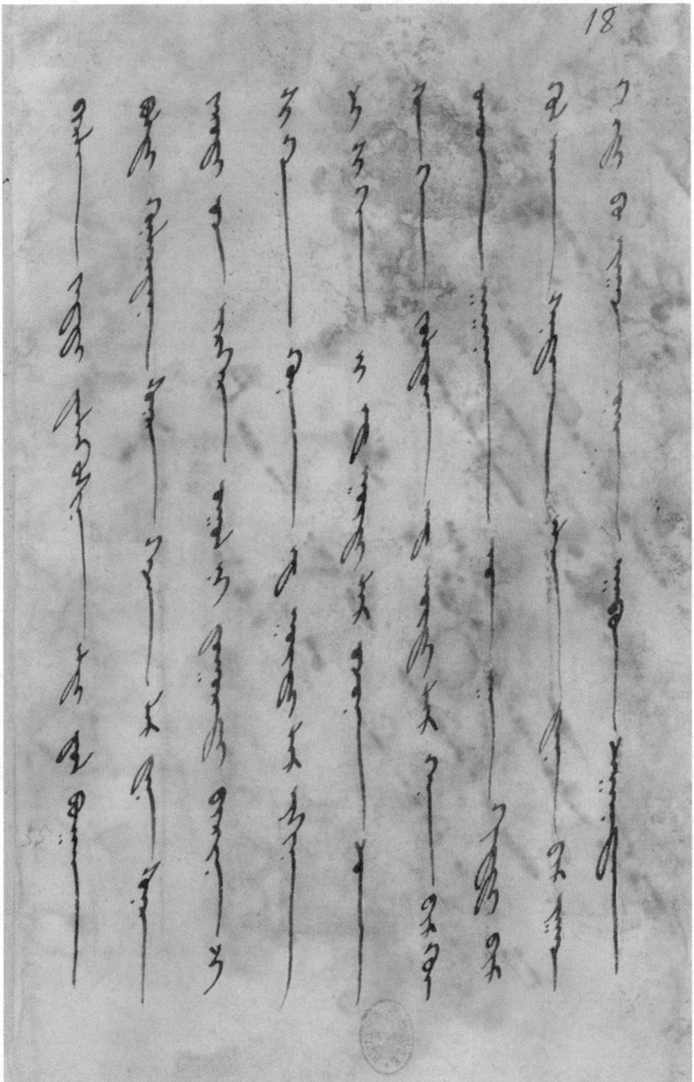

8（18r）

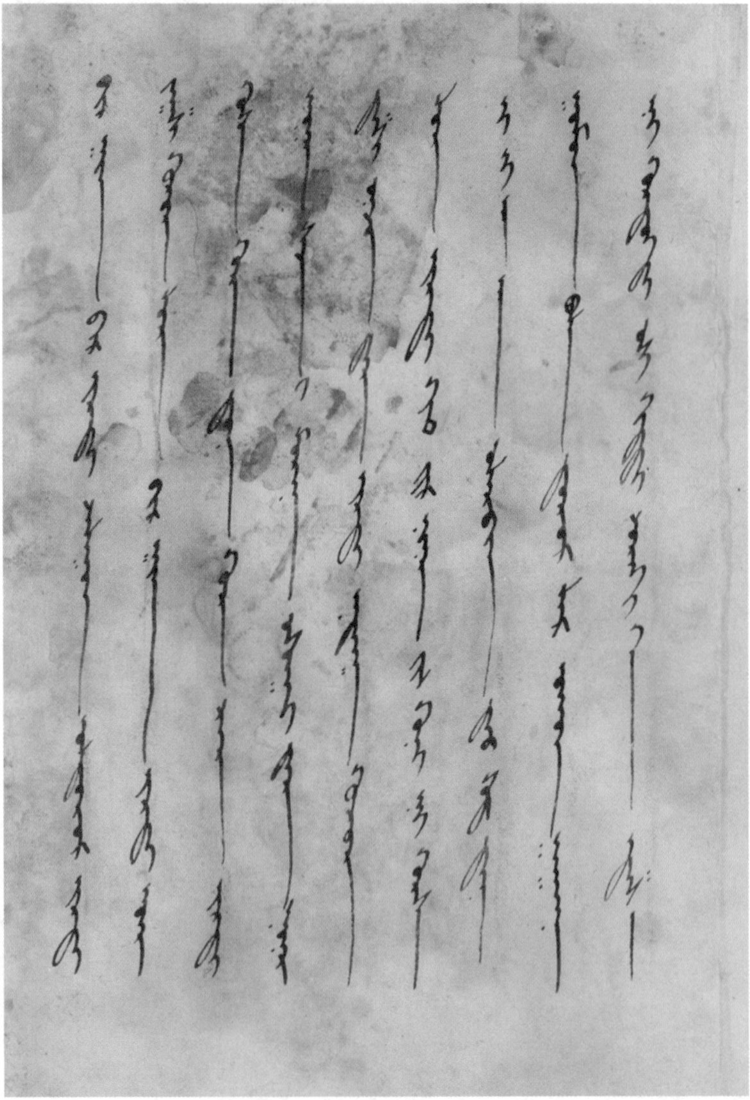

9（17v）

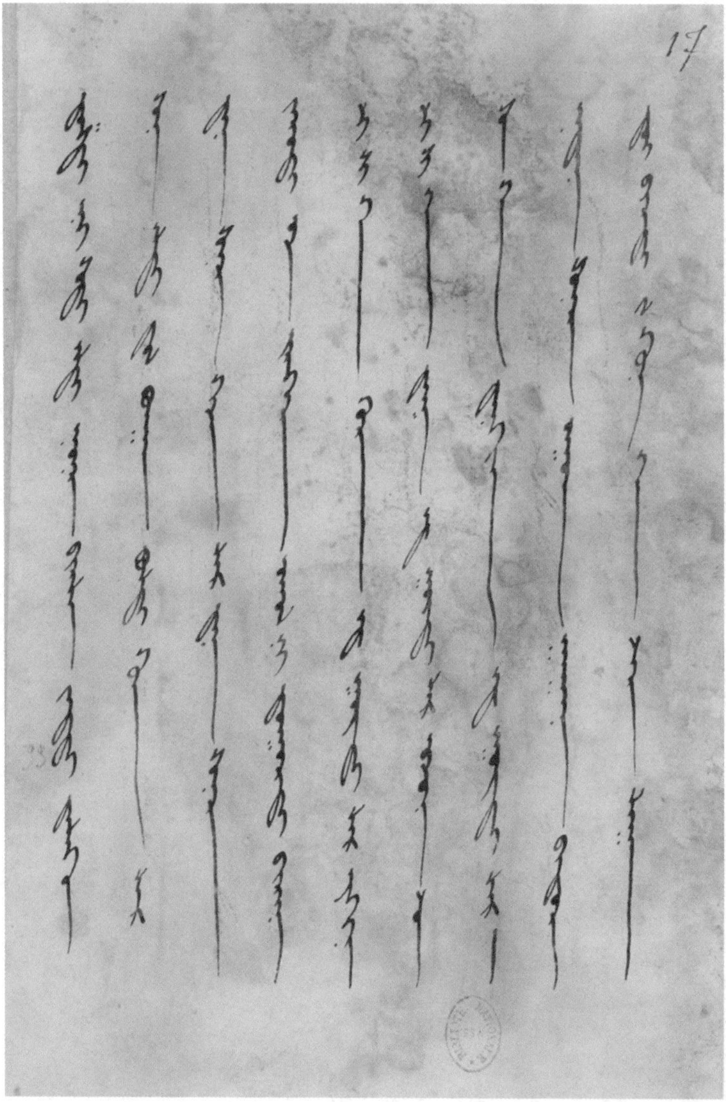

10（17r）

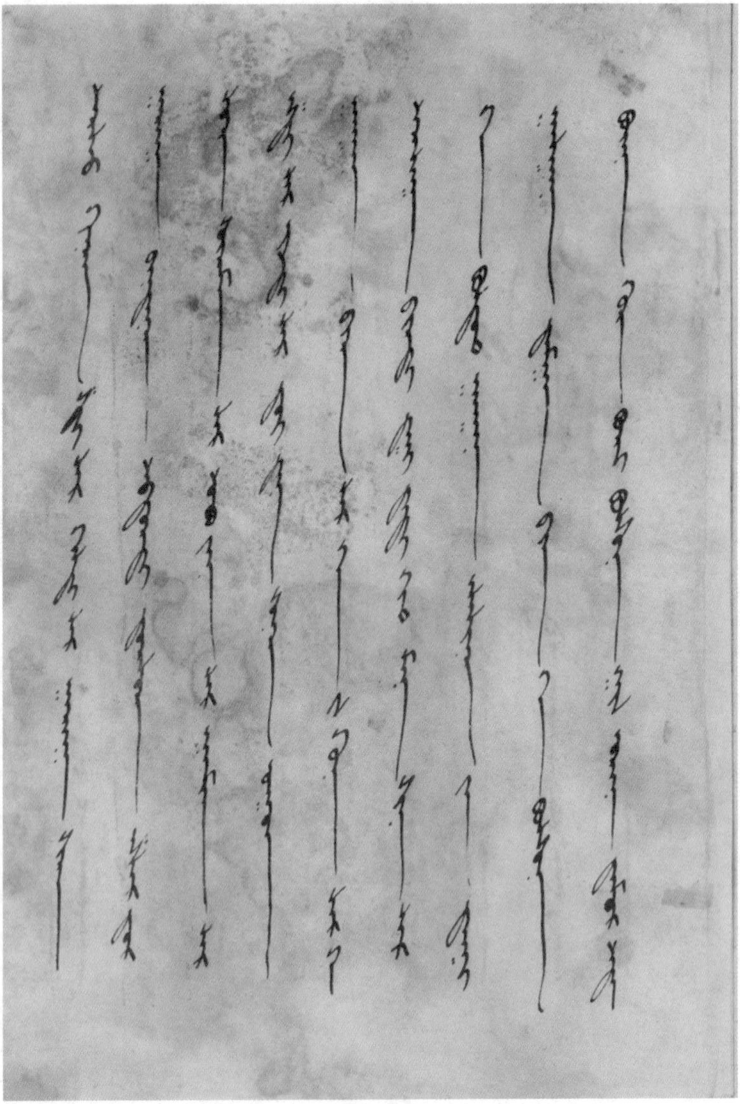

11（16v）

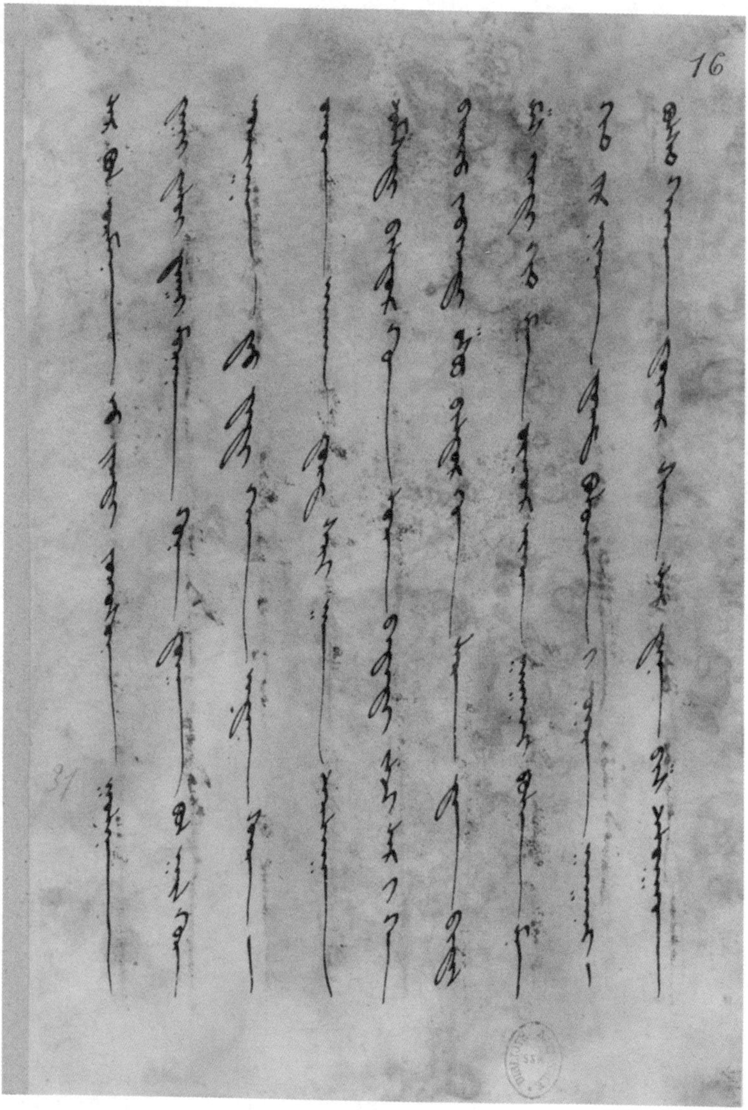

12（16r）

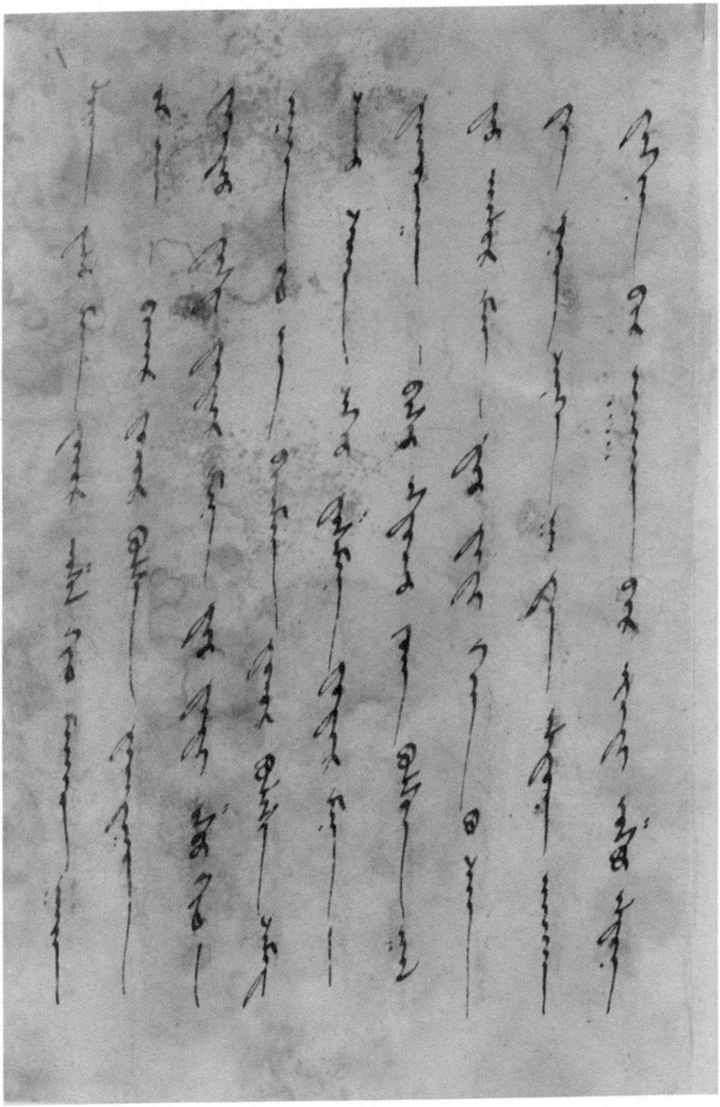

13（15v）

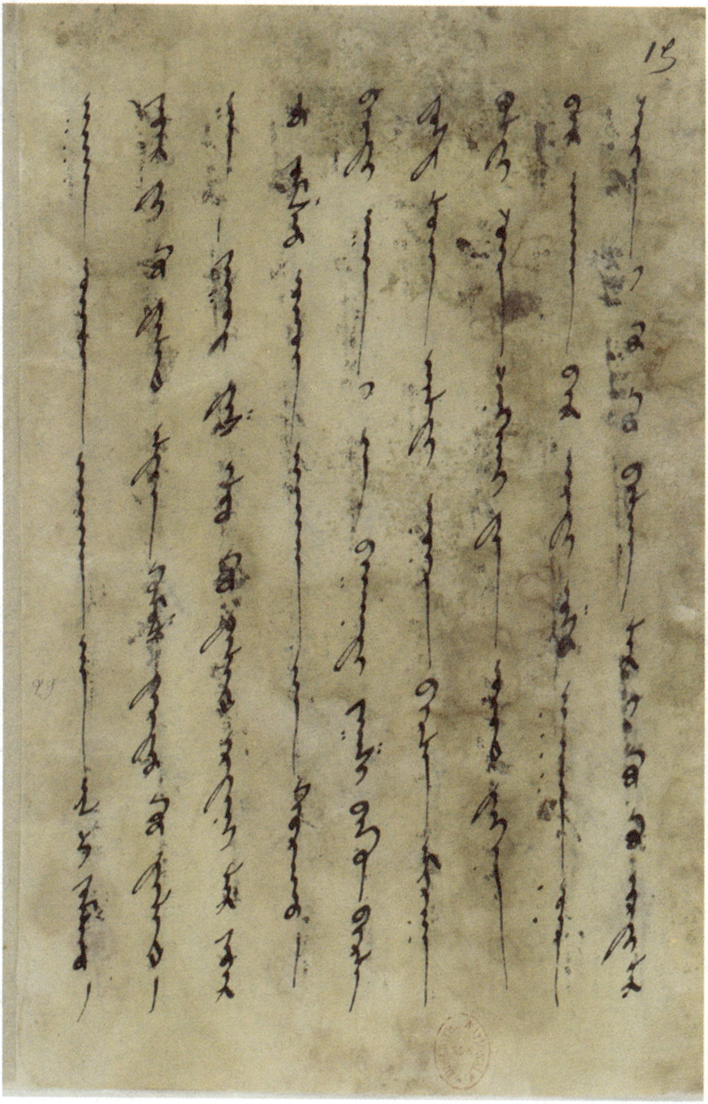

14（15r）

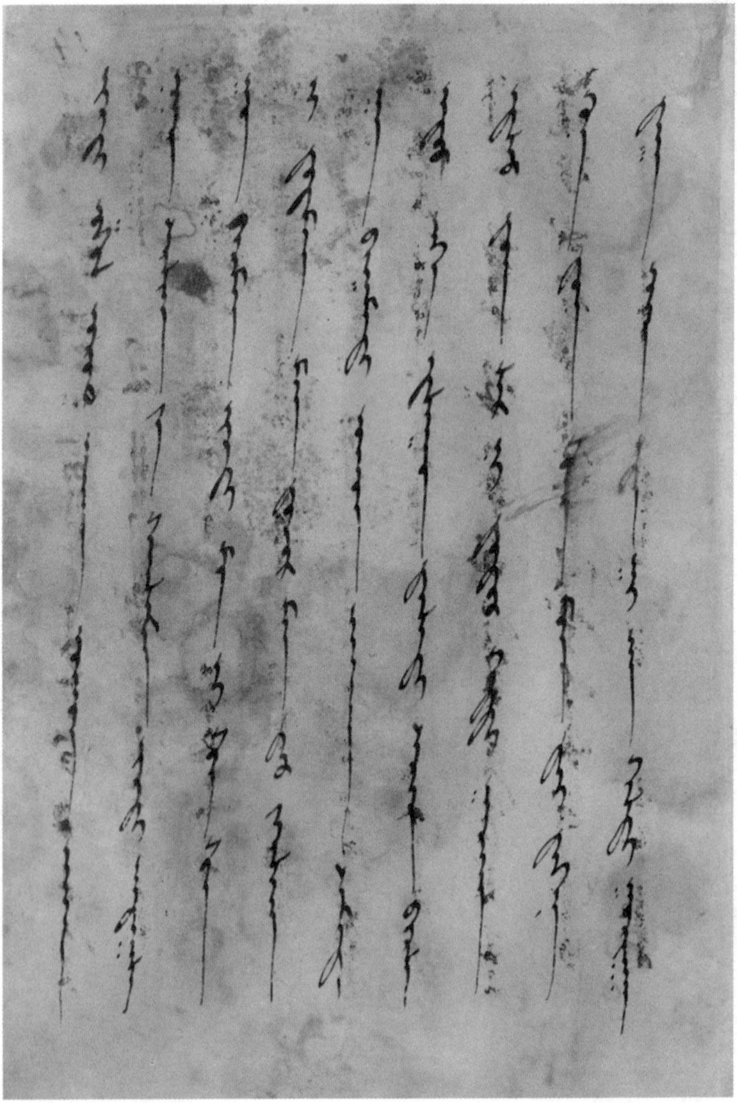

15（14v）

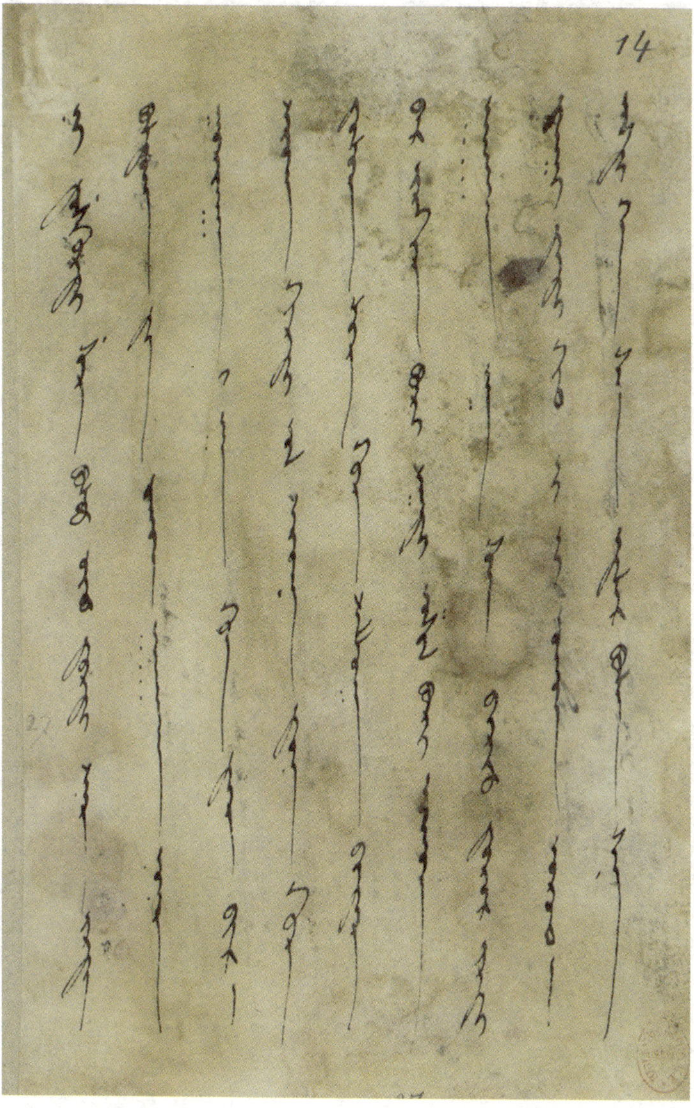

16（14r）

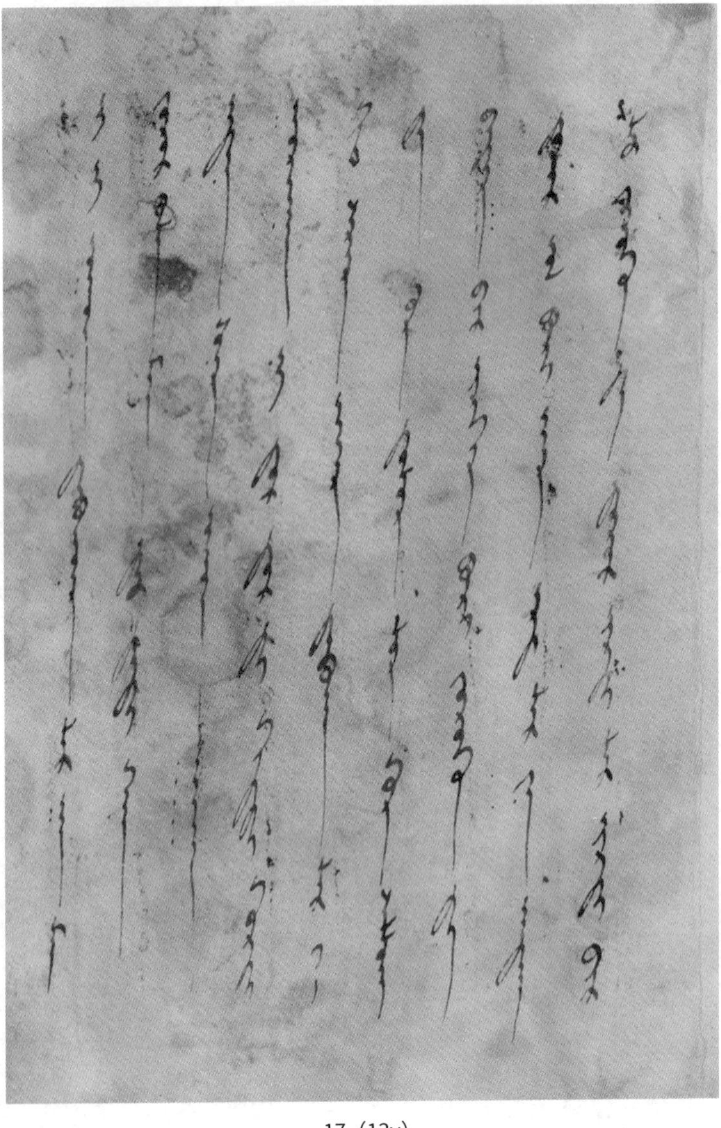

17（13v）

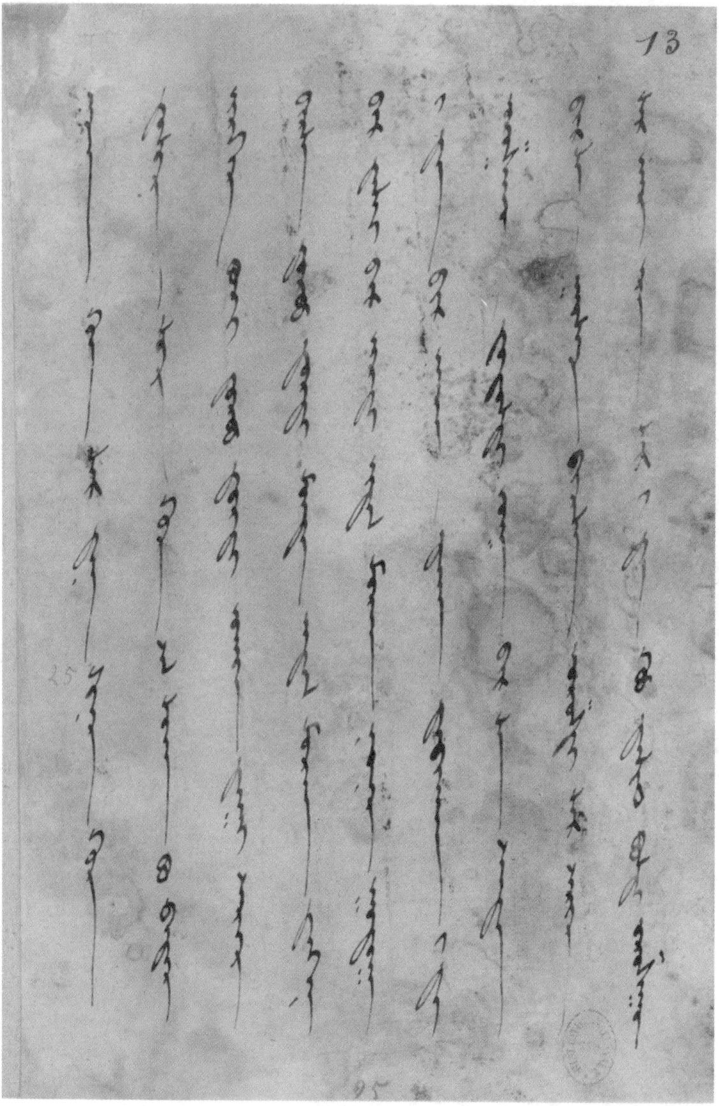

18（13r）

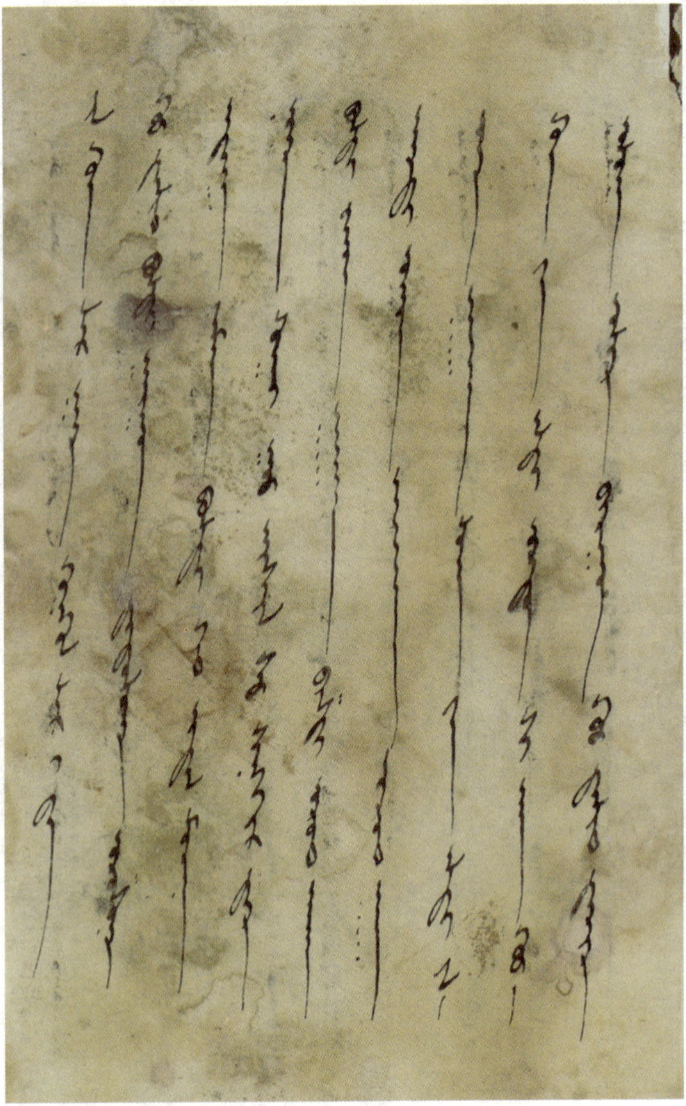

19（12v）

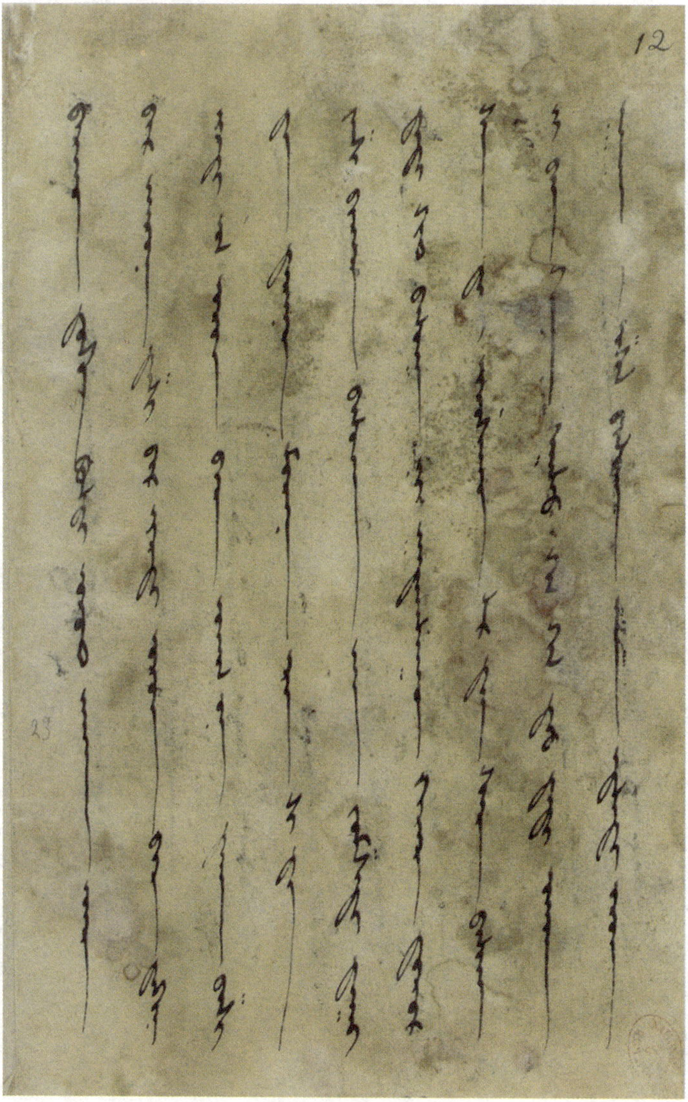

20（12r）

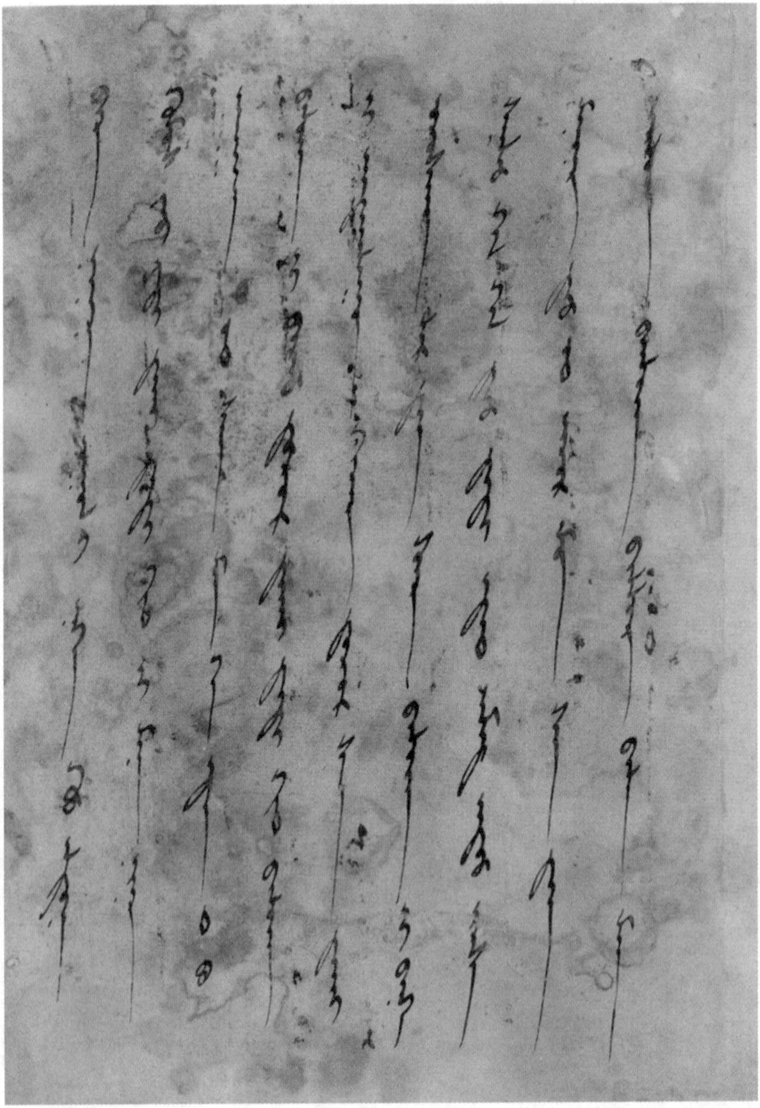

21（11v）

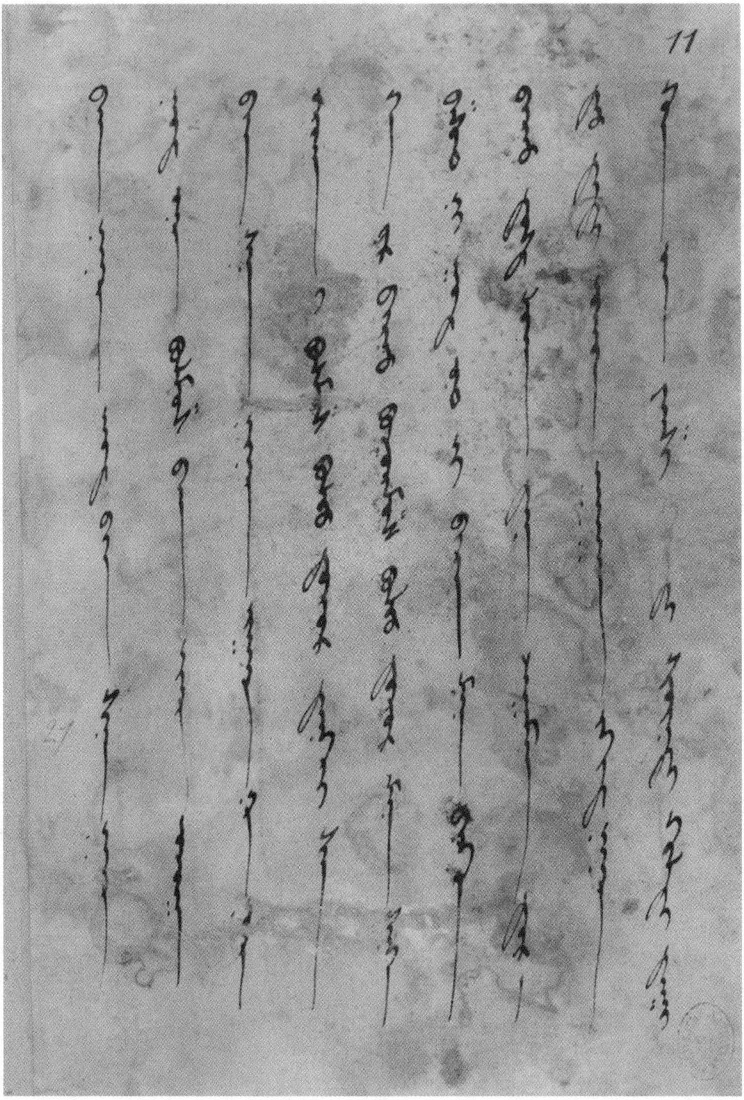

22（11r）

23（10v）

24（10r）

25（9v）

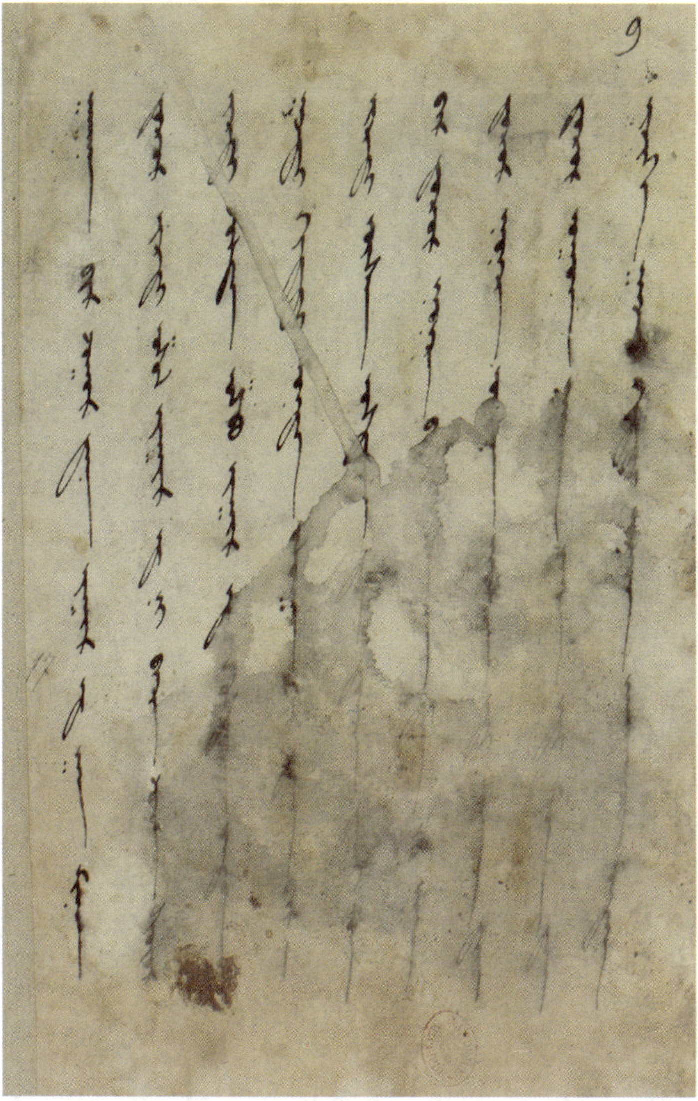

26（9r）

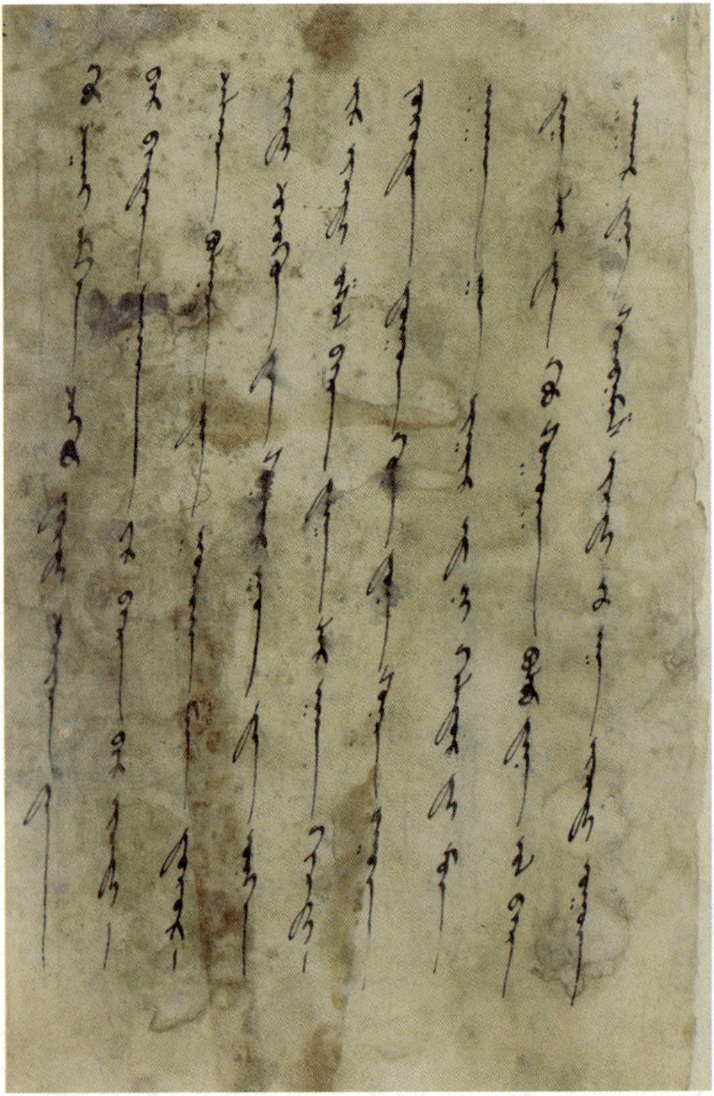

27（8v）

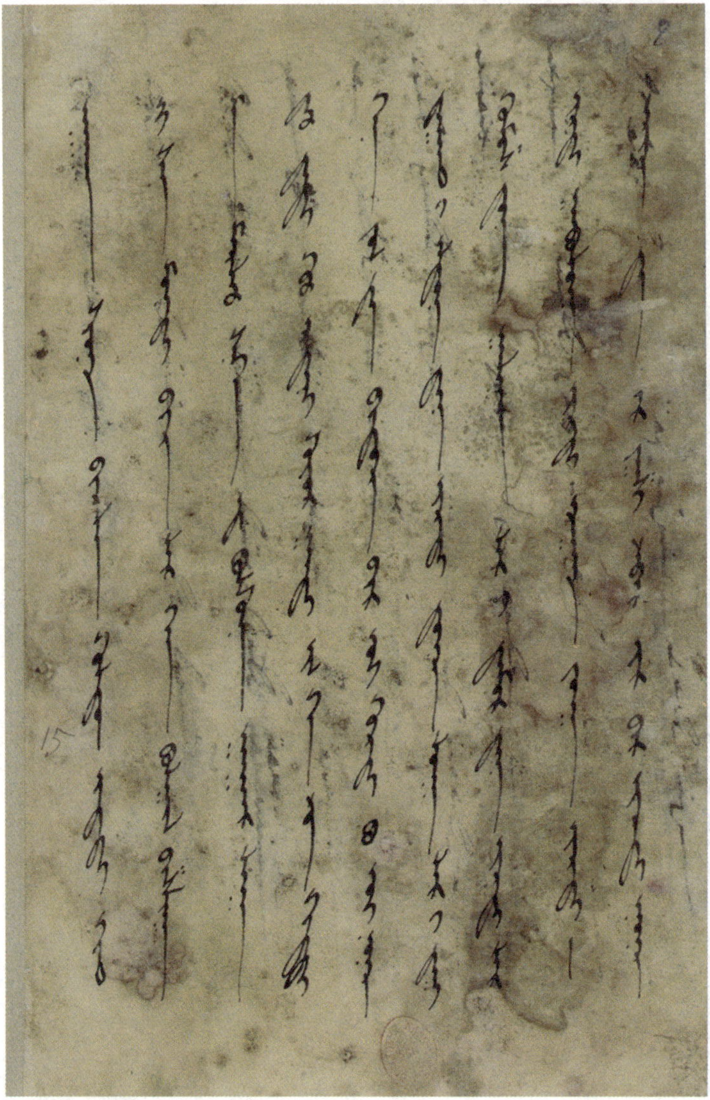

28（8r）

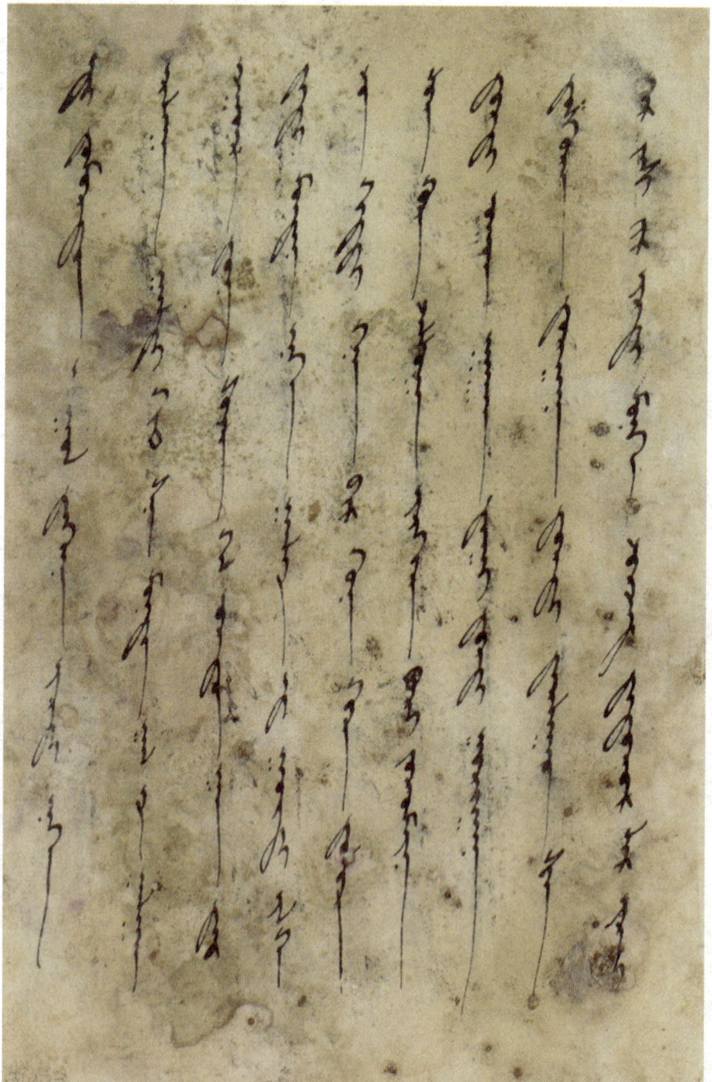

29（7v）

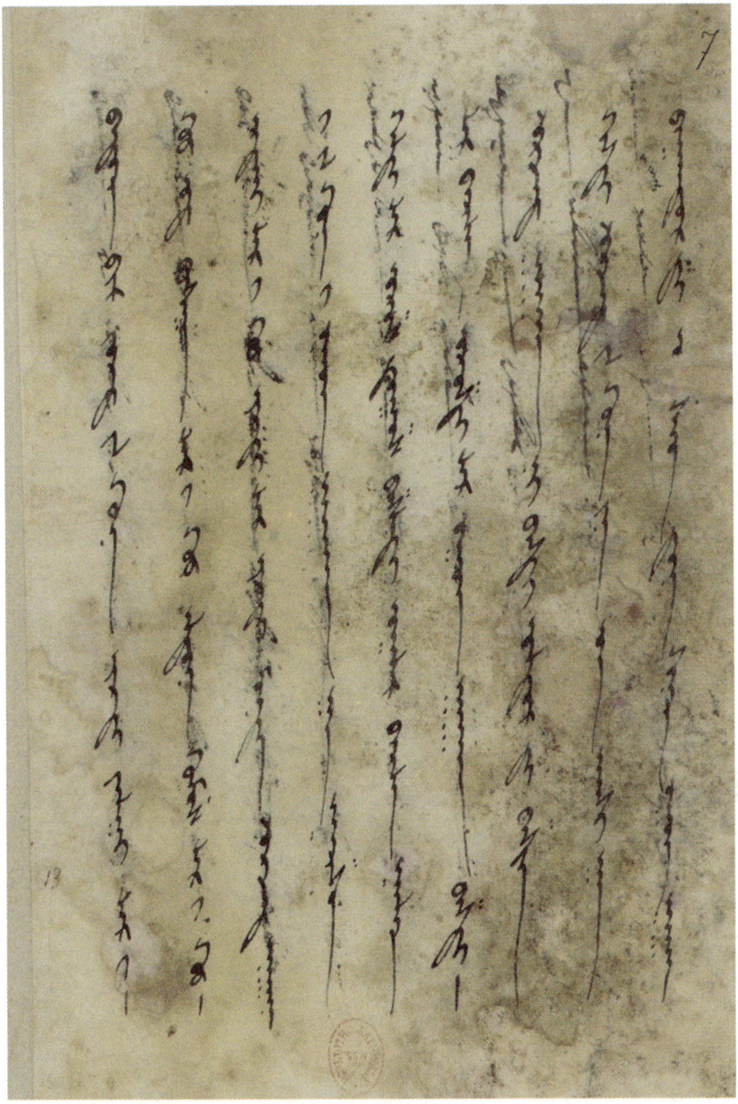

30（7r）

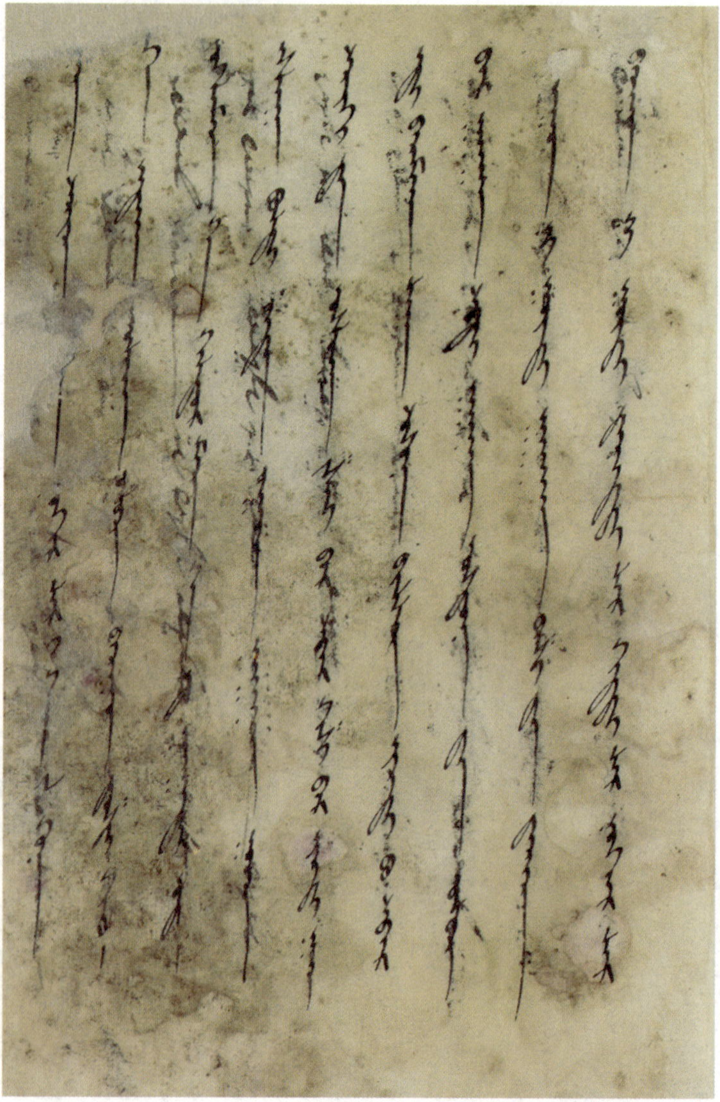

31（6v）

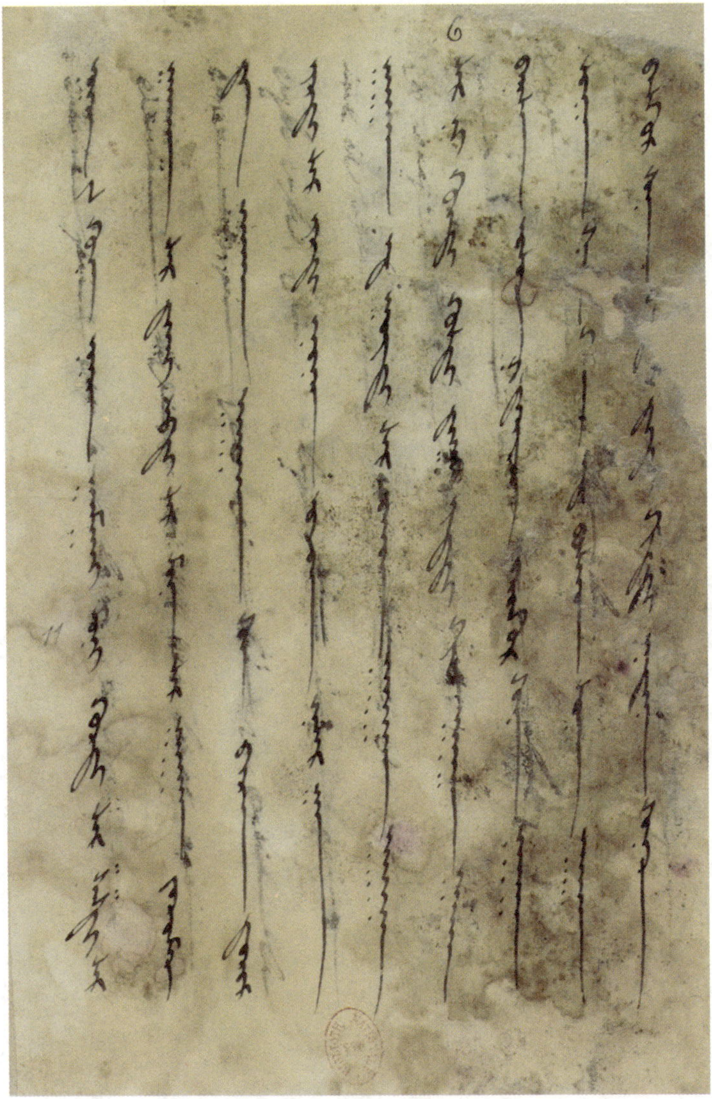

32（6r）

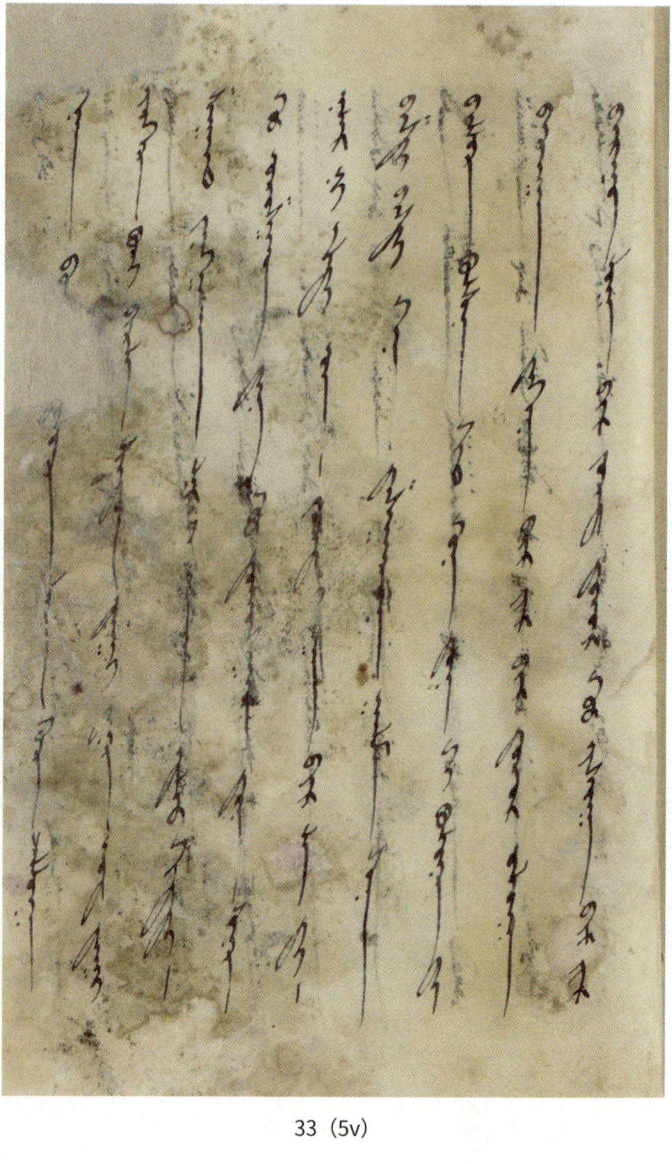

33（5v）

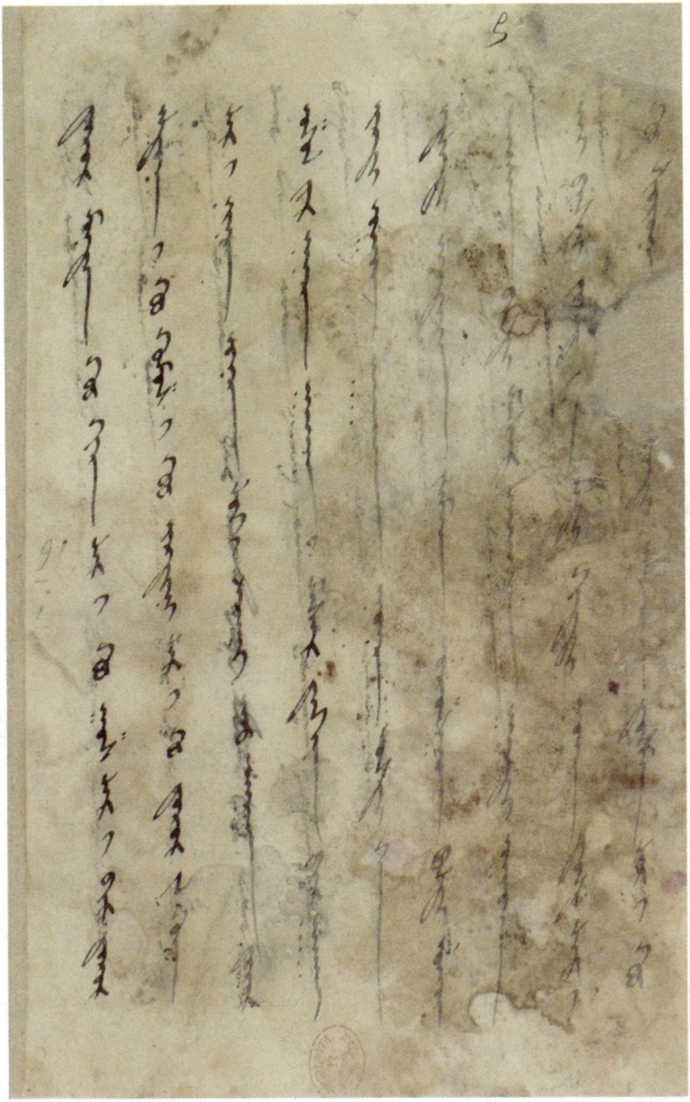

34（5r）

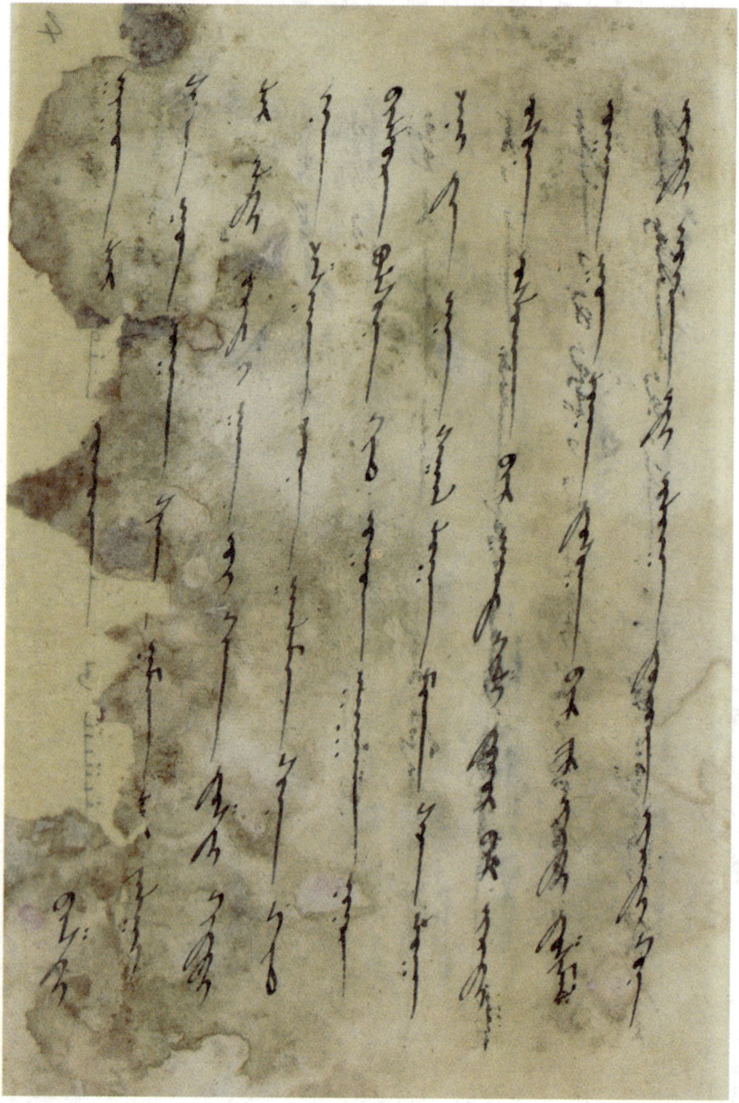

35（4v）

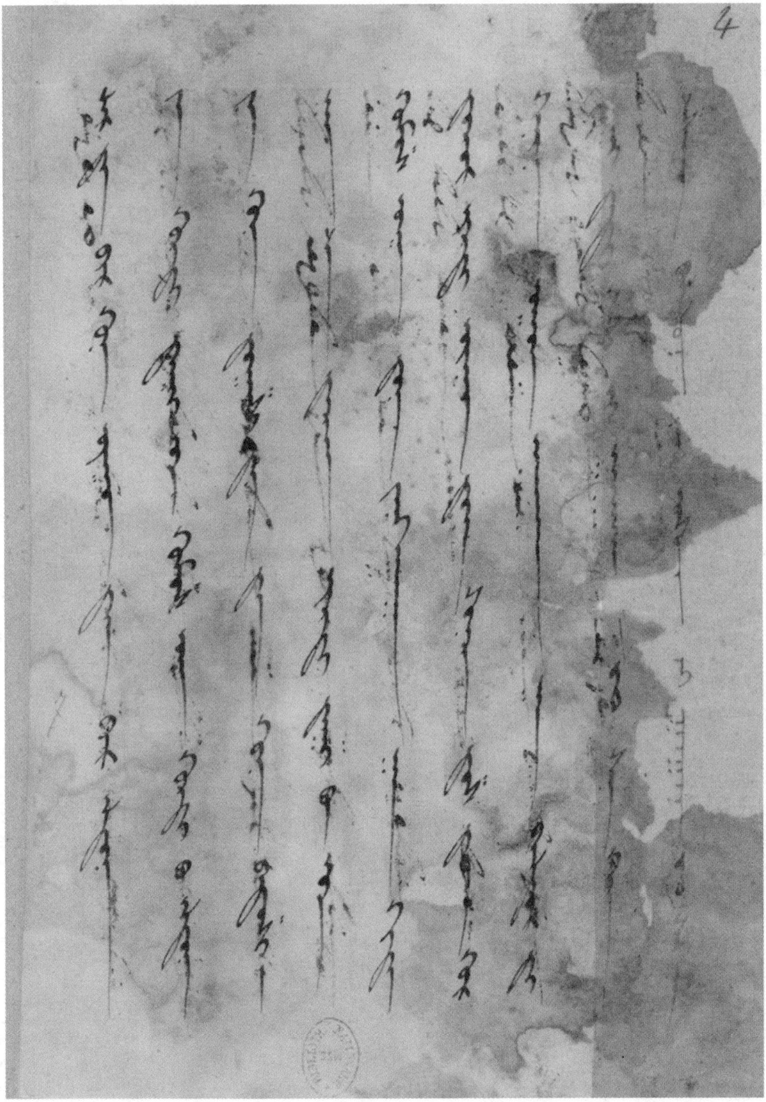

36（4r）

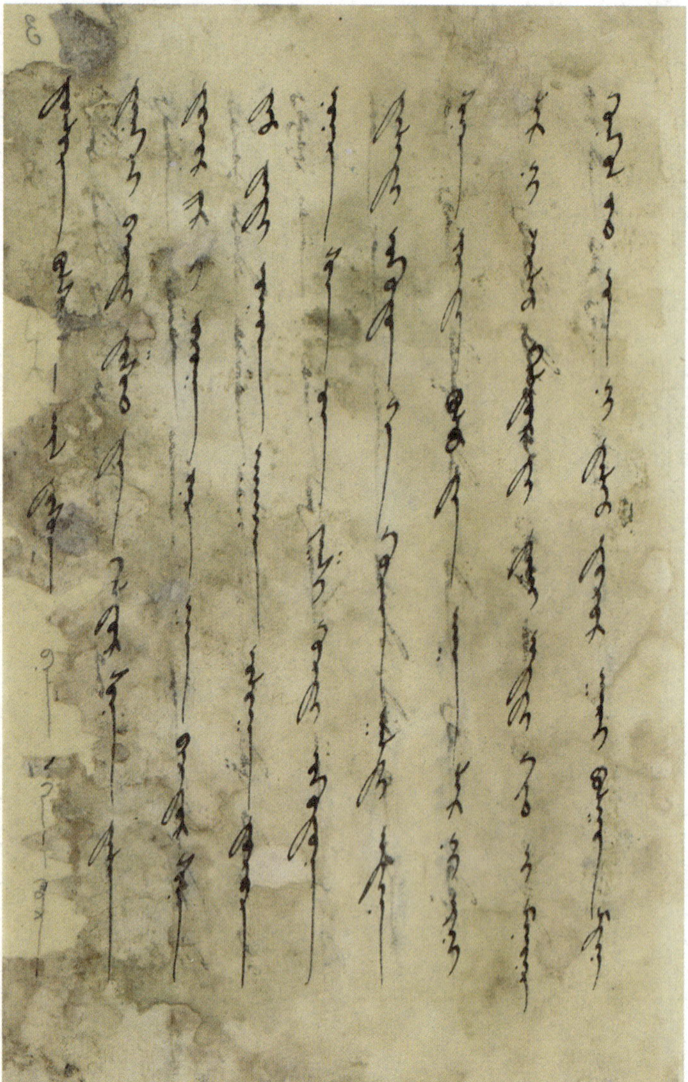

37（3v）

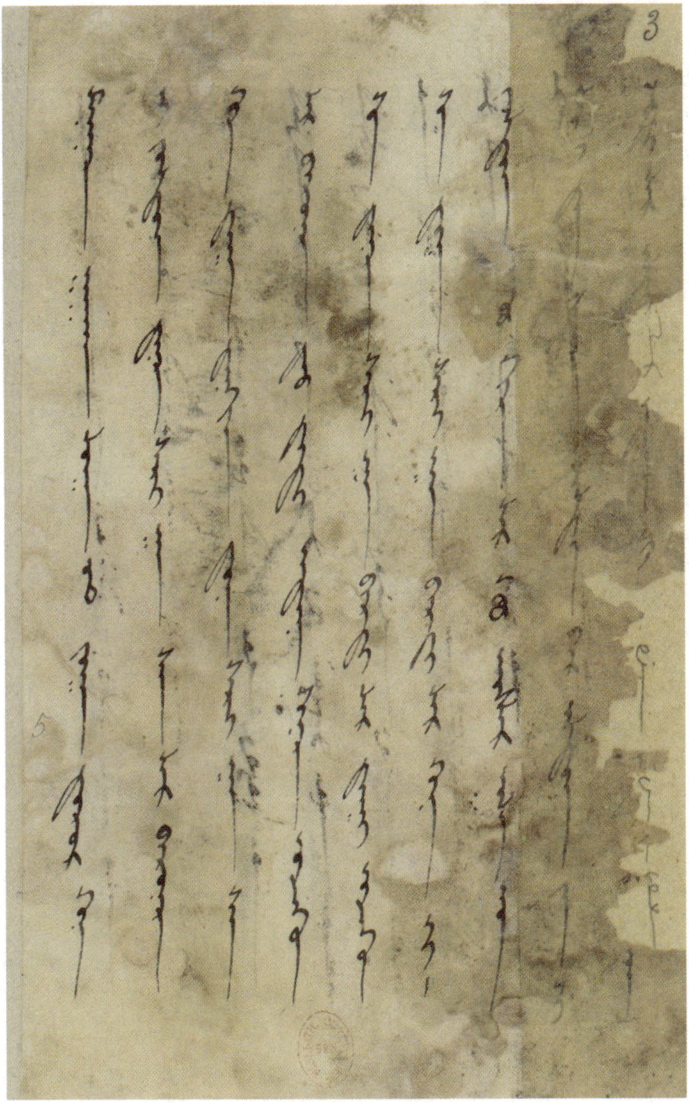

38（3r）

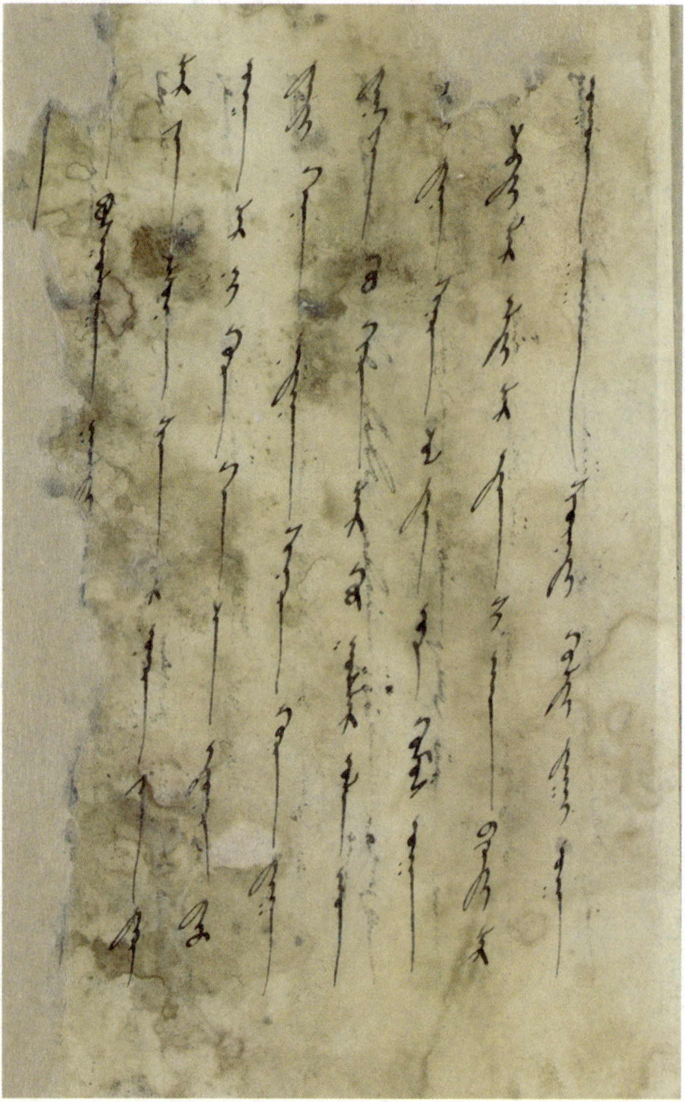

39（2v）

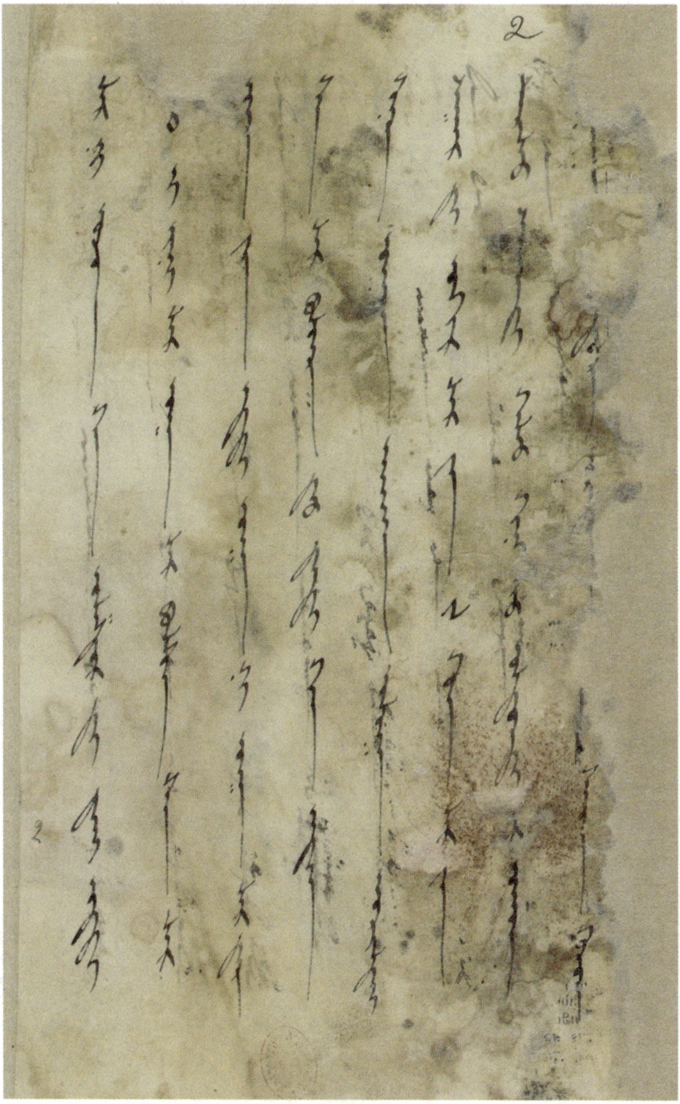

40（2r）

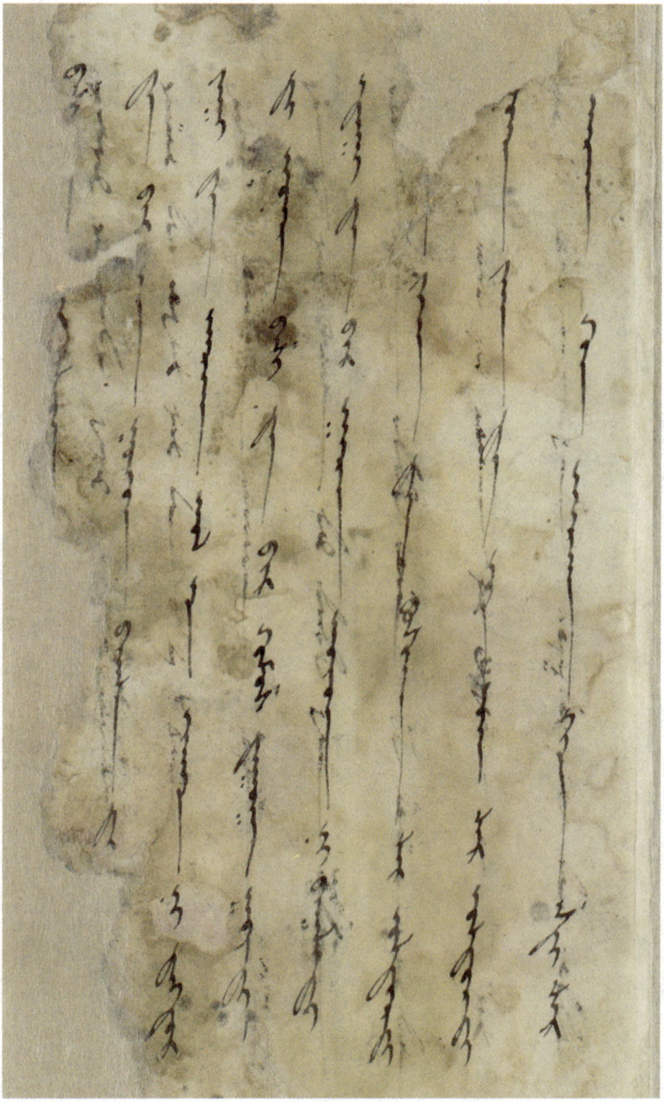

41（1v）

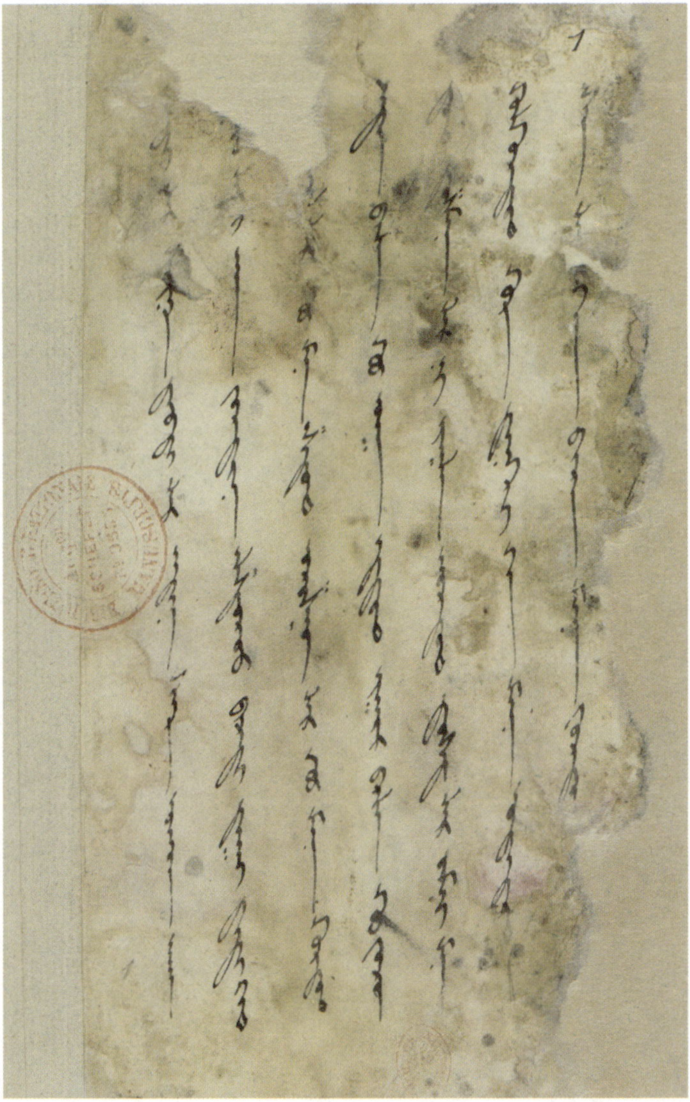

42（1r）